总　序

蒋承勇

　　哥特式小说，作为一种独特的文学类型，是由 18 世纪的英国小说家贺拉斯·沃波尔首创的。他的小说《奥托兰多城堡》作为黑色浪漫主义的发轫之作，不仅引领了当时的哥特式小说创作风潮，而且也成为随后而起的欧洲浪漫主义文学运动的动因之一。与某些昙花一现或盛极而衰的文学类型和文学流派不同，哥特式文学发展虽然经历了跌宕起伏，但依然顽强地生存了下来，并于 20 世纪 70 年代开始在西方复兴，还由文学扩展到其他文化艺术领域，基于哥特式文学创作的哥特式批评和研究也成为当代西方批评的一个热点。正如琳达·拜耳-伦鲍姆（Linda Bayer-Rerenbaum）在《哥特式想象：哥特式文学和艺术的扩展》（*Gothic Imagination：Expansion in Gothic Literature and Art*，*Fairleigh Dickinson University Press*，1982）一书中写道："十年前，当我开始研究哥特式主义时，'哥特式复兴'才刚刚兴起。尽管哥特式文化现象已开始浮现，如电影《罗丝玛丽的婴儿》（*Rosemary's Baby*）已上映，但是'哥特式主义'这个术语及其特定的含义，对当时的普通读者甚至学者都还很陌生，甚至最好的大学的英语系也很少开设哥特式文学课程。当我告诉朋友，我正在从事哥特式主义的研究时,只有少数人熟悉这种文学类型,或者能够记起一部哥特式小说的名字。大多数人只是想掩饰自己的无知,礼貌性地笑一笑说:'噢,这个太专了吧。'而十年后的今天,'哥特式'这个词已是家喻户晓。最近,我在一家我最经常光顾的百货商场的书店里看到,在'烹调类'和'非小说类'图书旁边整整一个过道上都是'哥特类'图书,超过一百种可供挑选。电影《驱魔人》(The Exorcist)——一部哥特式经典之作,比起先前的电影,吸引了更多的人,而小说《驱魔者》也售出七百多万册。过去十年中,我们耳闻目睹了超自然、占星术、哥特式科幻小说甚至经典哥特式文学的复兴。时至今日,人们很难看到在美国有哪所大学不开设哥特式文学课的。哥特式文学由于越来越受欢迎,其地位也已获得学界的首肯。"哥特式小说在18—19世纪的繁荣之中确立了它的美学范式和风格,并由此在西方文学中形成了哥特式文学传统。其后的发展也与时俱进。在19世纪,哥特式文学的新发展就是同现实主义融合,为该时期许多主流作家所用,如简·奥斯汀、狄更斯、勃朗特姐妹等。此外,哥特式也见于其他流派主要作家的创作,如霍桑、爱伦·坡、王尔德、亨利·詹姆斯、梅里美和波德莱尔等。他们要么创作了哥特式小说,要么在自己的创作中运用了哥特式风格和元素。到了20世纪,哥特式元素和风格为许多作家所青睐,哥特式文学再度出现繁荣,如福克纳、理查德·莱特、弗兰纳里·奥康纳、安妮·莱斯、托妮·莫里森等都创作了颇具特色的美国南方哥特式小说,其中不乏获诺贝尔文学奖的作家作品。当代美国作家斯蒂芬妮·梅尔的《暮光之城》小说系列以及由此改编的电影,更是让哥特式文学在全球读者和观众面前绽放异彩。

面对西方哥特式文学传统及其演进和当代复兴,面对西方哥特式文学和艺术研究持续不断的深入和拓展,我国学界对哥特式文学的研究显得相对滞后,理应引起外国文学研究者的足够关注。李伟昉教授认为,英国哥特小说研究是一个新的富于挑战性的课题。之所以这样说,主要原因是:受以往既定的政治标准和阅读思维定式的影响,国内对产生于18世纪后期的英国哥特小说这样一个曾经深刻影响过19世纪以来西方文学的"黑色小说"流派,在译介和研究上显得非常滞后,国内读者对其还十分陌生。从国外方面看,20世纪80年代前,哥特小说的研究明显不足,且评价不高。80年代后,西方对哥特小说的研究出现日趋高涨的热潮。因此无论在国内还是国外,英国哥特小说都是一个值得充分重视并大有可为的研究领域。不过,据本人陋见,早在20世纪80年代,国内就已有学者开始关注哥特式文学了。我在上海师范大学读硕士研究生时,我们的老师朱乃长先生就要我们翻译亨利·詹姆斯的《螺丝在拧紧》作为翻译作业;正是从他那里得知,这是一部哥特式小说;也正是从那时起,知道西方文坛中还有哥特式文学这样一朵奇葩。2003年在台湾出版的高万隆教授译作——贺拉斯·沃波尔的哥特式经典之作《奥托兰多城堡》,正是他在朱乃长先生指导下的文学翻译习作。这是我见到的最早的中文译本了。此后,马修·刘易斯的《修道士》、玛丽·雪莱的《弗兰肯斯坦》和布莱姆·斯托克的《德拉库拉伯爵》等经典哥特式小说的中译本在国内不同出版社出版。

国内对哥特式文学的研究始于20世纪90年代。在其后的20余年间,哥特式研究形成了一定规模,且呈现多元态势:肖明翰、韩加明、高继海、高万隆等撰文梳理并探讨了英国哥特式小说的发展;黄善禄等从多维度深入解读了哥特式小说文本;李伟昉等对哥特小说的美学理论及其渊源进行了追溯和探究。此外,李伟昉等还从比较文学的角度研究了英国哥特式小说。近几年还有不少文章从女性哥特文学的理论立场出发,对女性文学的经典之作进行重读和诠释。另外一个值得关注的现象是,近年来,英语语言文学或比较文学与世界文学研究生的论文有许多都涉足哥特式文学研究。由此可见，伴随着国外"哥特式"的复兴，"哥特式"也逐渐成为我国外国文学研究的热点问题之一。

　　然而，遗憾的是，至今国内尚无西方哥特式文学经典的系统性翻译。有鉴于此，2011年，浙江工商大学比较文学与世界文学省级重点学科将"西方经典哥特式小说译丛"列为重点项目之一。"西方经典哥特式小说译丛"从起笔到付梓，历时五年多之久。这套译丛在国内首次以系列方式推出，无疑有助于推动国内读者对西方哥特式文学的了解，也有益于推动国内学界对哥特文学的研究。第一批"西方哥特式经典小说译丛"选译了18—19世纪最有代表性的西方哥特式小说经典之作。之后，还将继续选译和出版20世纪的哥特式小说经典。我相信，这不仅是我们的期待，也是读者的共同期待。

　　本译丛的译者多为工作在高校教学和科研第一线的教师和学者，教学科研任务繁重，但他们不辞辛苦，为这套译丛的翻译付出了艰辛的劳动。在此，向他们表示敬意。此外，对于浙江工商大学出版社对这套丛书在编校和出版方面所付出的努力也深表感谢。

译者序

　　威廉·戈德温（William Godwin，1756—1836）是英国政治哲学家和著名作家，一生撰有政治理论、历史和小说等多方面的著作。《凯莱布·威廉斯传奇》（亦称《真相》）（1794）是他最著名的一部小说，被称为"悬疑"的典范，"政治哥特小说"的开山之作。

　　威廉·戈德温出生于1756年，早年受过严格的宗教教育，受其父亲影响，成为加尔文主义者，后倾向于圣德门教，继而又转变成为异教徒，最后脱离宗教，成为无神论者。1782年，他来到伦敦开始以写作谋生，是一位多产作家，其著作涉及政治理论、文学、历史、经济等多方面，如《政治正义论》（被认为是他最光辉、最精辟的论著）、《英联邦历史》和《论人口问题》等。戈德温于1797年与《妇女的权利》的女作者玛丽·沃斯通克拉夫特（Mary Wollstonecraft）结婚。在他们的女儿玛丽还不到一岁时，妻子就去世了。女儿玛丽·戈德温后来嫁给了珀西·雪莱，著有《科学怪人》一书，被誉为"科幻小说之母"。1801年威廉·戈德温又娶了克莱尔蒙特夫人。在妻子的帮助下，他于1805年创办了一家出版社，后于1822年倒闭，晚年生活拮据。戈德温于 1836 年辞世。

《凯莱布·威廉斯传奇》在英国曾连续出了数版,并被科尔曼改名为《铁箱子》,搬上了舞台。美国作家查尔斯·布朗的第一部哥特小说《威兰》便是受其影响而创作的。自出版以来,《凯莱布·威廉斯传奇》就成为评论家们争议的主题,圣茨伯里教授称他为"第一个彻底的无政府主义者";英国随笔作家威廉·黑兹利特在他的《时代精神》(1825)中称赞这本书"无论是情节的虚构,还是写作技巧,都是一部旷世之作。两个主人公之间彼此如何解脱应对的艺术,除了塞万提斯不朽的讽刺作品外,从来没有被任何文学作品超越"。戈德温在《政治正义论》中所阐明的许多原则在该小说中以真实生活的场景加以阐述。他得到了兰姆的赏识,称"他让我们在'无声的画中'看到了社会的剧烈动荡"。

《凯莱布·威廉斯传奇》构思巧妙,共分三卷,第一卷浓墨重彩、淋漓尽致地刻画了一个家产丰厚、意志坚定、富有学识、热爱名声的豪侠福克兰。第二卷则塑造了一个暴戾的泰瑞尔,不断地刺激福克兰,逼得他困兽反搏,引发谋杀;桀骜不驯的好奇心驱动着凯莱布暗中调查,引发福克兰对他不遗余力的迫害。第三卷展开了主仆二人一系列的逃亡与追捕的冒险活动,惊心动魄,斗智斗勇。全书采用第一人称,让小说的主人公自己回溯事件,情节扣人心弦,悬疑吊足胃口,令人手不释卷。作者对种种戏剧性、令人难忘的情景及所演变出来的桩桩恐怖事件极尽描绘之能事,对人物的刻画,寥寥数词反复运用,却能收到一人多面的效果,人物个性跃然纸上。

《凯莱布·威廉斯传奇》在主题风格、人物塑造、心理刻画上独树一帜，值得读者去探索挖掘。是政治色彩、道德，还是哥特小说？抑或侦探小说？是单面人，抑或双面人？……你读了，你做主！

《凯莱布·威廉斯传奇》出版距今已经过去了两百余年，国内至今还没有汉译版本，本人颇为国内读者感到遗憾，幸有蒋承勇教授、高万隆教授慧眼，推出《西方经典哥特式小说译丛》，亦为国内读者之幸事。本人感谢两位教授的信任，担纲主译《凯莱布·威廉斯传奇》，历经五年的耕耘和期盼，现在终于付梓，与读者见面，可喜可贺！

囿于本书译者经验不足，水平有限，书中的错误在所难免，诚挚地希望广大读者及专家学者批评指正，以便日后可以进一步修订拙译。

作者新序

《凯莱布·威廉斯传奇》一直以来都得到公众不同寻常的喜爱。因此，"优秀小说"版权人猜想，甚至这部作品的写作模式和情节布局都会引起读者极大的兴趣。

1793年1月初，我完成了《政治正义论》一书。这在某种程度上被认为是我在智力成熟期完成的第一部作品，并且署有我的名字；大约到了2月中旬，该书出版了。感谢命运，让我认为我的笔成为我提供日常开支的唯一工具。由于帕特诺斯特街的书商乔治·罗宾逊先生的慷慨，使我在当时及之前近十年的时间，能写些普通的随笔来满足这些日常开支；这些随笔尽管不够成熟，但也有用，至于名字不提也罢。1791年5月，我计划写我最喜爱的作品，从而停止了一切可能妨碍该书写作的其他工作。我和罗宾逊签订协议，在该书的写作过程中，他定时定额为我提供生活必需的费用。到了最后，该书出版之日我已相当拮据，因此不得不仔细考虑接下来我应该从事什么行业。

我以前总是觉得自己有种使命感，它驱使我去创作一部虚构的冒险故事，在前文所提及的没有名气的随笔中，有两三篇属于这种类型。因此，现在有这样的计划也不显得突兀。

但是我现在的处境与以往大不相同。过去几年里，甚至几乎从孩提时代开始,我总是和考利高呼:"我该怎么做才能流芳百世?怎样才能让未来变成我的时代?"

我已为之努力打拼了十年,而目标依然是那么遥远。我所写的东西往往一出版就夭折。我常常绝望得想要放弃这一事业,但又时时感到要再努力一番。

终于我构想了《政治正义论》。我相信,给自己树立名声的目标永远不可能仅靠跟别人学舌或者对别人说过的东西再做文章一蹴而就,尽管我可以想象自己以非同寻常的笔触优雅地讲述此类事情。我认为,要是没有点确确实实独创的东西,这个世界不会以任何特别的恩惠接受我的任何东西。基于长期以来对政治正义原则的反复思考,我说服自己能就这个主题,以专著的形式立即向公众提供全新、真实、重要之事。写作过程中,我变得更加乐观、更加自信。在此期间,我跟一些亲近的朋友讨论自己的观点,他们给了我很大的鼓励。该书尚未出版就小有名气,有一定数量的读者早已准备欣然接受。要是说出版时该书在读者中的接受度远没有达到我保守期盼的程度,那是一种假谦虚。因此,在我创作期间及书出版之后,我的心气不断提高,以致现在让我不愿屈尊做些微不足道的小事了。

我开始有了虚构一部冒险小说的想法,在某种程度上,这部小说的与众不同之处在于它将引起人们强烈的兴趣。为实现这一想法,我首先虚构了故事的第三卷,其次是第二卷,最后才是第一卷。我致力于构思一系列逃亡与追捕的冒险活动,时时刻刻承受大难临头这种重压的逃犯,以及足智多谋,将被害人不断陷于一种极度可怕的惊恐之中的原告。这就是第三卷的计划。接着我得构思一种突发的、触目惊心的情景,刺激着原告,使其不停地侵扰被害人,不停地使他惊恐,不允许他有丝毫宁静、安全的喘息机会,不达目的决不罢休。我认为这些最好是能由秘密的谋杀案来实现,而无辜的受害者难以克服自己的好奇心,受到驱使不断地调查下去。这样凶手就有足够的动机迫害这个不幸的发现者,可能剥夺他的宁静的生活、体面的身份、良好的信誉,还要永远地控制他。这就构成了第二卷的主线。

第一卷的题材还有待构思。为给第三卷的可怕事件做铺垫,有必要把原告塑造成财富丰厚、意志坚定、不易受挫、富有学识的人。要是他一开始并不具有天生的和蔼可亲的行为举止和美德,我的小说就无法引起读者强烈的兴趣,所以他首度被迫卷入凶杀案,引起了人们深深的遗憾,而且或多或少应该被看作是他的美德本身造成的。也就是说,让他成为整个冒险传奇故事的主人公是必需的,这样,每个读者都会崇拜他的崇高品质。这些题材足以构成第一卷的内容了。

我觉得,像这样将计划创作的一系列冒险活动从结局开始往前回到开头的构思方式有一个很大的优势,就是故事情节的前后统一得到了绝对的保证。认真构思的小说精神与读者兴趣相一致才能牢牢抓住读者,任何其他方式都几乎无法取得同样的成功。

我花了两三周的时间去虚构并记录下小说的线索,然后开始认真、有条不紊地写作。在这些线索中,我首先完成第三卷,接着继续写第二卷,最后努力完成第一卷。我将两三张印刷信纸叠成八开本,在上面写满了各种备忘细节。再草拟出整个故事的时间线,我写得非常简洁,但足够清晰,确保能完整回忆起它们的意思,并以二至六行为一小段。

然后,我就着手从头开始写这部小说。大多数情况下每一天都只写一小部分,只有灵感降临时才动笔。我有一条准则,兴致不是十分好的时候写的东西会糟得不能再糟。既然这样,偷懒要比勉为其难的勤勉好过千百倍。偷懒只是浪费时间,可能第二天就会像以往一样有进展。这仅仅只是日程上浪费了一天罢了。一段文章写得无力、平淡、情绪不对,就会形成干扰,就不太可能再更改纠正。因此我开始写后,有时候一个礼拜甚或十天一行字都没有写出来。然而后来结果都一样。平均起来,《凯莱布·威廉斯传奇》每一卷都不多不少花去了我四个月时间。

然而,必须承认,除了几次间隙以外,整个写作过程中我的心都处于高度兴奋的状态。我千百次地对自己说:"我会写出一部小说,将在读者的心中开创一个新的纪元。读了该小说以后,每个人都会和之前的自己不一样,多少发生点改变。"——我毫不掩饰将这些话都写了下来。我知道这听起来简直自命不凡得令人怜悯。但这种心态,也许就是不遗余力进行创作后的作家应当拥有的。不管怎么说,我已近四十年没有表达过这种自负的兴奋感了。

第一卷完成约十分之七的时候,一位故交硬要我将稿子给他好好读读。第二天归还时,他夹了一张便条,上面写着:"我归还稿子是因为我答应要还。如果我能随心所欲,早已将它扔进火里。如果你固执己见,这本书必将葬送你的文学名声。"

无疑,我不想盲从批评家好友的判断。然而,我至少深深地担忧了两天后才从打击中恢复过来。读者可以想象到我的处境。我不想盲从好友批评家的判断,但这就是我得到的一切。这是我第一次经历不带偏见的评议。对我来说那代表了所有的人。我不能再听取他人的意见,也没打算这样做。如果这样做了,我怎么就能断定第二个、第三个的评价就比第一个好呢?那么结果又将会是什么?不,除了保持自己的真诚,我别无选择。凭着这样的决心,我变得坚忍不拔。我决定继续坚持到最后,尽可能相信一切如我所希望的那样,并祈求人们能等到最后尘埃落定的时刻。

就如更为平常的做法一样,我开始以第三人称叙述这个故事。但很快我就不满意了。然后我采用第一人称,让小说的主人公自己来回溯事件，我后来的小说类作品都使用了这种模式。至少这一模式极其适合我的描述风格，我可以分析个人内心的活动，我的想象力得到了最大的自由，我用想象的解剖刀追查、揭开环环相扣的动机，记录下逐渐积累起来的冲动。这种冲动使那个我必须浓墨重彩描述的角色采取特别的行动方式，他们后来就是这样行动的。

我确定了小说的主题后，就按照常用的方法去收集以往那些跟我的小说主题相关的作家的作品。我从来不担心这样做会有盲目剽窃前人的危险。我想，我有属于我自己的见解，这让我不会去剽窃他人。我读其他作家的作品，或许能领会别人已经做了什么，或者更恰当地说，我的心和思想强行登上了特别的列车，在某种意义上和前辈们前往同一个目的地，然而，我沿着自己的道路前行，根本没去注意他们行进的方向，并且也不屑询问是否有可能不久之后，他们的车是否会跟我的一致。

就这样，写《凯莱布·威廉斯传奇》时，我从头到尾仔细读了一部有了点年份的书，书名叫《德·圣法兰吉小姐的冒险》。故事讲述了胡格诺派教徒遭受最严重迫害时期一位法国新教徒惊恐至极地穿越法国的逃亡经历。她始终处于恐惧之中，总是在千钧一发之际绝处逢生，安身之地总是遭到袭击，简直没有片刻的安宁。我还翻阅了一本厚重的名叫《天网恢恢》的汇编材料。书中，上帝无所不在的眼睛自始至终跟随着罪犯，揭露隐藏在深处的事实，并公之于众。我对《纽盖特监狱大事记》和《海盗的生活》很熟悉。同时，只要投入精力写成的小说都很合我意。这些作家们和我同探一矿脉，尽管我们追寻的岩脉不同，我们都在忙于探索内在的心灵与思想，追踪在各种生活场景中人与人之间可能出现的各种不同的邂逅与冲突。

《青须公的传说》是极好的恐怖故事的代表，我并不打算从中获得点子，我更乐于寻找《凯莱布·威廉斯传奇》与它的相似处。福克兰就是我的青须公，他犯下了滔天罪行，一旦败露，可能会激起全世界对他的仇恨。凯莱布·威廉斯就是青须公的妻子，尽管受到警告，还要执意寻出被隐藏的秘密；成功找出秘密时，却怎么努力都逃脱不了其严重后果。就像青须公的妻子在清洗沾满血污的房间钥匙时，每当她清洗了一面的血污，就会发现另一面的血污清晰得令人可怕。

开始写到第三卷开头的时候，我发现自己彻底陷入了僵局。我用胳膊托着腮，从1794年的1月2日一直到4月1日，没有一点进展。以往在持续的写作过程中也出现过类似的情况。弓不能永远拉紧。

"长期工作后容许偷个懒。"

然而，我努力让心绪安定下来，不想因我自己有失教养、断断续续的恍惚精神而让读者遭罪。当我终于恢复过来，我就变得认真而急不可耐，在那一个月里写作速度不降反升，一口气写到了结尾。

至此，我真实记录了创作这部长篇小作的写作模式和构思的真正过程。完成后，我很快就意识到，在某种程度上我等于什么也没做。书中有多少平淡无趣的内容啊！对我来说这是多么不相称啊！时不时，作者毫不掩饰，来回摇晃像个醉汉。但是，当我完成全书时才意识到，自己到底都做了些什么？写本书供男孩女孩闲暇时消遣，写个故事让他们草草地乱翻一气，无精打采、胆颤心惊地囫囵吞枣般读完，不加"咀嚼"和"消化"？在这一点上，有个很有学问的读者同时也是卓越的批评家，他的话给我留下了非常深刻的印象——任何一个作者可能都曾经遇到过他（不幸的约瑟夫·杰拉尔德）。他告诉我某个深夜收到了我的书，到他闭目休息时已经看完了全书。因此，花了我12个月心血，无休无止的焦心纠结和勤奋劳作，让我陷入绝望、现又被唤起并振奋了非凡活力的这本书，他几小时内就看完了，合上书，然后靠在枕头上，睡着了，醒来后精神焕发地喊道：

"明天去清新的树林、崭新的牧场。"

我本来认为我在这里说过一些有关《圣利昂》和《弗利特伍德》的构思。但是我能想起的关于这个主题的一切将留待下文。

1832 年 11 月 20 日

目　录

第一卷

第一章

近几年来我的人生不断上演着一场又一场悲剧。我成了暴政的靶子，始终无法逃脱。美好的前程也已被毁。我的敌人对我的哀求无动于衷，还一刻不息地迫害我。我的名声、幸福，都被践踏殆尽。每个听说过我的故事的人，不仅不愿帮我解难，而且还诅咒我。我不该有这样的遭遇。我的良知见证了我的清白，我的辩解却无人相信。然而，我现在想要摆脱困扰着我的天罗地网，希望却甚是渺茫。这激起我撰写回忆录的冲动，希望能借此逆转自己悲惨的境遇；还有希望今后有人能以他们的方式从中认识到我是正义的，这种认识可是从前的人拒绝给予的。至少，我讲的故事都是与事实相符的、真实的。

我出生于英格兰一个偏远的小郡，出身卑微，父母都是地道的农民，没有什么遗产留给我，却还是让我接受了教育以保证我的人性不会堕落，也继承了那不幸早已被后裔遗弃的诚实品格。我没学过自然科学，只接受过一些阅读、写作、算术的入门教育。不过，我拥有一个爱钻研的大脑，绝不放过书本及交谈中的任何信息。因此我的进步也比实际条件所预期的要大得多。

值得一提的是还有一些情况对我未来的生活经历也产生了影响。中等稍高的身材，看起来虽不是特别健壮或者魁梧，但精力却出奇的旺盛。我关节柔软，天生在青年人的体育运动中出类拔萃。然而在一定程度上，我总是不向那些幼稚的无聊行为低头。我极其讨厌那些乡村豪侠的狂闹，设法以他们消遣中不常出现的现象来满足自己的爱好。然而这些方面的优势促使我热爱思考，我乐于阅读那些表现高超活动技艺的故事，对有些故事还特别感兴趣。在那些故事中，人的聪明才智及身体的力量往往能提供谋略，战胜困难。我习惯于探索一些机械方面的设计，大部分时间都致力于小器械的发明。

我人生列车的特点：行动源泉不是别的什么，恰恰是好奇。正是好奇给了我机械方面的爱好，渴望追踪特定原因所产生的各种不同效果；正是好奇使我成了天生的哲人；没有搞清解决宇宙现象的各种方法就绝不停下来。总而言之，正是好奇使我非常喜欢传奇故事书。我焦急地想解开冒险之谜，宛如一个人渴望知道他的未来幸福与否。我贪婪地阅读着这类作品。它们占据着我的整个心灵，对我的外表和健康状况所产生的影响也是显而易见的。但是，我的好奇并非是全然卑鄙的：我对村里的奇闻轶事、流言蜚语没有一点兴趣，我的想象力必须得到刺激，不然，我的好奇就处于休眠状态。

我的父母住在富裕的乡绅费迪南多·福克兰的领地内。很小的时候，我就深受这位乡绅的管家柯林斯先生的喜爱。柯林斯先生过去偶尔造访我家，目睹我取得的种种进步，对我十分认可，向他的主人说了我的好话——说我既勤奋又有天赋。

我十八岁那年夏天，福克兰先生在隔了几个月后又来到我们郡视察他的房产。那正是我最不幸的时候。几年前我母亲去世了，而此时咽了气的父亲还在屋里躺着。我非常惊讶，在这举目无亲的时刻，福克兰先生那里传来了消息，令我在安葬父亲后的第二天上午到庄园大宅去。

尽管我对书籍并不陌生，但实际上对人却并不了解。由于从来没有和这么高贵的人说过话，此时的我感到非常不安和恐慌。我发现福克兰身材矮小，外貌形体极其俊秀。先前常看到的是他那副严厉、坚毅的面容，此时脸上的每一块肌肉、每一根线条似乎都富有非凡的内涵。他神情和蔼，表情专注，一脸仁慈，眼里充满生气，但眉宇间透出一股阴沉和忧郁之气。由于以前没有经历过，我认为这是有身份的人祖传的，是他们与下人保持距离的手段。他的外表透露出内心的不安，还不时流露出一副悲伤、焦虑的神情。

对我的接待和几乎我想的一样，既亲切又令人鼓舞。福克兰先生考了考我的学识，问了我对于一些人和事的看法。他和蔼地听我回话，并一一加以肯定。尽管他那一贯高贵优雅的姿态依然使我感到拘谨，但他的亲切很快使我恢复了镇静。福克兰先生满足了好奇心之后告诉我说，他缺少一个秘书，而我似乎十分适合这份差使。而且，依我目前的状况变化，父亲刚刚过世，如果我接受这份工作，他会让我寄宿家中。

这一提议令我觉得真是莫大的荣幸，我激动地表达了谢意。在柯林斯先生的帮助下，我急不可耐地着手处理了父亲留下的那丁点家产。在这世上，我已举目无亲，没有人会主动向我示好并帮助我。但是，我完全没有对这种被遗弃的境遇感到恐惧，相反，被将要拥有的工作勾勒起了金色的前景。此时，我丝毫没有察觉到迄今所享有的欢乐与轻松正永远离我而去，未来的日子将深深地陷入痛苦与恐慌中。

我的工作简单而惬意。一方面是抄录和整理某些文件，另一方面是做文学作品的纲要，以及记录主人口述的商业信函。这些文学作品纲要多是针对不同作家的分析调查，以及对他们提供的线索进行推测性的思考，旨在发现错误或者传承他们的发现。这些人都极具优雅深邃的心智，饱含文才，享有不凡的活动能力和辨别力。

我的岗位在适宜书籍借还的房子的另一端；我的职责是既做文书又当图书管理员。要不是现在的情形与当初在父亲的小屋里时的完全不同，我的时光或许就已在宁静平和中流逝。在少年时期我总是全神贯注于阅读和沉思，与同伴的交往是偶尔的，也是短暂的。但在这个新住处，要研究主人性格的兴趣和奇想令我激动不已，并发现此中有着丰富的思考与猜想空间。

他的生活方式极度隐遁、孤独，不喜欢狂欢嬉闹的场面，极力避开喧嚣的人群，似乎也不渴望补偿内心友情的缺失。任何冠以快乐之名的事物对他来说显得完全陌生。他脸上几乎从来没有露出过轻松的笑容，不仅如此，那诉说着内心痛苦的表情也从来没有消失过。当然，他的态度绝不能说是乖戾厌世的。尽管任何时候他都是仪态威严且沉默寡言，但他富有同情心，体贴他人。他的外表及行为举止可能已使得所有人对他产生好感，本来可能还促使一些人向他表达好意，但其谈吐的冷淡，感情的封闭，似乎阻止了这一切。

这就是福克兰先生的总体形象，但他的性情却相当不稳定。不时折磨他的忧郁心情会突然发作，有时候脾气急躁易怒、专横跋扈，但这并非是无情，而是内心深受折磨。恢复平静时，他显得宁可这一切不幸的重负全都落在自己一个人身上。有时候他完全丧失自制力，行为变得异常狂暴——捶打额头，眉头紧促，面部扭曲，牙齿紧咬。预感到这些先兆时，他会突然站起来，无论正在忙什么，都会丢下，赶紧独处，此时无人胆敢闯入。

一定不要以为我所描绘的这一切他身边的人都见过，我也确实是在相当长的一段时间后才逐渐知晓的。由于我的工作性质，以及柯林斯先生多年的侍奉和自身可敬的品质，我们俩经常可以见到福克兰先生，至于一般的家仆，很少能见到主人，他们只能在特定的季节与福克兰先生有短暂的接触。他们只是通过他的善举知道他，通过他一贯行事的正直原则知道他。尽管有时他们也会放肆地去猜测他为什么单身，总的来说，作为至尊长者，他们对他怀着敬意。

在为主人工作了大概三个月后的一天,我去了一个储藏室——或者可以说是一个小房间。那房间与书房隔着一条狭窄的走廊,那里只有从屋顶的小窗透进来的光亮。我以为房间里没有人,打算去把东西理一理。我打开门,霎时传来了一声深深的呻吟,显得痛苦难耐。开门声似乎吓到了里面的人,我听见箱盖被急速关闭,并随即落上了锁。我想是福克兰在里面,便想立即退出来,就在此刻响起了异常巨大的喊叫声:"谁?"那声音是福克兰的。他的声音令我全身每一个器官都在发抖。我想竭力张口,但一个字都说不出来,反而不由自主地进了门。福克兰先生正好从他坐的或跪的地上站了起来。他满脸慌乱,然而,经过一番激烈的努力,慌乱随即化为一脸怒容。

"乡巴佬!"他叫道,"谁叫你到这里来的?"我正在犹豫该怎么回答好。

"可怜虫!"福克兰先生急不可耐地打断了我,"你想毁了我,像个间谍似的监视我的行动,你会为你的无礼陷入深深的后悔与痛苦之中。你觉得你监视我的隐私而不会受处罚?"

我试图辩解。

"滚开!你这恶魔!"他又吼了起来,"离开这里,否则我会把你踩成肉酱。"

他一边说着,一边朝我冲了过来。我已经彻底被吓住,于是立刻消失了。我听见身后门被重重地甩上,离奇的一幕就这样结束了。

晚间我又见到了他,那时他差不多已经平静下来,一向和蔼亲切的举止此时更加体贴、柔和,好像心头有什么重负希望卸下,但又不知该从何说起。我焦急而又关切地看着他。他两次试图开口,又摇了摇头,接着在我的手里放了五个几尼,并在我手上压了一下。我感觉到他内心复杂的情感,尽管这些情感我说不清楚。此后,他似乎立即就镇定下来,摆出常有的那种距离和严肃的样子。

我一下子就明白保守秘密是他的用意之一。的确，我太会揣摩平时的所见所闻，而且随意地当作谈资。那晚，柯林斯先生恰巧和我共进晚餐，这种情况极少遇到，由于工作关系，他经常不在家。他没法不注意到我一脸罕有的沮丧和焦虑，于是关切地询问缘由。我竭力回避他的问题，但年轻、不谙世事让我很难做到。此外，我一直来对柯林斯先生相当依赖，以他管家的身份，在当前这种境况下，信任他应该是最合适不过的了。我把事情经过一五一十地向他重复了一遍，并郑重声明，虽然经历这离奇的遭遇，我一点都不为自己担心，没有任何麻烦和危险能使我胆小怕事。倒是我的主人，本应该享有幸福，而且最应该得到幸福，好像在经受不该经受的悲痛。

　　为解开我的疑惑，柯林斯先生告诉我说他也知晓一些类似于我所陈述的事件。综观全局，他也难免得出以下结论：我们不幸的主人有时候会出现思维错乱。"唉！"他接着说，"过去不常这样的！费迪南多·福克兰曾经是最最快乐的人，常赢得别人的钦佩。他不是那种易激起别人鄙视的浅薄之人。他的率性不是不体贴，而是想带给他人幸福。他的娱乐方式总是不失尊严，那是英雄式、学者式的欢闹，能从中受到感性与反思的磨炼，从来都是不失人性，不失品味的。无论如何，那是一种真正的心灵狂欢，给同伴带来享受，为谈话增添精彩，真是令人难以想象；那时他欣然频频出入的社交圈也不断给他带来快乐。亲爱的威廉斯，你看到福克兰现在什么也不是，曾经贤人喜欢、美人追求的福克兰就这样被毁了！他的青春，开始时显得前程无量，受人瞩目，现在已经黯淡无光。感情上最令他深恶痛绝的一些事件使他的识别力衰退。他心里对各种不真实的荣誉充满幻想，他明白，最值钱的也就是福克兰这一形象了，这形象能安抚其自尊所承受的创伤，除此之外没有别的。"

　　我的朋友柯林斯的一番回忆强烈地激起了我的好奇心，我请求他详加解释。考虑到无论行事多么谨慎，他也可能会落入我这般的处境；想到福克兰先生由于心绪错乱、怒火汹涌，也可能会对他同样吼叫，他欣然同意。我将把后来从其他渠道得来的各种信息同柯林斯先生讲述的故事结合起来，这样才可能把一系列事件讲明白。为避免叙述混乱，我将略去柯林斯，把我本人当作福克兰事件的见证人进行叙述。读者乍一看，福克兰先生先前的生活细节似乎与我的经历没有关系。唉，从我痛苦的经历中才知道，恰恰相反，大有关系。回想起他的不幸，就好像是我自己的不幸，我的心都在滴血。我的心怎么能不滴血呢？我一生的幸福都和他的经历维系在一起：因为他的痛苦，我的幸福、名誉，甚至我的生存权利都无可挽回地被毁了。

第二章

　　早年福克兰先生最喜爱的作家要数意大利的英雄诗人。因为这些作品,让他爱上了骑士精神和冒险传奇故事。他并不为查理曼大帝和亚瑟王时代感到惋惜。但是,当他的想象力在得到哲理的洗涤时,他又觉得这些著名诗人的描写手法有些是需要摈弃的,有些则是可以借鉴的。他相信,人的秉性是由人的出身和荣誉感等情操决定的,故而行为得体、处事勇敢、古道热肠这些是难以伪装的。他本人的行为充分体现了他对这些理念的见解,而这些行为与他所喜爱的英雄主义完全一致。

　　怀揣这些理念,也正值大旅行(指旧时英国贵族子弟遍游欧洲大陆,作为他们教育不可缺少的一部分)的年龄,福克兰先生出门旅行了。这些理念并未因为他所经历的冒险而动摇,反而更加坚定了他一些想法。出于偏爱,他在意大利做了最长时间的停留,在那里和几个学习和信念上兴趣相投的年轻贵族交上了朋友。他被他们真诚地追随,得到他们高度赞扬。和这样一位慷慨而又高贵的外国人来往,他们欣喜不已。女性也喜爱他,对他赞美有加。尽管身材瘦小,但福克兰先生的姿态非常高贵威严。他的率直、机灵能干、毫无保留、热情洋溢的激情让他显得更加卓尔不群,然而这些高贵的品性后来都消失殆尽了。或许从来没有哪个英国人像他这样曾受到过意大利居民如此仰慕。

深深迷醉于这块骑士精神的发源地的他，不可能不偶尔参与那些为荣誉而战的决斗，但是这些决斗最终都没有辱没骑士贝亚德的英勇名声。在意大利，上流社会的年轻人把自己分成两类——一类是坚持纯粹传统勇敢法则的年轻人；另一类是受到伤害和侮辱后雇佣亡命之徒复仇的年轻人。这两类人最大的区别实际上就在于对大众认可的荣誉的看重程度。出身高贵且有雅量的意大利人认为叫某些人去决斗是对自己的一种玷污。虽然如此，他们依然认为侮辱只有用血加以补偿，而且他们认定，和保护荣誉不受损相比，一个人的生命无足轻重。因此，在某些场合，几乎没有意大利人在受到中伤后会姑息对方。他们中的勇敢人士，尽管受教育程度低，受人歧视，但他们心底里不会不明白自己的卑贱，于是渴望发出决斗挑战书来尽可能地赢得荣誉。他们中的其他人，由于真实的或做作的骄傲，则几乎将全人类都看作是比自己低一等的人物，结果这促使他们只满足于报复而不去考虑自身的危险。福克兰先生就遇到了这样一些人。但即使处于这样危险的决斗中，他大无畏的精神和坚韧的性格还是给他带来了决定性的优势。在众多事例中，他如何斡旋于妄自尊大、趾高气扬之人的方式值得一提。福克兰先生是我生命中的重要人物，我遇见他时，他已经精力衰退、渐入迟暮，但要是不知道他先前的性格，他年轻时的荣耀——不曾遭遇逆境，痛苦、懊悔也未占据他身心，那就无法全面了解他。

在罗马皮萨尼侯爵家，他受到特别的接待。皮萨尼的独养女柳克丽霞小姐既是庞大财产的继承人，也是全罗马年轻男贵族们倾慕的对象。柳克丽霞·皮萨尼小姐身材高挑，气质高贵，异常美丽。她不乏温和，但骨子里高傲，举手投足间透出傲慢。她的傲慢滋生于自身的魅力、高贵的地位及习以为常的他人的爱慕。

在无数的仰慕者中，马尔维斯伯爵是她父亲皮萨尼最喜爱的一个,而且柳克丽霞本人对他的殷勤也不是都无动于衷。马尔维斯伯爵颇有造诣,为人正直,性情仁慈,但是深爱却使得他不能总是谦恭有礼。别的景仰者的大献殷勤使柳克丽霞快乐满足,却无时无刻不令他惴惴不安。他把所有的幸福都寄托在这位傲慢的美人身上,最微不足道的事件都会让他担心心愿落空。但他最嫉妒的就是这位来自英国的绅士福克兰。在法国待了多年的皮萨尼侯爵丝毫也没有意大利父亲们该有的谨慎,而是纵容女儿随心所欲。他的家是向这些男性贵宾开放的,他的女儿在一定审慎的约束下是可以和男宾们交往的。但是,首先,作为外国人,福克兰先生是最没有可能牵手柳克丽霞的,故而总是受到特别亲密的接待。柳克丽霞本人天真,不拘于小节,行事自信率直,毫无戒心。

福克兰先生在罗马小住了几个星期后便动身前往那不勒斯。其间,一些意外延误了皮萨尼女继承人柳克丽霞小姐预期的婚礼。福克兰先生回到罗马时,马尔维斯伯爵并不在。以前柳克丽霞小姐就非常喜欢和福克兰先生交谈,活泼好奇的她在福克兰先生离开罗马又再度回来的这段时间从同胞那儿了解到最优秀作家们栩栩如生、热情洋溢的对英语的描述,受其鼓舞,希望学习英语。她已经准备好学习英语的常用资料,而且在福克兰不在期间已经有所进步。他一回来,她就急切地要利用这一机会,与具有非凡品味和才能的英国人共读诗选。因为这真的是机不可失,时不再来。

这一提议必然导致他们之间频繁的交往。马尔维斯伯爵回来后,发现福克兰先生几乎已然与皮萨尼成为一家人。他立马感到自己的处境非常不妙。马尔维斯伯爵或许已暗自意识到这位英国人的条件比自己要优越。他觉得即使福克兰先生和柳克丽霞还没有意识到,但是双方都已相互倾慕。想到他们的进展,他不寒而栗。他认为,无论从哪方面看,这样的配对都超出了福克兰自己的野心。一想到自己最亲爱的人儿要被这位来自异邦的自命不凡的人抢占,他不禁心痛至狂。

然而,马尔维斯伯爵十分谨慎,首先要求柳克丽霞小姐做一番解释。心情愉悦的柳克丽霞小姐却对他的焦虑不以为然。他的耐心早已耗尽,继而就开始规劝她,所说的话她绝不能淡然忍受。柳克丽霞小姐一直以来都习惯被尊重和服从,遭这般蛮横的盘问,她一下子有些恐惧,之后就感到了极度的愤恨。她不屑去满足这么一个粗鲁无礼的质问者,相反,她甚至放任自己,故意支吾躲闪,意欲加强他的猜疑。有那么一会儿,她挖苦他那极其滑稽的愚蠢和自以为是,然后又突然改变了语气,请他不要让她再看见他——除了是作为一个最疏远的熟人,因为她决定不再让自己受这么不足取的对待。令她高兴的是,他终于暴露出了真实的品性,她也将从这次经历中学会如何避免重蹈覆辙。整个过程中,双方的感情都像开足马力般冲动,柳克丽霞也没有时间多想激怒她的爱人会有什么后果。

马尔维斯伯爵在暴怒的煎熬中离开了。他相信这是有预谋的,只不过是找个借口破坏几近缔结的姻缘;或者更确切地说,他的心受到无数种猜测的折磨:一下子觉得这对她不公平,一下子又觉得对他自己不公平;一下子怨柳克丽霞小姐,一下子又怨起自己来,似乎要和全天下人反目。怀着这样的心情,他匆忙赶往英国绅士福克兰先生入住的酒店。该劝的已经劝了,他想当然地认为自己所猜疑的是正确的,他发现自己无法控制,不能不去验证导致他和柳克丽霞之间关系急转直下的原因。

福克兰先生正好在房里。马尔维斯伯爵劈头盖脸就指责他在柳克丽霞小姐的恋爱事件中的别有用心,并提出挑战。福克兰对马尔维斯怀着真挚的尊重。他们最初在米兰相遇,马尔维斯本身有很多优点,也是福克兰最早认识的意大利人之一。不仅如此,福克兰还突然想到这次事件中如果决斗可能发生的后果。他虽然对柳克丽霞小姐怀的不是恋人的那种情愫，但有着极其强烈的倾慕之情；而且他清楚，虽然她竭力用傲慢掩饰，但还是对马尔维斯表现出了温柔的关怀。他不能忍受由于自己的不当行为而拆散这么般配的一对。在这种情感的驱使下，他竭力奉劝这位意大利小伙。但他的努力纯属徒劳，暴怒使得这位"情敌"昏了头，对劝他切勿冲动的话一个字也听不进去，他在房里不停地踱着步，烦躁不安，甚至痛苦狂怒得口沫横飞。发现所有的规劝都徒劳无功，福克兰先生告诉伯爵，如果第二天同一时间回来，无论伯爵选择了哪个适合决斗的地方，他都将奉陪。

马尔维斯走后，福克兰立即动身前往皮萨尼家。在那里，他发现要平息柳克丽霞小姐的愤慨异常困难。他的名誉观决不允许他为了劝她而公开自己所受到的挑战，否则，这一告知会给这位倨傲的美人造成最强烈的刺激。但是，尽管她担心这样的事件，模糊的恐惧还不足以使她立即放弃自己愤怒的自尊。而福克兰，则向她描绘了一幅有趣的心神不宁的马尔维斯伯爵的画面，并以讨人喜欢的方式说明了马尔维斯行为的唐突，再加上他自己的说理，终于消了柳克丽霞小姐的怨愤。如此完成了他的目的后，才继而向她透露了所发生的一切。

第二天，马尔维斯伯爵准时赴约，出现在福克兰的酒店，福克兰到门口迎接他。由于还有事要安排，需要耽搁三分钟，所以福克兰请他进屋待一会。他们来到会客室，福克兰离开了，不久领着柳克丽霞小姐本人回来了。她打扮得体，尽显其迷人之处，她的魅力，又由于当时情形下她有意做出的令人鼓舞的、宽宏大量的谦虚屈尊而更突出。福克兰先生领着她走向惊讶的伯爵。柳克丽霞小姐把自己的手温柔地搭在伯爵的手臂上，并以最优雅的嗓音说道："请你允许我收回先前对你所表现的轻率与傲慢，好吗？"狂喜的伯爵几乎不能相信自己的耳朵，倏地一下子就跪在小姐的面前，结结巴巴地表示这份轻率来自于他本人，他只有请求宽恕；而且，尽管他们可能原谅他，他绝不能原谅自己对她及这位神一样的英国绅士的冒犯。等他最初的欣喜若狂平息下来，福克兰对他说：

"马尔维斯伯爵，以这样和平的方式消除你的愤恨，同时又实现你的幸福，我觉得这是最大的乐事。但我必须承认，你使我受到了严峻的考验。我的脾气不是不比你冲动和暴躁，我也不是总能这样克制的。但是我想，这次过失实际上因我而起。虽然你的猜疑是没有根据的，但也不荒谬。面对危险，我们都疏忽了。在当前社会形态和人性的弱点面前，我不应当如此殷勤地和这位迷人的女士往来。可以想想，有那么多的机会接触，又当她的老师，我已经开始卷入感情却还不自知，还心怀希望，这一点不足为怪。而这希望我后来差点就不太可能有勇气压制。为这轻率的行为，我得向你赔罪。

"但是决斗的规则太过残酷。尽管我渴望成为你的朋友，但我有足够的理由担心可能被迫成为杀害你的凶手。幸运的是，我的勇气已经为我赢得了名声，不会因为这次拒绝你的挑战而被毁。更幸运的是，你昨天是一个人来找我的。因此，处置这场意外的主动权就在我的手中了。如果把这一事件公开，除了挑衅以外，事件的结果也将为大家所知。现在我相当满意。但是，如果让我们之间的挑战公开化，我久经考验的勇气将不会原谅这回的控制；而且，尽管渴望避免决斗，但这并不在我的掌控之中。自此，让我们彼此双方都学会避免考虑不周、草率行事，否则其结果只能以血来平息。愿上天保佑你们这对天作之合。"

我已经说过，在他的旅行过程中，这并不是仅有的一例，福克兰用极具智慧的方式表现出自己是一个勇敢而德行兼备的人。他继续在国外游历了数年，渐渐地，他因为被玷污、荣誉受损变得更加急躁，同时，他也获得更多的尊重。最终，他觉得还是回到英国比较合适，打算叶落归根，安度余生。

第三章

或许受质朴的责任感的驱使,自他着手实现自己的计划开始,厄运也随之而来了。我要进一步讲述的是他经历的一段从未间断的邪恶命运,以及一系列源于不同的意外、结果却相同的危险遭遇。他由此受到了痛苦打击,而在所有人当中他是最不应该承受这些的;这些苦难像是洪流,漫过他,又带着致命的毒素涌向他人。而我本人正是最不幸的受害者之一。

而引起这些不幸的源头正是福克兰先生最近的邻居,此人名叫巴纳巴斯·泰瑞尔,有着和福克兰先生相当的财产。这个人,你最初可能会觉得他最没有资格给人指导,而他的生活习惯最不可能妨碍到像福克兰先生这样精神富有的人的幸福。泰瑞尔先生可能被错认为是英国乡绅的真正典范。他一开始受的是母亲的教导,其母能力平平,亦无其他子女。也许家里唯一有必要提一下的其他成员就是埃米莉·麦尔维尔小姐——泰瑞尔先生姑母的孤女,目前寄居在这座大宅里,这完全依赖于主人的仁慈。

泰瑞尔夫人好像觉得世上再也没有什么比她有前途的巴纳巴斯还珍贵的了。一切得为他的饮食起居和利益让道;人人得彻底卑从于他的命令。不准以任何形式的教导强求或限制他,因此,即便是写作和阅读能力,他也极其薄弱,极其不精通。他生来肌肉发达、四肢强健,在母亲难成大器的管教下,成长为一头幼狮,野蛮人或许用其来交换送给女主人的哈巴狗。

但是，不久他就挣脱了这些枷锁，结识了马夫和猎场看守。虽然过去面对家庭老师的时候，他曾经是桀骜不驯的；但当前在马夫和猎场看守的指导下，他特别好学。显然，在文学上的不精通也不再归因于缺乏能力。在骑马的技巧方面，他的聪明机灵不容小觑，在射击、垂钓、狩猎方面他都表现出超凡的行家本领。不仅如此，他还增加了拳击、棍术、棒术的实践与理论。这些运动为他增加了比先前超十倍的强壮与活力。

成年后，他身高超过了五英尺十英寸，体态足以让画家选作古代英雄的模特。而这类英雄勇猛得可以赤手空拳放倒一头牛，并一餐吃个精光。意识到自己身体方面的优越，他忍不住傲慢自负，对不如自己的人专横跋扈起来，对势均力敌的人也张狂无礼。他的聪明才智没有真正为自己赢得荣誉，让自己成为一个有用的人，却尽搞些愚蠢的恶作剧，成了一个十足的傻大个。如果其他条件一样，在此，与竞争对手相比，他还是略胜一筹；如果有可能忽视竞争对手们冷酷无情的性情，几乎没有人能否认他对这些怪人们所表现出来的创造力，以及伴随他们的粗野的、尖酸刻薄的智慧的喝彩。

泰瑞尔先生绝不愿意让这些特别的优势在遗忘中生锈。乡村贵族们的常去之地，即最近的市镇上有一个周会。他以最大的优势出任集会的会长。没有人拥有能与他相匹敌的财富，而且大多数人虽自称是上流阶层，但在财富这一本质条件上要逊色不少。圈内的年轻人觉察到他才智出众，都唯唯诺诺地尊敬这位狂妄的显贵，而他也十分清楚如何以强硬的手腕保持自己的地位。他也确实常常表情轻松，佯装出一副和蔼可亲、熟络无拘的面孔；但是凭经验他们发现，如果有人在泰瑞尔先生屈尊之态的鼓舞下，忘记应当表现得尊重，很快他将得到教训，为自己的放肆而忏悔。只有老虎认为玩弄老鼠是理所当然的,而小老鼠却时时刻刻处于被凶恶玩伴的尖牙撕碎的危险之中。由于泰瑞尔先生能言善辩,且想象力丰富不羁,总是对自己的听众很有把握。邻里乡亲簇拥其左右,随时准备掀起阵阵笑声,有的出自阿谀奉承,有的出自真心的赞赏仰慕。然而,在心情愉快之时,他也想表现一种特有的专横的儒雅。当听众在他这种熟稔之举的鼓舞下,放下警惕,他马上就会刚愎任性——顷刻间眉头紧锁,阴云密布;和蔼的语气即刻变得非常恐怖;他看着眼前的人不舒服就会为一点鸡毛蒜皮的小事反目大吵。他的突发奇想带给他人的愉悦也因此并非纯粹是恐惧和担心所带来的骤然不安。一开始时,大家会认为他以这种专横独断取得绝对支配地位也颇受争议。但一切反对都被这位乡村巨人安泰(古代希腊神话中的巨人)以高压手段平息了。仰仗于自己的财富优势及在近邻中的品行,他总是迫使对方用器械决一高低不可,并且不让对方心服口服决不罢休。要不是他的社会地位和勇猛已经为他赢得权威,再假以不凡的口才,或许人们早已没有耐心忍受泰瑞尔先生的专横了。

乡绅泰瑞尔在女性圈里的地位比在那些男人世界更加令人嫉妒。每一位母亲都教导女儿将牵手泰瑞尔作为自己的最高抱负。个个女孩都以赞许的目光注视着其健壮的体魄、公认的勇敢。超凡出众的强健体形或许总是特别的匀称,女孩们早早得到教诲,寻找男性的条件之一就是具备保护人的素质。因为没有人敢对他的优势提出质疑,面对表白,当地的女子几乎毫不犹豫地会选择他而不是其他的爱慕者。他"嚣张"的才智对她们有着特别的魅力,没有什么奇观能比看见这位大力士泰瑞尔为了自己动武更能满足她们的虚荣心了。这头野兽的毒牙,一想起就能令最勇敢的人胆战心惊,她们却能玩耍它而没有一丝危险,这是多么令她们愉快啊!

这就是变幻莫测的命运为成功人士福克兰先生预留的竞争对

手。这位桀骜不驯的泰瑞尔，尽管不是毫无洞察力的野蛮人，却是能够毁坏这位最有资格享有幸福、传递幸福的福克兰的前程的人。他们之间的不和因几个事件的巧合变得越来越深，终于到了无法化解的地步；他们互相视对方为死敌，我则成了不幸与痛恨的对象。

福克兰先生的到来给泰瑞尔在乡村周会等各种聚会上的权威带来极大的撼动。他的秉性让他绝不会不参加上流社会的休闲活动，然而，他和福克兰先生就像太阳和月亮一样注定绝不会同时出现在同一天空中。相对而言，福克兰先生的优势更加明显，乡里的人早就反感泰瑞尔这个残暴的恶霸了。迄今为止，他们因害怕却非爱戴他而屈从他；他们没有揭竿反抗，只因缺乏人来领导，甚至女士们也对福克兰先生特别满意。他谈吐文雅，与女性的纤柔特别相得益彰。他足智多谋，活力四射，泰瑞尔先生简直望尘莫及；而且，他的聪敏精明还能对自己冲动的感情加以约束与自律。举止的优雅更添外表的高雅，而且他仁心善行、胸怀宽阔，处处引人注目。泰瑞尔先生通常确实是不会身陷尴尬与困惑，福克兰先生亦如此。但那是因为泰瑞尔先生自鸣得意、厚颜无耻、狂妄嚣张、气势汹汹、强词夺理，才得以挫败自己的对手；而福克兰先生凭借自己的博学多才、自知之明，得以匠心独具、率直公正，能够瞬间掌握事情的动态，采取最恰当的方式予以解决。

泰瑞尔先生不安而又憎恶地关注着竞争对手的发展。他常常对几个特别亲信表示这真是让人不可思议，将福克兰先生说得非常不屑：因为身材矮小如侏儒，福克兰想要为人类设立新的标准，以适用于自己可怜的境况，他希望说服人们相信，人类生来就是一动不动坐着读书的。他想将那些能使我们快乐从事、最终充满活力的强身健体运动换成抓头挠腮、掐着指头吟诗作赋的脑力劳动。猴子与这样的好人无甚区别。一个只有猴子和一群吃牛肉与布丁的英国老信徒的国家是没有希望的。他从未见过学问有什么成果,除了让人浮夸无礼;一个明智的人情愿民族敌人因致命的谬论发狂,也不愿严重的灾难降临他们头上。人们不可能会认认真真地喜欢这样一位如此荒谬另类的进口的英国人的。但他本人十分清楚事实真相:这只不过是他不知不觉上演的一幕卑鄙的痛苦哑剧而已。假如他没有因此而得到痛苦折磨,上帝也会永远谴责其灵魂。

如果这就是泰瑞尔先生的情绪,那么他还得不断忍耐其他同胞对该问题的言辞。对于福克兰他只有鄙视,别无他想。邻居们似乎从不疲于对福克兰的赞扬:如此高贵!如此和蔼!如此持久地关注他人的幸福!如此细腻的情感!如此动听的话语!博学而不卖弄,高尚而不浮华,风雅而不娘娘腔。始终想着自己的优越性不给人带来痛苦,这么一来,观者所感受到的一定更加真实,得到的是道贺,而非嫉妒。这里乡邻的情操变化是人类精神最显著的特征之一,这是无须谈论的。最粗糙的艺术品在更加华丽的艺术品出现之前是受人钦佩的,我们也随之学会质疑之前满意的精巧之处。泰瑞尔先生认为乡邻们对福克兰先生的赞扬将会没有止境,他期盼着什么时候福克兰先生会失势,而乡邻们亦可停止对这位入侵者的崇拜。最不经意的喝彩却能使泰瑞尔痛苦得发抖。极度的痛苦使他扭动身子,面容扭曲,相貌可怖。这样的苦楚很可能使最善良的性情变得不友好,而这对泰瑞尔先生必定会产生一些后果,是暴躁、无情,还是粗鲁?

福克兰先生的优势并没有随着时日的推移而有丝毫的减弱。而每个泰瑞尔先生暴虐行为的新受害者都转向了其被公认的优秀敌手。而姑娘们尽管曾感受到他比其他青年高贵,还是偶尔会发现他的变化无常和傲慢无礼。她们忍不住对两位领袖的骑士气概做了一番评论比较,其中一个只顾自己,从不在意别人的快乐;而另一个则似乎随和愉悦、仁慈宽厚。泰瑞尔先生竭力控制自己性格的粗野部分,却是白费心机。他这么做是出于内心的难以忍受,他的想法阴暗,他求爱时就像大象的脚掌一样给人带来伤害。和现在闷闷不乐地竭力遏制自己的暴行相比,他沉湎于自己的自由爱好时还显得更加人性。

在乡村集会上的姑娘们当中,除了哈丁汉小姐没有其他人能吸引泰瑞尔先生的爱意。她也是为数不多的还没有转成"敌人"的姑娘之一。这要么是因为她真的偏爱这位老相识,要么是她经过深思熟虑后觉得这样做能确保自己更易找个夫婿。然而,有一天她认为向泰瑞尔先生表明或许试验一下都是合适的,如果他总是激怒她,她可以加入到对他的敌对行动中。因此,她要了点花招成为福克兰先生晚会的舞伴,尽管那位绅士一点都没想(不懂追求女性、闹点风流韵事有点不可原谅)冒犯那位乡里邻居。虽然福克兰先生谈吐谦逊细心,但闲暇时光都忙于思考严肃的问题不会引起流言蜚语,或者思考教区委员会、选区政治之类的大问题,也不会引起争执。

就在舞会开始前,泰瑞尔先生向他美丽的恋人走去,闲聊了一下以消磨时光,打算几分钟后牵着她进入舞池。他习惯了请别人跳舞时也不客套征询意见,因为他不认为有人胆敢抗拒他的邀请;另外,他觉得这种俗套在当时是没有必要的,因为平日他对哈丁汉小姐的偏爱早已众所周知。

正当如此这番盘算着时,福克兰先生过来了。泰瑞尔先生总是认为他很令人厌恶。然而,福克兰先生优雅而自然地加入到他们的谈话之中。他愉快而率直的话语足以使最邪恶的魔鬼缴械投降。泰瑞尔先生或许认为他和哈丁汉小姐搭讪只是随意的、普通的客套,盼望着他快点离开到房间的另一端去。

人群开始随着舞曲动起来,福克兰先生也向哈丁汉小姐发出邀请。

"先生，"泰瑞尔先生唐突地打断了他，"那位小姐是我的舞伴。"

"先生，我不这么认为，这位小姐已经非常乐意地接受了我的邀请。"

"不，我告诉你，先生。我很中意那位小姐的感情，不能容忍别的男人侵犯我的权利。"

"这位小姐的感情不是眼前问题的关键。"

"先生，这样谈判是徒劳无益的。让开，先生！"

福克兰先生轻轻推开对手，并且略带坚定地还击道："泰瑞尔先生！在这件事情上我们不要争执。如果我们自己难以协调，舞会的主人是解决此类争执的最合适人选。我们双方谁也不想在女士面前逞英雄，因此我们应高高兴兴地接受她的裁定。"

"先生，该死的！如果我没理解错……"

"泰瑞尔先生，放温和点，我没有要冒犯你的意思。只是，谁也不能阻止我的主张，我已经获得应允了！"

福克兰先生非常镇定地说了上述这些话，说话的声调显然提了起来，但是既不粗暴也不急躁。讲话的方式中显然有着某种魔力，对手的凶恶也平息了下去。哈丁汉小姐开始后悔自己的尝试，不过，新舞伴的威严、沉着很快使她平静下来，不再惊慌。泰瑞尔先生一言不发地走了，边走边低声诅咒着，没有让福克兰先生听到此话是一种对名誉的保全，要是福克兰听清楚了，确实会很棘手。泰瑞尔先生或许不会轻易放弃自己的想法，但眼下理智告诉他，无论他多么热切地想复仇，此处并不是他应该渴望占有的地盘。但是，尽管他不能公然怨恨福克兰对自己权威的反抗，邪恶的内心深处却念念不忘，愤恨不满。显然，他在为来日激烈的报复积累怨愤，相信会有让敌人面对的一天。

第四章

　　这仅是无数实例中的一例,泰瑞尔先生命中注定要忍受福克兰先生的羞辱,这样的羞辱每天都层出不穷。在所有这些事件当中,福克兰先生处事自然得体,好似不断地为自己提高声望。泰瑞尔先生则越是抗争越是不幸,而且没完没了。无数次,他诅咒自己的霉运,蓄意恶搞福克兰先生,相反,每一回都令他沦为福克兰羞辱的对象。连续受挫之后,他好像感到荣誉非常怪异地就给了对手,即使他完全无心这么做。这样的事情现在又发生了。

　　诗人克莱尔先生,其作品给家乡带来不朽的荣誉,他一生奉献给了最令人崇敬的创作事业,最近退休了,才开始享受自己的创作成果,在本社区声名显赫。乡绅们爱慕他、崇敬他。想到英格兰引以为豪的天才竟是他们本地人,他们难抑自豪之情;看到他时,他们绝不掩饰对他的感恩之情。克莱尔先生早年冒险离乡出去闯荡,晚年回到他们中间时,头上满是荣誉与财富的光环。读者熟悉他的作品,或许他一想到这些作品就喜不自禁。我不必提醒其作品的优秀程度,但或许他对自己的个人资历完全陌生;他不知道自己的为人比作品更令人称道。在众人面前似乎只有他不知道自己的名声之大。对整个世界而言,他的著作很长一段时间成为人们效仿的范本,但没有人像他能这么敏锐地领会到其不足,也没有人像他能那么清楚地看到自己需改正的巨大空间,似乎只有他一人能既优越又客观冷静地看待自己的作品。最超凡脱俗的特征之一就是他在礼节上永远温和、心胸宽容，因此他看待别人的错误时总是不带一点怨恨，谁也没有可能成为他的敌人。他指出别人的错误时总是坦坦率率，毫无保留，他的规劝令人意想不到、令人信服，但不会令人难堪不安。在听者看来，他们能感受到这种纠正谬误的方式，但绝不会伤和气。这就是克莱尔先生在熟人中显现出的超群的道德品质。他所展现的学识造诣主要是恬静温和的热情、丰富的想象、自然而然的言语流露，以及安逸轻松的表达。只有细细追溯，你才会发现原来各种各样的观点已经在不经意间得到表述了。

在这个偏远的地方，克莱尔先生的确发现很少有人能分享自己的理念和乐趣。隐居到偏远的地方，与大大小小的树林交谈，胜过与一群和自己一样强势、有理解力的能人们交往，这是大文豪们的弱点之一。自从福克兰先生到达这个社区开始，克莱尔先生就特别敬仰他。对于如此有洞察力的天才来说，无须经过长期相处和耐心观察，就能自然了解一个人的优缺点。他早就拥有不凡的判断能力，走过了杰出的一生，可以说此时他一眼即可识破人的本性。对在某种程度上和自己意气相投的人表现出一点兴趣也就不足为奇了吧？但在泰瑞尔先生病态的想象中，邻居福克兰所获得的每一份荣誉似乎都是故意对他的侮辱。另一方面，克莱尔先生的规劝在一定程度上显得温和、仁慈而不触怒人，但他绝不吝于赞扬，不太会利用别人对他的尊重，目的就是为了做到功过相平。

在一次福克兰先生和泰瑞尔先生都出席的公众集会上，有一群群的人在交谈，恰好两人出现在同一群人当中，他们正好谈起了福克兰先生的诗才。在座有一位女士，在敏锐的理解力上有点小名，她说自己读了福克兰先生不久前刚作的一首名为《骑士精神颂》的诗，觉得此诗异常细腻优美。这立即唤起了在场各位的好奇心。她又说自己口袋里正好有这首诗,要是作者不介意的话,正好可以满足一下大家的好奇心。在场的这一圈人马上恳求福克兰先生满足一下他们的愿望。人群里的克莱尔先生也力促福克兰先生同意。有机会目睹优秀的知识成果展示,让其价值得以充分发挥,是克莱尔先生最大的快乐。福克兰先生也不故作谦虚、矫揉造作,爽快地同意了。

泰瑞尔先生碰巧就坐在这个圈子的最尽头,他试图转移话题却怎么也不合他的意。他像是希望自己退出来,但不知是一股什么力量,施了魔法似的把他留在了原地,让他吃尽嫉妒之苦。

克莱尔为大家朗诵了这首诗,他的朗诵技巧不亚于其他方面的造诣。他的朗诵简单自然、精确到位、充满活力,很难想象还有比成为他的听众更完美的乐事。福克兰先生的诗歌之美,点点滴滴都得到了充分展现。作者连绵不断的激情传达给了听者。无论是冲动的还是严肃的,都以一种呼应的情感、流畅轻松的语气得到了传递。诗人富有创造力的想象勾勒出的幅幅图画,完全展现在观众眼前,令人敬畏的细节刻画一度震撼心灵,一度又传递出丰富的语言之美。

到了这会儿,听众的角色已经描述过了。他们多半朴素简单、未受教育,鲜有优雅之举。他们通常所读的诗歌,如果他们确实读过的话,也只是纯模仿,极少有感官上的愉悦,但这首诗却有着独特的风格,洋溢着灵感。这首诗,或许很多人看到过,没引起什么反应;然而克莱尔的声音却打动了听者的心。朗诵完毕,聆听者的感情早已和诗作所传递的激情产生了共鸣,纷纷对该诗表示赞扬。这种感动,连他们自己都觉得不习惯。一个人说完,另一个人情不自禁地马上接着说。这种直白的零碎的赞扬方式让他们显得更加奇怪、更加惹人注目。但最难让泰瑞尔容忍的却是克莱尔先生的举动。他把诗稿归还给那位女士,然后着重激励福克兰先生道:"哈!好文章就该如此。这就是标志。我见过太多的学究们牵强附会的批判性散文,也有太多无病呻吟的田园小曲。先生,像你这样的作品,真是我们需要的。然而,不要忘了,神圣诗人缪斯的灵感不是为懒散者附庸风雅,而是为了实现崇高的、无价的目标。行天命而为之。"

过了一会儿,克莱尔先生和福克兰先生及另外二三个人起身离开。他们一走,泰瑞尔先生马上往圈子里面挤。他已经默默坐了那么久,似乎要把一腔的怨恨和痛苦都发泄出来。"无比优美的诗文啊!"他没对着具体某个人,只是半自言自语地说,"哎呀! 哎呀! 这诗文就算够好了! 该死! 我倒想知道,这种可以车载斗量的大路货诗文美在哪里!"

"哎呀,当然了!"当时介绍福克兰先生诗歌的那位女士说,"你必须承认那首诗具有令人愉快的高雅的情趣!"

"高雅? 真的! ——什么呀! 你看看这位福克兰! 不足挂齿的东西! 苍天在上! 夫人,要是他能做好其他事,你认为他还会来写诗?"

这番非议并非就此打住。这位女士劝诫了一番,刚刚感受了该诗情感愉悦的其他几个人也加入了争论当中。泰瑞尔先生加倍恶言谩骂,并一吐为快。多少能够克制激烈情绪的人都沉默不语了,一个接一个陷入沉默当中,不敢反对,或是懒得对抗他的盛怒。他又见到了自己的支配地位,但是觉得这种优势很虚假和不牢靠,有点郁郁寡欢。

泰瑞尔先生和一位年轻人从集会上一起回来,臭味相投让年轻人成为他的主要心腹之一。他们回家有一段同路。你可能会认为刚才的对话泰瑞尔占尽风头,他已经充分发泄了怒气,但他回想起自己所忍受的痛苦,还是不能释怀。"该死的福克兰!"他说,"多么可怜的无赖! 到这儿制造了这么一场喧哗! 女人和傻子终将是蠢货! 无可救药! 最应该受到惩罚的是唆使他们的人,首先就是克莱尔先生。

他应当懂些世故，过去也受过华而不实与俗丽之物的愚弄。他也似乎对事情有些自己的见解。我不应该怀疑他会丧失理性、虚伪地为杂种们大呼小叫、厉声呐喊。世人都大同小异。看似比邻居好的人只不过是更狡猾。虽然他们处事方式不同，但用意相同。他曾经欺骗了我，但现在一切都结束了。他们制造了不和。傻瓜都会犯大错，要不是理当纠正的人怂恿他们继续犯错，他们是不会一错再错的。"

就在泰瑞尔先生斗胆数落福克兰先生几天后，福克兰先生意外地造访了泰瑞尔先生。福克兰先生不拘礼节、开门见山说明了来意。

"泰瑞尔先生，"他说，"我来是跟你做一番善意的解释的。"

"解释？我犯什么错误了？"

"先生，你没有犯错，正因为如此，我才考虑现在最好事先把事情说清楚。"

"先生，你太着急了！你明白吗？这样轻率，非但说不清楚，反而会把事情弄得更糟。"

"先生，我想我清楚。我非常有信心，我的用意很纯粹，也毫不怀疑，一旦你理解我来此的目的，你会欣然与我合作的。"

"福克兰先生，也许我们不可能有相同的看法。一个这样想，另一个那样想。也许我认为我没有很好的理由对你感到满意。"

"或许吧。然而，我没有责任为你的不快给出说法。"

"好了，先生，你无权弄得我心情不好。如果你是来利用我的，请去试试那些你能够搞定的家伙；如果因某种原因你还将固执地在我身上试验的话，下地狱去吧。"

"先生，我们之间，除了吵架，没有什么更容易的了。如果你想吵，不用担心，会有机会的。"

"先生，如果我认为你不是来威吓我的，那我就下地狱去。"

"泰瑞尔先生！先生——你当心点！"

"先生,我当心什么! ——你在威胁我吗? 该死的! 你是谁? 你来这里做什么?"

泰瑞尔先生的火爆脾气使福克兰先生想起了过去。

"我错了,"他说,"我承认。我来是为了我们能和睦相处。秉着这样的想法,我冒昧登门拜访。换个场合,我的感受可能会是什么呢? 现在,我将尽力克制自己。"

"呵! ——先生,那你现在还有什么打算?"

"泰瑞尔先生,"福克兰继续说道,"你很容易想象得出,我来此的原因不会是微不足道的。要不是事关重大,我不会费心造访的。我牢记自己想要沟通的东西,那就是我的到来,将是一种承诺。"

"我们正处在危急关头。我们正处在漩涡的边缘,一旦我们卷入进去,什么从长计议都将无能为力。我们之间似乎滋生了令人遗憾的嫉妒,对此,我心甘情愿摒弃,而且我前来是寻求你的帮助的。我们二人脾气都不错,且容易激动,容易心生怨恨。此时的防范也许对双方都不会显得不够尊重,可能我们很快就会希望要是早点采取防范措施就好了,而到时再发现已经太迟。为什么我们可能树敌? 我们品味不同,追求互不妨碍。我们两个都足以拥有幸福。我们可能广受尊敬,长久地尽享生活的安宁和乐趣。以此来交换不和之果,你觉得我们明智吗? 想起人与人之间因性格不同或弱点什么的引起的争吵,包括因此而产生的后果,不禁让人不寒而栗。先生,我担心,事态的发展将使我们俩之间至少有一方丧生,幸存者遭受不幸,懊悔不已。"

"说实话,你真是个怪人! 为什么要用这些预言、预兆来烦我?"

"因为这对你的幸福来说是必不可少的。因为现在由我来告知你你我之间潜在的危险比较适宜,而以后我已没有这份平和的心境了。

"争吵,只是大部分处于我们这种境况的普通人会做的。我们要做得更好。让我们表现一下,我们拥有那份大气去蔑视细小误会。如此看来,我们应该为自己大大地增光添荣。相反,这将仅仅为身边的人们提供消遣的笑剧而已。"

"你觉得如此?也许有点道理。但我同意成为世人的嘲笑对象才见鬼呢!"

"泰瑞尔先生,你是对的。让我们采取恰当的行动,努力互相尊敬。我们两人都不想改变自己的路线,如此就让我们各自都允许对方去追求自己的目标,不受烦扰。这就是我们的契约。相互克制,我们就能和平相处。"

说了这些,福克兰先生向泰瑞尔先生伸出了手,以示友好。然而这个手势太意味深长了。泰瑞尔先生似乎有所触动,这个刚愎自用的乡巴佬吃惊得往后退去。福克兰先生受这样的怠慢,正要发火,但还是克制住了。

"这一切都是非常不可理喻的,"泰瑞尔先生喊道,"要是你没有什么阴谋,究竟是什么使你如此迫不及待?我怎么会上当呢?"

"我的目的,"福克兰回答说,"是具有男子汉气概的、坦坦荡荡的目的。你为什么要拒绝理性的提议,拒绝对我们双方利益均等的关心呢?"

泰瑞尔先生有机会停顿了一下,而后又恢复了往日的那副德行。

"很好,先生,我得承认在这一切中你是比较坦率。现在我要一报还一报。我的脾气不知是怎么形成的,比较暴躁,也很难掌控。也许你会觉得是弱点,但我不想改变。你来之前,我过得很不错,我喜欢邻居们,邻居们也迁就我。但现在情况彻底改变了;只要一出门,没有不遭遇羞辱的,而且总是直接或间接地跟你有关,我下定决心恨你。现在,先生,只要你离开本郡,或离开英国,去任何你乐意去的该死的地方,只要不再让我看到,听到你,我才会答应有生之年决不跟你争吵。你的诗文，你的字谜，你的遁词，你的谜题，样样了不起，但与我无关。"

"泰瑞尔先生，请通情达理一点！难道我不会像你那样希望你离开？我是以平等的同辈身份来找你，而不是像仆人对主人那样来乞求你。在人类社会上，我们在享受的同时，也要忍耐一些事情。没有人可以认为世界是为他而创造的。让我们随遇而安，尽可能地适应不可避免的境况。"

"先生，这一切都说得很好听。但是我还是要重申：我们都是上帝创造的。我既不是哲人，也不是诗人。我不会去荒谬地追求将自己塑造成与现在不同的人。至于结果，该怎样就怎样，自酿苦酒自己喝。因此，你明白吗？我不会费心思考将发生什么，只会在事情来临时勇敢面对。我只能告诉你，如果你插手我的事，每一天我都会像讨厌番泻叶与缬草那样厌恶你。没有人请你来，今天你却来此多管闲事，故意显示你比世人都更加聪明，如果我还不更加恨你，那就让我下地狱去！"

"泰瑞尔先生，我已经来了，也预见到了结果，我是作为朋友来的。本来希望通过相互解释，应该能得到更好的谅解。我很失望，但是，或许冷静反思一下所发生的，你会赞同我的用意，会认为我的建议并非是不合理的。"

说完，福克兰先生走了。通过这次会面，他的举止无疑为自己赢得了特别的声望，但是他难以完全控制住自己的情感，甚至在他极具风范之时，为刺激对方，高傲之态也会溢于言表，而他控制感情的那种壮士之态间接地成了嘲弄对手的工具。这次面谈本意是出于高尚的情操，但无疑进一步加大了原本想要修复的缺口。

至于泰瑞尔先生，则求助于古老的权宜之计，向他的铁杆朋友吐露自己满脑子的混乱。他叫道："这是这位家伙的新诡计，来验证他自己臆想的优越性。我们十分清楚,他能说会道。如果这个世界将由言语来统治,他会很有利。哦,是的,他完全有利。但是瞎扯意味着什么?事情必须以另外一种方式来解决。不知道着了什么魔了,我居然没踢他,但总有一天我会踢他。这只是加在总账上的一笔新账,总有一天,旧账新账他必须全部偿还。这个福克兰像魔鬼一样萦绕在我心头,每当我醒着,就想起他,每当我睡着,就梦见他。他破坏了我所有的愉悦。我将乐于看到他被张布钩撕得粉碎,我要用我的牙磨削他的心脏。只有看到他毁灭了,我才会知道什么叫快乐。也许有些事情他是对的,但他是我无尽的痛苦之源。他就像是千斤重担压在我的心头,我有权甩掉它。他是否会认为我所忍受的一切都是徒劳?"

尽管泰瑞尔先生内心非常刻薄,然而也许他还是给了对手一些公正的评价。他的确对福克兰愈加的反感,但他不再把福克兰看成是卑劣的敌人。他尽力回避与福克兰的不期而遇;他克制自己满怀的敌意;他似乎在为猎物设下埋伏,积蓄毒液等待致命一击。

第五章

不久，邻近地区爆发了一种恶性犬瘟热。这种疾病对许多居民都是致命的，而且其形势空前严峻。克莱尔先生就是最早感染的患者之一。可以想象，这给周围地区带来多大的不幸和恐慌。克莱尔先生被大家奉为圣人，他行为镇定、举止谦逊、仁爱有加、心地善良，加上天赋过人、温和风趣、智慧超凡，是大家的偶像。在乡间安度晚年期间，他没有敌人。所有人都为他的生命受这场瘟疫的威胁而悲伤。他本该长寿，并在寿终正寝时满身荣耀。也许这些表象是靠不住的。也许是他本应警惕健康问题，但过于勤奋创作，有时时间紧、强度大、无间歇，体内早就埋下了病根。但是，乐观者必定会认为，克莱尔先生体质稳健、思维活跃、一向乐观，要不是疾病的来袭如此神速、如此凶险，或许能暂时将死神拒之门外，战胜疾病。因此，他眼下全身所承受的折磨倍加苦痛。

但是，没有人像福克兰先生那样悲伤难过。或许没有谁比他更深刻地领会生死关头生命的价值。他急忙赶到克莱尔先生的寓所，但是难以获准入内。克莱尔先生知道自己的疾病传染性极强，吩咐尽可能不让人接近他。福克兰报上名后，同样被告知不能例外。然而，他天生不是个容易气馁之人。福克兰倔强地坚持着，终于成功，但首先必须采取一定的预防措施，而这些预防措施，对于阻碍传染是最有效的。

他发现克莱尔正待在自己的卧室,但并未卧床。克莱尔穿着睡袍,坐在靠窗的办公桌旁,看起来很镇定,还乐呵呵的,但是难掩病入膏肓、面露死色的样子。"福克兰,"他说,"我真的不想让你进来,但是没有任何人能让我比见你更高兴的了。转念一想,还能有谁愿意冒险前来而不是闻此病而避之不及呢。对于你来说,要塞不会因为指挥官的变节而失守——你不会被传染的。我自诩聪明,却不知道自己是怎样被感染的。但是不要因为我而气馁,我忽视了危险,要不然我不会得这种病的。"

　　进入克莱尔寓所的福克兰先生,无论如何都不同意离开。克莱尔先生认为,待在屋里要比从纯净的空气和受感染的空气中进进出出感染疾病的危险低,也就不再相劝。"福克兰,"他说,"你进来的时候,我刚完成了我的遗嘱。我不满意原先起草的那个版本,并且眼下这样子,也不打算召见律师。事实上,对于神志清醒、意愿纯粹的人来说,不能由自己宣读遗嘱会很怪。"

　　克莱尔先生继续表现得从容超脱,就好像自己的身体非常健康。从他欢乐的语气和坚定的举止上,根本想不出他即将走到人生的终点。他仍然踱着步,说着理,开着玩笑,表现得如此泰然自若。但是,很明显,他看上去一刻比一刻变得更虚弱。福克兰先生一直注视着他,既焦虑又钦佩。

　　"福克兰,"克莱尔先生沉思片刻后说道,"我感觉我就快要走了,对于我来说,犬瘟热是一种奇怪的病。昨天我还好好的,可是明天,我就将成为一具毫无知觉的尸体。凡人生死瞬间阴阳两相隔,太奇怪了!这一刻,我们积极、快乐、敏锐,满腹经纶,富有乐趣,善于教导、启迪他人;可是下一刻,我们就将成为世上毫无生机、令人作呕的累赘。这是很多人的宿命,也将是我的。"

　　"我感觉在这个世上,我还有很多未尽之事,但是这些都不可能实现了。我必须要为过去的一切感到满足，现在就算我全身心地投入也是徒劳。疾病来势汹汹，对我毫不留情，我的时间不多了。起码这些事不受我们的掌控：它们只是那一系列永恒前进的事物中的一部分。虽然我不能再贡献自己的一分力量，但公共福利事业、宇宙的运转都将继续。福克兰，这项事业将由你及像你一样的年轻一代继续下去。如果社会进步不能给我们带来纯粹的快乐，也无关我们的生存问题，那么我们的存在就显得卑劣无比。人如果享受过了如我后半生那般的平静生活，对后世也就没有什么好嫉妒的了。"

克莱尔先生端坐了一整天，从容而愉快地与死神搏斗着。比起硬躺在床上休息来说，这样更有利于消除疲劳，保持精力充沛。一阵阵剧痛不时地向他袭来，但是，刚感觉痛，他马上就克服了，并笑对病痛对他的"无作为"。疼痛或许会摧毁他的身体，但是影响不了他的情绪。一次次地汗湿衣襟，继而又全身发干，皮肤滚烫。接着，他身上出现青灰色的斑点，还伴有寒战，但是这一切都被他顽强的意志克服了。接下来，他变得宁静安详。过了一会儿，他决定上床时，已经入夜了。"福克兰，"按着福克兰的手，他说道，"死亡并没有像有些人想象得那么艰难。当一个人站在死亡的边缘往回看，就会惊叹，死亡可以来得那么轻而易举。"

克莱尔先生躺在床上有一会儿了。万籁俱寂，福克兰希望他已经睡着了，但是，他错了。不久，克莱尔先生拉开窗帘，看着他的朋友。"我睡不着，"他说，"如果能睡得着，那就意味着康复了。在这场斗争中，我注定要失败的。

"福克兰，我一直挂念着你。我想不出还有谁的未来，能让我抱着如此大的期待，好好照顾你自己。不要让这个世界夺去了你的美德。我了解你的弱点，就像我了解你的优点一样。你性急、冲动，一旦出错，就会糟糕透顶。不然，你将是个有用之才。请你慎重地考虑,消除这样的错误!

"但是,以我现在的情形,只能给你一个简短的劝告,即使不能如愿地改变你,至少我还能做一件事情。我提醒你提防即将面临的伤害。谨防泰瑞尔先生,不要低估他。鸡毛蒜皮的小事就可能酿成巨大的祸害。泰瑞尔先生狂暴、固执、冷酷无情;而你太热忱,对受到的伤害非常敏感。如果一个如此卑微,根本无法与你相提并论的人,把你的一生变得不幸、内疚,那将是多么令人遗憾啊。我有种非常不好的预感,因为他,一些可怕的事情将会降临在你身上。好好想想吧,我不强求你做出承诺,也不会盲目地束缚你,我希望你公平理性地行事。"

此番劝告让福克兰先生深受感动。此刻克莱尔先生在他心目中的慷慨形象,真是难以言表。他显然在控制着自己的情绪。"我会做得更好的,"他简洁地回答道,"不要担心我!我会牢记您的劝告的。"

克莱尔先生谈到了另外一个话题。"我已经安排你做我的遗嘱执行人;你不会拒绝我这个朋友的最后请求的。认识你很开心,但是时间太短了。不过我很好地观察了你,并且了解了你。你千万不要辜负我对你的殷切期望!

"我有一些遗产。以前,我周围不缺人,他们都是我亲密的朋友,我珍惜每一个人。眼下这种情形,我没有时间,也不想召集他们。我希望他们想念我不是因为财产。"

克莱尔先生说完便卸下了心里的负担,接下来的几个小时,他没有再说别的。临近清晨的时候,福克兰先生轻轻地把窗帘拉上,看着这个垂死之人。他的眼睛是睁着的,温和地转向他年轻的朋友。他的脸凹陷进去,死神已经离他不远了。"我希望你好些了。"福克兰轻声地说,像是怕打扰到他一样。克莱尔先生从被子里抽出手,伸了过来,福克兰走上前,握住了他的手。"好多了,"克莱尔先生的声音压在喉咙里，很不清楚，"现在搏斗结束了，我已经完成了我的任务。再见了！切记！"这是他最后说的话。他又撑了几个小时，嘴唇不时还蠕动一下。最后，他走得悄无声息。

福克兰先生焦虑地看着这一幕。希望病人能度过危险期，又害怕打扰朋友的弥留时光，这一切令他沉默无语。在最后的半个小时里，他站了起来，眼睛紧紧地注视着克莱尔先生。他目睹了克莱尔先生最后的喘息及身体最后小小的抽搐。他继续这样注视着，有时候会想象着看到了重生。最后，他不能再骗自己了，他心烦意乱地大吼大叫着："就这样了吗？"他想扑到克莱尔身上。侍者阻止了他，并试图把他拉到了另外的房间里。但是，他挣脱了侍者，身体依依不舍地趴在床上。"这就是天才、美德、英才的结局吗？人类社会的杰出人物就这么走了吗？啊，昨天！昨天！克莱尔，为什么我不能替你死！可怕的时刻！不能挽回的损失！他的思想正当成熟而富有活力，但是我们失去了他！而他的才能，他才表现了万分之一的才能！啊，他是一个教育圣贤，教化我们的道德世界！这就是留给我们的一切！雄辩的口才没有了！心脏活跃的跳动没有了！最贤明的人走了，但是整个世界却对它的损失毫无知觉！"

泰瑞尔听到克莱尔先生的死讯却是别样的激动。他公开承认自己并没有原谅克莱尔先生对福克兰的偏心，因此也不会缅怀克莱尔先生的善良。即便他能够不计较过去不公正的待遇，结果同样不能消除他内心的憎恨。"福克兰，的确在病床前照顾他，就好像除了他，别人就没有资格和克莱尔私密交谈一样。"但是最糟糕的是遗嘱执行人的身份。"不管怎样，这个独断的家伙把我抛下了。卑鄙的家伙，他根本不是人！他一定要把比他优秀的人踩在脚下吗？难道人人都不懂人是什么东西吗？难道仅仅以貌取人，在强人面前选个最浅薄的？而且还是在病床前。（泰瑞尔残忍无情，总是带上这些粗暴的宗教观念。）当然，他的处境可能会使他感到羞耻。可鄙的人！他的灵魂会因此深受折磨。他让我寝食难安，不管后果如何，他都得负责任。"

克莱尔先生离世后，再也没有人能够有效地化解泰瑞尔与福克兰之间的仇恨，并且，也没有人能对泰瑞尔的过分行为加以约束。这个粗俗的暴徒，一直不自觉地迫于邻居克莱尔先生的睿智和名望而有所收敛。尽管他性情残暴，但是直到最近才流露出敌意。在克莱尔先生定居临近地区到福克兰先生从欧洲大陆过来这一小段时间内，种种迹象表明，泰瑞尔有了很大的改变了。如果不是福克兰闯入他的圈子——在那里他早已习惯自己的霸主地位，那么事实上他会更加满足。但是，和克莱尔先生没有什么好竞争的，克莱尔先生令人尊敬的品格使他屈服。这位伟大的人物似乎经历了所有辛辣的论争，超脱一切有损名誉的曲解和嫉妒。

然而，克莱尔先生的温和，只要跟泰瑞尔有关，都会变得扑朔迷离，因为克莱尔考虑到了这两个绅士们之间的竞争。既然克莱尔先生的风度和美德的影响力已经不复存在，泰瑞尔的性情就变得比以前更加邪恶。福克兰先生周围的阴郁气氛渐浓，这种阴郁在福克兰的亲朋好友之间也弥漫开来。泰瑞尔的执拗与残暴与日俱增，真实地反映了这场蓄谋已久的不祥的宿怨。

第六章

所有的结果很快都得到了应验。故事里接下来要发生的这个事件从某些程度讲对这场大灾难尤为关键。到目前为止，我只讲述了一些微不足道的小事，看上去似乎又没有什么关联的，尽管这些事情对两方的心态都有着致命的影响。但是，接下来所有事情都发生得十分迅猛惊人。这种生死攸关的悲剧迅速发展，仿佛在藐视人类欲阻挡其发展的智慧与力量。

泰瑞尔先生目前心中膨胀的邪恶念头，一股脑都发泄在佣人和家眷身上，但最主要的受害者非前面提到的那位年轻女士莫属，也就是泰瑞尔的姑妈留下的孤女麦尔维尔小姐。麦尔维尔小姐的母亲无视亲人的反对，草率地，或者更准确地说，不幸地嫁了人。亲人们曾约好，若她这么鲁莽，就都不再支持她。结果，她的丈夫比一个投机者好不了多少，很快就花光了她的钱，也伤透了她的心。由于她跟家人闹掰了，她得到的财产比他预料的要少得多。结果她什么也没给幼女留下。在这种情形下，受托付的亲属代表出面说服泰瑞尔夫人，也就是乡绅泰瑞尔的母亲，让她接受麦尔维尔为家庭的一员。为公正起见，她获得了母亲曾因一时轻率而被没收的那一部分财产，这部分钱现已使家里的男主人手中财富剧增。这一点泰瑞尔夫人和儿子却从未想到过。泰瑞尔夫人认为，她承认埃米莉小姐的那种模棱两可的境地，确切地说既不是家庭的一位成员，也没有得到家人应有的待遇。泰瑞尔夫人认为这么接受她已经是最高尚仁慈的了。

　　然而,埃米莉小姐起初并没有意识到自己的身世可能带来的耻辱。泰瑞尔夫人尽管傲慢专横,但心地不坏。家里的女管家杰克曼曾经过过富裕的日子,性格十分正直,待人和蔼亲切。她早就和小埃米莉结下了友谊,事实上小埃米莉多半是由她照料的。对埃米莉来说,她尽心地报答老师为她所付出的心血,十分顺从地学习杰克曼夫人能够传授的不多的技艺。但最重要的是,她吸收了杰克曼夫人愉快与朴实的性情,形成了一种随和的、奋发向上的性格,促使她表露自己情感时绝不愤世嫉俗,也不掩饰、不伪装。除了从杰克曼夫人那儿学到的优点,埃米莉还获允跟老师学习。那些老师是泰瑞尔公馆雇用来教她表兄的。事实上她的表兄经常不愿意去听他们的课。要不是还有麦尔维尔小姐来听课,他们常常也就无所事事了。因此,泰瑞尔夫人鼓励埃米莉学习,另外,她设想这样活生生的教育成果可能可以间接地诱使他亲爱的巴纳巴斯去学习,这是她唯一的动机。当然,她不愿逼迫巴纳巴斯学习,而文学与知识的内在吸引力,她又完全不知。

　　埃米莉渐渐地长大,显得非常敏感。要不是她非常温柔随和,她所处的环境和遭遇或许会令她终日愤愤不平。她断不能被称为美女,她身材娇小,皮肤黝黑,脸上还有得过天花后留下的印记——虽不至于毁了面容,但足以使脸上失去平滑与光泽。尽管她长得不出众,但依然十分迷人。她的面色健康柔和,眉飞色舞,尽显一副机灵劲,且思维敏锐,愉快率真。她所受到的教育,虽不算很正式,却使她不再愚昧无知,但又不失野性,与不善算计、不多疑的人有得一驳。她逗人开心,却似乎没有意识到自己言行中的高雅品位;或者说,从未受人唆使而变得堕落,她并不在意自己的资历,她从年轻人的喜好出发,根据自己合理的理解,谈论自己的看法,不追名,不溢美。

舅母去世后,她现在的处境没什么改变。这位精明的女士或许认为将麦尔维尔小姐当作泰瑞尔家族的血脉是一种亵渎,在遗嘱里也没有给予她太多的关注,只是像打发佣人似地在遗嘱里列了一百英镑给她。她从没有得到泰瑞尔夫人的亲近和信任。既然现在只在泰瑞尔一人的保护之下,泰瑞尔对她似乎比他母亲在世的时候更为宽大。他是看着她长大的,尽管只年长六岁,他感觉自己对她的幸福有着一种父亲般的责任。对他来说,习惯渐渐地使她变得必不可少。无论是田间工作的间歇,还是饭桌上的快乐,少了麦尔维尔小姐的陪伴,他就会觉得孤独凄凉。血缘亲近,又缺少美貌,让他无法对她想入非非。她的主要技艺就是常见的、肤浅的那些,即跳舞和音乐。赴附近的聚会时,她的舞技让他乐意带上她。而在最上层的圈子里,无论什么场合,他可能觉得将她当作女仆来介绍更合适。她的音乐水平经常把他逗乐,有时在他打猎疲惫后,她会很荣幸地弹奏乐曲催他入眠。他常似苦工般悲观阴郁,但喜欢听和谐的音乐,所以她经常能够以音乐的方式抚慰他的不安。总的说来,某种程度上她可以说是他的最爱。当佃户和佣人惹他不高兴时,她是他们习惯求助的调解人。她有着特权,能够在他像狮子一样吼叫、生气的时候泰然地接近;她可以大胆地跟他讲话,她的恳求总是那么温和、公正。当拒绝她时,他之前的怒气已消了一半,不再那样令人畏惧了,对她的放肆也会会心一笑。

麦尔维尔小姐就这样过了好些年。她那野蛮的保护人以罕见的宽容对待她,掩盖了她不稳定的处境。但他的性格一向很暴躁,自打福克兰定居附近之后,逐渐地变得更加残暴。他将自己以前对待好脾气的表妹时的彬彬有礼忘得一干二净。而她那些嬉闹的把戏也不是总能减少他的怒气,有时候他有赖于她的好言相劝,但他的急躁、严厉依然令她浑身哆嗦。然而,她快活自在的性格很快就使她忘记这一切，又会毫无变化地回复到老习惯中。

这时发生了一件事情，使得泰瑞尔更加尖酸刻薄。尽管麦尔维尔小姐没有得到命运的眷顾，但至今也还算是幸福。而此次事件的发生最终导致了她的幸福终结。福克兰先生从欧洲大陆回来的时候埃米莉恰好十七岁。在这个年纪，对于集潇洒英俊、风流倜傥、高尚品德于一身的异性特别地难以抗拒。正因为不会伪装自己，她显得很轻率。她被指贫穷，但从未感受到贫困的痛苦，也没有思考过社会富裕阶层与贫困阶层之间存在的无法逾越的鸿沟。每次在公共集会上与福克兰先生不期而遇时，她都会投去爱慕的眼光。虽然从未认清自己所陷入的情感，她的目光却急切热忱地到处追随着他。她没有像其他人那样，认为他生来就拥有本郡最大的地产之一，有资格拥有最富有的女继承人。她只关心福克兰，他自身拥有的那么多优势，没有厄运可以将其剥夺。总之，有他的场合，她就神魂颠倒，他永远是她梦幻里的主角。然而，他的形象在她内心激起的情愫，却只不过是看到他时的瞬间的快乐罢了。

福克兰回报给她的关注似乎足以鼓励一颗像埃米莉一样有满满情感的心。当他看着她时，他的脸上洋溢着一种特别的满足感。他曾在大伙面前说他觉得麦尔维尔小姐很亲切，很有趣，这是一位当时在场的人告诉她的。他还说他很同情她无依无靠又贫困的处境，要不是担心多疑的泰瑞尔先生会对她有偏见，他本该乐意对她表示更特别的关注。所有的这些都使麦尔维尔小姐认为他具有非常迷人的高尚品格，要不是因为刻意去想他所拥有的巨大财富，她就会对他的卓越成就充满敬意。但是，她貌似否认自己与福克兰先生之间存在的所有区别，然而她或许怀有一种复杂的情感，就好像命运冥冥中有件事能调和这显然是最不相容的矛盾。她的脑子里充满了思绪：偶尔一两次在喧闹的公共场合福克兰表现得彬彬有礼，归还她失落的扇子,给她添茶以解窘境,令她怦然心动……爱幻想的她心中又多了一个狂想。

　　大概就在这个时候,发生了一件事,使得麦尔维尔小姐不再摇摆不定,而是坚定了对福克兰先生的情感。克莱尔先生去世后不久的一个晚上,福克兰先生待在他已故的朋友那里,因为他是遗产执行人,而且碰巧由于某些小事,他比预计的多滞留了三四个小时,深夜两点才回家。此时,他远离都市,四周就好像罕无人迹般的沉寂。月光如洗,周围的一切光影婆娑,夜幕下一片庄严肃穆。福克兰先生是带着柯林斯一起来的,他想到在克莱尔先生家要处理的事务在某些方面与这个忠诚的家仆经常处理的日常事务有点相似。福克兰先生当时还没有习惯要求周围的人对他要规规矩矩,并记得他的身份。因此,他和柯林斯在回去的路上早就谈开了。周围迷人肃穆的景色使他突然停住了话语,他可能想好好享受这一切,不想被打扰。他们骑了没多远,就看见前方的不远处好像有一股大风卷起,也能听见大海奔腾般的咆哮声。这时,半边天被映得通红,而这个意外的角度使他们目睹了眼前的奇景。他们继续前行,景象越来越清晰,最后一览无余,原来这是由一场火灾引发的。福克兰先生扬鞭策马,他们靠近时,眼前的景象更加令人恐慌。火势愈来愈猛,视域所及之处大部分已被大火包围,火苗四蹿,火势助长,一切都吞噬在明亮耀眼的火海中,有点像是火山的剧烈喷发。

　　火就从一个他们要经过的村庄开始蔓延,已经有八到十间的房子着火了,整个村庄仿佛顷刻间就会被烧毁。因为之前没有经历过类似的大灾难,村民们都极其惊慌失措。他们迅速把家里可搬走的东西、家具都搬到附近的田野上。在搬走家具细什这一能想到的安全措施后,他们再也想不出进一步的补救措施了。只能双手抱在一起站在那儿,在极度无望中注视着无情的大火。在这个地方,无论以何种方式获取到的水都起不了作用。此时，又起风了，火势蔓延得越来越快。

福克兰先生思忖片刻，好像在思索自己能做点什么。然后他指导他身边的一些村民将一间房子拆掉。这间房子还没有着火，但隔壁那间已是一片火海。村民们似乎非常惊讶，这不是自毁财产吗？处于险境中的村民是不能同意的。看到他们都一动不动站在原地，福克兰先生跳下马，以命令的口吻让村民们跟着他走。他迅速爬上房子，很快出现在了屋顶上，仿佛处在了火苗之中。在紧跟着他的两三个人的协助下，随手能拿到什么工具就什么工具，拆开一串烟囱的支架，猛力地将烟囱推倒火中。他跑过一个又一个的屋顶；让每个地方的人们都着手救火，然后下来看看其他地方还有什么要做的。这时，一位老妇人突然冲一间着火的屋子大喊大叫，脸上惊恐万状，一等能冷静地认清自己的处境，她所忧虑的似乎立马改变了。"我的孩子呢？"她边哭喊，边焦急地在周围人群中搜寻起来。"噢，她不见了！她在火中！救救她！救救她！我的孩子！"撕心裂肺的尖叫声响彻夜空。她冲向房子，旁边的人竭力阻止，但她立刻把他们都推开了。她冲进过道，看见的尽是可怕的坍塌物，接着就想猛冲进正在燃烧的楼梯间。这时，福克兰先生看见了，他连忙追过去抓住她的胳膊，原来是杰克曼夫人。"不要！"他的声音洪亮，但仁慈又不容违抗。"待在街上！我会找到你女儿，我会去救她！"杰克曼夫人听从了他的话。他叫离她近的几个人看住她，然后问埃米莉的房间是哪个。杰克曼夫人到村里是来拜访姐姐的，她把埃米莉也带来了。福克兰先生爬上隔壁的房子，然后通过天窗进入埃米莉住的房间。

他发现埃米莉已从睡梦中醒来，也意识到自己的处境有多危险，她立即在自己身上裹了一件宽大的睡袍，这几乎是女性的习惯所致。之后，她极其绝望地查看了四周。这时，福克兰先生出现了，她闪电般地飞奔进他的怀里，没经思索，本能地抱着他、贴着他。她思绪万千，无可名状。时间凝固，她好像沐浴在爱河里一生一世。两分钟之后，福克兰先生又出现在街上，怀里抱着他那可爱的、半裸的埃米莉。如果他不那样做，就没有人去救她了。千钧一发之际，他从死神手中将埃米莉抢夺了回来，并将她还给她慈爱的保护人。然后他又投入先前的救火工作中。凭借沉着冷静、不屈不挠的人道精神，以及不知疲倦的努力，福克兰先生从火灾中拯救了该村四分之三的房子。

大火最终被扑灭了，他再次去寻找杰克曼夫人和埃米莉。此时埃米莉已经穿了另外一件衣服，之前的那件已经在火灾中被烧毁了。他对这位年轻女士的安全表示出最真挚的关心，然后让柯林斯尽快将他的马车送过去并陪着她。就此过去了一个多小时，麦尔维尔小姐之前从未看到福克兰先生那么多品质。当他挤进她的心房时，一切都是新的，他是个男子汉，仁慈、细心、坚定、公正。她现在有一种困窘的感觉，好像福克兰先生来救自己的时候，她表现得有点儿不够得体。加上其他的情感，整件事情变得既令人担忧，却又令人陶醉。

埃米莉一到家门口，泰瑞尔先生就飞奔出去接她。他刚听说了发生在那个村庄的令人悲哀的意外，所以对好脾气的表妹的安危很是担心。他不假思索地表达了人之常有的感情关怀，当得知埃米莉很可能成为那场发生在大半夜的大灾难的受害者时，他极为震惊。他讨好地将她拥入怀中，忧虑稍纵即逝，脸上一片欢欣。埃米莉一进入那知名的府邸，一下子便来了精神，喋喋不休地描绘当时她所处的险境，以及福克兰先生又是怎么救她的。泰瑞尔从前就受不了天真的埃米莉对福克兰先生的赞扬，但这些跟埃米莉现在的滔滔不绝比起来，根本就是小巫见大巫。爱情在她身上制造了不同的效果，尤其在当前这一刻。爱情本来会让人假装羞愧，帮助人意识到自己的失常。她描述着他当时的动作和应变，思考问题周到而机敏，救火时慎重而又勇敢。在她朴实的故事里，一切都是仙境和魔力，你看到的是一个积善行德的天才查看和掌控着整个局面，却不知道他是用了什么方法实施自己的计划的。

　　泰瑞尔耐心地听了一会儿埃米莉率直的诉说，甚至忍受了其他人对福克兰先生的喝彩，因为福克兰的相救，他得了一个巨大的恩惠，没有失去埃米莉这么重要的宝贝。但对福克兰先生过度赞扬的话题使他感到恶心，他忍无可忍，最终用粗鲁的话语结束了这个故事。很可能，每当回忆起此事，情形会比当时更令人感到侮辱，更难以忍受；他的感激之情逐渐消失，但对福克兰先生的过度赞扬之词始终盘旋在他的脑海里，回响在他的耳边——埃米莉已经与福克兰结成联盟，影响到他的平静生活。而就埃米莉而言，她丝毫没有意识到自己的冒犯，在任何场合都会将福克兰先生当作优雅风度和真正智慧的典范，她一点儿也不会掩饰自己。她不能想象其他人对福克兰先生并不像自己那样崇拜，她朴实的爱比以前来得更加炙热。她认为，福克兰先生是因为对她有同样的感情才使他冒着生命危险把她从火里救出来的。她相信，这份感情很快就会明朗化；同时，这份感情也会使她的爱慕对象能宽容她有点不相称的地位。

　　起初，泰瑞尔委婉地制止埃米莉对福克兰先生的赞扬，试图用不同的方式让她明白福克兰不合他的意。他惯于好言相劝，埃米莉是很容易被说服放弃自己的意愿的，所以泰瑞尔要阻止埃米莉并不难。但下一次，她的嘴皮子总是不听使唤，又会讲起她最喜爱的话题。她只服从自己坦率仁慈的心灵。世界上最难的事情莫过于对埃米莉使用恐吓的手段了。她从不伤害动物，哪怕是一条小虫，她不能想象会有人对她怀有恶意与憎恨。她的脾气使她不会顽强地反对保护她的人，她从来都是毫不犹豫地服从，因此她从来没有受到过严厉和苛刻的对待。这令泰瑞尔先生一听到福克兰其名，反感不仅依旧如故，而且还与日俱增，麦尔维尔小姐也对自己的言行更加谨慎。她会在表扬福克兰先生时欲言还休。这样的气氛当然会产生令人不舒服的效果，这是对她愚笨的亲戚——泰瑞尔先生——最尖锐的讽刺。在这种时候，她有时会好心好意地告诫泰瑞尔说："亲爱的先生！嗯，我不明白你怎么那么小心眼，我相信福克兰先生一定会在这世上对你有帮助的。"直到她看见泰瑞尔露出不耐烦的手势和严肃的表情，才闭上嘴。

终于，埃米莉完全克服了自己的疏忽和粗心的毛病，但为时已晚，泰瑞尔已经怀疑她对福克兰先生的感情，那是她不经意间接受的感情。他的想象力，在痛苦中变得不同寻常，给他各种各样的谈话开场白。如果她不是受到这么反常的限制，早就开始赞扬福克兰先生了。与之前的多话相比，她对该话题的有所保留使得泰瑞尔更难以忍受。他对这个不幸的孤儿的仁慈逐渐地减少了，埃米莉对他无比憎恨的福克兰先生的偏爱成为恶毒命运对他的最后迫害。他认为自己将要被所有人遗弃。所有人在致命的魔法作用下，都是老练、虚伪的，他对大自然未开化的诚恳的子子孙孙深恶痛绝。满怀着这些令人忧伤的感觉，泰瑞尔先生对麦尔维尔小姐不再柔情万分，取而代之的是深深的厌恶。再者，由于他一向不受制于人，他决定好好报复她，以泄心中的愤怒。

第七章

　　泰瑞尔和几个心腹商量下面该怎么办。尽管他平时对他们也很粗暴傲慢，但他们也很同情他，他们认为，一个微不足道的女子，无财无貌，理应感激泰瑞尔先生对她的看重。这位无情的表兄首先想到的是把她赶出家门，让她自己讨生活去。但泰瑞尔清楚这样做会招致无尽的谩骂。最后，他想到了一个计划，既能充分保全他的声誉，同时又能让她受到莫大的羞辱和惩罚。

　　为此，泰瑞尔物色了一个二十岁的小伙子，是格瑞姆斯家的儿子，租种了他老友家的地。他决定硬把这个小伙子塞给麦尔维尔小姐做丈夫，他也很精明地怀疑因为她正对福克兰柔情万分，会不情愿接受这个婚约。而他挑选的这位格瑞姆斯先生任何方面都跟福克兰先生大相径庭。他还不算是那种品行不端的小伙子，却粗野笨拙得让人意外。肤色没有人样，五官不端正、不协调得有点不可思议。嘴唇厚笨，声音粗哑，两腿还算一样长，但双脚却畸形又笨拙。他虽本性不坏，但却与温柔体贴一点都不沾边。他体会不了别人的风雅，因为他自己从不曾儒雅过。他是拳击好手，这让他偏爱那些非常粗暴的消遣活动，甚至在别人对他刻意的挖苦中也能得到快乐，因为他感觉不出其中的侮辱，自然也不会在他心中留下伤害。他的言行聒噪不羁，不顾他人感受，顽固执拗，这些都不是因为他性格暴虐、冥顽不化，而是他想象不出那些美好的感情，那些人类历史上美好模子里所铸就的美好情操。

这个粗野的半开化的野蛮人，对满怀怨恨的泰瑞尔来说正是合适人选。迄今为止，埃米莉是一直幸免于他的专横迫害的唯一例外，地位卑贱就是她的保护神。一般贵族人家的女孩要受无数琐碎的规矩束缚，人们觉得用这些条条框框去束缚她没意义。她像一只小鸟无忧无虑地在天然的小树林中鸣唱，既有野性，也不失雅致。

因此当表哥建议格瑞姆斯先生做她丈夫时，霎时让她大吃一惊，沉默无语。但是，很快她便恢复了平静，回答道："不，先生，我不想要丈夫。"

"你需要的！难道你不想要个男人？是时候给自己安个家啦。"

"格瑞姆斯先生！不，不行！就算我要丈夫，也不该像格瑞姆斯先生那样的。"

"住口，你怎么敢给你自己如此莫名的权利？"

"主啊！我该怎么和他相处？你还不如把你那条狗给我，让我给它做一个丝绸垫子躺在我的床上。况且，先生，格瑞姆斯是普通的庄稼汉，而我的确听舅妈常说我们家是名门望族啊。"

"瞎扯，我们家？你是我们家的一分子？厚颜无耻！"

"哎呀！先生，难道你的爷爷不正是我的外公吗？那么我们怎么不是一家呢？"

"毋庸置疑，你是那可耻的苏格兰人的女儿，他挥霍了我露西姑姑所有的财产，留下你这个乞丐。你得到了一百英镑，而格瑞姆斯的爸爸承诺也给他一百英镑，你怎么敢瞧不起跟你一样的人？"

"先生，我确实不是自大，但我的的确确不会爱上格瑞姆斯先生，我很满意现在的自己，为什么要我嫁人？"

"别瞎扯了！格瑞姆斯下午会过来。好好表现，否则，他若有一丝不满，就会记着报复你的，到时候你不会喜欢的。"

"不，先生，你不是认真的吧？"

"不是认真的？该死的，我们走着瞧。我知道你在想什么。你宁愿做福克兰的情人，也不愿意做一个普通农民的妻子。但我得替你张罗——这就是娇宠的结果，必须挫挫你的娇气。该教教你认清好高骛远的幻想与现实之间的差别了。或许你感到一丝愤怒，但没关系。自大总是要付出代价的。如果你的表现丢人，我也将承受指责。"

麦尔维尔小姐很不习惯泰瑞尔先生如此奇怪的语气，她觉得自己根本不知道如何应付。有时，她想泰瑞尔真的是早就谋划好要强加给她一个自己不能承受，甚至都不敢想的丈夫。但现在她拒绝了表哥的这个非难她的建议，她认为这是有失体面的做法，而且她认为他也只是在试探她。然而，怎么办？她决定去问一直以来给她建议的杰克曼夫人，并向她复述了事情的经过。杰克曼夫人看待整件事情的角度与埃米莉迥然不同，并为她亲爱的受保护人未来的平静生活而感到忧心。

"上帝保佑！我亲爱的妈妈！"埃米莉痛哭起来（这是她对这位忠实管家的昵称），"你想不到吧？反正我豁出去了。不管发生什么，我决不嫁格瑞姆斯。"

"但你能怎么办呢？主人会强迫你的。"

"不，现在你觉得你是在跟一个小孩讲话吧。是我要嫁人，不是泰瑞尔先生。你觉得我会让别人替我挑选丈夫吗？我不会这么愚蠢，绝不会。"

"哦，埃米莉，你一点都不知道你的处境有多么不利。你的表哥是个粗暴的人，如果你不顺从他，就有可能被他赶出家门。"

"哦，妈妈，你这么说可太坏了。尽管泰瑞尔先生偶尔会发发脾气，但我可以肯定他是个好人，他非常清楚，在婚事上我追求自己幸福是对的，而且没人会因为做对事而受到惩罚呢。"

"的确不会，亲爱的。但是世界上就有非常恶毒专横的人。"

"好了，好了，我永远都不会相信我表哥是这种人。"

"我也希望他不是。如果他是的话，怎么办呢？无疑，我会令他生气，这让我感到很难过。"

"怎么办？唉，到时候我可怜的埃米莉就成为无家可归的人了。我怎么忍心看到这些？"

"不，不，泰瑞尔先生刚刚告诉我我有一百英镑。即使我没有财产，不也就是跟其他千千万万的大众一样吗？他们的生活有苦也有乐，我为什么要悲伤？妈妈，不要担心。我决定了，说什么都绝不嫁给格瑞姆斯。我很坚决。"

这番话后，杰克曼夫人忍受不了这种不安和焦虑。为消除疑虑，她径直去了泰瑞尔那儿。她问话的方式充分表明了她对这场婚姻的看法。

"那是真的，"泰瑞尔先生说，"我本想跟你谈谈这件事。这丫头满脑子都是莫名其妙的念头，那会毁了她。你或许知道这些怪念头是怎么来的。在她被毁了之前，该采取措施了。这是最快的方法也是最好的方法，趁热打铁。简而言之，我决定让她嫁给格瑞姆斯。男方没有什么不好，你说呢？你对埃米莉很有影响，你也知道，我希望你能把她引到'正道'上来。我可提醒你，你最好这么做。我敢说，她是个粗鲁的刁妇。如果我不尽力将她从堕落中拯救出来，慢慢下去，她会变成淫妇，最后和人尽可夫的妓女没什么两样，腐烂在污秽场所里。我在帮她成为朴实的农民之妻啊！但这位可爱的小姐却无法忍受我的想法！"

下午，格瑞姆斯如约而至，单独与埃米莉见面。

"好吧，小姐，"他说，"看起来这位绅士有意成全我们。对我来说，本不应该有这种奢望。但是，既然乡绅起了这个头，如果你也乐意,哎呀！我就是你男人了！对瞎马点头或眨眼都一样,你表示一下吧。"

泰瑞尔先生意外安排的提婚使埃米莉倍感耻辱。这种怪异的场景让她很困惑,而所谓的对象的粗蛮更是令她狼狈不堪,意外万分。格瑞姆斯则将她的困惑当成是羞怯。

"好了,好了,不要沮丧了,要随遇而安。这有什么关系呢？我的第一个心上人是贝特·巴特菲尔德,但是那又怎样？该怎样就怎样,悲伤不能当饭吃。她是个身材高大的好姑娘,这话一点都不假。身高五英尺十英寸,壮实得像骑兵。哦,她会干很多活。起早摸黑,亲手挤完十头牛的牛奶,不管天气是好是坏,冰雹狂风,或者雨雪纷飞,都会穿上她的短外套,骑车载着两挂篮去赶集。她那冻伤了的两颊,红得像她家果园里的红苹果,看了你就会心生爱怜！对了,她还很有力气,能轻而易举地战胜收割的男工,在这人背上狠捆一下,那边已把另一人摔倒,这边来个恶作剧,那边开个玩笑。可怜的姑娘啊！在洗礼仪式时,从楼上摔下来,摔断了脖子,送了命。的确,我再也没遇到过像她这样的女人了！但是,不关你的事。我一点都不怀疑,经过进一步了解,在你身上能找到更多的优点。你看起来腼腆害羞,实际上很厉害。要是我把你弄个蓬头乱发,就可以见分晓。小姐,不管你怎么想,我不是小孩子了,我知道什么是什么,我的眼力和别人一样尖。唉,唉,你会明白的,是鱼都会上钩,别不信。是,是,我们会慢慢好起来的。"

尽管有点迟疑,埃米莉还是打起精神感谢格瑞姆斯先生的赞赏,但也坦承不喜欢他的那一番话。因此,她恳求他不要再往下说了。要不是格瑞姆斯太过喧哗,太过兴奋无法安静下来,而且以为自己只凭片言只语就足以了解对方的暗示,埃米莉的抗议会更加清楚。这时,泰瑞尔先生不耐烦地打断了他们的谈话,以免他们进一步了解,并刻意阻止他们俩过于了解彼此的爱好。有意思的是,格瑞姆斯把麦尔维尔小姐的不情愿当作是少女的害羞,未出阁姑娘的娇羞。要不然,这也不太可能在他心里留下深刻的印象。格瑞姆斯早已习惯地认为女人天生是男人的玩物,他抨击那些老是教女子们自己做主的人。

随着交谈的深入,麦尔维尔小姐看出了这位追求者更多的弱点,也更为反感。但是,尽管她的品行没被虚荣惯坏,但这些虚荣常常会使原本衣食无忧的家人感到痛苦,她至今还不曾习惯反抗,而且越来越敬畏泰瑞尔。有时候,她想着逃离这儿,逃离这座像牢笼一样的住所。但是,她年少时就在这里待着,又少不更事,她盘算许久之后还是退缩了。杰克曼夫人的确不能忍受把年轻的格瑞姆斯当作她亲爱的埃米莉的丈夫,但是,她谨小慎微,决定尽她最大的力量阻止埃米莉想要摆脱绝境的过激行为。她无法相信泰瑞尔先生会如此顽固,如此不可理喻地迫害埃米莉。她力劝麦尔维尔小姐暂时忘记追求个性的独立,哀婉地对表兄的固执己见表达自己的抗议。她对埃米莉的口才很有信心,杰克曼夫人只是不知道野蛮人泰瑞尔心里在打什么主意。

麦尔维尔小姐听从了她管家妈妈的建议。一天早晨,早饭刚过,她走向古钢琴,弹起了一首又一首的曲子,其中好几首还是泰瑞尔先生最钟爱的。杰克曼夫人早已出去了,仆人们都去忙各自的事去了,泰瑞尔先生本来也该走了;他的思绪有点乱,以往他都能在埃米莉的琴声中得到快乐,但是这次却没有。然而,眼下埃米莉指尖流淌出来的音乐比往常更有味道。想到她要去恳求表哥的这一因由,她的心收得更紧了,也更加坚定了。同时她不再不敢面对贫穷,不再为此感到无助战栗。泰瑞尔先生无法就此离开房间,他一会儿焦躁地来回踱着步,一会儿威胁那力求取悦他的可怜无辜的人。最后,他一屁股坐到对面的椅子上,将视线转向埃米莉。他情绪变化得很明显。此时,他紧锁的眉头渐渐放松,面部的皱纹逐渐舒展开,露出一丝笑意。之前他注视埃米莉时常有的这种和蔼可亲,像是在他心中复苏了。

埃米莉看到了时机。她弹完一曲,便赶紧起身走向泰瑞尔先生。

"今天,我弹得好吗?弹后你不奖励我一下?"

"奖励!唉,过来,给你一个吻吧。"

"不,我不要那个,虽然你已经好多时日不曾亲吻我了。以前你说爱我,还称我为你的埃米莉。我敢肯定,你不曾像我那样地爱你。你还没忘记所有曾经对我的好吧?"她急切地补充道。

"忘记?不,不,你怎么会问这样的问题呢?你依然是我亲爱的埃米莉!"

"哦,那真是快乐时光啊!"她回答道,语气有点悲伤,"你知道吗?表哥,我希望自己能醒来后发现上个月——就那一个月左右——只是梦境。"

"你那是什么意思啊?"泰瑞尔先生变了语气,"小心点!不要惹我生气。现在不要跟我谈你的那些不切实际的想法。"

"不,不,我脑子里没有不切实际的想法。我说的是决定我一生幸福的事。"

"我明白你的心思。不要再说。你知道,以你的倔强来折磨我是徒劳无益的。你不会让我有好心情的,一会儿都没有。我决定了的,关于格瑞姆斯的事,全世界的人都不可能使我放弃。"

"亲爱的,亲爱的表哥,为什么?你现在细想一下啊。格瑞姆斯是一个粗俗蠢笨的乡下人,就像故事书里的奥森。他需要找一个和他相配的妻子,他和我在一起感到不自在,不知所措,就像我和他在一起时一样,也会感到不自在。为什么我们俩要被逼着做谁都不乐意的事呢?我不知道你是怎么想的。但是现在,看在主的面上,放弃吧！婚姻是严肃的事情，你不要一时兴起就把两个人凑在一起，我们没有一个方面合适。我们会一辈子感到屈辱、绝望的。月复一月，年复一年，我不可能做回我自己，但是至死我应该爱一回。我相信，你不会给我造成这些伤害。我做了什么，而让你成为我的敌人呢？"

"我不是你的敌人。我告诉你，你需要远离伤害。但是，如果我是你的仇敌，我也不会像你那样厉害地折磨我。难道你不是一直在给福克兰唱赞歌吗？难道你没有和福克兰相爱吗？那男人对我来说，就像是恶魔！我还不如是个乞丐！我还不如是个侏儒，或是个怪兽！曾经我被认为有资格受人尊重。然而现在，在那个法国化的无赖诱使下，他们说我粗鲁、乖戾、残暴！的确，我不能出口成章，我不会伪善谄媚，也不会抑制真情实感。这恶棍知道自己那点可怜的优势，无休止地侮辱我。他才是我的对手和迫害人。最后，貌似这一切还不够，他想方设法在我家人中挑拨离间。你，因一桩苟合婚姻而出生的丢人的毛孩子！我们出于仁慈接纳了你。你必须与你的恩人过不去吗？而你伤害我，这是在所有人当中我最无法忍受的。如果说我是你的敌人，我难道没有理由吗？你这样伤害我，我有像你这般把伤害强加在你身上吗？再说你是谁啊？像你这样的五十条命都不能弥补我一小时的不安。如果你没在刑架台上被折磨过二十年，你永远也不会明白我的感受。但是，我是你的亲人，我清楚你要走的路，我决心把你从那伪善的、摧毁我们的贼人手中拯救出来。留着这危害，每一刻它都会变得愈来愈糟。我决定立即拯救你。"

泰瑞尔先生愤怒的忠告令麦尔维尔小姐温柔的心里产生了一些新的感悟。之前，他从没有如此明了地袒露过内心深处的情感。但是，他狂暴的思想使他再也难以自制。埃米莉很惊讶，表兄和福克兰先生竟有不解之仇。她曾天真地想着，可以认识福克兰，同样还可以崇拜福克兰，可谁知泰瑞尔对自己怀着深深的怨恨。她也不十分清楚为什么，在泰瑞尔可怕的怒火面前，她退缩了。她确信，要让表哥桀骜不驯的脾气有任何的缓和是没有一点指望的。但是，她的惊慌绝非胆怯，而是坚定信心的前奏。

"不，先生，"她回应道，"真的，我无论如何都不会被迫按照你喜欢的那样做。我一向听从你，只要是合情合理的，我仍然听从你。但是，这回你的要求太离谱了。你告诉我福克兰先生怎么了？我曾做了什么值得你如此刻薄猜疑？我现在是清白的，将来也是。格瑞姆斯先生很好，必定能找到他喜欢的女人。但是他不适合我，就算打死我，我也不愿成为他的妻子。"

对于埃米莉此时表现的情绪，泰瑞尔先生震惊之极。他曾很有把握地掂量过埃米莉温顺的性格。现在，他竭力控制之前表现出来的严厉情绪。

"该死的！指责我，你配吗？你期望人人都任你差遣？我心里知道，你也明白我的心思。我坚持让你接受格瑞姆斯的追求，收起你的怒气，给他一个机会，好不好？如果你继续任性，我想这事就泡汤了。别指望不管你愿不愿意谁都会娶你。我向你保证，你没有这样的身价。假若你知道自己几斤几两，趁着那小子情愿，你就嫁他了吧。"

表哥最后几句话使麦尔维尔小姐欣喜万分，结束眼下的烦恼指日可待。她同杰克曼夫人谈了这些，杰克曼夫人祝贺埃米莉，泰瑞尔先生重新变得温和、理性；也对自己谨慎地力促小姐向泰瑞尔提出巧妙的劝告感到欣慰。然而，她们的高兴没能持续得太久。泰瑞尔先生告知杰克曼夫人，他必须得派她出趟远门办件事，会耽搁她好几个星期的时间。尽管这一差使从表面上看不出一点破绽，但是这一不合时宜的分离还是令二人预感到一丝丝担忧。同时，杰克曼夫人告诫埃米莉要不屈不挠，提醒她表兄已经表现出内疚，并鼓励她以勇气和好脾气争取一切。尽管埃米莉本人为自己的保护人、参谋在这关键时刻离开而忧伤,但泰瑞尔的预谋或欺骗还未引起她的高度警觉。她祝贺自己走出这令人惊恐的烦忧,快乐地结束了人生的第一场大波澜——这可是美好未来的预兆。她用不屈不挠和机警换来了从前对福克兰先生的甜蜜幻想。她耐心地承受着这些。他们之间的不确定性,甚至令她渴望延长而不是缩短这种扑朔迷离但不失快乐的关系。

第八章

对泰瑞尔来说，没有什么比让他计划就这样被终止更难以忍受的了。一摆脱女管家干扰，他立刻实施了一整套全新的计划。他将麦尔维尔小姐关在房间里，切断了她与外界的任何联系方式。他派自己信赖的女佣看管住她，该女佣曾经和泰瑞尔有着情爱关系，她把泰瑞尔给予埃米莉的特殊待遇看成是她失宠的根源。泰瑞尔竭尽所能损毁埃米莉的名声，他跟女佣交代了必要的防范措施，防止她潜逃到邻居那里，或防止她跳窗自杀。

埃米莉小姐已经被关了二十四小时，有理由相信她的精神应该对当前的处境有所屈服。泰瑞尔先生认为应该去看一下她，解释一下如此对待她的理由，使她了解一下她希望改变处境的唯一出路。埃米莉一看见他，就摆出一副她从未有过的坚定面对他，并对他这样说道：

"哦，先生，是你吗？我要见你。看来是你下命令把我关在这里的。这是什么意思？你有什么权力囚禁我？我欠你什么？你母亲留给我一百英镑，你有想过再增加一些吗？不过，即使你有，我也不想要。我并不想假装比别的穷人家的孩子过得好。我能像他们那样养活自己。比起财富，我宁可要自由。我知道你对我所表现的坚定很意外。但是当我任人宰割时难道不应当反抗吗？要不是杰克曼夫人死命地劝我，要不是我把你想得太好，你现在的所作所为应该受到惩罚,我早该离开你了。但是,现在,此时此刻,我想离开你的住所,我一定要离开,你别想阻止我。"

这样说着,埃米莉站起来朝门口走去,而泰瑞尔则被这番慷慨陈词惊得目瞪口呆。然而,眼看她即将逃出他的势力范围,他一下子惊醒过来,将她拉了回去。

"你想做什么?贱货!你以为厚颜无耻就可以打败我?坐下!给我好好待着!你不是想知道凭什么我将你关在这里吗?就凭我对你的所有权。房子是我的,你在我的控制之下。现在没有杰克曼夫人怂恿你;对了,也没有福克兰为你而恐吓我。该死的,我就跟你作对,让你的阴谋诡计落空。你认为可以就这样随随便便反对我?你何曾听说过有谁反对我的意愿而最终不后悔的?我会被你这个毛丫头吓住?我还没有给你财产?该死的!休想!谁把你养大的?我还没跟你算吃的住的呢!你难道不知道债权人有权阻止债务人逃走吗?随你怎么想,但必须关到你嫁给格瑞姆斯为止。天地都不能阻止我战胜你的固执。"

"心胸狭小、残酷无情的家伙!我没人保护,你满意了吧!但是我不像你想象的那般无助。你可以关住我的人,但征服不了我的心。嫁给格瑞姆斯先生?你就想借此实现你的目的?任何磨难也不会让我屈服这不公正的对待。你不习惯别人违抗你的意愿!我何曾违抗过?再者,这完全是我个人的事情,我的意愿就可以随便违抗?你可不可以放弃为你自己制定的这一原则,其他人可以因此不受苦?我不要你的任何东西,你怎敢拒绝我要做一个有理性的人的权利,穷得自在,无忧无虑。你希望认识你的人尊重你,赞赏你,你看看自己的表现,你是个什么样的人?"

埃米莉勇敢的斥责,一开始使让泰瑞尔满怀惊讶,这个无人保护的天真的姑娘令他窘迫而敬畏。但是,他的惶惑只是由于一时惊讶而引起的。这第一波情感逐渐平息后,他骂自己居然为她的劝告所动,更加生她的气,因为在她事事都要担惊受怕之时竟然敢公然对抗他的怨愤。他独断专横、冷酷无情的秉性使他几乎陷入疯狂。同时,他阴郁、阴暗的习惯使他考虑施展各种各样的阴谋来惩罚她的固执己见。他开始怀疑公开较量取胜的可能性很小,因此,决定使用阴险狡诈的伎俩。

泰瑞尔发现格瑞姆斯完全可以帮助他实现自己的目的。这家伙没有一点心机,认知能力也低得可怜,适合来做损害人的事。他的好坏理念仅仅是能不能吃饱的问题。对待那些以不切实际而折磨自己的女人们的娇气,进行辱骂是必不可少的。他认为对年轻女子来说,没有比成为他的妻子更幸福的命了;他还觉得,在此期间她假定自己遭受了种种不幸,嫁给他都足以得到弥补。因此,泰瑞尔耍了点伎俩诱惑了一下,格瑞姆斯就轻易地被说服加入出卖麦尔维尔小姐的阴谋中了。

事情就这样按计划发展下去,泰瑞尔通过看守(因为曾亲自和埃米莉讨论的经历,他不想再去探望她),故意让埃米莉小姐越来越感到恐惧。这个女人,有时候假惺惺地装友好,有时候毫不掩饰敌意,不时地告知埃米莉婚礼筹备的进展。某一天她说:"主人已经骑马去看过一个整洁的小农场了,那是给你们新婚夫妻当住所的。"另一天又透露说:"家畜和家具已经采购好了,婚宴已万事俱备。"然后她还告诉埃米莉说:"结婚证已经办好,牧师已经准备就绪,婚礼的日期已经择定。"尽管埃米莉更加担忧,但当她竭力去嘲笑这样的程序不经她的同意是没用的时候,这个狡猾的看守给她讲述了好几桩逼婚的故事,并向她保证,婚礼一旦举行,抗议、沉默、昏厥都将统统没有用,都不可能推迟或取消仪式。

麦尔维尔小姐的处境相当可怜。除了迫害她的人,她没法跟任何人交流。没有一个人可以商量，没有一个人可能给她哪怕一丁点的安慰和鼓励。她有刚毅的精神，但不曾得到磨炼。因此不能指望她有多么不屈不挠，无疑，能得到更多的信息会更好一些。她有着纯净高贵的精神，但有一些女性的弱点。她的精神在一直担心受到攻击的恐惧中消沉下去，健康也明显受到了影响。

她的坚定就这样被暗地里瓦解了。格瑞姆斯根据泰瑞尔的指使，在第二次见面时小心地向她抛出了这样的暗示：就他本人而言，从来没有在意过这桩婚配，而且她是那么不情愿，如果这从来没有发生过，他将会更高兴。然而，他现在被置于两难境地，他认为自己必须结婚，无论愿意还是不愿意。他稍有迟疑，这两个乡绅毫无疑问会毁了他，因为他们习惯了毁掉违抗他们意愿的下等人。埃米莉欣喜地发现她的仰慕者人品那么令人赞许，真诚地催促他赶紧履行这一高尚的宣言。她的一番陈述既有说服力又充满活力。格瑞姆斯好像被她热情的态度感动了，但并不赞成去憎恨泰瑞尔先生和他的房东。不管怎样，最后他提出了一个计划，不为人知地帮助她逃跑。确实，他们是最没有可能怀疑到他的。他说："的确，有人会说，你以有点轻蔑的态度拒绝了我。也许你认为我比畜生好不到哪里去。但我对你没有恶意。我要做给你看，我比你一直认为的那个人的心肠要好得多了。损害自己的利益，违背所有朋友的意愿，你的行为有点奇怪。但是，如果你心意已决，你明白吗？一个女子完全不像我这样心甘情愿，我不屑成为她的丈夫。因此，我甚至会帮助你创造条件，追求自己的所爱。"

埃米莉听了这些建议，先是渴望和赞许了一番，但是一讨论到逃跑的细节，她的热情有点消退了。正像格瑞姆斯告知她的那样，她有必要在深更半夜时逃跑。他会隐藏在院子里，带着撬锁器，将她从关押的房间救出去。这计划未能安抚她忐忑不安的心。将自己投进千方百计要逃避交往的男人的怀抱,是件离奇的事;而且,一想到要成为终身伴侣,这个男人又是所有男人中她最不能忍受的。黑暗、荒僻的环境更是令这一切蒙上了阴影。泰瑞尔住所极其偏僻,离最近的村子还有三英里远,离杰克曼夫人姐姐居住的村子也不下七英里,麦尔维尔小姐不能指望从杰克曼夫人姐姐那里得到保护。天真朴实的埃米莉从没有想过要怀疑格瑞姆斯会虚情假意、残酷地利用这些情形。但她的理智不由自主地厌恶把自己一个人交给这样一个男人,而且最近她一直认为这个男人是奸诈的表兄利用的工具。

将这些问题思忖了一会儿后,她想出一个权宜之计,要求格瑞姆斯叫杰克曼夫人的姐姐到院子里等她,但格瑞姆斯断然拒绝了。他甚至对这个提议大发雷霆。在这样危险的事件中要求他向别人透露他牵扯的事情,说明埃米莉对他没有一点感激之情。对他来说,他绝不会出现在任何活人面前,这是为了他自己的安全考虑。他提出这样的建议纯属好意,如果小姐不相信他,一丁点也不信任他,那么她就自己对自己负责吧。他决心一点都不去迁就她,因为她在他面前就像路西法本人一样狂妄自大。

埃米莉竭尽全力去平息格瑞姆斯的怒火,但她的这位新同盟的口才不能说服她马上消除疑虑。她要求到第二天再决定。后天就是泰瑞尔先生选定举行结婚典礼的日子。同时,她收到五花八门的暗示,这样的命运正等候着她。准备工作就这样在有条不紊地进行着,给她带来的焦虑、痛苦、辛酸无以复加。如果她的心能有一刻的停歇而不去想这件事,女看守一定会以狡猾的暗示或者挖苦的话语立马打破她的安宁。正如她后来所说的,她感到孤独无助,无人指点,就像是刚挣脱束缚的未成年人,却没有一个人对她的命运表示关心。她至今还从未树过敌,现在已经三个星期没见到有人注意过她了。如果不是无情地下决心毁灭她,至少她找不到表兄为何要如此完全隔绝她的充足的理由。现在,她第一次体验到从小就没有父母的痛苦,寄身于与自己根本不平等之人的施舍下的痛苦,还希望从他们那里得到友谊的眷顾的痛苦。

接下来的那个晚上,她的内心最为焦虑。头脑暂时陷入空白,心烦意乱,浮想联翩,种种暴力虚幻的场面浮现眼前;她仿佛看见自己落入死对头的手中,他毫不犹豫、绝不手软,彻底将她毁灭。她清醒后的思想也安慰不了自己。她实在承受不了内心的挣扎。黎明将至,她终于决定不顾一切危险,将自己交给格瑞姆斯。这个决心一下,她感觉自己的心明显轻松了不少。她无法想象这一行动可能出现的不幸后果,但与待在表兄家里、反抗表兄的意愿而不可避免会出现的后果相比,这样做是值得的。

当她告诉格瑞姆斯自己的决定时,很难看出格瑞姆斯的反应是高兴还是痛苦。他确实笑了,但笑得有点生硬,或者是挖苦,或者是祝贺。但是他再次保证自己将尽心尽责履约,如期实施计划。同时,那天不断有婚礼的礼物送来,准备工作也在有条不紊地进行,这一切都表明这一事件的导演者的坚定决心和志在必得。埃米莉本希望,随着婚礼的临近,他们会有几分放松对她的关注。如果那样的话,她决定,时机一到,她就可以逃离看守和她勉强选择的新同盟。尽管她密切关注这一机会,最后却发现不可行。

决定她幸福的那个晚上终于来了。在这种情况下,埃米莉的内心极度焦虑。她首先发挥自己的聪明才智,躲过警觉的看守。而这个无耻绝情的恶霸看守非但没有变得温和一些,反而试图嘲笑她。于是,有一次,看守躲藏了起来,害得埃米莉以为障碍已消除了,却在楼梯顶附近,即走廊的尽头撞见了她。"亲爱的,你好吗?"她不无嘲弄地说,"小东西,你以为自己够狡猾能瞒骗过我,是吗?哼,狡猾的小吉普赛人! 去,回去,亲爱的。走!"埃米莉深深感到自己被捉弄了。她叹了口气，不屑回答这个下等粗人。再一次回到房间，坐在椅子上，她沉思了两个多小时。接着，她走到橱柜处，把抽屉翻过来，匆忙而有点手忙脚乱地翻找衣物，心里想着，这对逃跑会是必要的。看守寸步不离地跟到那里，观察着她默默做着一切。到了休息时间了。"晚安，孩子。"这个粗鲁的女看守准备离开时说，"要锁门了，接下来的几个小时属于你自己，充分利用！宝贝，你认为你能从锁孔偷偷溜出去吗？八点钟你会再见到我。然后，然后，"她拍了拍手，补充道，"一切都结束了。在你和你诚实的男人结为夫妻之前，太阳肯定不会升起了。"

这个放荡的看守道再见的语气有点怪，引起了埃米莉的疑问。"她是什么意思？她可能知道了我为接下来几个小时的计划？"这是首次涌现的怀疑，但很快又被否定了。她痛心地收起少数几样她想带走的必需品。她本能地竖起耳朵，焦虑地听着外界的声音，几乎能听清树叶的颤动了。时不时她以为听到脚步声了，如果是踩踏的话，但声音那么轻，她都不能确定是真的脚步声，还只是她的幻觉。然后一切都沉寂了下来，仿佛宇宙的运动都静止了。不久以后，她觉得自己听到了嗡嗡声和轻轻的咕哝声。她的心在发抖，有那么一秒钟她怀疑起格瑞姆斯的诚信。这种怀疑现在比以往任何时候更令人担忧，但是太迟了。此时，她听到了房门钥匙转动的声音，这个乡巴佬出现在她眼前。她跳起来，喊道："我们被发现了吗？我没有听到你说话？"格瑞姆斯蹑手蹑脚地上前，将手指压在唇上，回答道："不，不，一切都很安全。"他抓起她的手，沉默地把她牵出了房间，穿过了院子。他们往前走的时候，埃米莉用眼睛扫了一下门口和通道，带着一种可怕的疑虑环顾了一下四周。但是正如她所希望的那样，四处空无一人，一片寂静。格瑞姆斯打开已开了锁的后门，那门通向一条荒僻的小路。那里有两匹专门为此次出逃预备的马，拴在一根离院子不到六码的柱子上。格瑞姆斯推开了他们身后的门。

"我的天啊!"他说道,"我的心都提到嗓子眼了。来接你时我看见了马夫穆恩从马厩的后门闪身出来。他离我就一个跳步那么近。但是我在黑暗中,他手里拿着灯笼,没有发现我。"他一边说着,一边扶着麦尔维尔小姐上了马。一路上他一点儿也没有烦她;相反,他显得出奇的沉默与深思,这样的情况也绝不令埃米莉讨厌,因为他的话从来就不曾让埃米莉满意。

前行了两英里后,他们进入了一片树林,穿过那片树林,沿着路就可以到达他们的目的地了。正值仲夏,夜幕下伸手不见五指,一片温和宁静。他们进入了这片黑暗荒僻树林的腹地了。格瑞姆斯借口探路,故意策马与埃米莉并驾前行,突然,他伸出手去,一把勒住了埃米莉的缰绳。他说:"我想我们还是在这里停歇一会吧。"

"停歇!"埃米莉惊呼道,"为什么要停歇?格瑞姆斯先生,什么意思?"

"嗨,嗨,"他说道,"不要大惊小怪了!你认为我真是那么个大傻蛋,花那么多力气只是为了满足你的幻想?我相信没有人会认为我是匹驮马,为别人办差,却不知其因。我不能说一开始我就非常想拥有你,但是你的态度连我的祖宗都热血沸腾。越得不到的越想得到,或者高价的媳妇更得宠。泰瑞尔先生认为很难得到你的应允,但在黑暗中求婚是最保险的。他说在他家不会有这样的结果。所以,你看,我们就到这里来了。"

"看在上帝的份上,格瑞姆斯先生,你在想什么!你不能卑鄙地毁掉一个寻求你保护的可怜人。"

"毁掉?一切过去之后,我要把你变成本分的女人。不仅如此,还要把你变得没有一点傲气,不会和过路人耍花招。在这里我占有你,就像是马厩里的马一样安全。周围一英里范围内,没有住宅,连小棚屋都没有。如果我还错此良机，我就是黑鬼了。的确是啊，你真是头可人的小猎物，我一刻都不可浪费。"

麦尔维尔小姐只有一个片刻时间可以整理思绪。她觉得根本没有希望去打动这个顽固不化、缺乏教养的畜生，而自己眼下处于他的掌控之中。但她性子里的镇定自若、大胆无畏还在，还没等格瑞姆斯兴奋的话音落下，她突然用力猛拉，缰绳挣脱了他的手，同时她策马全速飞跑起来。等格瑞姆斯从惊讶中反应过来，埃米莉已经跑出去两匹马的身位了。就这样轻易被骗了，他恼羞成怒，拼命追赶。身后的马蹄声只会更加激起埃米莉十足的勇气；不知是巧合，还是睿智，埃米莉的马准确地沿着蜿蜒曲折的小道奔跑着，就这样，他们在这片树林里相互追逐着。

树林的尽头有一个出入口。想到这里，格瑞姆斯心如刀割的失落感稍稍缓解了些，因为他认为凭借这个出入口可以稳稳地逮住埃米莉；而且在死一般沉寂的深夜，在这样一个地方，极不可能会出现一个人来打破他的阴谋。然而，非常意外的是，他们发现有个人骑在马上，正好候在了出入口。"救命！救命！"惊恐的埃米莉大呼，"小偷，谋杀，救命！"

那人正是福克兰先生。格瑞姆斯听得出他的声音。因此，他愠怒地试图反抗，但反抗却是无力的。在场的还有两个人，他们是福克兰先生的仆人，因为天黑，开始他没有看见。听到意外遭遇的打斗，这两个人担心主人的安危，也策马上前。于是，不仅失意于美事的丧失，而且还因蓄意的罪行亦遭到警告，格瑞姆斯不敢再力争，默默地离去了。

看起来也许太奇妙了，福克兰先生就这样再次成了麦尔维尔小姐的救星，而且是在最意想不到的最奇异的情形下救了她。但这一次很容易解释，福克兰先生听说有人埋伏在这片树林里想抢劫或图谋别的不轨。据推测此人是霍金斯,他是泰瑞尔先生在乡下独断专行的另一个受害者。(这个人我很快就有机会做一番介绍。)福克兰先生早就对霍金斯十分同情,他尽力想找到他,给他点帮助,但没有成功。无疑,他在想,如果今晚的推测准确,不仅能够实现他一直以来的夙愿,而且,还能从违反法律和危害社会安全的犯罪活动中拯救一个极具正义与美德的人。他带了两个仆人专门去对付抢劫者,因为如果遇到抢劫者,他认为要是不能预防可能出现的意外,这是不可宽恕的。同时,他让他们待在能叫得应的地方,又不能被发现。只是由于他们的热心,在刚才的遭遇中他们这么早就出现了。

这次奇遇预示了一些不寻常。福克兰先生没有立即认出麦尔维尔小姐,而格瑞姆斯本人他也完全陌生,不记得自己曾见过他。但很好理解这一事件的是是非非,而且干涉也很正当。福克兰先生态度坚决,格瑞姆斯心存畏惧。他干的是坏事,内心受到谴责,再加上对方是福克兰这高贵的人,所以他赶紧丢下麦尔维尔小姐逃走了,留下她和福克兰在一起。比起在刚刚那种极度惊恐境况下一个人正常的反应,他发现她要镇定平静得多。她告诉福克兰自己想去的地方,对方立即同意护送她过去。随着他们一路前行,她又恢复了那种精神状态,很想让这个一再救她,又是她爱慕的人了解最近发生在她身上的每件事。福克兰先生热心听她诉说着,惊讶不已。尽管他早已知道泰瑞尔种种卑鄙嫉妒、冷酷无情的暴行,但这次的程度前所未有。听着这个故事,他简直不敢相信自己的耳朵。这个野蛮的邻居似乎实施了所有自己听闻的最邪恶的行径。讲述中,她不得不再次重复表哥粗鲁地指责她对福克兰先生怀有强烈的爱意,但她说得既简单又陶醉,既混乱又诱人。尽管故事的这一部分内容令福克兰感到真正的痛苦,但他认为这只不过是这个想要讨人欢心的不幸的女孩为了得到更多他对她的幸福的关心,并以此增加他对她可恶表兄的愤怒罢了。

　　他们安然无恙地到达了埃米莉希望得到其保护的那位好心女士的家。福克兰欣然地将她留在了这个安全的地方。因为求助无门，她差点成为阴谋的牺牲品，一旦被发现了，阴谋也该结束了。这样的推理一般来说无疑是相当可靠的。对福克兰来说，眼前的案例也如出一辙，但是他错了。

第九章

　　福克兰先生早就知道泰瑞尔先生是听不进任何忠告的,因此,照目前这种情形,把他的注意力限制在他意欲逼婚的表妹身上也不错。想到泰瑞尔如今是怒气冲天,他也不愿主动登门拜访。与此同时,实际上还发生了另一事件,让这两个不共戴天的仇敌再次陷入了激烈的争斗,使泰瑞尔先生的怨恨加重,尖酸刻薄的脾气简直可说到了疯狂的地步。

　　泰瑞尔有一个佃户叫霍金斯。(前文我曾提到过此人。)提起这个名字,我就会想到与之相关的那些痛苦的悲剧。霍金斯最初被泰瑞尔收于门下,这使他免受一个邻近乡绅的武断做法的迫害,然而现在他却反过来成了泰瑞尔的迫害对象。他们的首度交锋是这样的:霍金斯有一小份从父亲那继承的不动产,在从前面提到过的那个乡绅那里租的农场旁边。这使他在本郡的选举中理所当然占有一票。然后,一场激烈竞争的选举开始了,那位佃主乡绅要他为自己所支持的那个候选人投上一票,霍金斯拒绝听从这一安排,不久就接到通知,要他离开当时租赁的农场。

　　碰巧泰瑞尔对竞选对手产生了浓厚的兴趣,而他的房产正好与霍金斯当时的住处毗邻。这个被驱逐的农夫想不出其他更好的办法,只好来到这位绅士的府邸,向他叙述了事情的来龙去脉。泰瑞尔专注地听完了他的讲述。"是的,伙计,"他说,"我的确很想杰克曼先生能赢得这场选举。但是,在这种情形下,你也知道租户按照东家的意思去投票是很正常的事。我认为鼓动租户去违背东家的意愿是不合适的。""您说得非常正确,拜托您了。"霍金斯应道,"除了乡绅马洛以外,其他任何人我都会按照东家的意愿投上他一票。您一定知道,有一天他的猎手跨越我的篱笆,穿过我那片最好的未收割的玉米地。如果他走那条马车道,还不到十二码远呢。拜托了,先生。那家伙已经三番五次这样了。我只是问他那样做是为了什么,他有没有一点良知而不那样糟蹋别人的庄稼。不久,那个乡绅就过来了。想想您多可敬,他只不过是一个可怜的面容枯槁的混蛋,所以他勃然大怒,威胁要用马鞭抽我。我将尽可能地做到一个租户能做到的去取悦我的东家,但是我不会把票投给一个威胁着要用马鞭抽我的人。因此,尊敬的先生,我和妻子及三个孩子将被逐出家门,而只有上帝知道我要怎么样才能养活他们。我一直是个努力干活的人,一直过得不错,而我认为这件事是十分棘手的。乡绅安德伍德先生把我赶出了农场,而如果先生您不接纳我,我想将会如他们所说的那样,临近的上流人士没有一个愿意接纳我,因为他们害怕那样做会鼓动他们自己的租农也对他们态度倔强。"

这番话对泰瑞尔先生来说并非没有一点触动。"哦,哦,伙计,"他说,"我们来看看能做什么。规则和服从都是非常美好的事情,但是人们应该懂得要求不要过分。如你所说的那件事,我不认为你应该受到严厉的指责。马洛是个浮夸而自命不凡的人,这是一个事实。而如果一个人太爱表现自己,他就要承担随之而来的一切。我对法国式的花花公子是彻头彻尾的厌恶,我对邻居安德伍德支持那个无赖表示非常不赞成。霍金斯,我想这是你的名字吧?你可以明天去拜访一下我的管家巴尔内斯,他会跟你谈的。"

泰瑞尔先生说话的时候,就想到他还有一个空着的农场,和目前霍金斯从安德伍德先生那里租的价格相当。他立刻询问他的管家，发现各方面都非常合适，霍金斯马上被列入了泰瑞尔先生的佃户名单里。安德伍德先生对这一安排非常恼怒，这有悖于乡绅们之间达成的心照不宣的惯例。而实际上除了泰瑞尔先生，几乎没什么人敢如此冒险。安德伍德先生说，如果佃户们的反抗都受到这样鼓舞的话，那么所有的规则都将终结。这不是哪个候选人的问题，因为任何一个真正热爱家园的人都会宁可选举失败也不愿永远失去选举权。这些劳动者的坚定果敢都是自发的，让他们什么都服从就变得一天比一天困难；如果这些乡绅们不明智，忘记了大家的利益，鼓动他们各自傲慢无礼，那么将无法预见事端会如何发展。

泰瑞尔先生并非对这些抗议无动于衷。他们的普遍情绪恰如其分地迎合了他自己的情感，但是他太过暴躁的脾气使他不能保持一个政坛老手的形象。然而，或许他的做法是错的，但他绝对不会容许他人指手画脚来纠正。他对霍金斯的帮助越是受到批评，他就越是执拗地坚持。在社区俱乐部和集会中他总是游刃有余地压制责难他的人，如果不能驳倒对方，就使之沉默。此外，霍金斯也有某些天赋使泰瑞尔先生特别青睐他。他率直的行为方式和粗暴的脾气与泰瑞尔有几分相似。他经常率直粗暴地对待那些曾招致泰瑞尔先生不快的人，但不会如此对泰瑞尔先生本人。泰瑞尔先生也无不得意。总而言之，他每天都会得到泰瑞尔新的赞赏，不久就被提拔为巴尔内斯的助理，即执行主管。几乎同一时间，他获得了曾经干过活的那所农场的租赁权。

泰瑞尔先生决定适时地大力扶持霍金斯一家。霍金斯有一个儿子，年方十七，面色红润，是个手脚敏捷、生气勃勃的小伙子，特别受父亲的喜爱。而他父亲心里装的就是儿子未来的幸福，再没有别的什么让他父亲如此操心了。他也两次三番地引起了泰瑞尔先生的关注,并得到了认可。由于喜欢运动,他偶尔也骑马纵犬打猎,在泰瑞尔面前展现了各种各样的本领,比如机敏和睿智。一天,他特别展示了自己非凡的技能,泰瑞尔先生就毫不迟疑地提议他父亲把他带到家里来,在能给他找到更好的差事之前,先做他的猎犬管理员。

霍金斯却觉得这个提议含有种种屈辱的味道。他为自己对这一恩赐的犹豫不决找了一个借口,说儿子是自己的得力助手,希望先生不要执意带走他。这个说辞对于别人来说恐怕已经足够了,但这是泰瑞尔先生。这个绅士总是这样子,一旦拿定主意,无论事情多小,不管采用什么手段,最后都不曾见他放弃过。而阻挠的唯一结果就是使他更加热切和执着地去追求也许本来他不在乎的东西。一开始,他似乎非常好脾气地接受了霍金斯的歉意,觉得这是合情理的,并没有别的什么。但是后来,每当看到这个男孩儿,想雇佣他为自己效力的欲望就愈发强烈,并且不止一次地向他的父亲说出自己对他好性格的欣赏。最后他注意到这个小伙子不怎么参加他最喜欢的运动了,而他也开始怀疑这是霍金斯的决定,阻碍他实现计划。

他突然警醒,像泰瑞尔先生这样天生火爆脾气的人是不允许片刻的延误的,于是马上派人把霍金斯叫来询问。"霍金斯,"他以一种不悦的口吻说道,"我对你不满意。我几次三番跟你提过你这个儿子,我想要栽培他。是什么原因使你似乎不但不感激反而讨厌我的好意呢?你应该知道我不是可以随便玩弄的。当我主动提供善行的时候,我是不喜欢被像你这样的人拒绝的。我让你有了今天,但是如果我愿意,我会让你比当初来找我的时候更加无助和悲惨。仔细掂量一番!"

"尊敬的先生,"霍金斯说,"您一直是我的好主人,我会对您说实话,希望您不要动怒。这孩子是我的宝贝,是我的安慰,更是我养老的依靠。"

"哦，那又怎样？这就成为你拖他后腿的理由？"

"不，求您了，先生，请听我说。既然这样，也许是我太懦弱无能，但是我不得不这样做。我的父亲是一位牧师，我们都过得很体面，我不能忍受我那可怜的孩子去服侍人。就我而言，我看不到做一个仆人有什么好。我不知道先生您怎么想，但我认为，我不想我的伦纳德成为他们那样的人。如果我误解了他们的话，愿上帝宽恕我吧。但这是一个非常严峻的情况，我不能拿我可怜的孩子的幸福去冒险，如果您能成全，我无疑能使他免受或者远离伤害。现在他还算冷静、勤勉，知道什么是他应得的，不至于鲁莽无礼。我知道，先生，和您这样说是十分愚蠢的，但您是我好主人，我不能忍受对您撒谎。"

泰瑞尔先生沉默地听完他高谈阔论，因为他惊讶得张不了嘴了。就算是一个雷电劈在他脚下，他也不会如此惊讶。他以为霍金斯只是那么可笑地爱儿子，不能忍受把儿子委托给他而不在自己的眼皮底下，却万万没想到会是这样的事实。

"喔，呵，你是绅士，对吗？一个地地道道的大绅士！你的父亲是一个牧师！你的家人太优秀了而不能为我服务！为什么？你这个厚颜无耻的无赖！是因为当安德伍德先生因你对他的无礼而赶走你的时候我收留了你吗？我一直养了一匹白眼狼吗？一个有为青年的风范被我玷污了吗？他不会知道他该做什么，但他将习惯被使唤！你这个可恶至极的恶棍！马上从我面前消失！毫无疑问，我的地盘里将不再有绅士！我将远离他们，完完全全！彻彻底底！听到了吗，先生？明天带上你的儿子过来并乞求我的原谅，否则，相信我，我会让你痛苦不堪，你会生不如死。"

这番话已经远远超出了霍金斯的忍耐力。"我已经没有必要再为此事来你这儿了，先生。我已经下定决心，而且不会再改变。我十分抱歉触怒了阁下您，我也知道您可以给我制造许多事端，但是我希望您不要那么无情,不要因为一个父亲关爱儿子而毁了他,即使他的爱让他做了蠢事。我无能为力,先生,您可以按照您的意愿行事。有人说,最贫穷的黑鬼也会有不愿舍弃的东西。我可能会失去一切,去打散工,我的儿子也一样,如若必须的话,但是我不愿让他成为有身份人家的奴仆。"

"非常好啊,伙计!说得非常好!"泰瑞尔先生气得口沫横飞,"不用怀疑,我一定会记住你!你的骄傲和自尊一定会荡然无存!该死的!竟然会这样?经营着一个四十英亩大农场的无赖妄想公然反对庄园主?我会把你踩成肉酱!我奉劝你这个流氓,最好关上你家大门,赶紧逃命,就像恶魔在你身后撵你一样!在我还没来得及收拾你时,你能毫发无伤逃脱,就算是你万幸了!即使我能获得整个印度群岛,也不会忍受你这样的恶棍在我的土地上多待一天!"

"不用如此着急,阁下,"霍金斯坚定地回答道,"我希望您能重新考虑,并且明白不该怪罪我。但是如果您不考虑,有些地方您可以损害我,但有些地方您伤害不到我。尽管我是一个普普通通的雇工,阁下您明白吗,但我依然是个享有权利的人。哦不,我已经取得了农场的租约,而且我绝不会放弃它。像保护富人那样,也有一些法律是保护穷人的。"

泰瑞尔被激怒了,他从未遇到过这样的反驳,也不能容忍自己施惠的家臣有这种勇气和独立自由的精神。实际上,在他的庄园里没有一个承租人,或者至少没有一个像霍金斯这样的贫穷之辈不克制自己公然地反抗主人的决定,更不要说泰瑞尔这样更加专制暴躁的人。

"棒极了!的的确确!下地狱去吧!但你的确是罕见的人,你有租约,是吗?你不会放弃,绝对不会!如果一个租约能保护像你这样的人去对抗庄园主,那么事情就太糟糕了!但是你想试试自己的本领？哦，非常好，伙计，非常好！我将奉陪到底！既然话说到这个份上，在我们俩了结之前，我们将让你见识见识游戏的规则！但是你这个无赖！立马给我滚远点！我不想再跟你多说一句！永远别再登门！"

用世人的话来说，霍金斯在此事上错就错在太过轻率。他对东家的态度太过强硬，在这个国家无论是在法律上，还是习惯上，都是不允许一个投靠者这样说话的。但最重要的是，带着愤恨如此匆忙地离开，他应该预料到后果。与泰瑞尔先生这样富有而显赫的人作对，他几乎是疯了，这是小鹿与狮子的对抗。显而易见，当他的对手有钱有势的时候，他即使是正当有理也是无用的。因此，可以毫无悬念地推断，他认为合适做的事情都是徒劳的。这一准则后来完全得到了印证。财富和权力让法律成为他们压制他人的工具，而这些法律（愚蠢可怜的防范措施）最初是用来为那些穷人提供保护的。

从那一刻开始，泰瑞尔决心摧毁霍金斯，能够困扰、伤害霍金斯的手段他无所不用。他罢免了他农场管家之职，还指使巴尔内斯和其他的亲信随时随地对他使坏。由于泰瑞尔先生占有庄园和领地，他要收缴庞大的什一税，而这一境况不时给他带来琐碎的争执。霍金斯种植的农场里有一部分土地，尽管种着谷物，但地势比其他的地都要低，因此经常遭遇旁边一条河流洪水泛滥的影响。约在收获季的前两个星期，泰瑞尔先生暗地里在这条河的一个水坝上开了个口子，使得这片庄稼完全淹没在水下。他命令仆人在夜里拆掉高地的栅栏，让他的牛群进入，以彻底毁掉那些作物。然而，这些计策只毁了不幸的霍金斯的一部分财产。但是泰瑞尔并没有就此罢休。霍金斯的牲畜突然逐个死亡，而且迹象可疑。这件事使霍金斯非常警惕，顺着蛛丝马迹他最终准确地破解了谜团。他认为就是泰瑞尔本人搞的鬼。

迄今,尽管也蒙受了一些损失,但霍金斯非常谨慎,避免通过法律程序为自己讨公道,因为他知道法律更易于成为富人手里专横跋扈的武器,而不是那些卑微之人对抗巧取豪夺的盾牌。然而,从最后这件事中他觉得这种行径过于穷凶极恶,哪一个阶层的人想要庇护犯人践踏司法的严肃性都是不可能的。后来,他明白了个中道理,庆幸自己被暗算了却仍装聋作哑,并且很后悔当初让自己与之对着干的种种念头。

这正是泰瑞尔先生想要的,并且当他得知霍金斯准备采取行动的时候,他几乎不能相信自己的好运了。他对此时的情形非常乐观,因为他认为霍金斯的毁灭是无可挽回的了。他咨询了律师,并敦促他要千方百计找出当前事务中一系列托词。他最不关心的是这个控告对他造成的直接损害,要紧的是通过宣誓、请求、辩护、抗辩、找茬、上诉,以及不断开庭讯问,一期接着一期地延长。正如泰瑞尔先生所辩解的,一个有身份的人在法律上遭到人渣的无礼控告,如果只停留在对手的外围问题,不能将这一诉讼变成经济问题,直至其沦为乞丐,那么这将是一个文明国度的耻辱。

然而,泰瑞尔绝不会仅仅通过法律来解决,而忽略其他可以好好收拾霍金斯的办法。在各种各样的计策中他采纳了一条,尽管这个办法并不会给霍金斯造成不可弥补的损害——其用意是作弄他。这个办法是由霍金斯的房子、畜棚、谷垛及附属房屋的特殊位置而想到的。它们处于一小片土地的最边上,这片地又和其余的农场连接在一起,三面都被最讨泰瑞尔先生喜欢的一个租户的土地围绕。通往城镇的大路经过这几块地之中最大的那块地的末端,站在房前可以看得一清二楚。这样的环境没有什么不便,因为有一条比较宽阔的旁路横穿这片土地,直接连通了霍金斯的房子和那条大路。那条旁路或者说是私人道路现如今被泰瑞尔和那爱奉承的承租人给阻断了,使得霍金斯像犯人一样被困在那一隅之地,迫使他出行要多走大约一英里的路。

小霍金斯,即引发父亲和乡绅泰瑞尔之间争执的祸源,很有他父亲的范儿。并且,作为一个见证人,对于那种专横的行为他有一种难以控制的愤怒。父母所承受的痛苦使他的愤恨更强烈,而这一切都源自父亲对他的爱。同时,他又不能消除纷争,因为这样做,他似乎是公然辜负了浓浓的父爱。基于现状,没有和父亲商量,只是出于他自己急不可耐的憎恨,三更半夜的时候他出门去移走了放置在那条旧道上的所有障碍物,打开了挂锁,一下子就打通了出入口。

他的这些举动并非无人知晓,第二天批捕令就到了。他因此被交由法官们审判,并被定以重罪关进了郡监狱,等待下一次巡回审判。泰瑞尔决定严惩这次犯罪行为,而他的律师经过适当的查询,为这一决定找好了依据,准备援引《第九号法令》的条款来起诉。通常这个法令又被称为"黑色法令",其声称"任何人,持刀剑或其他攻击性武器,蒙面或其他伪装,出现在养兔场或者关养兔子及常用来关养兔子的地方,证据充分的,须当判以重罪,情节特别严重的,要被处以死刑,初犯亦不可免刑"。小霍金斯防止有人看见他,将大衣的披肩扣在了脸上,而且还带着修剪钳以撬锁用。律师进一步通过足够的证人证明了那个所讨论的牧场是个经常用来喂养兔子的养兔场。泰瑞尔抓住了这些借口,心里的高兴劲难以形容。他将霍金斯父子描述成一派固执己见、傲慢无礼的形象,诱使法官一致同意要小伙子承担这一悲惨的控告。这绝不是父爱所希冀看到的,泰瑞尔同样的不可抵抗的影响力不会让刑事处罚条款的执行能有所宽松。

这是霍金斯悲惨遭遇中最致命的一击。由于他并不缺乏勇气,他毫不退缩,已经坚强面对其他迫害。他不知道,穷人与富人出现争斗时,法律和习俗总是将富人凌驾于穷人之上。可他骨子里的那股倔劲一旦发作就不允许他有所退缩。他苦苦地希望有一个顺利的结果，但这最后一件事伤到了他心底最深处的那份盼头。他曾担心他的儿子会被卑屈的地位玷污和贬低，而今却要眼睁睁地看着他被送进监狱。他甚至不敢确信儿子下狱的消息，想到权贵的暴政会永远摧毁他的希望，他不寒而栗。

从这一刻开始，他的心已经死了。他曾经依靠不懈的勤勉和技能，保护他那一点产业不受这个粗俗刁蛮的地主的刁难。而现在他已经打不起任何精神去做这些努力了，形势已经大变。泰瑞尔继续着他的阴谋，没有半点放松。霍金斯的情况一天比一天令人绝望，而泰瑞尔则瞅准时机，立马抓住机会以欠租扣押的方式夺取了他的其余财产。

正在这一节骨眼上，福克兰先生与泰瑞尔先生在后者居所附近的一条私家小道上偶遇了。他们都骑着马，而福克兰先生正要去那个不幸的承租人霍金斯家，好像在庄园主泰瑞尔的蓄意谋划下他就要垮掉了。福克兰先生刚刚听闻了霍金斯遭迫害的事情。福克兰先生离开这儿有相当长一段时间了，这着实加剧了霍金斯的不幸，因为福克兰先生的干涉本来或许可以救他的。他在伦敦待了三个月，趁机又去看了看他在那个岛上的其他几处房产。可怜的霍金斯，自负、自信的他总是尽可能地依靠自己的努力。他避免去向福克兰先生求助，而实际上，在对抗之初，他是坚持用自己的方式去沟通，哀叹自己不幸的命运；当情况变得越来越危急的时候，他倒乐意退让几分，不再那么倔强，却发现情况已经不是他所能控制的了。在离开这里相当长一段时间之后，福克兰先生最后有点意外地回来了，并从村里的资讯上的开头几篇文章中获悉了这个不幸的自耕农的遭遇。于是，他决定第二天早上骑马上他家。他有能力给予对方安慰与惊喜。

此次不期而遇泰瑞尔先生，他义愤填膺，满脸通红。正如他后来所说,他的第一反应想要避开他。但是,发现又非从他旁边经过不可,他就思忖,眼下有必要让泰瑞尔了解自己对这件事的看法。

"泰瑞尔先生,"他有些唐突地喊道,"我刚刚听到一个消息,感到非常难过。"

"哦,拜托您,先生,您有什么伤心事跟我有关?"

"大事,先生,是因为您的一位不幸的佃户,霍金斯。如果您的管家在没有您的允许下擅自行事,我觉得应该让您知道他都做了些什么,而如果他是获得了您的许可的话,我非常乐意地奉劝您三思啊。"

"福克兰先生,如果您能少管闲事这也将很不错,我不想要别人插手,我也不会让人插手。"

"您错了,泰瑞尔先生,我是在管我自己的事。如果我看到你掉进陷阱,把您拉出来挽救您的生命是我的分内之事。如果我看到您遵循错误的行径,帮您矫正并维护您的荣誉恰好是我该做的。"

"嘿,先生,不要妄想把您的难题加在我身上!那不是我的佃户吗?那田产不是我的吗?如果我不能决定它何去何从,是我的又有什么意义呢?先生,我没有不劳而获,我不欠别人一分钱,而且我也不会让我的地产由您来打理,长脑袋的人都不会。"

"非常正确,"福克兰先生避开泰瑞尔先生最后几句话的暗示,说道,"等级之间界限分明。我相信等级是一个好东西,是人类和平所必需的。但是,无论它多么必需,我们必须承认它给社会底层人民带来了苦难。它让人想起来心都疼,有的人生来就继承所有的奢侈品,而另一些人,没有任何过错,却要挨饿,要做苦工,而这一切却是他这辈子不可少的。泰瑞尔先生,身为富人,我们一定要做一切我们能做的去减轻这些不幸之人的苦难。我们决不能利用这些意外得来的优越条件去做一些无情无义的勾当。可怜的人啊!他们已经不堪重负了,就像轴承一样,如果我们再让他们运转一下,他们就会被压得粉碎。"

这番话即使是对于泰瑞尔先生这样铁石心肠的人来说也产生了一点影响。"是的,先生,我并不是恶霸。我非常清楚专横暴虐是坏事。但是您不能就此推断他们就可以为所欲为,而不用遭报应。"

"泰瑞尔先生,我知道您的敌意已经动摇了。请让我为您人性里新生的仁爱欢呼吧。和我一起去见霍金斯,别再讨论他的报应了!可怜的人!他几乎承受了人性所能忍受的所有痛苦。让您这回的宽仁之心成为你我之间睦邻友好的见证吧。"

"不,先生,我不会去的。我承认您所说的不无道理。我也知道您有自圆其说的才智,总是令人信服。但是我不会因此而被征服。我一旦谋划好复仇的计划,绝不会放弃,这一直是我的个性,而我也不打算改变这一个性。当所有人唾弃霍金斯的时候我收容了他,使他活得人模人样,而这个忘恩负义的无赖只会让我备受羞辱。如果我原谅他,那就让我遭天谴吧!您是我一直讨厌的人,如果我答应了您这样的人的请求原谅这么一个畜生的傲慢无礼,那真是天大的笑话!"

"看在上帝的份上,泰瑞尔先生,不要让仇恨冲昏了头脑!让我们假设霍金斯无理取闹,侮辱了你,难道这是一个永远不可补偿的过错吗?难道一定要毁了父亲,绞死儿子,才能解你心头之恨?"

"真该死,先生,就算您挖空心思劝说,也不会使我改变什么。我不会原谅自己竟听您说了这么一会儿话。我不会听任何人的劝说而平息我愤怒的风暴。如果我要原谅他,一定是我自己要原谅他,绝不是出于任何人的请求。但是,先生,我永远不会原谅他。如果他和家人在我脚下,如果我有权力,我会下令下一分钟就把他们绞死。"

"这就是你的决定,是吗?泰瑞尔先生,我为你感到羞耻!万能的上帝!听你说话会让人去憎恶社会的制度和法规,会让人想扇耳光！但是，不！整个社会会唾弃你，人们痛恨你，财富和地位都不能掩盖你的污点。你将遭受同类的遗弃，你将进入拥挤的社会下层，没有人会屈尊向你致敬。看见你犹如看见蛇怪，他们唯恐避之不及。在冷酷无情的人当中，你哪里还能找到对你抱以同情的人呢？你被烙上了痛苦的印记，一种无休无止的、不可分割的、无人同情的痛苦！"

话音刚落，福克兰先生就马鞭一挥，"嗖"的一下从泰瑞尔身旁挤过，很快便看不到踪影了。熊熊怒火烧掉了他最令人喜欢的幽默感。他认为他的邻居是个卑鄙小人，与他根本就没什么好争辩的。而泰瑞尔还没有缓过神来，他被惊得目瞪口呆。福克兰先生的情绪不断高涨，连最暴躁的泰瑞尔都可能气馁了。泰瑞尔好像换了个人，被骂晕了，自责内疚，消沉得都没有精气神再去争斗。福克兰先生所描述的情境是可预见的。他触到了泰瑞尔的要害，他觉得自己已经感觉到了那可怕的一幕幕开始了，正如他沉思时耳边的低喃；只是困扰着他的心魔被赋予了形体和声音，活灵活现，不断折磨别人的恐惧也历历在目。

然而，不久以后他缓过神来。这种短时的困惑出现得越多，情绪变得正常后他的憎恶就越是强烈。这种仇恨在其发展过程中如果没有暴力和死亡，是不会存在于人类心中的。然而，泰瑞尔先生不亲自出面对抗。他是这个世界上与懦弱最不沾边的人，但是就智慧而言，他却远逊于福克兰。复仇之事要看时机。他的仇恨绝不会被忘却，也不会随着岁月的推移或事件的发展而减弱，对于这一点他很确定。思维清醒时他的头等大事就是复仇，夜夜梦见的依然是复仇。

福克兰先生自从那次谈话离开后更加坚定地反对泰瑞尔的做法，并铁定了心要尽其所能减轻霍金斯的悲痛。但是太迟了，他到达的时候,发现主人已经腾空了房子。全家人已经被驱逐出去,没有人知道他们搬到哪里去了。霍金斯逃走了。更不可思议的是,小霍金斯在同一天从郡监狱逃出去了。福克兰先生四处打听他们都无果而终。这些不幸的人没有留下任何痕迹。这场大灾难我很快就要讲到了,你会发觉它的恐怖,就连最黑暗的愤世嫉俗者都想象不到。

我继续我的故事。我会继续叙述这些与我的命运有神秘关联的事件。帷幕拉开,这场悲剧的最后一幕即将上演。

第十章

很显然，一想起埃米莉的出逃，泰瑞尔先生就十分急躁，但和霍金斯争斗时所怀有的坏脾气，以及对福克兰先生日渐增加的敌意，对这份急躁来说更是火上浇油。

泰瑞尔先生听说他的计划失败时一脸的不相信。对该计划的成功他不曾有半点怀疑。他急得都快疯了。格瑞姆斯不敢亲自说，而是让一个男仆去向主人通报麦尔维尔小姐逃脱的事情。那个仆人随后因为强烈的恐惧从他眼前消失了。泰瑞尔大吼着格瑞姆斯的名字，年轻人终于半死不活地出现在他面前。格瑞姆斯被迫讲述了事情发生的详细经过，害怕被泰瑞尔先生的诅咒淹没，一讲完就再次偷偷地跑了。格瑞姆斯倒不是个胆小鬼，但是他敬畏神灵，就如印度人崇拜魔鬼一样。他逃跑也不是因为这个原因，而是因为泰瑞尔先生一发怒就变得残忍暴戾，使人胆战心惊，不寒而栗，很少有人能够那么勇敢面对。

他刚停歇下来，各种不同的情形就像暴风雨般在他脑子里翻腾起来。他的抱怨充满仇恨，可能引起心平气和的旁观者两种复杂的情感，既同情他的遭遇，又惊骇于他的邪恶。他回顾所采用的预防措施，发现整个过程几乎没有什么纰漏。他诅咒那些欣然挫败他最精心策划的阴谋的恶势力。他的邪恶无人能及。他被无形的权力讥笑，当他举手反击，却突然不能动弹。（在承受痛苦辛酸的时候，他忘了在霍金斯那里取得的胜利,也许他视其为挫败而不是胜利,因为这次交手并没有达到他预想的程度。)当他不想让人感到他的愤恨时,上苍为什么要让他感到伤害,充满怨恨?这种伤害足以令他与人为敌,保护受害者远离不幸。但他却再三从那个卑鄙的女孩那里受到多么多可怕的侮辱啊!现在她又是通过谁撕扯他的愤慨?是那个魔鬼,那个时刻困扰着他,事事阻挠他,随意将箭射向他心口,嘲笑奚落折磨他,让他无法忍受的恶魔。

想起另一件事他更加痛苦了,也使他随后采取的行动这么冷漠无情、不顾一切。这件事极大地损害了他的声望,他想自欺欺人是没有用的。他曾经设想,尽管埃米莉这桩可恶的婚姻是被逼的,但是一旦生米煮成熟饭,她将不得不顺从,掩盖被强迫的事实。然而现在这种保障已经一去不复返了,并且福克兰先生将会得意地宣扬他的不光彩行径。在他看来,尽管麦尔维尔小姐对他的挑衅不管怎么处置都是合情合理的,但是他很清楚外界会从另一个角度看待这件事。这个思虑使他更加坚定,决心不择手段地将如今折磨着他的痛苦转嫁给另一个人。

同时,埃米莉认为自己已经到了安全的地方,远没有先前那么沉着、豁达了。当危险突然袭来时,她发现自己充满不屈不挠的勇气。随后而来的风平浪静对她却是更致命的。现在没有什么有力的东西能激发她的勇气,能使她打起精神。回顾所经历的磨难,回想起这一路上的一幕幕,她不禁有些厌恶,但那时候她还有勇气去忍耐。在泰瑞尔残酷地对待埃米莉之前,她还从没尝过焦虑和恐惧的滋味。从不知灾祸是什么的她突然毫无准备地成了最可憎的怨恨的发泄对象。一个身强体健的人突发疾病,比起先天体弱多病之人情况要严重得多。麦尔维尔小姐的情况就是这样。随后的那个晚上她在失眠和不安中度过,第二天早上发起了高烧。尽管她体质好,加上身边人的悉心照顾，她的身体有望恢复，但是她的瘟热病没有任何好转迹象。第二天她开始神志不清。当天晚上泰瑞尔先生就起诉了她，因过去的十四年间欠下的膳宿和生活费用，她被逮捕了。

也许读者还能回想起，在泰瑞尔认为有权将麦尔维尔小姐软禁在她的房间里不久后，和麦尔维尔小姐的谈话中第一次提到了这次逮捕的事。但是那时他可能并没有认真想过要付诸行动，当时这样说只想恐吓麦尔维尔小姐。这个想法也是泰瑞尔惯于不择手段进行报复的暗示。可是如今，那场预料之外的营救和埃米莉小姐的逃跑已经让他紧张到疯狂的地步了。除此之外，他阴暗的内心深处正思索着怎样能摆脱他沮丧的情绪，这一想法反复出现，愈来愈强烈。他很快做出了决定，要求管家巴尔内斯立即给他指明，如何采取下一步计划。

多年来，巴尔内斯一直是泰瑞尔先生不道德行为的工具，对这些事都已经麻木。他可以毫不同情地像个旁观者对别人实施迫害，甚至策划制造别人的痛苦。然而即使是他，对目前的情形也有些吃惊。埃米莉小姐的品质和行为在泰瑞尔先生家里从未有过什么污点，她甚至都不曾有过一个敌人。看着她的青春年少、天真活泼、朴实单纯，巴尔内斯不可能不心生同情与怜悯。

"主——主人，我不明白！逮捕——逮捕埃米莉小——小姐？"

"是的。我告诉你！你怎么回事？立即去找斯万尼尔德律师，吩咐他立即办理此事！"

"上天眷顾您啊！真的要逮捕她？她何曾欠您一点小钱？她可是一直生活在您的施舍中啊！"

"蠢驴！无赖！她不欠我的？她欠了我一千一百英镑呢。这是法律公证的，你以为法律是用来干吗的？我做的事是对的，我有权这样做！"

"尊敬的主人，我这辈子从未质疑过您的任何命令，但是现在我必须要这样做。我不能眼睁睁地看着您毁了埃米莉小姐。可怜的姑娘！不行，这件事也会毁了您自己，我不能不对您这么说。我希望您会宽容我。就算她欠了您这么多，也不能逮捕她。她还未成年呢！"

"你到底做不做？别跟我说能做不能做。这些以前你都做过，不是吗？以后这种事还会有的。你敢抗拒！我现在就要这么做，以后还会坚持这么做。告诉斯万尼尔德，如果他敢退缩，他将会为之付出生命的代价，他会一点一点被饿死。"

"求您了，主人大人，重新考虑考虑吧。说句天地良心话，举国为之羞耻啊。"

"巴尔内斯！你什么意思？我受不了你来训斥我，我是不会听的！一直以来你都是一个不错的手下，但是，要是被我发现你和他们串通一气，挑战我的权威，该死的东西！看我不整死你！"

"主人大人，我一直听您的。说完这件事我就不再多嘴。——我听说埃米莉小姐已经卧病在床，您说决定送她进监狱。我想，您不会是想置她于死地吧？"

"让她死！我一个时辰都不想怜惜她！她活着就是我的耻辱。她从来没有考虑过我，我为什么要怜悯她呢？我就是要让她死！过去他们挑战我忍耐的极限，现在他们就要见识到我的厉害了！告诉斯万尼尔德，他不眠不休也好，颠倒白天黑夜也罢，我不想听到片刻耽搁。"

这就是泰瑞尔先生的办事原则。他目前雇佣的可敬的执法人要严格按照这个原则去行动。法警和手下到达的那天晚上，麦尔维尔小姐大部分时间都是神志昏迷的。福克兰先生派去照顾她的医生给她使用了镇静剂，而且几个小时来一直萦绕心头的胡思乱想和心烦意乱使她筋疲力尽，现在沉沉地睡着了。杰克曼夫人的姐姐哈蒙德夫人正坐在麦尔维尔小姐的床边,对她的遭遇充满同情,对她此刻所拥有的宁静感到欣喜。法警在轻轻敲门,哈蒙德夫人的独养女去开了门,法警告诉她他们想与麦尔维尔小姐谈话,小女孩回答说她将去告知她妈妈。这么说着,她来到了楼下后屋的门前,也就是埃米莉躺着的那间房。然而此时门正好开着,不等孩子的母亲露面,法警就同女孩一起进了屋。

哈蒙德夫人抬起头,说:"你是谁?你为什么来这儿?嘘,安静!"

"我必须和麦尔维尔小姐谈谈。"

"真的?但是不行。跟我说说你想干什么,这可怜的孩子头晕了一整天了,才刚刚睡着,不能被打扰了。"

"这不是我的事,我必须遵守命令。"

"命令?谁的命令?你在说什么?"

这时埃米莉睁开眼睛:"什么声音?天哪,让我静一会儿吧。"

"小姐,我想跟你说点事。我这儿有份关于你欠了乡绅泰瑞尔先生一千一百英镑的诉状。"

听了这些话,埃米莉和哈蒙德夫人都惊呆了。埃米莉几乎听不懂这些话的意思。尽管哈蒙德夫人对这种措辞比较熟悉,但是太奇怪也太意外了,怎么也联系不起来,无论是对可怜的埃米莉,还是对她,几乎都太不可思议了。

"诉状?她怎么可能会欠泰瑞尔先生的债呢?对一个孩子提出诉讼?"

"对我们质疑是毫无意义的。我们只是奉命行事。我们有授权,看看吧。"

"全能的上帝啊!"哈蒙德夫人惊叫道,"这是怎么回事啊?泰瑞尔先生不可能派你来的。"

"好心的夫人,你跟我叽叽喳喳没用的。难道你不识字?"

"这是个诡计！这份文件是伪造的！这是将那可怜的孤儿置于危险之中的卑鄙伎俩。你们可是要担风险的！"

"放心吧，那正是我们打算做的。记住我的话，我们非常清楚我们在做什么。"

"哎呀，你们不能将她从床上拉起来。我说，她现在还发着高烧呢。她那么头昏脑涨的，现在动她可是在把她往死路上逼啊！你们是法警，不是吗？你们不是杀人犯吧？"

"法律条文可是只字未提。我们接到命令带走她，不管她是生病的还是健康的。我们只是奉命执行公务，不会伤害她，无论如何都不会。"

"你们要把她带到哪儿去？你们想把她怎么样？"

"带到郡监狱去。布洛克，去向格里芬要一辆驿车！"

"不许动！我说！不要发出这样的命令！我派信差去通知福克兰乡绅。只要等上三个小时，我相信只要你们不将这可怜的孩子带到监狱去，他保证会让你们满意，不受任何伤害的。"

"我们接到特别的指示，不能那样做。一分钟也不能耽误。你们为什么还不走？立即命令去备马！"

埃米莉听到了整个对话，明白了为什么法警刚出现时她觉得是那么不可思议了。在埃米莉身上发生如此令人不可置信和痛苦的现实，实质上是要实现泰瑞尔的疯狂幻想，而她则恰好成了其幻想的牺牲品。"亲爱的夫人，"她对哈蒙德夫人说，"别再烦恼做无谓的努力了。我很抱歉给你带来了那么多麻烦，但是我的不幸是不可避免的。先生，如果你们愿意到另一个房间回避一下，我会马上换好衣服跟你们走。"

哈蒙德夫人也同样明白了她的反抗是没用的，但是她可没那么宽容。一会儿狂骂泰瑞尔的残酷无情，断言他是魔鬼的化身；一会儿又对法警恶语谩骂,对他们的铁石心肠提出告诫,劝他们执法时要人道一点、温和一点。但是,法警对她所要求的一概不予理睬。同时,埃米莉极其顺从地向魔鬼屈服了。哈蒙德夫人坚持,至少允许她在马车上照顾年轻的埃米莉小姐。虽然法警接到的命令是那么的专横,对这份诉状的执行不敢灵活处理,但他也开始对埃米莉的健康有些忧虑,愿意在不直接违背自己职责的情况下容许采取一些防范措施。此外,他明白,任何情况下带走病人或身体明显不适的人是危险的,可以有充分的理由直接终止执法程序;而且,相应地,在所有疑案和谋杀嫌疑案中,法律的偏袒令人称道,倾向于为自己的官员做无罪辩护。除了这些一般规则外,他受到了斯万尼尔德的指令、保证及恐吓,那就是方圆几英里都是泰瑞尔先生名下的土地。在他们离开之前,哈蒙德夫人派了一个信差带着一封只有三行字的信给福克兰先生,通知他这件不寻常的事。信差到达时,福克兰先生正巧离家在外,估计要到第二天才能回来。事情到这个份上,看来有利于泰瑞尔先生复仇了。他一直处在无法控制的暴怒情绪中,这一切都在他的估算中。

尽管一个是被迫带来的,而另一个是自愿来的,可以想象,普通监狱很难安排处于这种绝境的这两个可怜女人的住处。然而,哈蒙德夫人拥有男性的勇气,情绪冲动,这对她们即将遭遇到的困难非常必要。在某种程度上,她性情乐观,遇到不公正就会慷慨激昂,这让她不适合去处理这些需要保持冷静、沉着思考的非常事务。正当静养对埃米莉的健康极为必要的时候,过度的惊吓和马车的颠簸使她的健康状况进一步恶化了。她烧得更严重了,昏迷的胡话也愈演愈烈。这次转移带来不利的同时,胡思乱想的折磨也使她的病情进一步恶化。她要想恢复看来是太不可能了。

神志不清时她不断地喊着福克兰的名字。她说福克兰先生是她第一个也是唯一爱的人,他应该成为她的丈夫。过了一会儿,她却带着忧郁而责备的语气抗议,说福克兰不该顺从世间的种种偏见。对她来说,福克兰先生总是自命非凡的,告诉她不可能娶一个乞丐为妻,而这太残忍了。但是,假如福克兰先生骄傲,那么她决定也要骄傲。他将会看到她也不是一个被轻视的女孩。而且,尽管他能够拒绝她,但无权伤她的心。有时,她在想象中看见泰瑞尔先生和他的傀儡格瑞姆斯,手上、衣服上都在滴着血。她对他们悲哀的责备可能已经感动了他们的铁石心肠。福克兰先生还出现在她错乱的想象中:满身伤口、畸形丑陋,脸色死一般苍白,她痛苦地尖叫,她惊呼世人无情,居然没有一个人出丁点小力救他。就这样,在各种痛苦中,在不断想象着自己处于刻薄、无礼、阴谋、凶杀的恍惚中,她熬了快两天了。

第二天晚上,福克兰先生赶到了,随同来的还有威尔逊医生,也就是之前曾照顾过埃米莉的那个医生。他见到的埃米莉的景象时苦闷异常。听到埃米莉被捕的消息时,他有种说不出的震惊,同时对做出如此空前恶事的人充满愤怒。然而,看着埃米莉的样子,憔悴不堪,死神就写在脸上;她居然成了表兄恶毒复仇的受害者,这一切实在令人无法忍受。他进去时,正处在神志不清、说着胡话状态的埃米莉立即把他和福克兰当成暗杀者了,责问他们把她的福克兰——她的上帝、她的生命、她的丈夫——藏到哪儿去了,并请求他们归还她他那支离破碎的尸体,那样她就能用她那无力的双手拥抱他,最后亲吻他,和他合葬在同一个墓冢了。她责骂他们成为她那卑鄙邪恶的表兄的走狗,做出如此污秽的行为。而她那个表兄,剥夺了她辩解的机会,总是想尽办法折磨她,除非她死,否则永远不会满足。福克兰先生强迫自己离开这一令人痛苦的场景,留下威尔逊医生跟他的病人在一起,并希望威尔逊做出必要的安排后到他住的酒店去。

埃米莉小姐连日来心绪急切,再加身体上确实病痛不堪,着实筋疲力尽了。福克兰先生探望后约一个小时,她已不怎么说胡话了;然而,她的身体如此虚弱,很难再感觉到生命体征的存在。威尔逊医生已经退下,可能去安慰焦躁不安的福克兰先生了。但鉴于病人症状出现变化,他被重新召了回来,后半夜也一直在埃米莉的床边守着。埃米莉的病情让他担心她随时有死亡的危险。在埃米莉处于虚弱且精疲力竭的状态时,哈蒙德夫人焦虑到了极点。她的情感天生至为强烈,品性如此善良的埃米莉赢得了她的喜爱。她像母亲般爱着埃米莉。目前,埃米莉每个细微的动作和声音都会让她颤抖不已。考虑到哈蒙德夫人一直没有休息而过于疲惫,威尔逊医生又推荐了一名护士。他竭力表示,甚至以医生的权威,强迫哈蒙德夫人离开了埃米莉的房间。然而她控制不住。他最终觉得,强制她离开患病的埃米莉比允许她留下来关注埃米莉的进展,可能对她的伤害要更大一些。她的眼睛一刻不离地关注着威尔逊医生的表情,既热切又好奇,但是一个问题都不敢问,唯恐他给的答案是最致命的消息。同时,她深切地关注着医生和护士所说的每一件事,希望可以从中得到一些间接的线索,然而,她没有勇气特意去问情况。

黎明时分,埃米莉的病情有了明显好转。她差不多昏睡了两个小时,醒来后,看上去非常平静,且意识清楚。了解到福克兰先生带了医生来照顾她,并且他本人也在附近时,埃米莉要求见见福克兰先生。同时,福克兰先生早已带了一个租户去帮助埃米莉还清债款。此时,他正走进监狱,咨询埃米莉是否能够从监狱那可怜的住处搬到宽敞通风的房间。他一出现,埃米莉的脑海里零零碎碎浮现出她神志不清时那些胡言乱语的画面。她用手蒙住脸,流露出不言自明的心慌意乱,用一贯的简单纯真的口吻感谢他,并为给他带来了麻烦感到抱歉。她希望不会再给他带来麻烦,认为自己应该会好起来。她说,像她这样年轻活泼的女孩,如果经受不住她所遭受的那种微不足道的不幸是很丢脸的。然而她说这话时身体仍然很虚弱。她尽力装出一副高兴的样子,但是她目前虚弱的身体状况根本就不能办到。福克兰先生和医生都请她保持安静,暂时不要太累。

受到这些情景的鼓舞,哈蒙德夫人为了弄清楚医生的想法,壮着胆子跟着福克兰先生和医生来到房间外面。威尔逊医生承认刚开始时他发现埃米莉情况不妙,现在症状已经好转了,并非没有希望恢复。然而,他补充道,他还不能保证什么,接下来的十二个小时非常关键,只要她在黎明之前病情没有恶化,他就能保住她的命。一直以来陷于绝望的哈蒙德夫人此时欣喜若狂,放声大哭,对医生千恩万谢,说了一大堆祝福的话。医生乘机敦促哈蒙德夫人本人也去休息一下。她同意了,并在麦尔维尔小姐的隔壁房间安了张床,叮嘱护士,埃米莉的病情有任何变化都要通知她。

哈蒙德夫人舒舒服服地睡了好几个小时。当她被隔壁不寻常的喧闹声惊醒时已经是晚上了。她静静地听了一会儿,之后决定去看看到底发生什么事了。她打开门,正巧护士来叫她。无须言语,护士脸上的神情已经告诉她发生了什么。她急忙走到床边,发现麦尔维尔小姐已经奄奄一息了。之前埃米莉令人鼓舞的气色只是短暂的,早晨的神志清醒也只是回光返照。她的病情几个小时后就恶化了。她脸上的光彩消退,呼吸变得很困难,眼神也呆滞了。威尔逊医生这时正好进来,马上就明白了一切。埃米莉抽搐了一会儿,但仍用安静、微弱的声音同威尔逊医生讲话。她感谢他的照顾,表达了对福克兰先生最深的谢意和歉意。她真诚地原谅了表兄,并希望他永远也不会想起曾经对她的残暴。她该对生活心满意足了,很少有人真诚地享受生活的乐趣,但是她宁愿去死也不要变成格瑞姆斯的妻子。哈蒙德夫人进来时,埃米莉转向她,充满柔情地一遍遍喊着她的名字。这是她最后说出的话,不到两个小时后,她就在最忠诚的朋友的怀中逝去了。

第十一章

这就是埃米莉·麦尔维尔小姐的命运。也许专横残酷之人从来不会对自己应该受到的憎恨表现出一点儿痛苦的回忆。在场的每一个人心里情不自禁地涌起对泰瑞尔的憎恨,他已是一个令全人类蒙羞的最恶毒卑鄙的人。就是参与了该监室执法的司职人员,也认为那样公开的枉法事件是不能理解的,对泰瑞尔空前残暴的行为表示了惊讶和厌恶。

如果连执行不公行为的人都有那样的感受,那么福克兰先生的感受就可想而知了。他咆哮怒吼;他发誓报仇;他捶打脑袋;他撕扯头发;他坐立不安,来回踱步。他突然急切地离开现场,仿佛试图忘记自己的存在和一切记忆。他似乎要用自己的怒火和狂暴将泰瑞尔撕碎。很快他又回来了。他走近凄惨的埃米莉的遗体,目不转睛地凝视着,眼睛仿佛都快要从眼窝里蹦出来了。福克兰认为人要爱憎分明、品德高尚。他忍不住斥责大自然体系,居然制造出像泰瑞尔这样的恶魔。他为自己与他同为人类感到羞愧。他对人类不再有耐心,他对宇宙法则义愤填膺,法则不许他一下子粉碎那样的畜生,就像我们消灭那么多的害虫一样。不过,将他当成疯子来对待是有必要的。

当前情况下,布置接下来任务的重任落在了威尔逊医生身上。威尔逊医生处事冷静,而且有条不紊。首先浮现在他脑海里的是麦尔维尔小姐是泰瑞尔家的表亲。他毫不怀疑,福克兰先生愿意承担一切处理不幸的埃米莉小姐令人悲伤的后事的费用。但是他认为应按通行的法律和礼节要求将该事件通知家长。也许他也注意到了自己的职业利益,考虑到泰瑞尔先生在附近的势力,他不愿意表露自己对他的不满。但是,虽然有此软肋,他依然和其他人有着同样的感受,一定是做了一番剧烈的思想斗争后,才说服自己去给泰瑞尔报信。此外,他认为目前这种情形下离开福克兰先生是不合时宜的。

威尔逊医生一提议,哈蒙德夫人似乎马上让他们眼前一亮。她真诚地请求说,她可以去报信。这一提议是威尔逊医生当初没想到的,但他也没有非常坚持地表示反对。她说她决定去看看这一灾祸的制造者会是何种反应,并且许诺一定会有礼有节地去完成。很快她就出发了。

"先生,我现在来,"她对泰瑞尔先生说,"是来通知你,你的表妹麦尔维尔小姐今天下午死了。"

"死了?"

"是的,先生。我看着她死的。就死在我的怀里。"

"死了? 谁害死的? 你什么意思?"

"谁? 这个问题应该由你来回答吧? 是你的残忍和阴谋害死了她!"

"我? ——我的? ——呸! 她没死——这不可能——她离开这里一个礼拜都还没到呢。"

"你不相信我? 我说她死了!"

"当心点,太太! 这可不是闹着玩的。不,尽管她恶劣地利用了我,但我无论如何都不相信她死了。"

哈蒙德夫人摇了摇头,突然显得既悲痛又愤怒。

"不,不,不,不! 我绝不相信! ——不,绝不!"

"你跟我来，亲眼去看看好不好？这样的情景你应该去看看，对你这样黑心的人来说，这将是一场盛宴，令你大饱眼福。"说着，哈蒙德夫人伸出了手，仿佛要领他去现场。

泰瑞尔先生往后退缩了。

"如果她死了，那跟我又有什么关系呢？我要为世界上的一切过错负责吗？你来这里做什么？为什么要把这个消息捎给我？"

"除了告诉她的表兄——杀死她的凶手，我该把这个死讯告诉谁？"

"凶手？我用了刀还是用了枪？我下了毒？除了法律允许的以外，我什么也没做。如果她死了，没有人可以说我应该受到责怪！"

"责怪？——全世界的人都会憎恨你、诅咒你。你傻到这个地步？你认为因为人们尊敬财富和等级，也会尊敬你做这种事？他们会嘲笑那样厚颜无耻的骗子。地位极其低下的乞丐都会藐视你、唾弃你。你一定会为你所做的一切愧疚蒙羞。我要将你的丑事公之于世，你将不得不成为全人类的公敌。"

"好夫人，"泰瑞尔先生极其谦卑地说，"不要再以这种口吻说话了。埃米莉没有死。我相信——我希望——她没有死！告诉我你刚刚都只是在骗我，我会原谅你的一切——我会原谅她——我会喜爱她——只要你高兴，我什么都愿意做——我从没有想过要害她。"

"我告诉你，她死了！你谋杀了最纯真甜美的埃米莉！你能像剥夺她生命一样让她复活吗？如果可以，我每天给你下跪二十次。看看你都做了什么？可怜的埃米莉！你认为你能够随心所欲地翻手为云覆手为雨？"

哈蒙德夫人的斥责是泰瑞尔先生不得不喝的第一杯惩罚之酒。然而这还只是他将遭受的一连串蔑视、痛恨、辱骂的开始。哈蒙德夫人的话具有预见性。很显然，尽管财富和世袭的身份可以成为很多不良行为的借口,但还是有一些事情势不可挡地平息了人类的义愤,比如死亡,它们让人人变得平等,将为非作歹者降为最贫困、最卑劣的人。由于泰瑞尔那么残暴,那么没有人性地谋害了埃米莉,那些不敢公开反对泰瑞尔的都低沉地轻声咒骂,而其他人则普遍加入了憎恨和诅咒的声讨中。他对自己出人意料的处境感到吃惊。早已习惯了别人对他的顺从及哆哆嗦嗦的尊敬,他曾认为他们会永远这样对他,而他也不会过于着力去打破这种魔力。现在他环顾四周,人人脸上都露出阴沉沉的愤怒。人们都努力克制,一旦发生丁点挑衅就会引发狂潮,顺从与敬畏就将荡然无存。庞大的产业也不能为他赢得绅士礼节和农民们的客套,甚至连仆人们也几乎都对他不客气。在周围的怒涛声中,他发现有个幽灵缠着他,寸步不离——懊悔螫咬着他的良心,毁掉了他的平静安宁。邻居关系变得一天比一天更加难熬,令人难以忍受,显然,他将最终被迫离开这片土地。这次对待表妹的穷凶极恶的行为使人们想起了他其他的过分行径,毫无疑问,他种种可怕恶行的罪状在增加。似乎这种公愤一直在集聚,只是未被察觉,现在一下子爆发出来,异常猛烈,难以抑制。

遭受这种报应,几乎没有人比泰瑞尔更痛苦的了。尽管他没有觉得自己无辜,但事不关己的态度不断引起人们对他的憎恨,然而专横霸道的脾气,以及他之前所普遍体会到的别人对他的柔顺,早使他感受到别人普遍而公开的谴责,陷入一片罕见的愤怒与急躁之中。曾经一接触到他的目光,人们就赶紧把头低下;一见到他发怒,没有人敢吱声,现在他却受到公然的厌恶,遭到随便的指责,这真是让他不忍回忆和相信的。这种普遍的厌恶瞬间击倒了他,每次的打击,他心里翻腾着的痛苦便无法忍受。他怒气冲天,常发出怒吼。他极为愤怒地击退每一次抨击,但是,他越挣扎,似乎他的处境越显得绝望。最后,他决定积聚力量,做最后关键一搏,一次性迎接公众的怒潮。

根据这些想法，他决定一刻也不耽搁，赶紧到乡村集会上去。这一集会已经在我的故事中提及过。麦尔维尔小姐去世已经一个月了。福克兰先生最近这一礼拜也不在，去了离本郡较远的一个地方，有望一个礼拜后再回来。泰瑞尔欣然抓住这一机会，相信如果他现在能重新树立自己的声望，即使是面对强大的竞争对手，他也应该能够很容易地保住自己原来的阵地。泰瑞尔不缺乏勇气，但是他想，现在这个时刻在他的人生当中尤为关键，将决定他的未来安逸和重要地位，不允许他冒任何不必要的风险。

　　他一进入会场就引起了一阵骚动，因为与会的绅士们已达成一致意见，拒绝他入内，不想和他交往。这一决议已经由集会的主席以书信的形式通知了泰瑞尔，但是这一消息对像泰瑞尔这样性格的人来说，他非但没有被吓住，反而被认为是蓄意激起挑战。在会场的门口，他被会议主席亲自挡住了，主席已经感觉到他是有备而来的，试图跟他重申一遍禁令，但是泰瑞尔带着与生俱来的威严和不可言喻的蔑视之气势将主席推开了。他一进入房间，每个人的眼光都落在了他身上。很快，房间里每一位绅士都聚集到了他的周围。有些人试图把他推挤出去，还有人开始抗议。但是他很快找到了窍门，有效地使一批人安静下来，再摆脱了另一帮人的推挤。他强健的体魄、显赫的智力、长久以来形成的对他的优势的认同，都对他十分有利。他认为自己是在孤注一掷，激发全身蓄积的能量，正确处理这一事务。摆脱一进来时那些讨厌的家伙的纠缠，他大步威风地在房间里来回走动，飞快地怒扫了一下全场。接着，他打破了房间里的沉寂："如果你们任何人有话要对我说，我应该知道到哪解答，怎样解答。但是我会建议你好好考虑考虑你准备干什么。如果你们觉得自己要当面抱怨的，那很好。但是我确实希望没有人愚昧无知到去搅和别人的事，去干涉别人家里的私事。"

面对这样的公然藐视,一个接一个的绅士上前去响应。有人挑头开始讲话了;但是,泰瑞尔以专横的语气和神态,及时打断加上适当暗示,使他们先是犹豫不决,然后便闭口不言了。泰瑞尔似乎很快就达到了预期的成功。所有人都惊呆了,他们依然痛恨、谴责他的品行,但他们禁不住赞赏他眼下的勇气和智谋。他们本来不费吹灰之力就可以重新激起对他的愤懑,但是他们似乎需要一个领袖。

　　在这紧要关头,福克兰先生进入了房间。他提前返回纯属意外。

　　福克兰和泰瑞尔两人一见着对方,脸都涨得通红。福克兰先生径直走向泰瑞尔,并以一种断然的语气问他在这里做甚。

　　"在这里?你那是什么意思?跟你一样,这个地方我可以来去自由。我无须屈尊向你报告。"

　　"先生,这个地方你没有自由。难道你不知道你已经被表决出局了?无论你有什么样的权利,都已经被你的不道德行径剥夺了。"

　　"先生,你怎样称呼?如果你有什么事情要和我说,选一个合适的时间和地点。不要想着在这么多人的庇护下盛气凌人!我不会容忍。"

　　"你搞错了,先生。我唯一和你有事要说的地方就是这个公共场合。如果你不愿听听全世界人的愤慨,你就不可以进入人类社会。——麦尔维尔小姐——你太无耻了,没有人性,无情的暴徒!你能听到她的名字而不会钻到地底下去?你能一个人独处而看不见她苍白的病快快的鬼魂来责备你?你能想起她的美德品行、天真无邪、完美无瑕、不怨天尤人的脾气,而不会沉浸在悔恨中?难道不是你在她青春花季之时杀害了她?想到因为你那该死的阴谋,她现在躺在坟墓里腐烂玉殒,而正值豆蔻年华的她,应该比你多活一万年,你难道能够忍受?你认为人们能忘记或者原谅这种行为?走开!卑鄙小人,你可以公然玷污人类,想得太美了!什么啊?现在你装什么可怜！如果你心里不肯认同那些责备你的话，还有什么能让像你这么铁石心肠的卑鄙小人畏缩？难道你傻得去相信，任何的固执己见——无论多么冥顽不化——能让你鄙视正义的强烈谴责？走开，去做你的卑鄙小人吧！滚蛋！永远不要让我因再见到你而倒霉了！"

此时，看上去有点不可思议，泰瑞尔开始听从福克兰先生傲慢的责难。他一脸的愠怒与惊栗，四肢颤抖，舌头打结说不出话来。他无力抵抗倾泻而来的如激流般的猛烈责备。他犹豫了，为自己的失败感到羞耻，他似乎希望否认这一切。但是他的挣扎是徒劳的，每一次企图都消亡在萌芽中。羞辱他是大家普遍而急切的呼声。他的困惑越明显，人们的呐喊声就越响，逐渐增强为嘲骂、喊叫，直至震耳欲聋的愤慨。最后，他自愿退出了这一公共会场，再也无法忍受所遭受的一切。

大约一个半小时之后他又回来了。大家不曾有任何的防备，因为这太出人意料了。在离开期间，他大口大口喝着白兰地，灌醉了自己。过了一会儿，他来到房间的一头，福克兰正站在那儿。他用肌肉发达的手臂一下子将福克兰击倒在地。然而这一下并没有将福克兰击晕，他马上又站了起来。很显然，在这样的打斗中福克兰完全不能与他相比。福克兰几乎还没来得及站稳，泰瑞尔就又出手了。不过福克兰有所防备，并未倒下。但是对手接下来以迅雷不及掩耳之势大打出手，福克兰再次被打趴在地上。这时，泰瑞尔用脚狠踢俯卧在地的福克兰，并弯下腰，显然打算把他从地板上拖出去。这一切发生得太迅猛，在场的绅士们还没来得及从惊讶中反应过来。他们此时出来阻止，泰瑞尔再次离开了房间。

很难想象还有什么事情比福克兰先生这次经历的遭遇更可怕的了。生命中每一次激情的目的都在于让自己感受更强烈。他一而再再而三，以超乎寻常的努力和谨慎避免采取极端手段，防止泰瑞尔和自己之间的误会走向极端,但是没有用!反而是以大难告终,超过了他先前所担心的程度,最强的洞察力都没能预见到。对福克兰先生来说,这样的羞辱比让他死更难受。一点点的不光彩都会刺痛他的灵魂,而这回在公开场合被羞辱、出丑、有失身份,加在一起让他如何消受?泰瑞尔能了解自己给他带来多大的罪恶吗?即使在他所有的挑衅行为中,也几乎没有犯下如此严重的罪行。各种因素在抗争,福克兰的内心犹如战争般喧嚣,鄙视这种变相的残酷行为带给他的痛楚。他多么希望就自己这样湮灭,永远地躺下去,变成一片空白,跟他所遭受的相比,麻木自己就像福佑一样令人羡慕。他的灵魂里充满恐惧、憎恨、复仇,以及想要摆脱这个恶魔的难以言表的渴望,还有此时那种无力的信念,这些都把他的心充胀得都要爆裂了。

讲述到这里,不得不说,这个令人难忘夜晚又发生了另一事件,令福克兰先生心中依然存想的复仇受挫了。泰瑞尔被同伴发现死在了街上,被谋杀在离集会处几码远的地方。

第十二章

本故事余下部分我尝试着由柯林斯先生来讲述。读者已经有机会感受过,柯林斯先生不是粗俗之人,对问题的反思总是非常明智的。

"今天是福克兰先生人生的转折点。从此他的人生陷入悲观的难以亲近的忧郁之中,并深受其害。福克兰先生在这些事情发生前后简直判若两人,两种性格的对比,区别强烈得不能再强烈了。迄今为止,他一直是荣华富贵不尽。他精神乐观,对自己的能力深信不疑,而且他的能力一定会给他带来成果。尽管他保持着那种很认真、追求远大抱负的习惯,但是他的生活依然快乐宁静。但从此刻起,他的自豪、他的敢作敢为精神全然消失了,从一个令人羡慕的对象被变成了受人怜悯的人。迄今为止,他享受到了常人没有享受到的生活,然而现在这种生活却变成了他的负担。他不再沾沾自喜,不再兴高采烈,不再自我赞许,不再乐善好施!比谁都更大、更令人鼓舞的梦想的他似乎现在已没有愿景,只有痛苦和绝望了。他的情况特别值得同情,因为,毫无疑问,如果把正直纯洁的性格称作幸福,几乎没有人能比福克兰更配得上。

"他的脑子里弥漫着浓浓的那种没有来由的骑士传奇之风,不能忘记自己身陷其中的处境,在他看来,这种处境是丢人的、不受尊重的。真正的骑士具有一种奇妙的神力,使遭受到的种种残暴行为永世难以忘怀。被打趴在地,被拳打脚踢,被拖曳在地板上！神圣的上天啊,这样的记忆不能忍受！未来的清白亦不能除去此时的污点,而且,可能更糟的是,眼下罪犯已经离开了人世,骑士作风所规定的清白已经不可能归还。

"在未来人类发展进程的某个时期,这样的不幸事件很可能在某种程度上令人费解,但在目前这个情况下却能玷污世界上最崇高、最和蔼之人的美名,使其无地自容。如果福克兰先生完全准确地估量了该事件,他或许已经能够淡然对待这一伤害,虽然它确实击中了要害。我们在古希腊雅典最勇敢的地米斯托克利身上发现的尊严比现代决斗者身上多得多了,当他的统帅欧里拜德斯气势汹汹举起手杖回应他的规劝时,他很有尊严地高呼:'打,但必须听!'

"在这种情况下,一个真正有辨别能力的人会怎样回应蛮不讲理的施暴人呢？我夸口说我能够忍受灾难和疼痛;我不能忍受你的愚蠢带来的微不足道的不便？如果一个人懂得个人防御之术,也许他的人生会更有成就,但是需要他发挥个人防御的机会微乎其微。如果他以理性和仁慈作为自己行为的指导原则,他遇到的像你这样不公正、爱诽谤的人会有多少？此外,使用防御术的机会又是多么有限？温和瘦小的人与健壮的拳击手几乎不可相提并论;但是,即使在某种情况下我真的能到与敌手单挑,仅就力量而言,面对两个对手,我和我的生命将只能听凭发落了。除了立即防御眼前的暴力,它对我将永远不会有用。为了伤害敌人或者敌我双方同归于尽而蓄意对付敌人的人践踏所有的理性和公平法则。决斗是一种最卑劣的自我主义,对待不把我的力量和努力放在眼里的大众,只有自我,或者更确切地说,是一个令人费解的附身于我自己的怪物,好像我有权独家对它进行关注。我无法对抗你——下一步怎么办？那种情况会不会使我蒙羞？不会,只有不公正的行为才能使我蒙羞。我的荣誉不受任何人的控制，只在自己的掌控之中。还击！我是被动的。你能带给我的任何伤害都不会使你或我自己遭受不必要的不幸。我不愿那样，但我并不因此而胆怯，如果我拒绝任何能促进大众利益的危险和苦难，那么就给我贴上懦夫的标签吧！

"这些推理对冷静的追究者而言是多么简单诱人，全世界的人一点都不会怀疑，但对于福克兰先生的偏见却是最不相宜的。

"但是强加在他身上的公开的耻辱与惩罚，虽回想起来令人无法忍受，但还不是自那天那件事情以来带给我们不幸的恩人的全部伤害。目前人们在私底下议论他就是谋杀泰瑞尔的凶手。这一谣言对他来说是生死攸关的大事，真相的调查背着他在进行。他闻知此事，惊恐万状，难以言表，他那已经深受折磨的精神痛苦又增加了可怕的负担。没有人比福克兰先生更看重名誉的了。而现在，一天之内他跌入了灾难的深渊——复杂的人身损害及最污秽的罪名之中。他也许早就可以逃离，因为没有人会起诉一个像福克兰先生这般受到崇拜的人，或者没有人会为像泰瑞尔这样遭到世人憎恨的人而复仇。但是他鄙视逃跑，同时，这一事件极为严重，未经核实的谣言传播得一天比一天更厉害。福克兰先生有时候似乎想要采取措施，觉得最好将这一诬告之罪送交快速审理。但是他或许担心，太直接地诉诸司法程序，会导致这一谣传的罪名更明确，他希望大家记着这事儿；同时，他十分愿意面对最严厉的调查，但是，如果他不能指望大家忘了他曾经被指控谋杀，则希望以最令人满意的方式证明该指控是不公正的。

"附近的地方法官最终认为在这个问题上有必要采取一些措施。他们没有逮捕福克兰先生，只是派人告知，希望他在一场诉讼会议上出庭。诉讼程序就这样展开了。福克兰先生表达了自己的期望，如果该事件能就此了结，那么至少这些调查应该做到尽可能的严肃。

听证会不断举行，社会上有点名望的人都获准去旁听，这个全国重镇，几乎整个镇的人都知道了该事件的性质。人们有着各式各样的判断，因此这次审判意外地激起了他们极大的兴趣。在目前这种情形下，几乎不可能进行审讯，似乎当事方和仲裁员们都希望快点给这个事件一个恶名，尽快结案。

"地方法官调查了案件的来龙去脉。福克兰先生好像紧跟在攻击者后面离开。尽管他是在一两个绅士的陪同下回了下榻的客栈，但到客栈后曾经借故离开了那么一小会儿，当他们向侍者打听福克兰时，他已经上马回家去了。

"根据本案的性质，没有什么特别的事实需要比对阐明。法庭完成了这番陈述后，福克兰先生开始辩护。福克兰先生准备了好几份辩护的副本。有那么一会儿，他似乎考虑过要将其发给媒体，但是后来他不知何故取消了。我还有一个副本，将读给你听听。"

柯林斯先生一边说着，一边起身，从写字台的私人专用抽屉里拿出了副本。同时，他似乎又在回忆什么。严格来说，他不是在犹豫，但他决定为刚才的走神致歉。

"你似乎从未听说过这么令人难忘的事件。实际上，这也没有什么好惊讶的，因为人类美好的本性会对制止此类事件的发生感兴趣，而且为自己洗脱刑犯罪名辩护被视为是一个人的耻辱，尽管事件的经过是值得尊敬的，也是令人满意的。可以想象福克兰先生特别能接受这种制止。给你讲这个故事时，我不应该与他的思维模式相矛盾——如果不出现什么特别紧急的情况——那样似乎能令故事的讲述更合人意。"他说完后就继续读手中的副本了。

"'先生们：

"'我站在这里被指控犯罪，而且被指控的是人类会犯的最邪恶的罪行。我是无辜的。我一点也不担心，在座的各位会承认我的清白。那么，我的感受又是什么呢？我知道我应该得到认可，而不是受到谴责；我知道我毕生从事正义和慈善事业。对我来说，还有什么比指控谋杀更可悲的吗？我的处境太不幸，即使你们打算赦免我，我也不能接受无端的赦免。我必须对这样的污名有个交代。一想到此事，那比让我死还要糟糕一万倍。我必须竭尽所能防止被归于最卑鄙之人的行列。

"'先生们，这就是一个人可能拥有的处境。可恶的处境！没有人需要嫉妒我即将获得可恨的、被玷污的成功。我的品行无须传唤目击证人。伟大的上帝！需要证人支持的是什么样的品行？但是，如果我必须陈述，看看你们的周围，请在场的每一位问问自己的内心！我不曾听到过私底下有人对我有任何责难的话语。我不会犹豫传唤那些最熟知我的人，为我提供最尊敬的证言。

"'我的一生无时无刻不把名声放在首位。至于今天的结果是什么，我基本不在乎。如果只是我的生命处于险境之中，我也不会开口说一个字。你们无权决定恢复我清白的名誉，消除我所遭受的耻辱，或者阻止人们牢记我曾经被带来接受谋杀指控的讯问。你们的决定可能永远都无法有效防止我痛苦的余生不受这难以容忍的重压之苦。

"'我被指控谋杀了巴纳巴斯·泰瑞尔。若能保住他的性命，我愿欢天喜地地献出每一个法新，我愿终生为他行乞。对我来说，他的生命比谁的都要宝贵。在我看来，他的被杀剥夺了我正当复仇的机会，这是对我最大的不公。我承认我会叫他出来斗个你死我活，或者同归于尽。这虽然不足以补偿他对我的极大侮辱，但也只能如此。

"'我不乞求可怜，但我必须公开声明我从未这么不幸过。我甘愿去死也不愿意回忆那天晚上所受的侮辱。生活中的一切美好可贵，此时均已被剥夺殆尽。但是我连这样的安慰都没有。我被迫拖着沉重的负担永远苟且偷生，还要背负错把我的急躁认定为谋杀的罪名，我多么希望能够摆脱这些，哪怕是多么遥远。先生们，如果能由你们决定，不要将我跟那丢人的事件联系在一起，你们可以拿走我的生命，我会赞美那根永远结束我的呼吸的绳索。

"'你们都清楚我要逃脱这一罪名是多么容易！如果我有罪，我不早就该拥抱这个机会了？但事实是，我不能这样做。名声是我生命的偶像、生命的宝石。哪怕是世界上最遥远的角落有人认为我是个罪犯，我也无法忍受。唉！我为自己选择的是什么神明啊！让我要自己承担无尽的痛苦与绝望！

"'我只想再说一句话。先生们，我指责你们对我的不完全公正。我的生命不值钱，但是我的名声，我现在不得不夸耀的虚无的名声将由你们来裁定。你们每一个人，从今天起必须承担起为我辩护的任务。你们能帮我做的微乎其微，但这不失为你们的责任。愿虔诚可敬的善良的上帝庇护你们取得成功。但此时站在你们面前的人将受到无穷无尽的损害。除了今日这番无力的抚慰，他没有什么盼头。

"'你很容易想象，福克兰先生的声誉荡然无存。如此坚定地想要洗脱罪名为自己赎罪，在人们看来这却是一种耻辱，人类社会中没有什么比这更令人可悲的了。没有人对福克兰抱有怀疑，然而，只是几件事凑巧同时发生，使得这位人上人必须接受公开的辩护，好像他真的是该暴行的嫌犯。福克兰先生可能确实有过失，但恰恰是那些过失令他与正讨论中的罪行更为遥远。他是个荣誉与名声的痴人：任何物事都无法转移他对声望的追求；他愿意以物质生活为代价来换回诚实、勇敢、无畏的品格；他把任何灾难都当成名声的污点。要推想能够引诱这样一个人去暗杀的动机,这是多么荒谬? 迫使他去为这样的罪名辩护是多么绝情? 尤其是有着如此纯粹荣誉之人,一辈子不曾有一丁点污点,却一下子就跌入了邪恶的深渊,有这样的人吗?'

"地方法官们宣布裁定结果,在场的每一个人都情不自禁地一阵狂喜,起初是轻轻的,渐渐地愈来愈烈,欢呼声掌声经久不息。这是一种神圣无私的情感和欢天喜地的情绪流露,其意无法形容,一直走进了在场每一位听证者的心坎里,使得他们深信,与之相较,个人的快乐无不相形见绌。人人都争着向这位和蔼可亲的被告人表示极大的尊重。福克兰先生一退场,在场的先生们就决定要举行庆祝,以示对此事的支持。他们立即指定专人操办此事。大家一致同意支持这一普遍诉求。这是各个阶层的人对他心怀的同情。人群高呼着'好哇! 好哇!'他们迎接他,牵着他车前的马,凯旋般簇拥着他前行,并伴随他行了数英里直到将他送回住所。任何刑事控告的公开审查向来被认为是一种耻辱,在本案例中却似乎已经变成一种狂热的崇拜和空前的荣耀。

"没有什么可以打动福克兰的心。他并非对大家的好意和努力无动于衷,但是很显然,一直笼罩其心头的忧郁无法改变。

"这令人难忘的一幕只过去几个星期,真正的凶手被找到了。事件的每一环节都很离奇。真正的凶手是霍金斯。他与儿子一起,隐姓埋名在待在三十里开外的一个村子里,生活一贫如洗。自从他逃走后,就隐居在那里,不管是仁慈的福克兰还是无比邪恶的泰瑞尔,他们的寻找与打探都未能发现他的藏身之所。首先使侦查有了突破的是在一条沟渠里发现了一包带有血迹的衣服,一拉出来大家就认出那是霍金斯的。泰瑞尔被杀的事情人人皆知,一下子猜疑四起。

经过仔细搜查发现，他住处的墙角有一把手柄生锈、刀刃残缺的刀子，而该缺口正与泰瑞尔身上伤口中所遗留的刀子碎片完全吻合。经过进一步调查，恰巧在场的两位乡人记得那个非常的夜晚在镇上见过霍金斯和他的儿子，并在后面喊他们，然而没有得到应答。他们非常有把握，不会认错人。基于累积的这些证据，霍金斯父子受到了审讯，并被定罪，接着就被处决了。在审判和处决期间，霍金斯对自己的罪行供认不讳，但也表示出诸多的懊悔，尽管有许多人否认这一点。但是我费心调查了一些事实，相信他们的怀疑是轻率而毫无根据的。

"霍金斯在恶棍泰瑞尔那里所遭受的残酷不公我现在仍记忆犹新。这是一种奇怪的宿命，泰瑞尔的残暴行径似乎永远不会结束，即便是他的死亡，还毁灭了他所恨的人。这一情况，要是泰瑞尔泉下有知的话，或许在某种程度上对他的过早离世是一种安慰。可怜的霍金斯无疑是徒留遗憾了，因为他最终被逼孤注一掷，连同儿子一起遭遇了可耻的命运，这都是因为他的刚毅与不寻求帮助。但是公众大部分都不同情他，因为他们认为那是野蛮的不可宽恕的自私，不敢大胆地站出来承担自己谋杀罪行的后果，却让像福克兰先生这样极负众望的人因为他犯下的谋杀遭受审讯，而福克兰先生曾经那么希望帮助他。

"从那时到现在，福克兰先生一直差不多跟你现在看到的一样。尽管这些事情过去很多年了，我们这位不幸的主人总是记忆犹新。从那时起，他的习惯就完全不同了。以往他喜欢公共场合，很快就能在新住地的居民中发挥积极作用。现在却将自己隐藏起来，没有同伴，没有朋友。尽管自己极度沮丧，依然渴望善待他人。他看上去肃穆忧伤，但极其彬彬有礼、仁慈有加。人人尊敬他，因为他依然乐善好施，但举止庄重冷淡、矜持，周围的人觉得情感上他很难亲近。只有在他痛苦难耐时他才会愤怒得发狂。那时候他言语可怕、令人费解，他似乎想象自己在不断经受着出庭受审谋杀指控的各种迫害和恐惧。但是他了解自己的弱点，在这种时候他总是急切地躲起来独处。通常，家仆对他一无所知，只知道他做事时沉默寡言、傲慢自大，但又心情温和、容易沮丧。"

第二卷

第一章

　　我陈述了柯林斯先生讲述的故事,并尽我所能添加了另外一些我的记忆所能提供的信息。我当时记录下来的备忘录帮助了我提高了记忆的准确性。要不是这许多回忆都是我的亲身见闻,我不会去假装认定它们的真实性。即使交由法庭来最终裁决这些对我来说至关重要的东西,它们也会被证明是简洁而准确的。秉着这种慎重而保真的态度,我没有因我的审美准则而改变柯林斯先生的讲述方式,而且我很快就感受到他的讲述对于说明我的历史是何等重要。

　　朋友和我沟通的目的是想让我放松一下,但实际上反而令我更加难堪。迄今为止我与外界没有任何交往,对各种情感没有任何体验,尽管书本上也曾看到并非完全陌生的描述,但当我亲临其境时却无大用。就在我生活的周围,就像那天发生的一系列事件一样,一幕幕反复浮现在我的眼前,我所了解的一切都变了。该故事中的情节之间互为关联、交错发展,和我平生所见过的小小乡村事件有着天壤之别。我不断地对事件中出现的不同人物产生兴趣,我为克莱尔先生的可敬而感动,为哈蒙德夫人的无畏勇猛而喝彩,为世上竟有泰瑞尔先生如此变态之人而震惊,为单纯的麦尔维尔小姐而落泪,也为我钦佩、喜爱的福克兰先生性情大变找到无数全新的理由。

　　目前每一件事其实明摆着就是那么一回事。但我所听到的故事总是萦绕心头,尤其想探得个中全部奥秘。我在脑中转了千百遍,也站在各种不同的角度去验证。一开始的信息显得十分清晰，也很令人满意，但经过一番冥思苦想，又逐渐变得不可思议。霍金斯这人有点奇怪，原本那么坚毅正直、老实巴交的一个人，突然就成了杀人犯！他怎么就算得那么准能让他得手呢？当然，如果他真的是有罪的，那让如此高贵体面的福克兰先生为他顶罪是不可饶恕的！可是我还是忍不住要同情这个被处以绞刑的老实人，严格来说，他是被恶魔泰瑞尔先生的阴谋所害。而他甘愿为之牺牲一切的儿子也和他一样死于绞刑台上，一定没有比之更让人伤感的了。

福克兰先生到底有没有可能就是杀人凶犯呢？读者简直不能相信我竟然冒出想问问他本人的念头。这只是个在我脑海中一闪而过的想法，但却表明我的简单、天真。然后我想起主人的各种品行，高尚得无人能及。我认为他的遭遇真是少见的、不应该的，也不禁责备自己对他的猜疑。霍金斯临终时的认罪忏悔又重新浮现在我的脑海里，我觉得已经没有什么可以怀疑的了。那么福克兰的痛苦与恐惧又意味着什么呢？总之，这个想法打从出现在我脑海里，就永远定格在那里，挥之不去。围绕着福克兰为什么痛苦恐惧，我不断做出种种推测。我决定要监视我的主人。

我决定这么干的时候，心里有种莫名的快感。因为我们对明令禁止的事情心怀焦虑，越是不许做的事情越是有吸引力。暗中侦查福克兰先生，这事危险越大，越是难以抗拒。我记得自己曾挨过他严厉的训斥，他那可怕的样子，我想起来心里就发怵，但也伴有一种快感。我越是深入下去，这种感觉就越是难以抵挡。好像福克兰先生总是防着我，这也不断激起我谨慎侦查的斗志。福克兰先生越是令人难以接近，我的好奇心就越难以控制。自始至终，我既有对自身安全的忧虑和担心，更有我的真诚与率真，我也并无恶意，时刻准备着说出我所知道的一切，我不曾觉得会有人因查验真相而对我气急败坏。

这些想法逐渐使我有了一个新的心态。我刚到福克兰先生家里的时候,这个新奇的环境令我谨慎寡言。主人冷淡和严肃的举止似乎已剥夺了我欢乐的天性。但当我慢慢适应了这个新的环境,也就不再那么拘束了。我所听到的故事,以及故事所带来的新鲜劲,又使我充满了活力、激情与勇气。我正值爱贫嘴的年纪,总是想表达我的想法。情绪激动的时候,偶尔也斗胆敢在福克兰先生面前以迟疑的口吻询问那样做是否恰当。

我第一次这么做的时候,他略显惊讶地看了看我,一言不发,不久就借机离开了。不久,我再次试探。这次我的主人似乎有点在鼓励我,但似乎还是有点心存疑虑他是否有风险。

他素来不寻欢作乐。我说话朴实无华不懂世故,好像给他带来了一些乐趣。这样的乐趣可能存在危险吗?

因为没有把握,他不太可能过激地对待我这番心声的流露。我需要一点点的鼓励,因为我心底的那份不安需要释放。我不懂人际交往,我单纯,但还有点头脑,一定程度上多亏了阅读的提升,再加上我自身还有点观察力和天赋。我的话因此常常出其不意,此时显得极其无知,彼时又表现出几丝机敏,但始终是一副天真无邪、朴实无华、有胆有识的样子。即使在我兴奋地将观察结果进行准确的比较,并对做出的推理进行研究之后,显然在方式上我还是缺乏谋略,因为相比较而言最近的运筹很不成熟,老习惯的影响更显而易见。

福克兰先生的表现犹如一条鱼在戏耍诱其上钩的鱼饵。在我看来,他收起了平日的矜持,也放下了威严,直到一些唐突的评论和疑问使他陷入回忆,又变得警觉起来。很明显,他有一个难言的创伤。一旦触及他的伤口,不管是多么婉转、多么微乎其微,他就会变脸,会不高兴。他很难控制住自己的情绪,有时候痛苦地克制自己,有时候会突然发作,精神恍惚,赶紧自己一个人躲起来。

尽管我十分愿意相信他这些表现是由于在追求远大抱负时所遇到的奇耻大辱，然而我也会常常将这些行为解读为疑点。科林斯先生曾千叮咛万嘱咐要我保守这个秘密。每当我的行为告诉他或福克兰先生自己意识到我所知道的远比我表达出来的要多时，他会严肃地看着我，略有所思，好像在问你到底知道些什么？你是怎么知道的？但再一次见面时，我的单纯活泼又使他恢复了平和宁静，忘掉我带给他的不快情绪，一切又恢复正常。

与我这下人越熟悉，就越难控制。福克兰先生既不想通过严厉的言辞约束我，也不想让我觉得禁止是此地无银三百两。即使我很好奇，也必须清楚心里不能永远装着这么个嫌疑对象，我的提问和旁敲侧击也不可能总是像资深的检察官那样巧妙。福克兰先生不时在我提问时流露出心底有难言之痛的表情，但更多的是在他沉浸于回忆之时。这样的情形曾经无数次地出现在我们的交谈中，但这也是直到我意识到他的一些古怪行为时才注意到的。这种病态的敏感和能够勾勒出整个案件的想象力很可能促使福克兰先生再次想起对他的控告，感到无比羞耻，这意味着我们的本次交谈又不能畅所欲言了。

就我们交谈的话题，我来举个例子。这是我从经常发生的微小的话题中选出来的，读者很容易想象我的主人是如何战战兢兢地度日，是如何心神不宁的。

有一天我正在帮福克兰先生做文集录入前的文件整理工作。"先生，"我问道，"请您告诉我，马其顿王国的亚历山大怎么会被称为'大帝'的吗？"

"怎么会？你从没读过他的历史吗？"

"读了，先生。"

"哦，威廉斯，你没找到原因吗？"

"哎呀，我不知道，先生。我只知道他为什么会这么出名，但每个人谈到他都不怎么欣赏。关于亚历山大的功绩的评判也各不相同。普里多博士在他的《连接》一书中说道，他只能被称为'大凶手'；《汤姆·琼斯》的作者在一部书中则证实他和所有的征服者一样，应该与大不列颠最臭名昭著的罪犯乔纳森·怀尔德归为一类。"

福克兰先生听了这些评价涨红了脸。

"可恶！这是对神明的亵渎！难道这些作者以为用这些下流粗俗的语言就能破坏他应得的名声吗？难道拥有学识、情感、品味都不足以使其能免除那些庸俗的辱骂吗？威廉斯，你读到过更勇敢、更慷慨、更自由的人吗？凡事悦人，事事利己，你有见过如此截然不同的两类人吗？他希望自己是美德的化身，唯一的愿望就是在自己的传奇中予以实现。记住，他着手这一宏伟历程时放弃了一切，留给自己的只有希望，别无他物。想想他对菲利普医生的无比信任，与赫费斯提翁一辈子坚定不移的友情。他热情地对待被关押的大流士一家，就像儿子对待母亲那样，温和关心地对待受人尊敬的西斯盖姆比斯。威廉斯，不要对教职学者或威斯敏斯特的法官在这样的主题上妄加评判。扪心自问，你会发现亚历山大大帝是一个受人尊敬、宽宏大量、公正无私的典范，他胸怀宽广，优雅正派，无与伦比的伟业让他成了古往今来独有的奇观，令世人敬佩。"

"啊，先生，坐在这里为他谱写赞歌是多么好的一件事情。但我能忘记他为建立丰碑而付出的惨重代价吗？他难道不是人类共同的扰乱者吗？难道不是他肆意治国，带给国民灾难吗？他难道不是为了事业牺牲了千千万万的生命吗？我该如何看待他的残忍？就因为一百五十年前他们的祖先犯了罪而屠杀整个种族？五万人被卖身为奴？两千人英勇卫国而被钉死在十字架上？他几乎毁灭了整个国家，竟然还受到了最热忱的颂扬！人类真是一种令人匪夷所思的生物。"

"威廉斯，你的想法也很自然，我不会责怪你。但我希望你变得更开明。十万人的死亡乍看起来确实令人震惊，但实际上，十万这样的人与十万头羊又有什么差别？威廉斯，我们应该热爱产生知识和美德的思想。这就是亚历山大大帝的事业，他开辟了伟大的事业，推动人类文明的发展，他使亚洲摒弃了愚笨，推翻了波斯帝国的腐化统治。尽管他在事业巅峰时英年早逝，我们仍能感知其伟大事业的巨大影响。希腊文学和文明，接着是塞琉古帝国、安条克的塞琉西王朝、托勒密王朝，相继出现在这些原本不开化的国度。亚历山大大帝既是这些城池的恶名昭彰的摧毁者，也是缔造者。"

　　"先生，我觉得战矛和战斧并不是使人类文明发展的恰当工具。如果必须以无情地牺牲人类的生命为代价，无论产生多么重大的好处又如何呢？对我来说谋杀和屠杀只是创造人类文明和爱的一种极端方式。但是，先生，你不认为这个大英雄是个疯子吗？他焚烧了波斯波利斯，他为了哀悼一个世界而去征服另一个，他的大军征战利比亚火热的沙漠仅仅为了那一座寺庙，为了让人们相信他就是太阳神朱庇特·阿蒙（宙斯）的儿子。你又有何话可说？"

　　"我的孩子，亚历山大大帝被很多人误解。人类跟他相比黯然失色，故而歪曲事实报复他。了解他的事业很有必要，他应该被尊为上帝。只有这样他才能获得那些愚蠢执拗的波斯人的尊敬。这就是他前行的动力，并非疯狂的虚荣心作祟。为了让那些顽固的马其顿人诚服，他又付出了多少艰辛的努力？"

　　"那么，先生，为什么最后亚历山大大帝还是用了所有政客惯用的伎俩呢？他硬逼人们接受他的思想，哄骗他们去追求幸福。先生，更糟的是，这个亚历山大的怒火会突然发作，无论是敌是友，都难幸免。你不用替他难以控制的狂怒辩护，一遇挑衅就会杀人的人，当然不可能有什么好辩解的。"

我一说完这些话，就意识到我到底干了什么。我和主人之间存在一种难以割舍的情谊，所以这些话还没来得及在他身上发生作用，我就已开始责备自己没有人性。我们彼此都感到困惑。福克兰先生面色立即就变了，原本温和坦然的他，一下子面带愠色而严肃起来。我不敢再吐一个字，免得再犯更加严重的错误。经过一番短暂但又剧烈的内心挣扎后，又开始继续这一话题，福克兰先生先是一阵慌乱，后来慢慢平静了下来：

"你不够公正——亚历山大大帝——你得学会对他更加宽容——亚历山大大帝，要我说，不应该被这么苛刻地评判。你还记得他的眼泪、懊悔、绝食吗？无论别人怎么劝说都不放弃。难道这些还不能证明他浓烈的情感和公正的原则吗？唉，亚历山大大帝真正贤明地热爱着人类，但他的丰功伟绩却鲜为人们认同。"

我不知道怎样让人理解我当时真正的心理状态。当一个想法占据心灵的时候，就不太可能保持缄默。错误一旦犯了，就会有不可抵挡的力量，就像响尾蛇的眼睛一样有魅力，诱使我们犯下第二个错误，使我们失去了美德中引以为傲的自信。好奇心使得这种习性一刻都不得安宁，我们越是迫切难以抗拒，沉溺其中的危险就越大。

"克利托斯大将，"我说，"是个粗鲁易怒之人，不是吗？"

福克兰先生感到了此问的用意。他机警地看了我一眼，好像能看穿我灵魂似的，又迅速将目光收了回去。尽管他竭力控制住了，没有很明显，然而我还是察觉到了他在抽搐发抖，不知道他在怕什么。他放下手头工作，生气地在房间里来回踱步，脸上渐渐呈现出一副邪恶残暴的表情，突然走出了房间，大力地甩上门，似乎要震塌整座房子。

我自言自语道："这是意识到自己有罪？还是对君子被诬告的憎恨？"

第二章

　　读者发现我很快就要身处绝境了。对现在正在做的事情,我自己也很迷惑,却又不能停止。"这有可能吗?"我问自己,"福克兰先生,要他饱受公然扣在他头上的不该他受的各种羞辱,忍受一个稚气未干、无依无靠的年轻人故意拿他的罪名消遣,并不断使他陷入屈辱的回忆中。"

　　我觉得福克兰先生不会立即解雇我,同样地,他也不会对我采取其他行动,但这似乎仅是我一种很幼稚很模糊的感觉。但这种想法一点都不能使我心安。在他的心中,对我的恨意不断增加,但又不得不把我这个敌人留在他身边,这也预示着我能过一段平静的生活。

　　过了一段时间,在清理一组抽屉的时候,我意外地发现在一个抽屉后面有一张落在那里而被忽略了的信纸。要是在以往,尽管好奇,但出于主仆礼节,我会原封不动把它交给我的主人,亦即信纸的主人。但是之前所发生的一切使我不顾一切地拿起了这封信。这是一封老霍金斯写的信,从信的内容来看,似乎是他第一次逃避泰瑞尔先生迫害的时候写的。信的内容如下:

　　尊敬的先生:

　　　　最近这段时间我天天盼着您能回来。替您照看房子的老瓦尔内斯夫妇告诉我,他们也说不准您什么时候会回来,也不知道您现在在英国的哪个地方。至于我，总是有不幸不断降临，我必须下定决心做点事情（那是必须的），做个了结。我的确被安德伍德乡绅着着实实地利用了，他早就想毁了我，尽管我也担心这有可能是对乡绅个人的怨恨。先生，您知道我从不畏缩，果敢刚强。总之，上帝会保佑您的。这只是我与他个人之间的恩怨，他实在是太过分了。

如果我骑马到市镇询问您的律师穆恩斯尔，也许他能告诉我如何按照您的指令行事。但总是这样盼着等着，一点用也没有，这让我有了另外的想法。先生，一开始我并不急着找您，因为我不喜欢给别人带来麻烦。我把那当作最后的希望。唉，先生，我很羞愧的是，最后的希望也没能保住。难道我不像其他人一样也有手有腿吗？我被逐出了房子，赶出了家门。那么，下一步该怎么办？当然，我可不是什么卷心菜，从泥土里挖出来就一定会死。我穷困潦倒，这是真的。但不也有很多人一辈子和我一样就是勉强糊口度日吗？（请您原谅）我想，我们这些小人物还有小聪明用来自保，大人物们也不应该会像蛆虫那样低能吧。他们应该会思考这一切。

但是这里还有一件事情比其他任何事情更让我心里不安。先生，我不知道该怎么说——我可怜的孩子，伦纳德，我一生的骄傲，被关押在县监狱已经三个星期了。这是千真万确的，先生，是乡绅泰瑞尔把他关在那里的。先生，现在我在自己的小屋里头，一靠到枕头上，心里牵挂的全是伦纳德。我并不是指他所受的苦难。苦难不可怕。我没指望他凡事都一帆风顺，我没有那么傻。但谁能预料在监狱里会发生什么！我去看过他三次，有一个和他同牢房的起来非常凶恶！我也很难想象其他人的样子。可以肯定的是，伦纳德依然是个好小伙子。我想他不会在意这些。但是无论怎样，我敢断定他连半天也不想再和他们多待了。也许我是一个倔强的傻老头，但我已经想过了，我要采取行动。不要问我怎么做。但是，如果我给您写信，等待您的答复，可能还需要一周或十来天的时间。这难以想象！

乡绅泰瑞尔是个任性的家伙，而可敬的您又有那么一点冲动。不，我不会让任何人替我争斗。伤害已经够多了，我要自己解决问题。所以我写信给尊敬的您，仅仅是为了卸下我的思想包袱。我觉得自己十分尊重您，同样也热爱您，就好比您为我做的每一件事，我相信如果换位一下，您也一定会这么做。也许您将永远不会再听到我的消息。如果真是这样，您高贵的心不用为我不安。我非常了解自己，不曾做出什么出格的事。现在我要出去碰碰运气。天晓得，我已经受够了。但我没有恶意，我对全人类都是友好的，我对谁都很宽宏，就像可怜的伦纳德和我，经受了无尽的苦难，被迫像入室抢劫或拦路抢劫的强盗一样东躲西藏，但我还是反对一切邪恶的想法。令人慰藉的是我们将会永远对抗令人伤心的人间苦难。

先生，上帝会保佑您！

仆人本杰明·霍金斯敬上

我十分专注地读完了这封信，它让我思考了许多。在我看来，它呈现了一幅有趣的画面：一颗直率、明理、诚实的心灵。"想得太悲观了，"我自言自语，"但这就是人类！人们会说，从表面看，这家伙得到了看※和犒赏，拥有一颗清纯的心。然而，看看他最后落了个什么下场! 这个人后来居然成了杀人犯,在绞刑架上了结了生命。啊! 贫穷! 你真是无所不能啊! 你把我们逼得不顾一切,你混淆了我们所有引以为傲、根深蒂固的做人准则,你让我们身上充斥着怨恨、报复,致使我们采取莫名的可怕行动! 愿你那无上的权力决不要降临我的身上!"

满足好奇心之后,我又小心地放回这封信,就当作福克兰先生会发现抽屉后面这封信那样;我现在特想这封信能引起他的注意,同时又能暗示他我已经看过了。第二天一早见到他的时候,我已十分清楚要如何巧妙地把话题引到我想要的上面来。我问了几个以前的问题,他做了点评和回答后,我继续说道:

"先生,要知道,谈到对人性的看法,我不禁非常不安。我发现人类的不屈不挠是不可靠的,至少在没有受过教育的人当中,貌似前途无量,结局却臭名昭著。"

"那么,你认为学识和一个有思想的头脑是坚守原则的唯一保证?"

"哼! ——先生,你为什么认为学识和智慧常常不是用来为人民服务,用来阻止犯罪,而是掩盖罪恶的呢? 在这方面,历史上就有一些奇怪的事情。"

"威廉斯,"福克兰先生有点不安地说,"你真有点过于苛刻与责难。"

"我不希望如此。我想我还是喜欢看事情的另一个方面的,想想有多少人被诽谤,甚至有时被同伴碎尸万段,而这一些人一旦被正确地理解了,我们发现他们是值得尊敬和爱戴的。"

"的确如此,"福克兰先生叹了口气回答道,"当我考虑这些问题时,并没有对布鲁特斯临终时的感叹感到吃惊。'啊,美德,我把你作为物质来追求,但是我发现你却是徒有虚名!'我太赞同他的看法了。"

"啊,当然,先生,清白和罪行在人类生活中常常是分不清的。我记得一个感人的故事,讲的是在英国女王伊丽莎白二世在位的时候,有一个穷人,旁证充分,要不是陪审团里那个真正的当事人阻止,他早就因谋杀罪被绞死了。"

我这话触动到了他心中的那根神经,唤醒了他内心的疯狂。他凶恶地冲到我面前,好像一定要迫使我承认有什么动机。然而突然的内心剧痛似乎改变了他的做法!他惊恐地退了回去,然后大叫了起来:"可恶的宇宙!可憎的支配宇宙的法则!荣誉、正义、美德,全是骗子的把戏!如果在我的掌控之内,我会立马把整个体系粉碎,片甲不留!"

我回答说:"噢,先生!事情并没有你想象得那么糟糕。世界还是为那些聪明人有所作为而造的。世事如不朝着英雄豪杰们的前进方向发展就好不了;最终,人们会发现他们是全人类真正的朋友,所以,普通人无事可做,只能旁观,等待改变,只能羡慕。"

福克兰先生极力恢复了平静。"威廉斯,"他说,"我很受教育。你对事物有着正确的理念,我对你有很大的期望。我将努力成为更为真正的人;我要忘记过去,将来会做得更好。未来,未来是永远属于我们自己的。"

"先生,我为给你带来的痛苦感到抱歉。我不敢说出我的全部想法。但我认为错误最终都会肃清,伪装可能暂时遮蔽了真相,一旦正义显露,事情就会真相大白。"

我的想法并没有给福克兰先生带来一丝的轻松。他一下子又恢复了原先的样子。"正义!"他抱怨道,"我不知道什么是正义。我的问题不在常规解决之列;也许就是没有办法。我只知道我很痛苦,我怀着美好的愿望开始拥抱生活;而此时,我痛苦,无法形容的痛苦,难以容忍的痛苦。"

说完这些，他似乎突然镇定下来，又摆出那副惯有的威严与不可违抗的架势。"怎么会谈起这些？"他喊道，"谁给你权利让你和我像密友这样交谈？你真是个卑鄙狡猾的家伙！要学会恭敬！我的情感受不受伤应该由无礼的佣人来左右吗？你认为我会是被你随心所欲玩弄的工具吗？你想最后侵占我的灵魂吗？滚开，当心你要为你的冒失付出代价！"

　　他一边说着，一边坚定有力地摆着手，不容许有半点争辩。我闭上了嘴，好像感觉什么都没法做了，只能顺从地、默默地退出房间。

第三章

在那次谈话的两天后,福克兰先生令我到他那里。(我将继续讲述我们之间的交流,有时候悄悄进行,有时候滔滔不绝。他的面容像往常一样比谁都要更具活力和表现力。正如我说过的,好奇心是我的主要兴趣,驱使我不停研究这件事。当我在收集零散的信息时,极有可能出现的情况是,我会在某些时候给一些当时我还不知道的意外事件添加附注,说明那是以后才知道的。)

走进房间时,我发现福克兰先生的表情异常镇定。然而,这种镇定似乎并不是发自心底的轻松,而是故作的镇定,以免显得不够沉着、不够自然。

"威廉斯,"他说,"我下定决心了,不管要花多大的代价,我必须和你讲清楚。你是一个鲁莽、不顾及别人感受的孩子,也给我带来了不少困扰。你应该知道,虽然我允许你和我聊聊一些无关紧要的话题,但你也不应该把话题引向我的私事。你最近神神秘秘地说了很多事情,似乎比我知道的还要多。对于你如何知道这些事及这些事包含什么意思,我同样感到很茫然。但我感觉到你很想打破我内心的平静。这不应该,你不该如此待我。但是,事情照这样发展下去,你还会要我不断地去猜,这太痛苦了。这是对我情感的玩弄,作为一个果断坚决的人,我决定结束这一切。我希望你不要再神神秘秘、含糊其辞了,明明白白地告诉我,你到底在暗示什么?你知道什么?你到底要什么？我经历过的羞辱和苦难无人能及，我的内心伤痛也经受不了你这样不断的折磨。"

"先生，我觉得，"我回答，"我大错特错了，像我这样的人居然给您带来了如此多的烦恼和不快，我感到羞愧。当时我就感觉到了，但我就鬼使神差地那么做了，我不知道为什么。我总是试图阻止我自己，但无能为力。先生，除了柯林斯先生告诉我的，其他的我真的什么都不知道。他告诉我关于泰瑞尔先生、麦尔维尔小姐和霍金斯的故事。先生，我保证，他说的都是好话，说你是个神一样的大善人，其他什么也没有说。

"哦，先生，前几天我发现了一封霍金斯写的信。你没有拿到那封信吗？你没有看过那封信吗？

"看在上帝的份上，先生，把我赶出去吧。惩罚我吧，这样我才有可能原谅自己。我是一个愚蠢、卑鄙、邪恶的家伙。我承认，先生，我真的读了那封信。"

"你怎么敢看这封信？你的确不应该那样做。但这事我们以后再说。关于这封信你知道了什么？看起来你是知道霍金斯是被绞死的。"

"哎呀，先生？为什么我会想去看这封信？我说，就像我前天说的那样，当我看见一个原本很有原则的人甘愿沦落为罪大恶极的罪犯，想起这一点，我简直不能忍受。"

"那就是你所知道的吗？似乎你也知道——该死的回忆——我就是被指控犯那项罪的！"

我沉默无语。

"好吧，年轻人。也许你也知道，从命案发生时起——是的，就是从那一天起（他说这话时，有点可怕，我几乎可以说他像个恶魔）——我内心一分钟也没有平静过。我好像从天堂掉进了地狱，夜夜难眠，没有半刻欢愉，多少次我想一死了之。一向是只要我能选择，我把人类的荣耀和尊重看得高于一切。你知道，我好像不知道被打击了多少次——我厌恶柯林斯记录了我的耻辱——若上帝能把那晚从人们的记忆里抹去，我将感谢上帝！但那天晚上的情景，非但没有淡去，反而不断给我带来新的痛苦！而且必将永远不会停息。难道我的不幸和毁灭该成为你实践智慧、提高折磨能力的靶子吗？难道我那样当众丢脸还不够吗？由于受到那些恶魔毒害，难道我就被剥夺了洗刷耻辱的机会了吗？不，除此之外，就在那个时刻，我的名誉被毁了，还被控以臭名昭著的罪名。那场审判已经过去了。除了你强加给我的痛苦，我已觉得没有什么了。你怀疑我的清白，而这一点，经过一系列充分、严格的调查之后，已经毫无疑问。你迫使我做出解释，你迫使我说出了本不想说的秘密。但这只是我不幸人生的一部分，谁都想摆布我，不管他多么渺小，都想要嘲笑我的不幸。你应该心满意足了吧，你已经让我低声下气了。"

"哦，先生，我并没有心满意足，我不可能心满意足！我想起自己所做的一切就难以容忍。我无颜面对世界上最好的人，最好的主人。我恳求您，先生，把我解雇了吧。让我躲到永远见不到您的地方吧。"

在整个谈话过程中，福克兰先生的表情都十分严肃，但此时比以往任何时候都要更加严厉，更加狂暴。"怎么可以这样？混蛋！"他嚷道，"你要离开我，是吗？谁告诉你我想要赶你走的？是你不能忍受和像我这样一个邪恶的不幸的人生活在一起吧？是你不愿忍受一个如此令人厌恶，没有正义感的人吧？"

"噢，先生！不要对我这样说！你可以任意地处置我。如果你乐意，可以杀了我。"

"杀了你！"（他的大嗓门都无法形容我的话带给他的情绪有多强烈。）

"先生，我可以为您去死！我对您的爱无法用语言来表达。我崇拜您这样不平凡的人。我愚蠢、无知、缺乏经验——比这些更可恶——但在我的心里，我从来没有想过要背叛您。"

我们的谈话结束了，它在我年轻的心灵留下了很大的影响，难以名状。我觉得很惊奇，甚至是高兴，因为从福克兰先生粗暴的态度中，我还是发现了他对我的关心和慈爱。我从未这么惊奇地发现，像我这等出身卑微、默默无名的人，一下子居然对这个在英国卓有成就的人如此重要。但是，当我再设身处地地想想后，我千百遍地发誓，我永远不会愧对这样一个宽宏大量的主人，我现在感觉比以往任何时候都更加严密地把我和主人连在一起。

第四章

　　这是不是有点莫名其妙,我越来越尊敬我的主人,最初骚动的心绪几乎也要平息了,但以前那个疑问总在我的脑海里拂之不去。他是不是凶手? 这是一个具有致命冲动的想法,也似乎注定加速了我的灭亡。任何跟那件杀人案件有关的事,无论它与福克兰先生多么没有关联,都给他带来困扰,这一点我并不感到惊讶。一方面完全是由于他对自己名誉过度敏感,另一方面或许就是加深了人们对他犯下凶恶的罪行的怀疑。他也知道这样的指控一旦跟他的名誉联系在一起,他将永无宁日。每每怀疑别人含沙射影,他就会疑虑重重,担心不已,唯恐每个认识他的人都对他心存疑心。对于我,他发现我知道的比他知道的还要多,但我到底知道多少,所听到的是公平正义还是流言蜚语,或者恶意中伤,他无从判断。他也有理由相信我在拿他受损的名誉来消遣,并且我对他的评价不好,而这些却又是他生活情趣中最讲究的,也是他保持心平气和最不可或缺的一部分。这一切的考虑当然会让他永久地处于不安的状态。虽然我没有找到坚定的理由怀疑他,然而,就像我说过的,心里的那份不安和怀疑会永远存在。

　　内心的波动产生两种对立的信念,交替支配着我的行为。有时候我会受自己对主人的彻底崇拜所影响,无条件地信任他的正直和美德,默默地谅解他,尽一切可能讨好他。但有时候,那种潮涌不息的信任开始逐渐消退，像以前一样，我又开始警觉、好奇、多疑，对那些尤为普通的行为都会产生无尽的猜疑。福克兰先生对于关乎自己名誉的每一件事情都极其在意极其敏感，看到我这些变化，意识到此时我会以这种方式背叛他，之后又将会以另一种方式背叛他，而这些背叛有时候我都没有意识到，有时甚至根本没有发生。我们两人都深处痛苦之中：令对方生厌。我时常在想，主人的宽容和仁慈永远不会消耗殆尽，他会不会下决心踢开我这个永不安宁的监视人。在他和我之间，我们的确有很明显的差别。我能在不安中得到一些慰藉。好奇本来就是苦中有乐，我内心被无休止地推动着，好像就要接近事件的终点。正如贪得无厌的欲望是行动的源泉，所以当欲望获得莫名的满足时，这也成为暗中追查事件所受到的伤害的补偿。但是对于福克兰先生而言，他没有得到任何慰藉。在我们之间的交锋中，他所忍受的是无端的不幸。他只希望世界上没有我这样的人，他会在出于人道才收留我这个默默无闻之辈时或在我为他效劳时诅咒我。

　　有必要提一提我的特殊处境所带来的后果。我的内心一直保持着一种警惕和怀疑的状态，性格也发生了急剧的变化。这种性格是多年监视体验才有的。我努力去缜密分析一个人的内心和种种不同猜测，似乎看起来我能胜任人类智慧所能从事的各类秘密工作。我不会再像刚开始那样对自己说："我要问问福克兰先生他是否是凶手。"相反，我在经过仔细地调查该事件最可疑的各类证据，回想所有有关该事件的证据之后，不无痛苦地发现自己难以再坚信我家主人是清白的。至于他的罪行，我不再像以前那样瞎怀疑了，如果真的有罪，我迟早会找出真相。我难以接受他有罪的那种想法；即使把所有怀疑和我这个年轻、不成熟的人所知道的一切能够想象的极端糟糕的事加在一起，我还是不能相信福克兰先生有罪，一点可能都没有。

　　我希望读者会原谅我，久久停留在上述的情节中。我将尽快讲述我自己的悲惨遭遇。我已经说过,促使我动笔写这个故事的动机之一是为了抚慰自己所遭受的无法忍受的不幸的心灵。我细细回味使我不知不觉走向毁灭之路的那些事情,我痛并快乐着。当我回想起过去发生在我人生得意之时的那些场景时,我才能从目前所陷入的不幸绝望中暂时解脱出来。只有那些真正的铁石心肠的人才会嫉妒我这么一点点的解脱。——接下去将继续讲述。

在那次我与福克兰先生做了一番解释后的一段时间里,他的忧郁并未经时间老人的宽抚而有丁点的减少,反而不断增加。他不时发作的精神错乱比以往来得更加强烈、更加持久——虽然我将其称为精神错乱,但症状可能不属于学院派或法院下的这个定义范畴。要向家人或左邻右舍完全隐藏自己是完全不可能的。他有时会不告知任何人,没有佣人或是侍者陪同,独自离家两三天。众所周知,他不会拜访别人,与附近的绅士们也没有什么往来,这就更加离奇了。虽然我们郡大部分地区处于英国南部常见的最荒凉、人迹罕至的区域,但像福克兰先生这样有身份且富有的人,长期延续这样的行为,而却没发现他到底去了哪儿,这是不可能的。有时看见福克兰先生在攀岩,斜靠在悬崖的边缘好几个小时都纹丝不动;有时坐在汹涌的洪流边陷入一种无名的深深绝望之中;有时还会整晚整晚不管刮风还是下雨待在没有任何遮盖的苍穹之下。这些行为让占据他心灵深处的沮丧和痛苦在一定程度上得以转移了,他反而感到高兴。

起初,无论何时,我们一得到消息福克兰先生独自躲在什么地方,他的家人,要么柯林斯先生,要么我,但通常都是我,因为我总是待在家里,总是接到消息时正好有空就马上委婉地去劝他回来。但是,经过几次尝试后,我们认为还是让他多待一会,或许他更喜欢结束独处后自己回来。柯林斯先生的灰白头发和长期的服侍似乎赋予他一种可以骚扰的权利,有时成功地把他劝回来了;即使在那种情况下那些讨好的话也会让他感到不安，就好像他需要人来保护他或者是他即将处于无法控制自己言行的危险之中。有时他会突然地听从他的恭顺的、令人尊敬的朋友的话，但还极其痛苦地念叨着强加于他身上的各种约束，但是没有心情也没有力气去抱怨。有时，尽管顺从答应，他又会突然爆发出自己的愤恨。此时，他的愤怒显得不可思议、残酷恐怖，让他的愤恨发泄对象感到十分难堪和难以忍受。这些时候，他总是很凶恶地对待我，以孤傲、恶狠狠、反复不断的愤怒驱赶我，超越了任何人性所能之事。这些感情的迸发似乎总是给他带来一种危机，每当他被过早地找回来时，他将会立即陷入最忧郁的发呆状态，这种情况通常会持续两三天。很不幸的是每次当我看到福克兰先生陷于这种凄惨的境况时，特别是当我在岩石峭壁上找到他之后，他是多么的苍白、憔悴和孤独，我的脑海中重新浮现那种暗示，不管有没有倾向，不管有没有说服力，不管有没有证据，他一定是凶手！

第五章

有一段时间，福克兰在履行治安法官的职责，处理一件农夫被指控谋杀同伴的案件，他表现得相对平静。众所周知，那段时间福克兰先生忧郁体弱，要不是附近的两三个法官都离家在外，他是方圆几英里内唯一能找到的治安法官，在那种情形下他断断不可能会被召去履行公务。但是你们肯定难以想象，尽管我认为福克兰先生的症状有点像精神错乱，然而一般人看到他无论如何都不会把他当成疯子的。确实，有些时候他的行为显得异常、不可理喻，但平时他的行为又显得那么高贵，那么正常，没有丝毫的偏差，而且他十分清楚，如何令自己博得尊敬，他的行为举止显得那么谦逊、体恤、友善，完全不像一个尊严被剥夺的不幸之人，人们会大声诚挚地颂扬他。

我旁听了对农夫的审问。一听到这个案件会有很多下等的旁听者，我一下子就有了想法。我认为这一案件将需要充分的讯问，而这种讯问正是我所需要的。这个人要被指控谋杀，而谋杀是刺激福克兰先生精神错乱的关键。我将会仔细观察他，我将追踪他内心的破解。毫无疑问，这样的时刻，他内心痛苦的秘密一定会出卖他。毫无疑问，只要我自己不犯错，我将一定能发现他在做出公正的判决前他的倾向性陈述。

我找了个非常有利的位置来观察我关注的对象。他一进门我就能感觉到他十分不愿意来参加这一事务，但又不能不来。他表情尴尬、满脸焦虑,几乎目不视人。讯问开始后不久,他碰巧抬眼看到了我坐的地方。和往常一样,我们默默地交换了眼神,大家就心知肚明了。福克兰先生的脸一下子涨得通红,由红变白,又从白变红。我完全理解他的感受,我情愿自己早已退出去了。但这不可能,我深深陷入好奇中,就像生了根似地原地不动,即使我的生命、主人的生命,抑或几乎全国的生命处于危急关头之际,我都不会走开。

一阵诧异过后,福克兰先生开始装得异常镇定,甚至显得比刚进来时要更加泰然自若。要不是场面逐渐地发生变化,而且是瞬息万变,他很可能能够一直保持那种镇定。带到他面前的那个人受到死者的哥哥的强烈指控,说他残忍地杀害了他的弟弟。他信誓旦旦地说双方结怨已深,并讲了一些事实。他深信凶手早就在寻找机会报仇,并且先发制人。尽管表面上看那只是场普通的争斗,但实际上蓄谋已久,当他逮着机会时,他就给了他弟弟致命一击,弟弟当场就死了。

原告出示的证据样样切中被告的要害。被告的脸痛苦地抽搐着,眼泪情不自禁地顺着他颇具男子气概的脸流下来。过会儿,尽管他没有表现出任何不耐烦去打断对方的陈述,但对那些不利于他的陈述显得十分震惊。我从未见过谁长得这么好却如此凶狠。他身材高挑,优雅清秀,他面容朴实亲切,充满智慧。他身边站着一个年轻女子,是他的心上人,外表看上去也非常和蔼可亲,她看起来非常关切心上人的命运。旁听者意见有分歧,一拨对那位被告的暴行表示了极大的愤慨,另一拨则同情陪伴他的那位可怜女孩。人们似乎根本没有注意到被告优雅的外表,直到后来人们才被他外表魅力所吸引。至于福克兰先生,他一会儿全神贯注,好奇认真地去审查他们所讲的真实性;一会儿又流露出一种强烈的情感,令他觉得要查证这一调查结果非常痛苦。

当被告人在为自己做抗辩陈述时，他承认和死者之间存在不和，死者的确是他不共戴天的敌人。的确，他是他唯一的敌人，他也搞不清死者怎么会是他唯一的敌人。他已经竭尽所能克服仇恨，但是没有用。死者在什么场合都试图羞辱他，对他恶语相加，但是被告人都竭力不卷入与他的争斗之中，直到那天。如果他是与其他任何人发生这样不幸的事件，人们都可能会认为是意外，但是现在他却被认为是蓄意谋杀。

事实是，被告和心上人去附近的集市，在那里遇到了那个人。那人常常公开侮辱他，把被告的忍让当成懦弱，这也许怂恿他更加粗暴无礼。那人发现被告每次都容忍对他的侮辱，居然认为可以把这种侮辱转向陪伴他的心上人。他追赶着他们，想尽办法骚扰激怒他们；他们试图摆脱他，但是没有成功。被告的心上人非常害怕。被告人与他争辩，问他怎么可以如此残暴地去吓唬一个女人？他以羞辱的口气回答说："那么她应该找一个能够保护她的人，爱他这种像小偷一样的家伙不会有好结果！"被告人想了所有能想到的办法躲开他的挑衅，但最终实在是忍无可忍了，他被激怒了，决定给予还击。他接受了挑战，人群马上围成了一圈，他把心上人委托给一个旁观者，不幸的是他一拳就把对方打死了。

被告人补充说，他不在乎他的审判的结果是什么。他一直想清白地活在这个世上，而现在却身背血债。他不知道，但是觉得绞死他或许是他们对他的仁慈，因为只要活着他就会受到良心的谴责，死者那一动不动地躺在他脚边的躯体，会终生萦绕在他心头。想想那个死者，曾经充满生机活力，现在却变成一具从地上抬起的毫无生机的尸体，这种想法可怕得令人难以忍受，但这一切又是他自己一手造成的。他深爱着这位可怜无辜的姑娘，但从此他们再也不会相见，再见面只会带给她厄运。不幸的一分钟毁灭了他所有的希望，人生对他来说只是一种负担。说完这些，他的脸冷了下来，脸上的肌肉痛苦地颤抖着，他看起来就像是一尊绝望的雕像。

这就是福克兰先生被召去当听审员的事件。尽管这个事件在很大程度上和第一卷中的遭遇一样，在这一乡村事件中双方没有动用多少策略和技巧，然而在有过类似经历的人看来其中还是有很多共同点的。在两个事件中都是一个残暴之人持续对仁慈之人进行挑衅，在挑衅时突然死亡。这些相似点持续不断地撞击着福克兰先生的心。一开始他显得非常惊讶，过了一会又改变了态度，像换了一个人似地，难以忍受压在心头的种种感受。然后他又重新振作，保持他的耐性。我看到虽然他面部肌肉僵硬，但脸颊上还是落下了痛苦的泪水。他不敢将目光投向我站立的这一边，这使得他整个样子显得很尴尬。但是当被告说到自己的感受，对自己的过失表示深深悔恨的时候，他再也忍受不了，突然站了起来，惊恐万状，绝望地冲出了房间。

这一情况对案情并没有什么实质上的影响。当事双方都被滞留了半个小时。福克兰先生已经亲自听取了双方证据关键的部分。在休庭间歇他派人把柯林斯先生叫了出去。被告所讲述的经过得到事发现场目击证人的确认。有消息说，我的主人身体不适，同时下令释放被告。后来我发现，对那死者的兄弟的指控并非就此罢休，后来通过一名更加审慎更加专断的地方法官，那名被告被审判了。

这件事一结束，我就急忙进了花园，一头扎进丛林的深处。我的脑子里装的东西太多了，几乎要炸开来。我不久前还以为不需要再监视他了，现在我的内心不由自主地让我脱口而出，一阵无法控制的冲动，我大声呼喊："他就是凶手！霍金斯父子俩是无辜的！我可以肯定！我以生命起誓！案情告破！真相大白！作孽啊，我的灵魂！"

我就这样沿着院子里这条隐秘的小道匆匆前行，情不自禁地惊叹,不时地发泄着纷乱的思绪,我觉得自己的兽性陷入了挣扎中,体内的血液沸腾。我有一种莫名的狂喜。我很肃穆,但又情绪激动,义愤填膺。在这暴风骤雨般的激情中,我似乎享受到了那最难得的平静。我难以更好地表达当时的心境,只能说我从没有像此刻这样活生生地感受到自己的存在。

这种精神升华状态持续了数个小时,最终平息了下来,我能更从容地思考一些问题。首先浮现的问题之一就是,一直那么渴望得到的这些信息,现在我该如何处置?我不想告密。以前我对穷凶极恶的杀人犯没有任何概念,但现在当我对它所了解,我竟还是有可能去爱那个杀人犯的。现在我觉得仅仅因为一个人某一不可挽回的行为,且不论其是非曲直,就了结这个重要的而广受欢迎之人的生命是最荒唐最邪恶的。

这让我有了另一个想法,而那个想法是我一开始忽视了的。假如我真的去告密,但不能提供法庭可以采纳的证据,会发生什么样的事呢?还有,要是没有被允许进入刑事审讯庭,我就能确保让他进入吗?除了我以外还有二十人的陪审团成员,我能说服他们接受福克兰先生有罪吗?他们当中没有人像我这样了解这个案件。对他们来说这案件显得偶然而微不足道,也更能证明福克兰先生的不幸。靠这些论点和推测,真的除了我之外就没有人能发现真相吗?

但是所有的推理都没有改变我的看法。这一次我的脑海里一刻都摆脱不了这个想法:"福克兰先生是杀人犯!他是有罪的!我明白了!我感觉到了!我相信这一点!"我也被一种难以驾驭的命运驱赶着前行。我的热情不断高涨,内心越来越好奇,思维变得更加急躁,这些使我的决定更是不可避免。

我在花园里时发生了一件意外,当时我没有太注意。当我开始沉思的时候,突然回想起了那件事。在我发出一阵喊叫时,我以为自己是一个人，一个男人的身影从离我很近的地方一闪而过。虽然我几乎没有看清那个模糊的身影，但是我相信那就是福克兰先生。他有可能听到了我的自言自语，我不寒而栗。但这个想法，虽令人担忧，却没有立即停止我的深思。然而后续情况令我心里非常恐惧，我毫不怀疑这个事实，要吃晚饭的时候，福克兰先生不见了。晚饭与就寝时间都过了，还是不见人。对于这种情况仆人们的唯一结论就是他又像往常一样忧郁地出去闲逛了。

第六章

　　故事讲到这里似乎福克兰先生的命运到了紧要关头。福克兰先生家接二连三出事，让人应接不暇。大约在第二天上午九点左右，传来了警报，房子的一个烟囱起火了。显然这本是小事一桩，但是不久火势凶猛，很明显第一栋房子的一根横梁没有安装得很妥当，火苗烧到了那根横梁。有人担心整座房屋都有危险。由于管家柯林斯先生不在，主人也不在，家里是一团混乱。当一些家佣忙于灭火时，另外一些人应该把家里最值钱的东西搬到院子里的草坪上。我去指挥搬东西，确实我在家里的地位似乎让我有权这样做，我也以为我的智力和能力胜任。

　　给出了一些指令后，我认为光站着指挥指挥还不够，在这场被公众关注的救火中应该贡献出自己个人的力量。我动身前去救火，但是我的双脚，鬼使神差地却朝书房尽头福克兰先生的私人房间奔去。在这里，我环顾四周，我的眼睛一下子就被故事开头时提到的那个箱子吸引住了。

　　我的心一下子提到了嗓子眼。房间的窗台上放着一些凿子和一些其他的木工工具。我不知道是什么瞬间迷住了我的心。这种诱惑太难抵制了，我忘了自己是来干什么的，忘了灭火的家佣，忘了灭火的紧迫性。如果随着火势的进展，火苗似乎会蔓延并越过房顶到达这个房间，我同样也会那样做。我一把抓起合适的工具，趴在地上，急切地撬开那个箱子,里面装的都是我为之心动的东西。努力两三下之后,难以抑制的激动增加了我的能量,铰链松动了,箱子打开了,所有我一直寻找的东西立即触手可及。

我正拿起盖子,福克兰先生就进来了,他看上去像疯了似的,上气不接下气,非常慌乱。他是看见了大火后从很远的地方赶回来的。他出现的那一刻,箱盖子从我的手上滑落到地上。他一看见我就双眼迸发出愤怒的火花。他匆忙跑到挂在房间里上了子弹的一对手枪那里,拿了一支,指着我的脑袋。我知道他的意图,就突然跳到一边躲避;但是,他果断地做出判断,立马冲到了窗口,挥枪让我到外面的院子里去。他以平常不可抗拒的口吻命令我出去,被发现的恐惧已经完全把我吓住了,只好赶紧顺从。

过了一会儿,一大截烟囱轰隆一声倒到下面的院子里了,一阵惊呼,火势更猛了。见此情形,主人的本能反应是锁好了他的私人房间,他来到房子的外面,爬上屋顶,哪里需要他救火立马就去哪里,火最终被扑灭了。

你难以想象我现在的落魄处境。我的行为是有点疯狂,但是回头想想我当时的心情是无法用语言表达的!那是一种瞬间的冲动,短暂的、一闪而过的异常行为,但是福克兰先生对我的异常行为会怎么看呢?任何人敢于表现出如此疯狂的行为一定是很危险的,处于眼下这种境况的福克兰先生又会怎么想我呢?我刚刚被枪指着脑袋,那差点要了我的命。那确实已经过去了,但等待我的将会是什么命运!福克兰先生将会无休无止地复仇,这令我恐惧,他的双手沾满血腥,满脑子都是残酷的行为和谋杀。他有无穷的智慧,从今以后,他将用这些智慧来摧毁我!将终结我自认为天真并可以宽恕的不羁的好奇和冲动。

在情绪激昂时我忽视了一切后果。现在就好像做了一场梦,不就像是从高耸的悬崖跳下或者不顾一切地冲向烈焰吗？我怎么可能有片刻忘记福克兰先生那令人生畏的样子和他那灵魂深处被唤醒的无法阻挡的愤怒？对将来的安危我一点想法也没有。我做事没有什么计划，从一开始采取行动以来，我就没有想过如何隐藏自己。但现在一切都完了，短短的一分钟就使我陷入逆境，而这种意外恐怕人类历史上无人能及。

我一直困惑怎会如此轻率地一头扎进那么可怕的行动中。其中有无法解释的潜意识中的同情。这是人之常情，这就是同病相怜吧。这是我首次见证了玩火的危险。我周围混乱的一切让我内心翻江倒海。在我这个没经多少世事的人看来，一切似乎令人绝望；受其感染，我也变得同样的绝望。一开始我还有点沉着冷静，但那也是孤注一掷的结果，当努力失败之后，随之而来的就是精神的错乱。

现在样样事情都令我惊恐。可是我又有什么错呢？开始追查事件真相本身应该没有错；我的目标既不是为了钱财，也不是为了放任自己，更谈不上为了夺权。我的灵魂不曾有一丝一毫的邪恶。我向来非常崇敬福克兰先生卓越的智慧。我现在依然尊敬他，我的冒犯仅仅错在渴求真相。然而事已至此，我既不能请求宽恕，也不能请求豁免。这一刻是我命运的转折点，从攻势进入守势，而防守将成了我余生的唯一事业。唉！我的冒犯是短暂的，也没有受到险恶用心的阻碍，但是我所遭受到的报复是持久的，直到生命的尽头。

当往事齐涌上心头，发现自己的处境，我没有解决的办法。我的内心一片混乱，什么都不确定。我的思想里充满恐惧，已不会思考。我感到我丧失了思维能力，脑子已经完全瘫痪，被迫默默地坐等冥冥中注定的不幸的到来。就我自己看来，尽管瞬间受到打击，被剥夺了曾有的行动能力，但我还像个男人，依然还能清楚地认识到自己的处境。我就感觉自己陷入了致命的绝望之中。

我还处在绝望之时，福克兰先生就派人来叫我了。他的传唤将我从恍惚中惊醒。惊醒之后，我觉得那些令人作呕、令人憎恶的感觉，又从沉睡中被唤醒了。慢慢地我又恢复了思考并采取行动的力量。我明白，大火一灭福克兰先生就返回到他自己的房间。他命人叫我去的时候已经是晚上了。

以前除了神色严肃阴郁镇定外，我发现他每一个表情都极度痛苦。现在，所有忧郁、威严、严峻的表情都不见了。我进入房间时，他抬头看了看，然后命我把门闩上。我照做了。他在房间里转了一圈，看看通向其他房间的通道。接着回到我站的地方。我体内的每一个关节都在颤抖。我在心底惊呼："罗乌西斯现在将不得不上演怎么个死法！"

"威廉斯！"他说，语气中更多的是痛苦，而不是愤恨，"我差点要了你的命！我是个被人嘲弄憎恶的不幸的人！"他停了停，"如果全世界还有人比其他人更强烈地感到自己是个被人嘲笑和憎恶的可怜虫，那个人就是我。我一直处于不断被折磨和疯狂的状态，但是我可以结束这种折磨，解决由此带来的后果。到目前为止，至少还只是与你有关，我决定这样去做。我知道其代价，而且，我会付得起这个代价。"

"你必须发誓，"他说道，"你必须以每个圣典、神明、人性为保证，绝不透露我将告诉你的任何内容。"——他口述誓言，我心痛地复述。我无权抗议。

"这个秘密，"他说，"是你在寻求的，不是我。它令我厌恶，也令你很危险。"

做了这番他不得不做的开场白后，他停顿了一下。似乎集聚所有力量。他用手帕擦了擦脸。脸上使他感到不适的似乎不是泪水而是汗水。

"看着我,仔细看着我。像我这样的人还像个人样,不奇怪吗?我是个十恶不赦的坏蛋。我谋杀了泰瑞尔,我是霍金斯父子的幕后杀手。"

一开始我惊恐万分,然后保持沉默。

"那是怎样的一个故事啊!在数以百计的人面前我受辱、丢脸、受玷污,我愿意为之不顾一切。我等待着我的机会,跟随着泰瑞尔出来,碰巧抓了一把尖刀,来到他的身后,刺进他的心脏。巨人般的压迫者蜷缩在我的脚边。

"所有的事都是一环扣一环的。殴打!谋杀!接下来我的事情就是为自己辩护。撒了让人深信不疑的谎,让全人类都认为它是真实的。从来没有什么事那么让人痛心和难以容忍。

"到目前为止,命运都是眷顾我的。命运比我渴望的还要眷顾得多。罪行从我身上被挪走了,指向了另一个人,但我还是要忍受。我说不清楚从哪里来的对他不利的旁证,破损的刀,还有血。我猜想,由于某种不可思议的巧合,霍金斯刚好路过那里,给他的压迫者补了一刀,要了他的命。你已经听过他的故事。你看过他其中的一封信。以我对他的了解,你连千分之一都赶不上,他单纯、诚实。他的儿子和他一起受苦,但就是为了儿子的幸福和品德,他毁了自己,情愿为他死一百次。我有那种感觉,但是不能说。

"这就是一个绅士!一个君子!我是个名声的愚人。天可怜,我的美德、诚实、内心的永恒的宁静都这么轻易地牺牲了。但更糟的是,能帮助缓解我的伤痛的事却什么也没有发生。我一如既往地还是个名声的傻子。我到死还要坚持我的名声。虽然我是个坏透顶的恶棍,也要留下个纯洁无瑕的名声。罪行如此恶毒、场面如此血腥,怎么可以与我有关。无论怎样，我都与这类令人厌恶的事件保持距离。我确信，让我去验证，我会屈服。我鄙视自己，但是我也因此受鄙视，事情已经走得太远无可挽回了。

"我为什么强迫自己保守这个秘密？是出于热爱自己的名声。每每看到手枪或触碰到其他能致死的工具我都会发抖，也许下一场谋杀我可能就没有以前那么幸运了。我别无选择，要么让你成为我的密友，要么让你成为下一个受害者。最好的方式就是信任你，希望你能永保秘密，而不是生活在你刺探真相的恐惧之中。

"你知道你在干什么吗？为了满足你那愚蠢好奇的幽默感，你把自己都卖了。你将仍旧留在这服侍我，但绝不能再分享我的情感。我会在钱财上资助你，但我会常常恨你。如果你一不留神从嘴里漏出一个字，如果你再激起我的猜忌和怀疑，等着你的就是死的报应，甚至更严重。这真是便宜你了。但是现在想回头为时已晚。我嘱咐你的每一件事都是神圣的，重要的，你要牢记在心。

"这是多年来我首次吐露心声，从此我们之间将永不交流。我不要怜悯，我也不希望安慰。虽然被恐怖所包围，但我至少会坚持到最后。如果我被预留了另一种不同的命运，那也是因为我拥有那方面的品质，配得上更好的事业。我可能疯狂、痛苦、狂乱，但是即使狂怒之中我依然能保持沉着谨慎。"

这就是我一直渴望知道的故事。尽管我的心里想了好几个月，但听起来还是完全新奇的事物。"福克兰先生是谋杀犯！"从面谈的房间走出来时我在心想。"谋杀犯"这个可怕的词令我体内的血液都要凝固了。"他杀害了泰瑞尔先生，因为他控制不了自己的怨恨与愤怒；他牺牲了老霍金斯与小霍金斯，因为他不能容忍众目睽睽之下名誉受到损害。我怎么能指望这样一个易怒无情的人不会把我变成下一个牺牲品？"

但是，虽然这种可怕故事以这样或那样的方式广泛地存在，对恶习的痛恨，人类十之八九还是赞成的，我有时禁不住会想起人的另一面。"福克兰先生是杀人犯！"我继续思考，"如果他只是那样想想，他也许还是个非常优秀的人。"但就是邪恶的思想让我们很大程度上变得很邪恶。

尽管我一直相信我的怀疑是真实的，但这样的调查结果还是令我震惊，我依然找到了尊敬他的新理由。他的恐吓确实很可怕。但是，我对他的冒犯，完全有悖于文明社会普遍接受的准则，那么张狂无礼，对福克兰先生那么崇高的人来说确实难以容忍。处于福克兰先生那么独特的环境下，我对他的宽容感到非常惊讶。他没有对我采取极端的手段，确实有充分的理由。但是我所设想的可怕的预期结果与他冷静的行为和温和的话语之间真是天壤之别。正是基于这一点，就觉得我很快将摆脱令我胆战心惊的祸端，和福克兰先生这样胸襟宽广的人打交道，我没有什么是可以怕的。

"他向我展示的前景苦不堪言，"我想，"他以为我不受任何原则的约束，对他人美德也充耳不闻。但他将会发现自己错了。我绝不会成为告密者。我绝不会伤害我的主人，因此他不会成为我的敌人。虽有种种的不幸和差错，我觉得我内心渴望他过得幸福。如果他真的成了罪犯，那也是环境所迫。像他这样品性的人处在其他环境中，应该说或更确切地说，做得更多的会是善事。"

与那些习惯在那种情况下把人称为大坏蛋的人相比，我的推断毫无疑问绝对是更有利于福克兰先生的。这不会让人感到吃惊，我自己刚刚践踏了既定的责任界限，因此我可能对其他触犯者有着同情之心。除此之外，我从一开始就知道福克兰先生是仁慈的人。空闲时我曾经非常细致地观察他心底优良的品质，我发现在所认识的人之中，他拥有一颗无法比拟的最丰富、最具修养学识的心灵。

尽管我内心的恐怖已经得到大大地缓解了，但是我的处境仍然十分苦不堪言。我青春年少的轻松安逸、无忧无虑的生活已一去不复返。有个难以抵御的声音总是在命令我"不能再多睡了"。我饱受一个秘密的折磨，我却不能卸下这一重负；在我这个年纪，这种感觉就是一种永无尽头的哀伤。让人最无法忍受的感觉是我已经把自己变成了囚犯许多年——也许余生都是。尽管我谨慎机灵依旧，但我必须牢记有人在监视着我，他自觉有罪，时刻警戒着，充满愤恨，因为我用一种不正当的方式让他在我面前忏悔，他任何时候稍微的反复就可带走我最珍贵的一切。与他这种极度焦虑所驱使的警觉相比，来自公众的、彻底的专制的警觉还显得贫乏。我不知道如何躲避这种困扰。我不敢逃离福克兰先生的监视，也不敢继续有任何的运作。我起初确实在一定程度上认为悬崖勒马会让我安全。但不久就有很多情形不断提醒我注意自己的真实处境。我现在要讲述的这些才是最令人难忘的。

第七章

福克兰先生吐露真相后不久，他的表兄福里斯特先生来到家中小住。我的主人对此既不习惯也不喜欢。我早已说过，他已经中断了与邻居的任何来往。他自己也停止了任何形式的娱乐和消遣。他退出了朋友们的社交圈，彻底地将自己藏在黑暗和孤独之中。在大多数情况下，这对于一个意志坚定的人来说实行起来并不难。但是福克兰先生不知如何躲避福里斯特先生的来访。这位先生在欧洲大陆住了好几年，刚刚回来，他向这位异性兄弟借住一个房间，直到他在三十英里开外的房子整理好，而且他十分自信不可能会被拒绝。福克兰先生只好说，由于他的健康和精神状况，担心住在他家恐怕会让他这位表兄不适应；福里斯特先生认为这种不适一定程度上总是有的，但应该还是可以接受的，并希望他的陪伴会让福克兰先生结束独居的习惯，这对他是非常有好处的。福克兰先生不好再反对了。如果被认为对他的亲人不好，他应该会觉得特别难过，然而又不能说出真正反对的原因，因此他反对时非常小心。

在很多方面，福里斯特先生的性格与我的主人不同。他的外表就足以说明他性格的奇特。他的体态矮小瘦削；眼窝凹陷，眉骨突出，眉毛浓黑茂密；肤色黝黑，轮廓硬朗。他见过很多世面，但是从外表和举止来看，你会认为他连家门都没有出过。

他的脾气尖酸、急暴、苛刻，鸡毛蒜皮的小事都容易激怒他，和他交往的人事前一点都没有料到会有这样的结果。被激怒时,他通常表现得很粗暴。他想的是要纠正对方的怠慢之举,羞辱对方的过失,他忽视了他的粗暴行为给对方带来的不安和痛苦。他认为在这种情况下抱怨是懦弱的行为,应坚决予以去除,绝不手软,不能心慈而错误地予以姑息与纵容。就像常人一样,他已经形成一种思维定式。他认为我们对待一个人的好意应该藏而不露,应该偷偷地对他好,免得被对方不恰当地利用。

看似行为粗暴的福里斯特先生实际上热情大方。初次见到他时人人都会被他的态度吓倒,觉得他品行不端。但是与他相处越久就越会认可他。他只是一贯来很严厉,认识他的老熟人都认为他有强烈的责任感并乐于善施。当他屈尊收起那粗暴、无礼、唐突的话语,他的言语就变得流畅、有趣。表达时再加上他特有的幽默,他那鲜明的观察力与极强的理解力立马显现出来。这位绅士独特的性格就在后来发生的事件中表现出来了。他的秉性非常善良,很快就对他的表弟的不幸产生了兴趣。他想方设法消除他的苦恼,但他的做法粗暴而不巧妙。对于像福克兰先生那种心智缜密、精神敏感的人,福里斯特先生也不敢贸然使用平常的粗暴方式;但是如果他小心翼翼地不让自己粗暴,他就丧失了发自心底的让人心动甜蜜的口才,而这是让福克兰先生忘记痛苦的最好的机会。他劝诫表弟要提起精神与恶魔对抗,但是他劝诫的语气一点也没有叩动我主人的心弦。他没有办法说服一个在错误上如此固执己见的人。总之,经过多次努力,他放弃了,气冲冲地抱怨,他不是对福克兰先生的固执生气,而对自己的无能感到失望。他对福克兰先生的感情一点也没有减少,对发现自己对他一点帮助也没有而由衷地感到痛心。双方在这种情况下都很公正地看待对方的优点和对方性格上的差异,福里斯特先生竭力避免带给房主福克兰先生任何危险。两人在性格上几乎没有任何共同点。福里斯特先生不能给福克兰先生带来任何痛苦或者欢乐,那会使他的内心骚动,失去短暂的安宁和自控力。

我们的客人,从外表看他是个善于交际的人,相当健谈,但他既不会插话也不会多话。眼下的处境却让他痛苦得浑身不自在。福克兰先生依然常陷入沉思和孤独中。尽管他的老毛病偶尔也会发作,但自从表哥来了后,他已经一定程度上克制了自己。但当他们相互见了几次后,很显然,每次见面对双方来说是一种负担,而不是乐趣;双方默默地达成默契,各自可以自由地按自己的想法行事。在某种意义上讲,福克兰先生是大赢家,他又恢复了福里斯特先生来之前的行为习惯。但是福里斯特先生茫然不知所措,他遇到了这种退隐生活带来的诸多不便,再不能像在自己家里那样把同伴带回来或者搞一些娱乐活动。

在这种情况下他才把目光落在我身上。他的办事原则是按自己想的来,不在乎什么形式。他不明白为什么一个农民,就受过那么一点教育,怎么会有资格成为一个大地主的朋友,因为他还有一些传统的思想。现如今他已沦落到这个地步,他发现我比福克兰先生家里的任何人对他都要更有用。

他交往的方式非常有个性。比较唐突,但又不乏基本的友善。直率幽默,很有魅力,尤其和我这种下人交往,他的质朴拉近了我们之间的距离。他放下身段邀请我,没有保持他那贵族式的虚荣;本来他也没有多少虚荣心,之所以费心邀请我,是因为他热爱那份自在。所有这一切导致了他有点优柔寡断,有时候他的行为有点古怪。

对我来说,他请我那是看得起我。我的心早已松懈下来,只是暂时有点沮丧,但也没有不高兴或者郁闷。我没有反对福里斯特先生对我的关注。我开始留意他,受他鼓舞,对他深信不疑。我渴望获得人类知识,任何在学校受教育的人也没有付出我如此昂贵的代价,但我学习兴趣一点也没有减弱。福里斯特先生是我所遇到过的第二个非常值得我了解的人，他似乎达到了我在第一卷时遇见福克兰先生那样，同样值得我学习的程度。我很乐意从痛苦的回忆和不安的沉思中摆脱出来，当我忙于和这位新朋友交往时，就忘记了时时威胁着我的可怕的危机。

由于这些情感因素，我正是福里斯特先生所需要的那种人，一个勤奋、热情的听众，我对各种印象很敏感，心里留下的那些不同印象，会明显地写在脸上，或从举手投足间体现出来。福里斯特先生旅行期间的所见所闻，他的种种评价，都使我开心感兴趣。他叙述故事、陈述想法的方式很有说服力、明白晓畅、别具一格——他说话的风格具有一种非同寻常的激情。他叙说的每一件事情都令我兴高采烈，反过来，我的同情心、急切的好奇心、淳朴的热情又使我成为福里斯特先生最中意的听众。因此我们的交谈一天比一天更亲密、更热忱，这一点都不让人惊讶。

福克兰先生注定永远不幸，似乎不会发生什么新意外，而这一切让他也不能像以前那么专横。他对不断重复的事同样感到厌烦；又对一切新事物表现出万分的厌恶。福里斯特先生的来访令他很反感。他几乎每次看见福里斯特先生都浑身发抖；福里斯特先生也感受到了他的这种情绪，但他以为是他生病或习惯引起的，而不是因为那次审判。福里斯特先生的行动没有一个能逃得过他的眼睛，最无关紧要的小举动都让他感到不安与恐惧。福里斯特先生和我之间起初的几次亲密接触很可能就让我的主人心里滋生了嫉妒情绪。而福里斯特先生随性、多变的性格显得神秘莫测，使这种嫉妒情绪更加明显。这时他向我暗示，我和那位先生交往过密，他是不乐意的。

我能做什么？我还那么年轻，怎么能指望我应该像圣人一样，能不断地自律？尽管以前我一直很鲁莽，我也愿意永远地忏悔，难道这就让我与社会隔绝吗？难道要我拒绝我所希冀的那一份真诚，没有礼貌地拒绝打动我的那份好意？

除此之外，我只是卑屈地服从福克兰先生的一切要求。在早年生活中我早已经习惯了自己的主人。当初开始服侍福克兰先生时，由于处于新的环境中，我约束自己的个人习惯，对我主人取得成就非常崇拜。新鲜过后就是好奇，好奇心只要存在，在我心中的地位就比独立还要强烈，我愿为之牺牲我的自由与生命，为满足它，我愿成为西印度的黑奴或承受北美野人所承受的折磨。现在好奇的激流已经平息。

只要福克兰先生的威胁仅限于一般威胁，我都忍了。我知道自己行为很不应该，这使我低声下气。但是他太过分了，试图限制我的一举一动，我忍够了。当初实在没有想到我的鲁莽行为让我沦落到这般不幸境地，如今回头看看所发生的一切让我惊恐万分。福克兰先生年纪还不大；无论看上去可能有所衰减，但他内心依然充满活力，他也许能和我活得一样长久。我是他的囚犯，什么样的囚犯啊！所有的活动被监视，举手投足都被限定。既不能向左也不能向右，他的双眼盯着我呢。他监视着我，他的警告令我心里不舒服。对我来说已不能再有自由，不能再有欢乐，不能再有疏忽，不能再有青春。这就是当初我那么热情那么满怀期待的生活吗？我的日子就这样荒度在忧郁之中吗？我成为自然法则的囚犯，只有死，我自己的死或者他的死才能让我重获自由！

我过去一直在冒险地去满足幼稚可笑的好奇心，现决定，为了捍卫一切可以让生活美好的事物，我不再那么冒险。我准备对我的兴趣好好做一番调整：我会保证福克兰先生将再也不用承受我带给他的伤害，但我也期望他能保证我也不应该遭到侵犯，让我自己决定生活的方向。

接着，我又继续热情地和福里斯特先生交往，而且这种密切往来非但没有下降，还日渐增多。福克兰先生显然是很不安地观察着我们的往来。每当意识到被他察觉，我就会流露出困惑——我们的往来让他不安。有一天他单独找我谈话，面带神秘可怕的表情，他是这样表达的：

"年轻人，引以为戒！这也许是你最后一次机会。我不会总是成为你天真、不成熟的笑柄，也不想容忍你能击败我！你为什么要玩弄我？你一点都不知道我的厉害。你不曾想到此时此刻你已完全落入我的复仇圈，在你洋洋自得它们已经奈何不了你的时候，它们会收拢把你包围。想逃脱我，你不妨想想有没有可能逃脱无处不在的上帝的势力范围！如果你敢动我一根手指头，你将以日复一日、月复一月、年复一年的痛苦来赎罪，这一点你仍然不明白。记住！我不是随便乱说的。如果你惹我，我所说的每一个字都将会不折不扣地做到！"

可以想象恐吓收到了效果，我默默地退缩了。对这种恐吓，虽然我内心充满厌恶，但仍然一个字都不能说。我为什么不能说说我的忠告或者提出我所想的和解方法呢？我不是没有力量，而是没有经验让我畏怯。福克兰先生的每一个行动都有新花样，让我措手不及。也许会发现，伟大的人物面对困境时都能得体地采取行动，及时发挥自己的聪明才智。

我思忖主人的行动，极为惊讶。仁慈与善良是他的性格的根本，但是到了我这里都失灵了，不复存在了。他本身需要赢得我的友好，但是现在他却宁愿以恐怖的行为来控制我，焦虑地不停监视着我。我痛苦地反复思考我的灾难到底是种什么样的灾难。我认为没有人像我这样处境可怜。身体的每一个细胞都似乎各自存在，在体内不断爬行。我有太多的理由相信，福克兰先生的威胁绝不是空话。我了解他的能力，我感觉到他的优势。如果我遇到他，还有什么机会可以取胜呢？如果我被击败了，我会遭遇什么样的惩罚？那么，我的余生必将被奴役。这是悲惨的判罚！如果真是这样，那我又有什么保障可以对付这个时时警惕、反复无常、罪恶的恶魔呢？我羡慕绞刑台上已被定罪的可怜之人，我羡慕在接受审讯拷问过程中的受害人，他们知道自己将经历什么。我只能想象每一件可怕的事，而且只能说："等待我的命运只会比这更加糟糕！"

好在这些感觉稍纵即逝，人性不能长久承受我当时的那种感受。我的心逐渐摆脱这种负担。接着愤慨取代了恐惧。福克兰的先生的敌意激起了我的敌对。我下定决心，我绝不会中伤他，一点点都不会；更不用说泄露关乎他所珍爱的一切的大秘密。我发誓绝不会攻击他，但也决心坚定地保护自己。无论冒什么样的风险，我都要捍卫自己的行动自由。如果在这场抗争中下场很糟，我至少会有所慰藉，我已尽力。这样暗下决心后，我把注意力从那些小小的冒犯上转移开了，觉得自己预先策划的行事方式方法比较妥当。我不停地反复思考解脱计划，但是我担心我的选择太冒失。

正在我反复思考、摇摆不定之时，福里斯特先生离开了。他注意到了我与他交往中有一种陌生的距离感，还和蔼、直接地责怪了我。我只能以神秘沮丧的样子，带着悲伤的表情默不做声。他要我给个解释，但是我像当初热情地寻求他那样，现在机灵地避开他；正像他后来告诉我的那样，他离开了我们的房子时有一种预感，有一种邪恶的命运笼罩着这里，似乎注定会给所有的居住者带来痛苦，而旁观者不太可能看出缘由。

第八章

福里斯特先生离开大约三周后,福克兰先生派我到五十英里外的隔壁县处理一些事务,那里他持有一处房产。这条道路离最近来访的福里斯特先生的家有很大一段距离。从回来的路上,我开始梳理自己目前的处境,陷入深深的沉思中,渐渐地疏忽了周围环境。我第一个决定是要逃脱福克兰先生妒忌的眼神和他的专横。第二个决定是想一个万全的办法防备现在的险境,我十分清楚这种想法是十分危险的。

由于苦想这些问题,我发现走错路了,已经骑错了好几英里。最终我惊醒过来,四周没有看到先前熟悉的东西。三面都是荒野,一眼望不到边,剩下那一面,我发现了一片宽阔的树林,在我面前几乎没有发现任何有人走过的迹象。唯一办法就是朝树林骑去,争取绕出这片荒野。这样骑了一段时间后我走出荒野,但是该往哪走,我依然是一头雾水。太阳躲在灰蒙蒙的云层里,我继续沿着林边向前骑,艰难地翻过不时出现的树篱和路障。我的想法令我沮丧和惆怅,可怕的一天,我被孤独所包围,内心也感到难过。我已骑了好远,筋疲力尽、饥肠辘辘,这时我发现了不远处有一条路,还有一家小旅馆。我朝着旅馆骑去,一打听才发现骑反了方向,非但没有朝自己的家骑,反而是往福里斯特先生家的方向。我下了马,进了旅馆,一眼就看见了福里斯特先生。

福里斯特先生友好地跟我打招呼,邀请我进了他刚才坐的房间,说是什么风把我给吹来了。

他说话的时候,我不禁想起我们再一次碰面的这种独特方式,我的脑子里冒出了一连串的想法。福里斯特先生吩咐人为我准备了一些茶点,我坐下来开始享用。有个想法一直在我的脑海中盘旋:"福克兰先生永远不会知道我们这次相会;我在路上难得遇到这个机会,若不好好利用,真是活该我自己倒霉。我现在可以和朋友好好谈一谈,一个强大的朋友,不用担心被监视、被忽视。"我想说的不是福克兰先生的秘密,而是我本人的处境,听听一个有丰富阅历的人的建议,或许能处理得当,不用涉及会伤害我主人的秘密。

对福里斯特先生而言,他也希望了解我的痛苦,想知道为什么住在一起时开始还能愉快地交谈,后来一段时间却要避开他。我回答道,他所有的疑问我不能给出令他满意的答案,但是能说的,我一定给他解释。我继续说道,事实上有一些原因使我在福克兰先生家不能有片刻的安宁。我在心里反复地思考这个问题,最终相信我只有自行离开不再服侍他。我补充说,我若明若暗的话语会令福里斯特先生费解,而且他也不会支持,但是我也宣称,如果他了解整件事情的来龙去脉,无论目前我的行为显得多么奇怪,他会赞成我有所保留的做法。

听完我所说的他似乎沉思了一会儿,然后问我为什么要抱怨福克兰先生?我回答说他是我最尊敬主人,我敬佩他的能力,我认为他代表着人类的福祉,如果私下说一句他的坏话,我都觉得自己是最卑鄙无耻的小人。但现在不是这个问题,我不适合他,也许是我配不上他。无论如何,只要我继续和他在一起,我将永远苦不堪言。

我注意到福里斯特先生急切地盯着我,既好奇又惊讶,但这种情况下,我认为这样注视是不合适的。回过神来后,他问道,既然这样,我为什么不离开？我回答说，现在他问的正是我不幸的根源。福克兰先生也知道我不喜欢现在的状况，也许他也认为那么做不合理、不公平，但是我知道他绝不会同意我离开。

此时福里斯特先生打断了我，然后微笑着说我夸大其词了，也高估了自己，并说他会想办法消除这些困难，为我提供一个更合适的职位。他的建议使我非常惊慌。我回答道，我请求他绝不能为这件事去请求福克兰先生。我说，实际上，我只是表露了我的无能，所说的也仅仅是我个人的事情，由于我不懂事，尽管我讨厌现在的住所，但还是害怕会引起像福克兰先生这么重要之人的愤恨。我所请求的是，他能在这件事情上屈尊给我一些建议，或者如果万一我出了什么意外时，他会同意给我保护，这样我就很欢欣鼓舞了。我将冒昧地按照我的喜好行事，追寻我早已丢失的宁静。

我尽可能得体安全地向我宽宏大量的朋友敞开心扉。他默默地坐了一会儿，一副若有所思的样子。最后，他以异常严肃、不友好的口气对我说："年轻人，或许你不知道你现在所做事情的性质。也许你不知道有什么玄机，你所说的到底不能自圆其说。这就是你想获得有影响力体面的人支持的方式吗？假装信任，告诉他一个不合情理、乱七八糟的故事？"

我回答说，无论有多大的偏见，我必须这样说。目前这种情况，我是希望他能正直地给我一个公正的评判。

他继续道："你真这样认为，真的？年轻人，我告诉你，在我看来，我的正直就是反对伪装。嗨，小家伙，你必须明白我知道的比你多。和盘托出，否则除了谴责和轻视，别指望我能给你什么。"

"先生，"我回答说，"我是经过思虑再三才说的。我已经告诉你我的选择，无论后果如何，我都会承担。如果在这场不幸中，你不愿意帮助我，我也必须到此为止，从跟你的交谈中我看到只有你的瞧不起和你的不快。"

他狠狠地看着我，仿佛想把我看透。最后，严峻的面容放松了下来，态度也温和了。"你是一个愚蠢、任性的孩子，"他说，"我会看着你。我永远不会像以前那样信任你。但是，我不会抛弃你。目前，认可还是反感由你自己权衡。但会持续多久，我不知道，我什么也不能保证。但我的规则是凭感觉办事。这一次我将按你要求做；——那么，向上帝祈祷，可能给你答案。不管是现在还是以后，我家大门永远向你打开，相信我不会后悔，但愿一切将如我所希望的那样顺利结束，尽管我也不知道凭什么这么希望。"

我们正忙于热忱地讨论那些有趣的能使我平静的话题，一件我们最不希望发生的事打断了我们的讨论。我一点都没有察觉到，福克兰先生闯进了房间，就好像是从天而降。后来我才知道福里斯特先生跑那么远是来赴福克兰先生之约的，他们原打算的会面地点是在下一个旅馆。结果福里斯特先生被耽搁在这家旅馆，在此我们意外邂逅，让他暂时忘记了约会，而福克兰先生在预定的地点没有发现他，就这样沿着福里斯特先生家的路赶来。在这里相遇我真是有口难辩。

我马上预见到这件不幸事件的复杂性和可怕性。福克兰先生会认为，我和他亲戚之间的会面肯定不是偶然的，至少在我这里，是谋划好的。我已完全脱离了他安排给我的前行路线，我走的是直通福里斯特先生家的路。他会怎么想呢？我到这个地方来他会怎么想？如果告诉他实际上我没有计划到这里来，纯粹是迷路的结果，那一定被认为是有史以来最蹩脚的谎言。

我曾被严格禁止与此人来往，而当时就被逮了个正着。这件事带给福克兰先生的震动比以往任何事情还要糟糕。这次会面是公开的不加掩盖的，因此，被推定我是有目的，不需要隐瞒。但眼前的会面,如果不是约定的,则是最严重的偷偷摸摸行为。不偷偷摸摸也好不到哪里去,这种会面是受到最严厉的威胁和禁止的,福克兰先生不是不知道这些威胁对我的影响有多深。在这种情况下会面不可能是共同商定的,无论是出于简单的目的,或是其他任何目的,他内心受到的伤痛可想而知的。这就是我犯下的最严重的罪行,这就是我的出现所激起的痛苦,我将不得不面临严重的惩罚。福克兰先生恐吓的话仍在我耳边回荡,我又陷入了深深的恐惧之中。

很难解释同一个人在不同的情形下他的表现是那么的不同,福克兰先生在这件事中,在可怕的危机面前,似乎没有半点慌乱。有那么一会儿他惊得目瞪口呆,紧接着,他表现得极其冷静和克制。要是在另外场合,我肯定会马上解释是怎样来到那里的,我的行为一向直率如一,照理不会造成不良后果。但事实是,我被吓住了,就像前一次一样,我被福克兰先生的突然到来给惊吓住了。我几乎大气都不敢出,既焦虑又惊讶地观察着他的表情变化。福克兰先生悄悄地命令我回家,带着我和他来时所带的男仆一起回去了。我默不作声地服从。

我后来才知道,他非常详细地向福里斯特先生打听了我们相遇的情形,而福里斯特先生,知道会面被发现了,一贯的率直性格让他一五一十地把会面的经过连同他自己心里的想法都跟福克兰先生说了。听了他的话后,福克兰先生故意不置可否,对此,福里斯特先生的心中颇有微词,这种缄默对我绝对不是什么好事。他的缄默一定程度上是他警惕、好奇、多疑的结果,也许采取缄默在一定程度上是为了故意渲染某种效果,那就是福克兰先生不愿意让人知道他对我有偏见,而我将来可能会是他的对手。

至于我,确实回去了,因为那还不是和他对抗的时候。福克兰先生把这一貌似意外的事件当作是有预谋的,谨慎地派了人监视我。

我看起来似乎被带进那些暴政史上著名的堡垒,可怜的受害人从没有活着出来过,进入我的房间就像走进了地牢。我思忖着听凭他的摆布,因我的违抗令他十分愤怒,而他也因连续杀人已变得很残忍。我的未来到此戛然而止,我曾经妙不可言地规划的追求也永远地终止了,生命的结束也可能是几个小时内的事情。我是个知道自己过失的受害者,既不肯罢手又不知足;我将从活人的目录中被抹去,我的命运会永远成谜;再杀一个我,第二天他出现时依然会受到人们的崇拜与喝彩。

　　沉浸在这些可怕的想象中,有一个想法浮上心头,减轻了我的恐惧感。那就是想起福克兰先生发现我和福里斯特先生待在一起时他所表现的陌生的难以解释的平静。我不会被骗。我知道这种平静是暂时的,随之而来的肯定是最恐怖的狂风暴雨。但是像我这般笼罩在恐惧之中的人渴望抓住每一根救命稻草。我对自己说:"这一平静期是我难得赖以扭转的机会;这种平静越短暂,我越要尽早地利用。"总之,我认为自己因为已经被福克兰先生的复仇搞得提心吊胆,横下了一条心去冒冒风险,也许某种程度上他的愤怒更加难以平息,但至少可以立即结束这种悬而未决的现状。我现在已经向福里斯特先生说出实情,他保证肯定会保护我。我立即把下面这封信写给了福克兰先生。如果他在考虑什么悲惨的事情,这封信的出发点将只是让他确定,我没有害他的想法。

　　先生:
　　　　我已经考虑辞去这份服侍您的工作,这应当是我们俩都希望的。接下来我将履行自己的职责,成为自己的主人。您也将摆脱那个让您讨厌的人。
　　　　您为什么要让我处于永远的忏悔之中?您为什么要把

我年轻的希望丢给痛苦和绝望？问一问您那卓越的做人原则，我恳求您，不要让我成为一个无用的痛苦的人。我的内心深深感激您对我的厚爱。我真诚地请求您原谅我的行为中诸多的过错。我细想在您家里受到的礼遇，那几乎是从没间断的好意和慷慨。我将永远不会忘记自己的义务和责任，将永远不会泄露。

最感激、最尊敬、最忠实您的仆人

凯莱布·威廉斯

这就是那一个晚上我所做的令自己终生难忘的事情。尽管每时每刻我都在期盼，但福克兰先生始终没有回来，我也假装用疲惫的幌子避免和他碰面。我上床睡觉了。可以想象，那一晚我睡得既不深也不好。

第二天早上我获知主人很晚才回来，而且还问起过我，得知我已经睡觉，就没有再说什么。这还算令人满意，我去了用早餐的雅厅，尽管心里充满焦虑与惊恐，还是竭力让自己忙起来，整理整理书籍，做做一些日常小杂事，等着福克兰先生下楼来。过了一会儿，我听到了走廊里传来了他的脚步声。不久他停下脚步，以一种深思熟虑而令人窒息的语气和某人说话，我偷听到他在反复地提到我的名字，像是在打听我。按照我自己设定的计划，我把信放在他常坐的桌子上，我前脚出了这边的门，福克兰先生后脚就从另一扇门进来了。之后，我惴惴不安，退到了一个无人打扰的房间，即书房尽头那个明亮的小房间中，我习惯常去那里坐坐。

待了不到三分钟，我就听到福克兰先生在喊我了。我进了书房去见他。他的态度就好像是正深受什么可怕想法的折磨，但又尽量显得不在意、无所谓的那种样子。也许没有其他任何东西能让他感到难以名状的恐惧，能激起他如此的焦虑与不安了。他把信一扔，说道："这就是你的信？"

"我的小伙子，"他继续道，"我相信你现在把戏也耍够了，闹剧也差不多该收场了！不管怎样，你的愚蠢和荒谬教会了我一件事情：以前我经历了痛苦的退缩，现在我已经学会了像大象一般坚强。我终于可以像碾碎干扰我宁静的小虫子一样冷漠地碾碎你。

"我无法分辨是什么致使你昨天和福里斯特先生会面的。这可能是你策划的，也可能是巧合。但是我不会忘记。你此时给我写信，想要离开不再服侍我。对此我可以简短地回答你：你将永远不会活着离开这里。如果你试图这样做，你将一辈子都对自己的愚蠢后悔不已。那就是我的心愿，不容反抗。下次若以这样或那样的方式违背我，你的妄想将永远结束。也许你的处境值得怜悯，但这是你自找的。我只知道你能够防止它变得更糟，但没有时间和机会让它变得更好了。

"不要幻想我会怕你。我穿着盔甲，你所有的武器对它都没有作用。我已经为你挖下陷阱，无论你往前后左右哪个方向移动，都随时准备吞噬你。别动！一旦你真的掉下去了，随你怎么大声呼救，世上也没有人能听到你的哭喊，无论你准备了多么真实合理的故事，全世界都会痛骂你是个骗子。你的清白无辜对你一点作用也没有。我嘲笑你那无力的防卫，是我这么说的；你可以相信我告诉你的一切——悲惨的可怜虫！"他突然改变了语气，狂怒地在地上跺脚，接着补充道，"你难道不知道我已经发誓要保护名声，无论代价是什么吗？将全世界人民加起来都不及我对名声的热爱。你认为你将会令它受损？滚开！你这个恶棍！卑鄙的东西！不要再和不可超越的力量做斗争！"

我现在叙述的这一阶段是我人生中最失意的阶段。为什么我会再次被福克兰先生专横的举止彻底打败,而一句话也说不出来?读者将在后面遇到很多场合,在应急过程中我既不需要任何的便利,也不需要证明我无罪的勇气。迫害使我的性格最终变得坚毅,它教会了我最具男子汉气概的那一部分品质。但目前,我显得优柔寡断、胆小畏惧、局促不安。

我刚刚听到的那一番话就是狂怒的命令,同样也激起了我的狂怒。我决定要去做一件已受到严重警告不许做的事情——我决定要离开主人的家。我不能与他谈判,我不能再容忍他强加在我身上的可恨的压制。我的理智警告我没有充分地准备就采取这一鲁莽的行动是危险的,但是这一切都是徒劳。我似乎处于丧失理性的状态。我好像觉得如果能冷静地审视这一事件的几个环节,觉得还比较谨慎、真实、合乎情理;然后得出答案,指引我行事的这位主使比你还要强大。

我很快就开始执行如此仓促的决定——我选定一个晚上逃跑。尽管离逃跑的时间已经很近,我还是有充分的时间去考虑。但任何的机会于我都没有用,我的心意已决,随后的每一刻都会增加我计划逃跑的那种难以言表的急切之情。在这幢乡村住所里由家人巡逻的时间是固定的,因此,我选择早上执行我的任务。

在查看我睡觉的房间时,我早就发现有一扇内藏式的门,可以通向那个非常神秘的小房间,这种房间在像福克兰先生这么老的房子里也是常有的,那或许是用来躲避迫害的避难所,或者是野蛮时代常年战乱时的安身之地。我相信除我之外没有人知道这一藏身之所。我觉得我搞不清是什么驱使我把自己的物品一件件地搬进这个密室。我现在不能把它们带走。如果我再也不来取回,我离开后它们就会消失得无影无踪了,我觉得这会令我很满意。完成搬运后,我就等待着预先挑选的时刻的到来。从我的房间里我悄悄地偷了一盏灯

拿在手里。我沿着走廊向一扇通向院子的小门走去,然后穿过院子,
到了大门口,外面正是榆树小道和私人马道的十字路口。

　　我几乎不敢相信自己的好运,这样没有出任何岔子就完成了计
划。虽然心里充满激情、不顾一切地决心实施我的计划,但福克兰先
生恐吓的可怕形象时时在我的脑海里浮现。然而他很可能太过于相
信自己的优势了,当他妄自尊大地警告我时,没有想到有必要防范这
一恶性事件的发生。对于我来说,顺顺当当的开端给我的计划的最
终结果带来了好兆头。

第九章

我脑海里浮现出的第一个计划是往最近的公路跑,第一站去伦敦。即使福克兰先生想报仇并追捕我,我认为藏在伦敦也是最不容易被发现的,我深信大都市资源丰富,要找个地方来解决我目前藏匿的事应该是没有问题的。我把福里斯特先生当作最后的依靠,在我受到权力迫害时需要他直接保护时才使用。我缺乏社会阅历,因此没有丰富的社会资源,也不会合理地权衡与利用。我就像一头困兽,异常惊慌失措,不会考虑自身安全。

我逃跑的方式很简单,怀着兴奋的心情,循着我所需要的荒僻的小道前行。天黑暗阴沉,还下起了毛毛细雨。但是对于这些我几乎都感受不到,我的内心充满阳光和欢乐,我几乎没有去注意环境。我千百遍地自言自语:"我自由了。危险与警告关我什么事?我觉得自己自由了。我觉得我会继续这么自由下去。什么力量能够困住一颗那么热情坚定的心?我的全部灵魂让我继续活下去,有什么力量能让我去死?"回想起曾经被控制被支配,我就深恶痛绝。我并不憎恨那给我带来不幸的人,真相与正义已经宣告我无罪,我宁愿怜悯他那遭受谴责的命运。我无法形容对那些谬误的厌恶,由于那些谬误,人人都几乎注定成为暴君或奴隶。我对同类们的愚蠢感到震惊,他们没有联合起来反抗,甩掉那些可耻的枷锁,摆脱忍无可忍的痛苦。就我自己而言,已经下定决心,这一决心从未被我彻底遗忘,我要坚持摆脱这种恶境,绝不做压迫者,也绝不做受压迫者。

我的脑子一直处于这种狂热的状态,充满自信,没有对夜晚远走高飞的整个征程中的担心,宁可保持一种愉悦的情绪,也不要产生痛苦与困扰。飞奔了三个小时候后,我安然无恙地抵达了一个村庄,我希望从那里取道伦敦。一大早一切都显得很安静,听不到一点人声。费了好大劲我才进入一家客栈的院子,我发现只有一个马夫在照料一些马匹。从他口中我得到了不好的消息:经由这个小镇去伦敦的马车,一周只有三趟,要到后天上午六点才有一趟。

自从逃离福克兰先生家那一刻起,这个消息第一次给我一路上心里的那份欢天喜地和沉醉泼了冷水。我身上所有的现金只有十一几尼。我还有五十多几尼,那是父亲去世时我继承的财产,但那只是归我名下,无法立即使用,我甚至怀疑是不是最好放弃继承,要求继承就有风险,我最怕给福克兰先生的追踪提供了线索。我所热烈期盼的那就是杜绝我们之间将来的所有来往,他不会知道世界上还有我这样一个人,我也不会再听到曾经破坏了我的平静的那个人名字。

在这种境况下,我想节约绝对是我第一个要注意的问题,因为我无法预料到达伦敦后要实现我的计划还会出现什么样的挫折和延误。因为这样那样的原因,我决定坚持现在的计划,接下来我要认真考虑我该如何防止耽搁在这里的这多变的二十四小时内可能发生的任何麻烦事,以免引起新的祸端。待在现在我所在的村里是绝不可取的,沿着大路步行前进我也觉得不合适。因此我决定绕道而行,我计划的线路先与伦敦反向而行,然后突然来个大折返,应该能够让我在黄昏时抵达离伦敦十二英里的市镇。

确定了节约计划,并说服自己在当前情势下这就是可采纳的最好办法了,我心头对今后的焦虑散去大半,渴望能够放松一下。我休息了一下,然后一时冲动就继续朝前走。一会儿斜倚在堤岸上沉思,一会儿又尽力去分析今后的一个个前景。晨雾退去之后就是激动人心的美好一天。年轻的心灵特别具有可塑性，我忘记了近来持续不断的苦恼，完全被所憧憬的新奇快乐的未来所占据。在我的人生中很少有比这更加丰富多彩、令人满足的日子。它与先前的恐怖与将发生在我身上的可怕的场面形成了强烈的也许是磨炼人的反差。

晚上我到达了目的地，打听那家通常可以坐马车的客栈。然而事先有一个情况引起了我的注意，在我心里再度产生了恐慌。

尽管我到达镇上之时天色已晚，但我还是注意到一个骑马的人，从小镇的另一端大概半英里开外的地方与我迎面而来。我对他一边骑马一边打听的姿态很不喜欢，到我能看清楚他的身形，我认为这是个面貌丑恶的人。他过去后还不到两分钟我又听到身后有马蹄声前来了。这些情况增加了我内心的不安。我首先放缓了脚步，这似乎并不能让骑马者超过我，然后我就磨磨唧唧。他确实超过了我，我瞄了一眼，我想他就是我刚才看见的同一个人。他现在策马一阵小跑，进入了镇子。我跟着后面，不久就在一家酒馆门口发现他正喝着一杯啤酒。我离他很近，然而黑暗让他看不见我。我赶紧向前走去，再也没有看见他，直到我进了打算留宿的那家客栈的院子，那个人突然骑马赶到我面前，问我是否叫威廉斯。

这一险遇驱散了我内心的快乐，让我满心焦虑。然而我觉得这种忧虑好像是没有根据的，如果是我被追击，那么理所当然将是福克兰先生的人，而不是陌生人。黑暗减少了一些我要采取的简单必要的防范措施。我决定至少有必要前去客栈打听一下。

我一踏入院子就听到了马的叫声和骑马人提的问题，我一下子就明白所担心的可怕的事情无疑地发生了。跟我近来险恶处境相关的每一个事件都给我留下深深的恐慌。我的第一想法就是赶快逃到田野里去，相信逃得越快越安全。但这几乎讲不过去，我注意到对手是独自一人,我相信,一对一,凭我坚定的决心或者敏锐的创造力绝对可以打败他。

这样决定了后,我以鲁莽蛮横的语气回答说我就是那个他要找的人,并补充说:"我猜这是你的差事,但是没有用。你来是想把我带回福克兰家,但是任何人都不能把我活着带回到那里。没有强烈的理由我不可能下这样的决心,全天下的人都将不能让我改变。我是英国人,做自己行为的主人和主宰是我英国人的特权。"

"你个急死鬼,"那男的回答道,"先猜猜我的意图,再说出你的打算。但是你的猜测是对的,但你应该感激,我的差事并不太糟糕。果然如那个乡绅所料,我只是带给你一封信,你看了后,我想你不会表现得如此强硬。如果那不合你意,那么该是考虑下一步怎么做了。"

说完这番话,他给了我一封信,那是福里斯特先生写来的,他还告诉我福里斯特先生已经离开了福克兰先生的府邸。我进了客栈的一个房间去看信,送信人也跟了进来。信的内容如下:

威廉斯:

我的表弟福克兰已经派了送信人去追寻你。他希望如果找到,你会跟他回来——我也希望如此。这对你的品行和今后的信誉都至关重要。看了这些话后,如果你是个恶棍流氓,你就会继续逃跑;如果你的良知告诉你,你是无辜的,那么你就会毫无疑问地回来,让我知道我是否上了你的当。当初你表面上的正直赢得了我的信任,是否让我成为你狡猾地利用我的工具。如果你回来,我保证自己在你澄清名誉后,你不但可以想去哪里就哪里,还将得到我力所能及的一切帮助。我保证除此以外没有其他的想法。

瓦伦丁·福里斯特

这是怎样的一封信啊！对于拥有一颗像我这样深爱着美德的心来说，这一番话足以把收信人从地球的一端引到另一端。我的内心充满自信与活力。我觉得自己是清白的，并决心去维护。我愿意成为逃犯被赶出来，我甚至为自己的逃跑感到欣喜，高高兴兴地出去谋生，把未来托付给自己的心灵手巧。

我说，福克兰，你能做的也就仅此而已——想随心所欲地像处理财物一样处理我，但你将既不能剥夺我的自由，也不能玷污我的名声。我把在他家里发生在我身上的每一件难忘的事在心里重新过了一遍，除了那个神秘的、可能产生刑事指控阴影的箱子，我什么也想不起来。在那件事上，我的行为应该受到强烈谴责，每一次回想起来，从来没有不懊悔不自责的。但我认为那些行为从本质上不应该受到法律的惩罚。尽管福克兰先生一想到可能会被侦查就不寒而栗，觉得自己完全落入了我的掌控之中，我依然不能相信他会做出让他心灵深处伤痛的事来。总之，福里斯特先生的话我想得越多，就越难想象那一幕幕的本质，也许这些只是序曲。

尽管他们所包含的神秘是那么高深莫测，还不足以摧毁我的勇气。我的心似乎经受一场彻底的革命。以前把福克兰先生当作暗中的仇家时，我觉得自己胆小难堪，现在我认为情况完全改变了。"来吧，"我说，"公开地告我，如果我们必须争斗，那么就在光天化日之下公开争斗。虽然你财大气粗，我也不会怕你。"依我的理解，清白与有罪是世上最极端的两个对立面。我相信尽管前者经常和后者混淆，除非这无辜之人在能分清善恶之前就心甘情愿屈服。美德不受任何灾难的影响，以简简单单不加任何修饰的言语就能击败阴谋诡计，对对手试图打倒美德那种混淆视听的做法予以沉重的还击，这是我年轻时的梦想之一。我从没有坚决要成为摧毁福克兰先生的工具，但我也从来没有犹豫过要为自己取得正义。

所有关于这些自信的希望，我马上就有机会讲到。就这样怀着无比宽宏、无比信任的精神，我冲向了无可挽回的毁灭。

　　经过很久的沉默后，我对送信人说："朋友，你说得对，你给我带来的这封信确实非同一般，但它已经完成使命了。无论后果是什么，我现在确定跟你回去。只要我有能力洗清自己，就永远没有人能把责任推给我。"

　　福里斯特先生的信都说到这个份上了，我感到自己不仅仅只是愿意回去，而是迫不及待地要回去。我们又搞来了一匹马，默默地踏上了归程。我满脑子都是那封信，想竭力搞清楚福里斯特先生为什么要发这封信。我了解福克兰先生要实现内心目的时总是非常顽固和坚定，但是我也同样了解他的性格里不乏善良、宽宏大量。

　　我们到达时已经后半夜了，只好叫醒仆人开门。我发现福里斯特先生给我留了口信，考虑到我回来时可能已深夜了，叫我马上去睡觉，注意不要搞得太累太疲惫，第二天还有事要解决。我努力按照他的要求来做，但是我难以入睡。然而我的勇气未减：我的处境奇特，我对现在的种种猜测，我对未来的渴望，都不允许我陷入慵懒倦怠的状态。

　　第二天早上我见到的第一个人就是福里斯特先生。他告诉我他还不知道福克兰先生指控我的理由，因为他不愿知道。前一天他应约前往表弟家解决一些必要的事务，本打算处理完事情就离开的，因为他知道他那样做最合福克兰先生的意。但是他一来就发现整栋房子一片混乱，几小时前刚刚发布了我逃跑的警报。福克兰先生派出仆人四处追寻，从市镇回来的仆人与福里斯特先生同时到达，说有一个与他描述的相貌特征相符的人那天早晨很早就到了那里，打听前往伦敦的马车。

　　听到这个消息，福克兰先生似乎非常不安，恶语相向，说我是忘恩负义、不近人情的恶棍。

福里斯特先生回答道："先生！你要多控制一下自己。恶棍是一个非常严重的称呼，不能视作儿戏。英国人是自由的，没有人因为改换主子而被控告为恶棍。"

福克兰先生摇了摇头，表现出一种特别敏锐的识别力，笑着说道："兄弟，兄弟，你被他给耍了。我对他总是充满怀疑，也知道他很邪恶。但是我刚刚发现——"

"打住，先生！"福里斯特打断说，"我承认我原以为，因一时严厉，你可能胡乱地说一些刺耳的话。但是如果你要陈述一项严肃的指控，我们不能道听途说，必须搞清楚这个小伙子是否能够上听证会。我自己对别人的好话漠不关心。世上给予或撤销这些好话很随意，所以我轻视它。但我绝不允许可以说别人的坏话。我尽量设身处地去想他们的案例和经历的恐惧，我能尽的最微薄的帮助就是听他们自己辩护。这是一条非常明智的原则，要求法官上庭时对自己要审理案件的是非曲直不知情。作为个人我也决定遵照那条原则。我总是会认为要一视同仁地严厉地对待罪犯。但对结果必须要不偏不倚，对于初犯者必须以警示为目的。"

福里斯特先生陈述和我有关细节时，他注意到我准备插嘴，但他不让我说。"不，"他说，"我不会听福克兰先生说你不好的话，也不想听你的辩解。我现在来是跟你说，不是来听你说。我认为提醒你有危险是应该的，但我不能再多做什么。把你不得不说的话留到该说的时候说。想好自己最好的说辞，确实，如我所希望的，事实对你的辩解有用。但是，如果事实对你不利，那你就编造出最令人可信最巧妙的经过。那就是要求每一个自卫的人去做的，这对一个接受审讯的人来说是常有的事，全世界的人都在反对他，他要打一场和全世界为敌的仗。再会，但愿上帝保佑你。无论福克兰先生的控告是什么，如果比较草率,你可以相信我会比以往任何时候都更热心地帮助你。如果是事实,那接下来我就不来看你了。"

他这一番话那么非凡,那么严肃,还带有威胁,也并不是鼓舞我的。我完全不知道我将受到什么样的指控。令人惊讶的是,当我极有能力成为福克兰先生的原告时,却发现公平的原则完全颠倒了,无辜的但按照福克兰的指示的我却成为蒙受痛苦的被告方,而不是自然而然地让真正的罪犯接受他的宽容,这太出人意料了。我更为惊讶的是福克兰先生似乎拥有了超人般的权力,将迫害对象置于自己的权力范围内,那些曾经急切、大胆的反思如今支配着我的内心世界。

但是没有时间深思了,整个事件的进展不由受害者左右,它被一股不可抗拒的力量催促着,牵制其进展的速度已不是我力所能及的。我只获得很短的时间来整理思绪,审讯就开始了。我被带进书房,发现福里斯特先生和三四个仆人已经聚在那里,等待我和我的控告人。在这间书房我曾经度过了那么多快乐的时光。每一样事情都有意向我暗示,我必须得相信当事各方一定会公正,不要指望他们会纵容。福克兰先生从一扇门进来了,几乎与此同时,我也从另一扇门进入了书房。

第十章

他开口说："我的人生准则是从不故意伤害任何有生命的东西，但我发现自己被迫成为刑事控告人时，也无须表示遗憾。如果我蒙受的罪恶没有被发觉，我是多么高兴，但我又觉得有责任为社会找出罪犯，就像我曾被表面的诚实蒙骗一样，防止其他人被欺骗。"

福里斯特先生打断了他："直奔主题会更好。尽管不是故意的，但我们不应当为自己辩解，在这样的时刻对当事人有偏见，对他的刑事指控也将会有很多偏见的。"

"我强烈怀疑，"福克兰先生继续道，"我一直特别善待的这个年轻人盗窃了我大量的财物。"

"你怀疑的依据是什么？"福里斯特先生回答道。

"我蒙受的第一批实际损失是票据、珠宝和金制餐具。我丢失的银行票据数额达九百英镑，三个价值不菲的金器，一整套钻石，那是我已故母亲的财产，还有其他几件东西。"

我的仲裁人以惊讶、悲痛、极力保持镇定的表情和声音强力地为我抗辩道："那么，为什么你就确定是这个年轻人劫掠的呢？"

"那天着火时家里一片混乱，我回家时正好发现他从存放那些物品的私人房间里出来。他一看见我就惊慌失措，以快速的步伐逃离了。"

"你什么都没跟他说吗？没有注意到你突然出现给他造成的慌乱？"

"我问他在那干什么？他起先是害怕得都要瘫倒了，说不出话来。后来他支支吾吾了好一会儿，他说所有的仆人都在忙着抢出我那些最值钱的财物，他也同样想来这里抢救一些东西出去，但是到那时为止还什么也没有搬出去。"

"你有没有立即检查看看是否每样东西都安然无恙？"

"没有，我一贯相信他的诚实，也马上被叫去灭越来越猛的大火。因此我只是从房门里取了钥匙，锁上门，放进口袋里，然后急忙赶往最需要我的地方。"

"你丢失财物有多久了？"

"就是那个晚上。当时场面的混乱让我把这一事件彻底给忘了，直到偶然从那房间边上经过，想起整个事件，连同他异常可疑的行为，我立即进去查看放置那些东西的箱子，令我惊讶的是发现锁打开了，财物不见了。"

"发现后你采取了什么措施？"

"我派人去把他叫来了，非常严肃地跟他谈这件事情。但是那时他已经完全恢复了镇定，平静而坚决地否认，表示一概不知。我告诉他所犯的罪很严重，但是没有任何效果。他既没有露出一个无辜者通常有的惊讶与愤怒，也没有露出通常因有罪而产生的不安，他相当的沉默与淡定。接着我告诉他我解决这件事方式可能与他想的不同。我不会像通常所做的那样进行大搜查，我宁愿永远失去财产，也不愿给许多无辜人带来焦虑和不公正。当前我的怀疑难免锁定在他身上。但是就这个后果如此严重的事件，我决意不会因猜疑而采取行动。我既不愿毁了他的名声——万一他是无辜的，也不愿别人同样遭受他的劫掠——如果他是有罪的。因此我只是坚持让他继续服侍我。他应该知道他会受到我严密的监视，我相信真相一定会浮出水面。由于他没有立刻供认，我让他考虑有多大可能最终能逃脱惩罚。我这样一决定,他就试图逃跑了。我认为这是有罪的表示,接着事情就发生了。"

"从那时到现在,又发生了什么情况?"

"没有哪一个能推断出他肯定有罪,但是几种情况加起来就令人怀疑。从那时候起,威廉斯总是心神不安,看起来总渴望逃走,但没有确定的退路他不敢贸然行动。不久,福里斯特先生你成了我的访客。令我不满的是,看到你和他之间的交往日渐增多,考虑到他虚伪的性格,你很可能成为他愚弄的对象。于是我狠狠地恐吓了他一下,我相信你也观察到了不久后他与你交往时的举止发生了变化。"

"我确实注意到了,那时显得颇为奇怪、令人费解。"

"你很清楚,一段时间后他与你之间有一次邂逅,我不敢说他是否是意外和你相遇还是有意为之,他跟你坦白不知什么原因心里很担忧,公开请求你帮助他逃走,必要时请你来解决我和他之间的怨恨。好像你同意让他服侍你,但是他的目的没有达到,正如他所承认的,他想找的退路根本逃不出我的眼睛。"

"他一边希望从我这里得到实实在在的保护,一边又希望在你的关爱下让我永远容忍他的卑鄙,你不觉得这有点过分吗?"

"也许他没想到我会走到那一步,至少,只要藏身之地不为我所知,结果就是我无法继续采取行动。或许他深信自己编造骗人故事的能力,那是不可小觑的,特别是他很注意给你留一个很有好感的第一印象。终究你的保护只是留待所有计划都行不通的时候再用。除此之外,在这一点上他好像没有别的想法,一旦他逃跑的计划失败,那就最好早点从你那里找个庇护,总比什么办法都没有强。"

福克兰先生就这样结束了证据陈述,要求贴身男仆罗伯特证实与火灾那天有关的那部分内容。

罗伯特陈述说,那天福克兰先生看见着火赶回家,几分钟后,他碰巧经过书房,发现我站在那里惊恐万状、慌乱不已,禁不住停下脚步留意我,喊了我两三遍我才有反应,最后他能得出我是世上最卑鄙的人。

他还说,同一天夜里,福克兰先生叫他来到与书房相邻的那个私人房间,吩咐他拿来铁锤和钉子。然后给他看房间里的那个箱子,锁和铰链都坏了,叫他看一下并记住所看到的一切,但不许和任何人提起。罗伯特当时不知道福克兰先生这样指示是什么意思,而且指示这么做时的神情异常严肃,特别的意味深长,但他可以很肯定,铰链损坏了,是用凿子之类的工具猛力扭坏的,意在强行打开箱子。

福里斯特先生注意到,跟着火那天有关的大部分证据似乎确实为他的怀疑提供了强有力的证明。自那时以来出现的各种情况都出奇的一致,加强了他的怀疑。同时,难道就没有留下什么漏洞,他问我是否在逃走时带走了小木箱子,看看这样是否能找到一些蛛丝马迹证实我无罪。福克兰先生对此颇有微词,说如果我是小偷,毫无疑问我会预先处理掉那些明显的线索。福里斯特先生对此只回答说,有些推测,无论多么巧妙,人的实际行动不一定能够对得上。并下令一旦找到我的小木盒和大箱子,立刻搬到书房里来。听到这一诉求我很高兴,由于我所表现出来的心神不安与惊慌失措都对我不利,我相信这一诉求将给我带来转机。我急切地宣布了我放置财物的地方,仆人根据我的指导,一会儿就找到了要调查的箱子。

首先打开的两个箱子里没有发现任何指控的东西;第三个箱子里发现了一块手表和几件珠宝,很显然那是福克兰先生的财物。貌似起决定性作用的证据的发现激起了一阵唏嘘和关注,但是好像没有人比福克兰先生更震惊。我把所偷之物留下来这本身就不可思议,但是考虑到我藏得那么稳妥,就不那么惊讶了。福里斯特先生说,也许我可能认为以后来拿要比匆忙逃走时带走这些箱子更容易。

无论如何,我认为有必要辩解了。我强烈要求一个公平公正解释的权利。我问福里斯特先生,这怎么可能,如果我偷了这些东西,我不应该至少想办法带走它们吗? 再者,如果我知道到它们会在我的箱子里找到,我会自己指出藏匿的地方吗?

　　我向福里斯特先生表示他不公正的暗示立即让他恼怒得满脸通红。

　　"公正,年轻人! 是的,肯定的,你会体验到我对你的公正对待! 上帝会对你公正的! 现在你要让大家充分地听到你自己的辩护。"

　　"你期待我们相信你是清白的,因为你没有带走这些东西。但钱不见了,先生,钱在哪里呢? 我们不能理解你的前后矛盾和疏忽,至少那个人应该深感内疚。"

　　"你说是在你自己的指点下这些箱子才被找到的,那确实很奇怪。这似乎让人难以理解。但是面对无可争辩的事实,有这种种可能与猜测你有何目的? 先生,箱子都在这里:只有你知道在哪里将可以找到它们,只有你有钥匙,那么告诉我们这块手表和这些珠宝是怎么到箱子里去的?"

　　我哑口无言。

　　对于在场的其他人而言,我好像是唯一被调查的对象。但是实际上,在所有的旁观者当中,透过刚才发生的每一个场景,我是最困惑不解的,难以想象接下来会发生什么,听到他们说出的每一个消息都令我惊愕不已。然而惊愕紧接着就转而成为愤怒与恐惧。一开始我还忍不住试图想插嘴,但我的这些尝试被福里斯特先生拦住了,我觉得应该鼓起全身的力量击退控告,维护清白,而这对我未来的安宁很有必要。

　　任何能给的对我不利的证据现在都呈现出来了,福里斯特先生充满担忧和怜悯地转向我,告诉我如果决定提出什么理由为自己辩

护的话,现在是时候了。应他这一要求,我差不多做了如下陈述:

"我是清白的。搜集到的对我不利的证据是没有用的,我遭到控告的可能性比世界上任何人都小。我以我的真心担保,我以我的人格担保,我以能说得出来的每一种情感担保。"

我能感到自己说话的激情给在场的每一个人留下了深刻的印象,但是当他们的眼睛一下子落在面前的财物上,表情就变了。我继续说道:

"还有一件事情我必须声明,福克兰先生没有被背叛,他完全清楚我是无辜的。"

我一说完这些话,房间里每一个人都马上情不自禁地发出了愤慨的叫声。福里斯特先生转向我,一脸的严肃,说道:

"年轻人,考虑清楚你在做什么!我认为任何恰当的申诉是被告方的权利,我提醒你可以最大限度地使用自己的权利。但不要说出这样无理、令人难以忍受的含沙射影的话,你认为那样说对你有什么好处吗?"

"我由衷地感谢你的忠告,"我回答道,"但我也十分清楚我在做什么。我做这样的申诉不仅仅因为这的确是真实的,而且还因为它跟我的无罪辩护有着密不可分的关系。我是被控方,我知道我自己的辩词不能拿来当证据。我也拿不出其他证人,因此我要求福克兰先生证明我的清白。现在由我来问他——

"你难道私底下没有自夸过用你的权力就可以毁了我?你难道从来没有说过一旦我让你极大的不快我就会不可避免地完蛋?你难道没有告诉过我,尽管在那种情况下我所讲的听起来多么合理真实,你都会让全世界的人痛骂我为骗子吗?这些是不是你说的原话?你难道没有补充过,说我自己清白没有用,你会嘲笑我无力的辩护?我再问你,你没有收到我离开的那天早上给你留的要求你同意我离开的信吗？如果我是因为做贼了逃走，我还会那样做吗？我要求有人核对这封信与本次控告之间的关系。如果我想要离开的原因是现在指称的那般，我怎么会一开始就表明我不打算再服侍你呢？我该斗胆问问是什么原因让我这样承受永久的忏悔？"

说着，我拿出那封信的备份，展开放在桌子上。

福克兰没有立即对我的质问做出回答。福里斯特先生转向他，说道：

"哦，先生，对仆人提出的质疑你有何说法？"

福克兰先生回答道："这样的辩护几乎不需要回答。但我还是回答，我从没有说过这样的话，我从没有用过这样的词语，我也从没有收到过这样的信件。罪犯以这种好口才和无畏的态度来反驳对他的刑事指控是远远不够的。"

福里斯特先生然后转向我说："如果你靠貌似真实的说法来证明你无罪，那一定要注意叙述的前后一致和它的完整性。罗伯特说发现你时你很慌乱焦虑，你还没有告诉我们这是为什么，为什么你那么着急地要离开福克兰先生，还有，在你的箱子之中发现了他的几样财物你又该如何解释。"

"先生，那些都是真的。"我说，"我的叙述中还有些没有讲。如果讲出来，会对我更有利，但会让眼下的指控变得更令人吃惊。但是至少目前我还不能讲出来。我为什么要改变我住的地方，这有必要给出详细的、明确的理由吗？你们都知道福克兰先生不幸的精神状态，你们知道他举止严厉、矜持，而且还拒人以千里。如果没有其他原因，我要他换人服侍，你们就不会推定我有罪了吧？

"福克兰先生那几样财物怎么会出现在我的箱子里了，是一个很重要的问题，是我根本回答不了的问题。至少它们在我的箱子里被发现是我没有想到的，也令你们在场的每一位都很意外。我只知道，请大家注意我确信福克兰先生知道我是无辜的！我不会在那种指控面前退缩,我再次自信地重申——因此我坚信那些放在我的箱子里财物是福克兰先生的阴谋。"

我这样一说,就再次被在场的每一个人情不自禁发出的惊叫给打断了。他们愤怒地看着我,就好像要把我撕成碎片似的。我继续说道:

"我现在已经回答了你们所质疑的每一件事情。

"福里斯特先生,你是热爱正义。我恳求你不要在我身上违背正义。你是个有洞察力的人。看看我,你能看出任何犯罪的痕迹吗?回忆一下通过你的观察得到的信息,与能做出现在所指控的我相配吗?真正的罪犯能表现得像我现在这般无所畏惧、镇定自若、坚定不屈?

"仆人朋友们,福克兰先生是个有身份的有钱人;他是你们的主人,我是个贫穷的乡村小伙,在世上什么朋友也没有。一定程度上这是真正不同的理由,但这一理由不足以颠覆正义。记住,我的处境非同儿戏,我郑重地向你们保证我是无辜的,而此时做出对我不利的判决将永远地毁了我的名声和内心的平静,全世界将联合反对我,将限定我的自由,剥夺我的生命。如果你相信,如果你明白,如果你知道,我是无辜的,请为我说说话。不要让胆怯阻止你去挽救同伴的毁灭,任何人不应与他为敌的。我们为什么有说话的权利,除了传达思想还能干什么?我绝不会认为,一个认为自己无辜的人,不能让别人理解他有这种想法。你们难道没有感觉到我用心在诉说吗?你们能把罪行转嫁给我这么一个无辜的人吗?

"福克兰先生,对于你,我无话可说,我了解你,你是顽固不化的。从你决意提出这可憎的控告那一刻起,你钦佩我的决心与忍耐,但是我对你没有任何指望。你能毫无怜悯、毫不同情地看着我被毁。不得不和你这样的对手打交道真是我最大的不幸。你强迫我说出你干的坏事，我请你扪心自问，我的话是否有夸大其词，是否有报复之意。"

两方的陈述现在都已结束。福里斯特先生开始对整个事件做一个评判。

"威廉斯，"他说，"对你的控告是很严重的，直接证据确凿，能互相印证的情况很多，也很惊人。我承认你在回答中表现得相当机敏，但是，年轻人，你将会知道，你的代价是，在某些情况下，无论你多么机敏，在强大的事实面前都没有用。对人类来说幸运的是天赋亦有局限，阴谋诡计也颠倒不了是非。记住我的话，本案对你不利的真正证据很强，不是诡辩能够推翻的，正义将会获胜，无力的预谋将被击败。

"至于你，福克兰先生，社会有责任把邪恶事件曝光。不要因罪犯的恶意诽谤而感到不安。毫无疑问，这些诽谤没有分量。我毫不怀疑，听证了整个过程的每一个人都会认定你的品格显得更加高尚了。他曾深深伤害了你，你还要被迫听他对你的中伤，我觉得对你是一种不幸。在这一点上你一定会被公众奉为殉道者。你的举止动机之纯洁是恶意预谋所不能企及的，事实与公正必定会让诽谤中伤者声名狼藉，而人类会认可你热爱你。

"威廉斯，我现在已经告诉你我对这案情的看法，但我无权做出最终的判决。因为在我看来你有点绝望，我会给你一个忠告，就好像我作为法律顾问一样来帮助你，不要去管什么对福克兰先生不利。你要尽一切所能为自己辩护，但是不要攻击你的主人。你的任务是要赢得旁听者对你的认同。但是你刚刚一直在做的反控往往会招来旁观者的愤怒。不诚实就有可能掩饰自己的罪行。你刚才所表现的恶意攻击是相当狠毒的，这证明你拥有的不是小人之心，而是魔鬼之心。无论何时你再故伎重演，即使那些对你不利的证据本身有着明显的漏洞，审理你的人都会判定你是有罪的。因此如果你考虑到自己的利益，这似乎是你唯一考虑的，你有责任立即想尽一切办法打消这个念头。如果你希望自己的诚实得到大家的认可，你必须首先表现出你有值得被别人相信的优点。除了请求主人的宽恕，你别无更好的解决方法，哪怕是用来报复你的，也要向正直与价值表示敬意。"

很容易想象，福里斯特先生的决定令我有多么震惊，他要求我在控告人面前退让而且要恭顺，这一点令我义愤填膺。我回答道：

"我已经告诉你我是无辜的。要不然，我认为我对虚构的花言巧语的辩护也不能忍受。你刚刚断言，任何的阴谋诡计也颠覆不了是非，但是就在那一刻我却发现黑白颠倒了。这对我来说确实是非常可怕的时刻。除了道听途说的，除了从书本上看来的，我完全不谙世事。我一直以满腔的热情和信任拥抱这个社会。我盼望从每一个同伴那里得到友谊。我既不懂阴谋诡计，也对其的不公不甚了解。我没有做什么应受到人们如此的憎恶的事，但是，如果从我眼下的光景判断，我的诚实正直、名誉裨益将被从此剥夺。我将失去迄今所结下的每一份友谊，也将被剥夺结交新友谊的权利。因此，我必得沦落到孤家寡人的境地。据此，我不会选择这一可耻的让步。如果我对别人的善意感到绝望，至少会保持自己的思想独立。福克兰先生是我的死对头，无论他在其他方面有多少功绩，对待我时没有一点仁慈，没有一点原则，无情无义。你认为我会屈服于一个如此对待我的人吗？我会拜倒在一个恶鬼脚下，亲吻沾满我的鲜血的手吗？"

福里斯特先生回答说："既然这样，那你认为怎么合适就怎么做吧。我必须承认，你的坚定和坚持让我大吃一惊。它们使我进一步认识了人类的力量。尽管我认为越温和越可以调和，但或许你经过全面权衡已经选择了对你最有利的措施。我承认，天真的外表可能会让掌握你的命运的人犹豫不决，但绝不会战胜清晰且不容置疑的事实。我与你相处过,在你身上我见识了一种全新的实例,通常你是如此这般地发挥了聪明才智,滥用了公众对你的赞赏。我觉得你很恐怖,接下来我能做的就是,我应该卸下责任,将你这个邪恶的魔鬼,交给国家的司法来解决。"

"不!"福克兰先生再答道,"在那一点上,我绝不会同意。我已经克制很久了,因为证据与讯问确实有自己的程序。我已经打破了我的习惯和情感,因为这似乎是公众的心声,应该揭开虚伪的面纱。但是我不能再忍受这种侵犯的行为。在我的人生信条中,我的干涉是为了保护受害者,而不是去激怒受害者,现在我必须这么做。我极度愤怒于他对我人格的无力攻击,但对此一笑置之也不会减少对攻击者的仁慈。让他说说他乐意怎么处理,他损害不了我。恰当的做法是他应该示众受辱,其他人才不会再像我们一样被欺骗。其他的就没有必要了,我坚持一点,他想去哪里都可以。我很遗憾,公众为他的未来幸福提供的前景如此暗淡。"

"福克兰先生,"福里斯特先生答道,"你的情感让人更加敬仰你的仁慈,但切不可这样。应该让他们这些和毒蛇一样恶毒的人大白于天下,这个忘恩负义的魔鬼,先劫掠恩人,然后还大骂一顿。你个可怜虫!一点都不为所动?你不会懊悔吗?你的心不为主人高尚的美德所打动?卑鄙的诽谤者!你是人类的痛恨对象,是人类的耻辱,只有根除你们,天下才能从不可忍受的负担之下解放出来。回想一下,先生,这个怪兽,恰恰在你无可比拟地宽容他时,他却放肆地指责你,说你明知他是无辜的还起诉他,不仅如此,还指责你故意将财物放入到他的物品中嫁祸盗窃,其明确目的就是要毁了他。就这一空前的邪恶行为,你的职责就是将世界从这样的害虫手里解救出来,而且你应该注意,决不能放松对他的追踪,以免这个世界由于你的宽大处理而相信他卑鄙的说辞。"

"我不在乎结果，"福克兰回答说，"我将按我内心想的来处理。我绝不会用武力去帮助改造人类。我可以肯定，只有由荣誉而不是法律来统治人类，恶习只会在天生的无法抵抗的强大的尊严面前，而不是在冰冷的法律程序面前退缩。如果诽谤我的人值得我去愤恨，我会亲自严惩，而不是让法官去惩罚。但目前这种情况，对他的恶意我付之一笑，决定放过他，就好比是森林之神放过扰了他休息的虫子一样。"

　　"你现在说的这番话，"福里斯特先生说，"冒险而不够理性。然而我还是不禁为眼前呈现的反差所触动，一个宽宏大量，一个不讲道义，顽固不化。你满怀慈悲，却怎么也打动不了这位心机重重的小人之心。我将永远不会原谅自己曾经落入他的可恶圈套之中。这不是我们该在侠义和法律之间解决问题的时候。因此我仅仅像法官那样坚持持有他严重罪行的证据，我认为应该履行司法公正的权利和责任，将该被告提交给郡监狱。"

　　经过一番争论后，福克兰先生发现福里斯特先生倔强而难以变通，就不再反对。因此从邻村叫来一名相关的官员，拟好了收押令，用福克兰先生备好的一辆马车，准备送我到拘押地。很容易想象，这一突然逆转令我深感痛苦。我环顾周围旁观的仆人们，但是没有一个人对我的不幸说句话或表现出一点点的同情。我被控告的盗窃行为在他们看来似乎是不可饶恕的罪行，在他们朴实简单的心里，我对他们可敬而卓越的主人肆意地侮辱，任何可能出现的怜悯之情都被愤慨彻底地抵消了。我的命运已经注定，一个仆人被派去请警官，福克兰先生和福里斯特先生也离开了，只留下我和看守我的两个人。

　　其中一个就是离这不远的一个农夫的儿子，跟先父交情甚好。我很想知道，目睹了此情此景，以前了解我的品行的人，他们是怎么想的。因此我试图与他打开话匣子。"嗨,我的好托马斯,"用抱怨而又略带迟疑地说,"我不是最可怜的人吗?"

"威廉斯师傅,不要跟我说话!你让我太震惊了,一时半会儿我还缓不过神来。俗话说得好,你是老母鸡孵出来的,但你是鸡蛇兽生的。我打心里高兴,老实的威廉斯农夫已经死了。不然,你的恶行定让他诅咒自己一辈子。"

"托马斯,我是无辜的。我向上帝发誓,我是无辜的!改天他会重新审判我的!"

"求求你,别发誓!看在上帝的份上,别发誓!你可怜的灵魂已糟糕透顶,无誓可发!小伙子,因为你的缘故,我将再也不会相信任何人的话语,虽然看上去像是个善人,也绝不相信任何表象。上帝保佑我!你把每件事情搞得顺顺当当,全世界的人都对你就像新生儿一样好,但是那依然没用,你永远也不能让人们相信黑的就是白的。就我个人而言,我们之间已别无瓜葛。过去我爱戴你,就像你是我的亲哥哥一样。今天我是那么憎限你,跑上十英里去看你被绞死是我今生的乐事。"

"老天爷啊,托马斯!你有心肝吗?怎么会有这么大的变化!我叫上帝来证明,我什么也没做,不应该受到如此对待!这是什么世道啊!"

"住嘴,你这家伙!你让我心里感到恶心!无论如何我也不要跟你在同一屋檐下再待一个晚上!我希望房子塌下来压碎你这邪恶之徒!我佩服大地没有张开嘴活吞了你,看看你是多么的毒!如果你还要这样一条道走下去,我深信不疑,听你这样说的人们会将你撕成碎片,你将活不到处绞刑的那一天。哦,是的,你还是好好可怜可怜你自己吧!可怜的难缠的东西,像只蟾蜍一样周围到处吐毒液,你爬过的地方就感染了你的黏液。"

发现我所交谈的人对我能说的一切是这么不接受，考虑到即使我能改变他的先入为主的观念，想从他那里获得好处的可能性极小，我接受了他的劝告，保持沉默。不久一切就绪，我就被送往不久前关押了可怜而无辜的霍金斯父子的同一所监狱。他们也是福克兰先生的迫害人。他确实按照约定的程序，对事实的描述很忠实，出示了一份君主政体文件，认为监狱是国家权力的工具。

第十一章

对于监狱我是陌生的，就像绝大多数兄弟们一样，我几乎没有关注过触犯了法律或遭到公众怀疑的罪犯的处境。与高墙内的生活相比，退休工们居住的摇摇欲坠的棚屋是多么令人羡慕啊。

对于我来说，这里的一切都是陌生的：巨大厚实的门，铃铛作响的落锁声，昏暗阴森的过道，格栅防护的窗户，以及看守所特有的表情——拒绝一切请求，铁石心肠，没有一点同情和怜悯。出于好奇和对自身处境的忧虑，我的目光一直落在这些看守的脸上，但是说不出有多么厌恶，没过几分钟我就把目光移开了。这些大楼肮脏和污秽得难以用语言形容。我也见过脏乎乎的公寓里的那些污浊的面孔，然而他们看上去健健康康，说起话来漫不经心、一脸轻率，却没有半点痛苦。但监狱里到处都是污浊，一股悲伤涌上心头，似乎早已深受感染而堕落。

在监狱看守那里，我被迫滞留了一个多小时，看守鱼贯而入，他们可能想认识一下我这个人。我被认为是犯了滔天大罪，因而遭到了严格的搜身，他们从我身上搜走了一把小折刀，一把剪刀和我身上全部的金币。关于所搜到的私人物品是否应该密封，他们进行了讨论。据他们说，一旦我获得释放，这些物品将物归原主，而且要是我不表现出出人意料的顽固，积极听从规劝，很有可能我就能获得释放。经过这些程序后，他们强行把我关进了一间牢房，所有的重刑犯都被集中关在那里，共有十一个犯人。每一个人都沉浸在自己的沉思中，没有人注意到我。他们锒铛入狱，两个盗马，三个合伙偷羊，一个在商店顺手牵羊，一个私造钱币，两个拦路抢劫，其余两个人室行窃。

两个盗马贼正沉溺于纸牌游戏，此时因意见不一而停了下来，随之而来的是巨大的嚷嚷声，他们不停地叫这个那个去给他们裁定，但徒劳无功。其中有一个理都没理他们的喊叫，另一个听了一半就走了，因为无法在他们那可笑的打闹中继续忍受自己内心的极大痛苦。

这些盗贼有一个习惯，他们自己建立一个模拟法庭，这个法庭裁定每一个人是否将无罪释放，缓期执行还是赦免，同样他们还假定最巧妙的方式替自己辩护。其中有个人室行窃者，经过了这样一番严峻考验之后，强提起勇气在房间里来回踱步，向同伴们叫嚷，声称自己现在与贝德福德公爵一样有钱了。他有五个半几尼，差不多就是他下个月的花销了，接着就是杰克·凯奇的事情，但跟他无关了。说完，他就一屁股坐在了身边的长凳上，好像立刻就睡着了。他睡得既不踏实也不自在，呼吸很重，还不时伴有呻吟声。一个年轻人手里拿着一把大刀，脚步轻柔地走向他所躺的位置，并将刀背用力抵在他的脖子上，让他的脑袋悬在了凳子的另一边，试了好几次他都起不了身，那个年轻人才停止了动作。这个爱开玩笑的体力工叫道："杰克，我几乎替你宰了他！"另一个虽没表示憎恶，却十分愠怒回击道："该死的！为什么不用刀刃呢？这本是你这么多天来办得最漂亮的一件事！"[1]

其中有个被指控拦路抢劫的年轻人的案子有点离奇。他是一个普通士兵，二十二岁，特别帅气。原告说自己深夜从酒吧回来时被抢

---

[1]　多年以前，作者的朋友去拜访纽盖特监狱时曾目睹过此类事件的发生。

了三个先令，且确定指认的就是他。但这名犯人的为人几乎不可能对得上，他素来热衷于文化学习，并且习惯于从维吉尔和贺拉斯的作品中汲取快乐。虽出身卑微，但对文学的热情，对他人格魅力的提升是不言而喻的。他朴实无华、真挚自然，他绝不矫揉造作，一旦需要，他又能坚定不移，但是，就他平常的举止而言，他似乎从不设防，逆来顺受，在别人看来，他不要阴谋诡计，因为他本身完全不会阴谋诡计。他为人正直，人尽皆知。有一次，一位女士托他把一千磅带给远方数英里外的另一个人；还有一次，一名绅士在自己出远门时雇用他帮助看管价值至少五千磅的房子和家具。他有自己严格的做人原则，秉公办事，简洁明了，还充满智慧。以他高超的武器维修技术，还能时不时从指挥官那里赚到点钱，但他婉拒成为中士或下士，说是不需要钱，而且在那样一个新环境中，学习的闲暇时间会减少。他同样不断地拒收任何酬劳的礼物，这并不是因为他矫揉造作和傲慢无礼，而是不愿意接收，不接收，他就不会觉得自己邪恶。在我被监禁期间，他离开了人世。我目睹他咽了气。①

我整天被迫与这些人相伴度过，他们中有些人真的犯下了所指控的罪行，另一些则因为运气不佳，成了被怀疑的对象。这里完全是一幅悲惨景象，可以说不亲临其境是难以名状的。一些人大声喧哗，试图借此蛮勇忘却自己的悲惨处境，而其他人甚至难以做出此番尝试，周围不断持续的噪音和混乱更加剧了他们思想上的折磨，痛苦不堪。在那些最勇敢的脸上，你可以发现眉头紧蹙，一副焦虑关切的神情，在他们硬装出来的欢闹中，可怕的念头不时地涌上心头，扭曲了他们的面容，每一条皱纹都表现出了极大的痛苦。对于这些人来说，

---

① 在《纽盖特监狱大事记》第一卷的第 382 页上可以找到极其相似的事件。

太阳并不会给他们带回快乐。日子一天天过去,而他们的现状并无改善。活着对于他们来说,永远是一种悲哀,时时刻刻充满痛苦,然而他们希望这样的时刻没有尽头,害怕接下来的日子命运更加悲惨。回想起过去,不禁后悔,人人都愿心满意足地正确地选择和平与自由,而此前他曾经不假思索地出卖了和平与自由。我们谈到了刑具:英国人禁止在他们幸福的家园使用刑具,为此他们居功自傲。哎呀!已经了解监狱秘密的英国人,十分清楚犯人漫长的铁窗生涯,度日如年的寂静的分分秒秒比切切实实的鞭打和拷问更让人煎熬。

狱中生活如是。日落时分狱卒前来,命令每个人散开,分别将其锁回到地牢。在这些家伙的专制管控下,我们的命运更加悲惨。他们感受不到我们的悲痛,他们本属无情之辈,不懂情感。他们发布令人憎恨的命令,看着犯人们勉为其难地执行,从中获取那种野蛮阴沉的快乐。无论狱卒下达什么命令,劝诫是徒劳的;反抗的结果必定是囚禁,只能是喝上点水,啃上点面包。他们反复无常、残暴无度。不幸的重刑犯该向谁申诉?无论出于何种目的,犯人的抱怨一定会受到怀疑。暴动与必要的防备成了看守永久的托词,也是抵制冤屈平反的永远的障碍。

我们的牢房是单人牢房,面积约 7.5 英尺乘以 6.5 英尺见方,位于地下,潮湿,除了门上几个活命用的透气孔,没有窗户,也没有阳光或空气。在这样悲惨的小空间里,安排三个犯人睡在一起。① 我算幸运的了,一人一间。现在快临近冬天了。不许我们点蜡烛,像我刚才说过的,每天日落时分,被关进这儿,到第二天才能放出去。一天二十四小时中有十四至十五个小时我们就是在这儿度过的。一天睡上六个或七个多小时,我还从不曾习惯过。现在比以往任何时候更

---

① 见《狱中霍华德》。

加不喜欢睡眠了。因此我沦落到半天都要在这凄凉、黑漆漆的地牢里度过。我的命运更加悲惨了。

我忧郁地思考着，给我的记忆分派着任务，一遍遍地数着牢门、门锁、门闩、铁链、高墙和格栅窗户，那就是横亘在我和自由之间的障碍。我说："这些就是冷酷的专制经过深思熟虑后发明的工具。这就是人控制人的帝国。这样，一个人生来就是评述、行动、微笑、享受，受到限制，同时也麻木不仁。他是多么堕落、多么心不在焉，并见证将健康、快乐、宁静转变成地牢里的衰弱、痛苦和绝望的深渊！"

英国人大声嚷嚷："感谢上帝，我们没有巴士底狱！感谢上帝，我们没有冤假错案！"没有头脑的家伙！有成千上万的人戴着镣铐在地牢里受着煎熬，那是一个自由国度吗？走吧，走吧，无知的蠢货！来看看我们监狱的状况吧！见证这里的肮脏污秽、狱卒的残暴，以及监狱犯人的痛苦不堪吧！在那之后，让我看看这些无耻之徒欢欣地声称英国没有巴士底狱！有没有人因为什么轻率的指控不用被发送到那些令人憎恶的地牢里？有没有什么犯罪行为是大法官和检察官不曾遇到过的？但是出乎意料的是，也许你已被告知还有一种叫沉冤昭雪。是的，沉冤昭雪，那是对名誉的极度侮辱！贫穷的可怜人被压迫得只剩绝望，对于他们来说，无罪释放只是让他们免于一死，怎么可能有钱有时间请得起律师，买得通官员，修改法律！不，他太高兴了，要离开地牢，远离对地牢的记忆；同样地，专制和过度的压迫就留给了新来的犯人们。

我环视着地牢的墙壁，有充分的理由认为我会早逝，扪心自问，得到的答案是我是无辜的。我说，这就是社会。这就是公正分配制度的本质，那是人类理性的终结。为此，圣人也辛勤劳作，否则挑灯夜战也是白费。这对于所有人都是一样的！

读者会谅解我的这些题外话吧。如果说这些只是总论，那么应该牢记这是付出高傲代价的经验之谈。这是我饱受煎熬后喷涌而出，想要诉诸笔端的内心。这些不是一个渴望自己巧舌如簧的人所发出的慷慨陈词。我感到奴役的烙铁在我的灵魂上吱吱烙着。

现在所忍受的相对要单纯，我的不幸是还未屈服于命运。我十分惊讶自己曾经的天真，盼望着能接受考验，我的清白能得到核实。我憎恶它那种卑鄙之至、最让人无法忍受的迂腐。我苦涩地想："好名声值多少呢？名声是人用来娱乐的廉价的珠宝。要不是名声的缘故，我依旧内心宁静，工作愉快，生活平和，自由自在。我为什么要将自己的幸福交由别人来判决呢？但是，如果好名声的重要性难以言表，这就是通常所采取的恢复名誉的方法吗？这些制度是为不幸之人所设定的：来吧，与世隔绝地关在这里，与那些社会痛恨的人为伍，成为狱卒的奴隶，戴上镣铐，这样你才能远离恶意的诽谤，重新获得名誉和尊重！这就是为那些恶毒、愚蠢、私下怄气、盲目自信毫无一点根据地去诽谤的人所提供的慰藉。"我觉得我自己没罪，但没过多久我发现，经询问，四分之三有罪的人都是这样，都是那些经法院严肃审理分析而无法找到足够的证据证明有罪的人。愿意将自己的人格和幸福置于如此监护之下的人，他所具备的知识和洞察力是何等的微薄！

但是我的案件要比这糟糕得多。我暗忖，犹如迄今为止我们的司法体系能做的，审判仅仅还只是个开始而已。洗清现在蒙受的罪名后，有多大可能我最终会被无罪释放？我在福克兰先生家所经受的审讯不会与我往后所面临的审讯一样公正，这有多大的可能？不，我料定自己将被定罪。

这样，我被永远剥夺了现实能给予我的一切——剥夺了所有我以前为自己构筑的崇高理想，我的心如此殷切想象的对未来的所有卓越追求，在苦不堪言的监狱里度过数周，然后被公开处决。这些想法在我心里激起的愤慨和憎恨无法言表。这些东西在我脑子里回荡，挥之不去。我不仅仅憎恨原告，而且憎恨整个社会。我决不能相信这就是为普通大众当家做主的制度给我的公正的结果。我觉得全人类怎么有那么多刽子手和拷问官，我认为他们互相勾结要将我撕烂，这些无情的迫害摧残着我，其痛苦无可名状。我左思右想：我是无辜的，我有权利去寻求帮助，但是人人心里都对我冷酷之至，人人行动上都愿除我而后快。人人都觉得，最最关心的正义、永恒真理、坚定不移的公平只是个人利益。另一方面，可以想象我此时脑海里闪现的野蛮攻击、固执己见、冷漠傲慢。我看到背叛洋洋得意地登上胜利的宝座，我看到在全能的罪行控制下清白支离破碎，化为尘埃点点。

这些情绪让我产生了什么安慰？在诅咒中我虚度光阴，我看见每个人脸上的痛苦只是比起我稍逊，那就是安慰吗？他只要在我被关了好几个月的地方看六个小时，就能够想象这该死的真实情景。我一刻都不能从这些变化莫测的恐惧中解脱出来，或者能够平静地思考。我现在落入无情的专制之手，永远也享受不到新鲜的空气、自由的运动、连续的活动、日夜的差异及人类所有快活的东西。夜晚的地牢中，我同样感到孤独难耐。这里唯一的家具就是我睡觉用的稻草了。稻草细小、潮湿、发霉。令人可憎的是，像我这样疲惫之人，没有什么消遣可以用来度过痛苦的时光，总是睡得很浅易醒，醒过来还是没精打采。但我的睡眠时间依旧多于胡思乱想醒着的时间，睡梦中总是充满困惑、畸形和无序的混乱。按照监狱的规定，睡醒后的时光被迫在孤独、阴郁的黑暗中度过。这里既没有书也没有笔，也没有任何东西能吸引我的注意，有的只是一片看不见的空白。像我这样活泼好动、不知疲倦的人如何在监狱忍受这样的痛苦？我无法沉沦在昏睡之中，我也无法忘记悲痛：它们像恶魔一样一直纠缠着我。人类事务无情的方式就是这样残酷地折磨他,判他有罪,处罚他,让他在处罚状态下不知道要做什么,调查这些鸡毛蒜皮小事显得懒散无情。这就是对清白的严峻考验,这就是自由的保护神!有多少次我差点在自己的地牢里一头撞死;有多少次我渴求死去的想法难以言表;有多少次我以极大的热情希望结束自己现在所遭受的一切;有多少次我企图自杀;有多少次我苦涩的灵魂反复思考逃脱目前状况的不同方法。我该怎么继续我的人生?我见得多了,我痛恨生活。我为什么要等待司法专制的缓慢进程?我为什么不敢去死,司法机器何时会以何种方式裁定我呢?仍旧有一些我莫名的建议让我不去做傻事。对幸存的一线希冀,生存的神秘吸引,对未来的无望憧憬,使我孤注一掷,心怀美好。

第十二章

这就是我在监狱度过的极度痛苦的头几天中一直困扰着我的想法。但是经过一段苦恼不已、疲惫不堪的折磨后,本性让我不向重重压力低头,尽管内心也不断地发生变化,但我还是进行了一连串完全不同的反思。

我重新燃起抵抗精神。我过去习惯于快乐、幽默和平静的生活,在地牢里我又重新培养起了这种习惯。当我学会沉思,我知道了平静和安宁、合理性和可能性,我的思想告诉我,在绝望的情况下,如何得体地展现自我,让我能够在精神上超越我所有的迫害者。多么纯真的思想和自我认可啊! 一束自觉的正直的光束穿过我牢房的障碍,比起自然和艺术带给罪恶之奴的光辉,带给我心灵的是万倍的愉悦。

我从思考中发现了内心秘密。我想:我把自己半天都关在黑暗里,没有任何外来娱乐;剩余时间我则在噪音、喧嚣和混乱中度过。我为什么不做些什么? 我为什么不能从我内心世界获取快乐呢? 它不是有很多知识吗? 我在监狱的初期为什么没有想到满足我巨大的好奇心呢? 如果不是现在,我何时利用这些优势? 相应地,我搜索了我的记忆和创造力。我从回忆过去的生活中获得乐趣。渐渐地,我想起了一些小事,如果不是因为在此能派上用场,我将永远遗忘它们。在我的头脑中我又过了一遍整个对话,包括主题、结构、事件和他们使用的一些词的频率。我一直沉浸在思考这些事情上。我反复思考，直到我的思绪激情澎湃。在孤独的夜晚，我进行了不同的思考，在思考中，我关注着我的思想飞跃，对于白天的骚乱，我主要是麻木对待我身边发生的混乱。

渐渐地，我不再想自己的事，而开始沉浸在幻想的冒险中。我想象我可能处的任何一个环境，设想在每一个环境中我会有的行为。因此，我十分了解压迫下棘手的侮辱和威胁。在想象中，我常常在具有毁灭性的自然中度过糟糕的一天。在一些幻想中，我因为一时冲动，异常愤怒，而在其他幻想里，对于可怕的遭遇，我又变得极有耐心。我培养自己适用于不同状况下的演说能力，比起在最繁忙最拥挤的地方做演讲，我在孤独的地牢里的演讲更加慷慨激昂。

最终，我开始规律地处理我的时间，正如在书房中的人从数学到诗歌，再从诗歌到国家法律，每天学习不同的主题，我很少破坏我的计划。我探讨的主题甚至不会比在书房学习的人少。监禁期间，我回忆起学习过的欧几里得的很大一部分理论，过了一些天，我又重新想起了一些伟大历史学家的相关事件。我自己成为诗人：我能描述被自然界所珍视的情感，记录人类的特征和激情，热情慷慨地与他们分享我的决定，我逃避地牢悲惨的孤独，在人类社会的丰富多彩中漫步。我很容易就发现了一些变通，例如思想看上去一直在获取由人类用书本和笔详细记录的人们所取得的进步。

当我学会怎么思考后，我开始十分高兴地掌握人独立于高兴和不悦之外的度。但命运却无法掌握我，因为我跌到最低点了。在一个正常人看来，我可能很贫穷悲惨，但实际上我不想要任何东西。我的食物很粗糙，但我很健康；地牢恶臭，但我并没有感到不方便；我被迫远离正常的锻炼和空气，但我却发现了让自己在地牢出汗的方法；我没有办法让自己在最快乐和最具价值的日子远离这个令人生厌的社会,但不久我的思考艺术趋于完美,然后偶尔看到或听到与我有关的人,我也一样很高兴。

　　这就是一个人所考虑的,如此简单,就如他的本质,他想要的东西如此少。这个人与这个虚伪的世界如此不同!建造宫殿为了他接待客人,千辆机车为了让他举行典礼,洗劫几个省为了满足他的欲望,整个世界的存在为了给他提供衣物和家具。他的花销和购买奴隶所用的金钱是巨大的。他需要别人给他做许多事情,才会觉得平静和健康,只有任何人忍受他傲慢的欲望,他才身心愉悦。

　　除了我现在处境的不利之外,我还得等待可耻的死亡。那又怎么样呢?每个人都必须死。没有人知道他多久之后会死。但在健康和拥有勇气时遇见恐惧总比被疾病和煎熬拿去半条命之后遇见更好。至少,我坚持好好把握现在能有的生活;用人所特有的能力去保持健康,直到生命最后一刻。我为什么要让我的思想被无用的抱怨所侵蚀呢?我心中的虚荣、独立、公平怂恿我对原告说:"你不能打扰我的平静。"

第十三章

在这样的沉思过程中，突然冒出了另一种想法，这是以前从未想到过的。"迫害我的人奈何不了我，"我说，"我感到非常高兴。这不是表明他比我想象得还要无能？我说，他可以要了我的命，但是打扰不了我的那份宁静。这是千真万确的：我的内心、清白的灵魂、坚毅的性情他都无法撼动。如果我乐意，我的生活不是也可以做到这样吗？人类绝不屈服的物质枷锁是什么？人类从未完成的那些艰巨任务是什么？如果要靠他人来完成，我为什么不能呢？难道他们的动机比我的更强烈？难道生活更青睐他们？还是因为他们有更多的办法去推动、去装点？很明显，虽然那些人表现得不屈不挠、无畏勇猛，但还是远不及我的。为什么我不能像他们那样英勇呢？只要有足够的胆识和谋略，就能让磐石和钢铁有着如水般的柔和。心灵是自己的主人，它被赋予的力量足以嘲笑暴君的警戒。"我反复思考着这些盘旋在我脑海中的想法，这些思考令我兴奋不已，我告诉自己："不，我绝不能死。"

我早年的阅读非常泛杂。我读过入室盗窃者的书，对他们来说，锁与门闩只是笑料，毫无用处，他们展示了一个实验，轻松进入全面设防的房子，就像别人轻轻提起门闩那样，没有什么声响，不费半点力气。对于青少年来说，没有什么比这般不可思议的事情更令他们感兴趣的了。他们目瞪口呆地观看了那奇迹般的能力发挥，没有一种力量使他们如此急切地觊觎和向往。照我天真的想法,尽管内心出现了模模糊糊、想入非非、无拘无束的想法,但那些易受影响的有理智的人本性上从未想过要成为暴力的奴隶。为什么有权的人要通过暴力来控制我?为什么当我选择逃离时却无法躲避最严密的搜查?身躯成为思维能力沉重的负担和不幸的累赘,但思维之力为什么就不能减轻负担,直到再也感受不到?这些早期的思考模式与我目前的疑问绝不是毫无关联的。

以前我父亲的隔壁邻居是个木匠。刚刚看完刚才提到的那类书(入室盗窃者的书),我急切地去查看他的工具,探索它们的功能和运用方法。这位木匠是个心智坚强、思维活跃之人,他的才能主要只限于他的行业,他做了很多实验,在这些特殊问题的推理上很有独到的见解。因此,我从他那儿得到了很大的满足,我也开动了脑筋,有时候甚至改进他的示意。尤其和他交谈我特别高兴,起先,我和他一起干活有时候只是找点乐趣,不久我成了熟练工。我天生精力充沛,通过获得的经验,加上富有想象力,再辅之以娴熟的技术,只要我愿意,以这样的方式,没有哪部分是我做不出来的。

人的脑子里有一种平凡但又奇特的特性,这正是我们在危急关头所需要的,尽管经过岁月的锤炼,我们已经积累了很多智谋,但每当需要付诸行动时,却难以施展出来。因此,自从被囚禁以来,至以用这种方式解放自己之前,我的内心经历了两个迥然不同的阶段。起初,我的才能被淹没了,接着又渐渐燃起了热情,然而,两个阶段我都理所当然地以为我只能被动服从迫害我的人,他想怎么处置就怎么处置。

就在我思想左右摇摆期间,我在牢里待了差不多有一个月了,在我所囚禁的小镇上,一年两度的巡回审判开始了。这次审判会上没有提出审判我的案子,而是延期整整六个月之后再审。即使像我坚信的那样有充分的理由有望获得无罪的判决,结果或许还是一样的。即使我被逮捕的理由极不充分,但地方法官将毫无证据的乞丐提交审判也是恰当的,我必定要再等上两百十七天后才能沉冤昭雪。立法者每年都要花四到六个月的时间集中讨论,而这个国家引以为豪的法律效力还是那么的不完善。我无从确定这次的延期是否因为迫害我的人从中作梗,还是因为严格的正常的司法管理程序本身不能为某个无足轻重人物的权益而变通。

这并不是被监禁期间发生在我身上的唯一无法圆满解决的事件。几乎同时,看守开始改变了对我的举止。一天早晨,他派人把我叫到大楼的另一处,那里看起来适合他自己住,犹豫了一下后,他告诉我,我的住宿条件那么差,他感到很抱歉,他还问我是否愿意住在他的家里给我安排的一个房间。这突如其来的问题令我很吃惊,很想知道是否有人安排他来这样问的。不,他回答道,但是,现在巡回审判已经结束了,他手上也没有什么重刑犯,有更多的时间来察看身边其他犯人。他相信我是个好小伙,也有点儿喜欢我。他在讲这些的时候,我注视着他的脸。我没有发现任何友善的迹象,他似乎在我面前演戏,不自然,还有几分尴尬。他甚至给我跟他同桌吃饭的自由,他还说,如果我愿意,这对他并没有什么影响,也不会要我支付任何的费用。一直以来他手头需要打理的事确实够一个人忙的了,但是他的妻子和女儿佩吉很乐意去听听有学问之人的谈话,他觉得我就是这样一个学者,也许和她们做伴我不会感到不快乐。

我反复考虑着这个提议,毫无疑问,尽管看守如此确认,这也不是发自于他内心天生的仁慈,但他有充分的理由这样做,他是在替他的同伙传话。我沉浸在自己的猜测中,这种纵容和关心是谁出的主意?最有可能的两个人就是福克兰先生和福里斯特先生。我知道后者是一个非常严格的人,他对那些他认为品行不端的人不会同情。

他为自己对那些细腻情感无动于衷而感到不满,他认为那样除了使得他们失职以外,别无他用。相反,福克兰先生是一个非常敏感的人,因此,凡事容易唤起他的喜与悲,善与恶。尽管他可能会是我面对的最恶毒的敌人,尽管没有什么情感可以改变或控制他的思想,我依然要说服自己,他比福里斯特先生更有可能想来监狱探望我,也更有可能觉得有责任减轻我的痛苦。

这种猜测绝不能当作是对我的安慰,我满脑子都是对迫害我的人的愤怒。为了满足自己的欲望,将我的声誉和生命置之不理,这样一个人,叫我如何能好好看待他?我看到他杀了一个,又将另一个置于危险之中,他本人却是如此镇定沉着,我不得不感到恐惧。我不知道他打算如何对付我,我不知道他是否感到过不安,为了维护自己那个虚无的愿望,却公然玷污我的美好前程。时至今日我对反控依旧保持沉默。我一点都不知道我是不是会默默地从这个世界消失,成为此人冷酷与诡计的受害者。每每想到他的不公正,我的心都碎了,我的灵魂讨厌这些可怜的赎罪行为。他曾经无情地报复我,要将我碾成尘埃。

我对监狱看守的回答受到了这些情绪的影响,在怨恨的回答中我隐隐地感到一阵快感。我讥讽地笑看着他,说道,很高兴发现他突然变得如此仁慈——尽管我对看守的人品不是一点都不了解,但通过所处的环境可以想象——但他可能会告诉雇主,他的关心毫无结果,我不会接受一个把绞索套在我脖子上的人的恩惠;我有足够的勇气去忍受现在和未来的最坏的结果。看守吃惊地看着我,转身惊叫道:"干得好,你这个鸟人!我知道你还没有见识过我的厉害,还没开始让你吓破胆呢。小伙子,现在机会来了,你最好要保持相当的勇气,你会发现非常需要勇气。"

对我没有产生任何影响的这次巡回大审判却在我的牢友中掀起

了一场巨变。我在牢里的时间够长了，目睹了囚犯中的大体变化。有一个入室盗窃犯（即贝德福德公爵的对手）和一个铸造假币的犯人被执行了绞刑，另有两三个犯人被流放，其他的犯人无罪释放。被判流放的犯人依然和我们待在一起，尽管监狱此次减少了九个犯人，在下半年的巡回审判中，我刚来时发现的重刑犯还有三个。

　　我记载了一个士兵的故事，他在法官们到来当天晚上死于囚禁期得的一种疾病。这就是国家法律带给那个时代小人物的所谓的正义结果。他是我所认识的所有人当中也许是最善良、最具同情心、最迷人、最真挚而又完美无瑕的人。他名叫布莱特维尔。如果我的笔能为他献上永垂不朽的名望，将没有会比之更令我感动的事情了。他的判断颇具男子气概和洞察力，极具智慧，对真相毫不含糊，然而同时他满脸的真诚和坦率，不容争辩，只看外表的人必定会以为他是最会被花言巧语欺骗的人。我有很好的理由铭记他！我刚刚说过他是最热心的朋友，可以说我生命中的最后一个朋友。在这一点上我也没有觉得亏欠他。我可以这么说我们俩确实意气相投，只是我不能在独创性和自我创新能力上与他相提并论，或者说他的品行端正、毫无私心杂念，这一点世上没有人能超越他。在我认为跟他讲讲我的遭遇比较合适时，他饶有趣味地倾听了我的故事。他不偏不倚真诚地查验了我的遭遇；或许起初他心里还有一些拿不准，通过反复的观察我平时最不留神的举动，很快他就完全相信我是清白的。

　　虽然我们都是这种不公正的受害者，但他谈论起来没有一点怨恨，而且还很乐观地认为这种难以容忍的压迫被消除的时刻即将到来。但是，他说，这是留给子孙后代的福祉，我们来不及享受了。这对他来说是某种安慰，他难以断定今生何时能够实现，但是他拥有的最好的辨别力告诉他要过好眼下的生活。他说就像很多人能给出的理由一样他也已经尽忠职守，但他预料到眼前的灾难难以幸免。这是他还健在时的预言。从某种意义上，人们可能会说这是令人心碎欲绝，但对他来说也绝不是绝望，更多的是平静、解脱与安详。

在我整个历险过程中，所遭受的打击没有比收到他的死讯更加严重的了。他的命运遭遇使我认识到不公正的复杂性。从他到我自己，我把憎恨指向政府，那是造成他的悲剧的工具！我羡慕布莱特维尔的悲剧。我无数次渴望躺在那里死去的是我，而不是他。我告诉自己，我只是被留着等待不可预知的灾难。过不了几天，他就可以无罪释放，重获自由，恢复名声。或许，遭受过他这般不公正对待的人更加渴望结束不幸，消除耻辱。但是这个人死了，我还活着！尽管我受到的不正当对待不比他少，却翻案无望，活着必定被当成是坏蛋，死了被鄙视，被痛恨！

这些就是这个可怜的牺牲品的命运在我脑海里引起的直接反思。但是回想起来，我和布莱特维尔之间的交往也有令人欣慰的地方。我说："此人已经看透我是被陷害的，他已经了解我，并喜欢上了我。为什么我要感到绝望？难道从此以后我就不会遇到像他这么正直、公正地对待我同情我的人了？我满足于这样的安慰。我将休憩在友谊的臂弯里，忘记这个世界的邪恶。今后我会满足于那种平静的黑暗之中，在有限的空间里培育感情和智慧，乐善好施。"就这样对于我将要实施的计划，我的心变得异常激动。

我一有了逃跑的念头，就决定采取下面的方法方便我的准备工作。我开始去讨好那个看守。在这个世界上，我发现那些大凡粗略了解我的事件的人，都觉得我很遭人厌恶，很遭人痛恨，这使得他们对我很戒备，尽力避开我，就好像我得了鼠疫似的。他们认为我抢劫了我的主人，之后又控告他收买人来对付我，试图撇清抢劫跟我的关系，将我推到了一个比普通的重刑犯更邪恶的境地。但是这个看守很敬业，不会因此而厌恶自己的同胞。他认为他所看押的人和其他人一样,他负责他们准时准点到位,至于清白和罪恶,他根本不屑一顾。因此,我向他介绍自己时没有遇到任何的成见,我发现这在其他场合里是特别难以消除的。此外,不管怎样,出于同样的考虑他不久前变得那么慷慨,很可能现在也一样。

我告诉他,在细木工方面我有一技之长,如果目前在监禁期间他能给我便利,搞到做木工活的必备工具,我会帮他打六把漂亮的椅子。如果没有事先得到他的允诺,即使我的生活需要这些东西,希望悄悄地做这种事也是不可能的。他先是看了看我,似乎在问自己,我的这一异常的提议意味着想要干什么。然后,他的表情渐渐地放松下来,他说很开心我摆脱了一些清高和强硬,他会考虑他能做什么。两天后,他表示同意了。他说,对于我主动提出的事情,他觉得没什么,我想怎么做就可以怎么做。但从他的彬彬有礼的态度,我确信他对我是放心的,如果真是这样的话,当他下次再彬彬有礼的时候,我不会再一次地主动利用他。

如此一来,我实现了第一步,渐渐地收集了各种各样的工具——手钻、锥子、凿子等。我马上开始工作。长夜漫漫,看守的慷慨尽管很惹人注目,但他那对利益的渴望非常强烈。因此,我请求准许点蜡烛,这样被锁进地牢后,我想干的话就还可以干一两个小时的活。然而,我并未全心全意于我接手的工作,看守流露出种种急不可耐的样子。或许他担心在我被执行绞刑之前不能完成椅子的制作。然而,如果我愿意,我依然会在空闲的时候坚持做椅子,他不敢贸然阻止。除此之外,我偷偷地从佩吉小姐那里获得了铁棍,她有时候来牢里视察犯人,她似乎觉察到我享有的特权。

在这些行动中,由于不公正而导致的不道德行为和欺诈行为是很容易被发现的。我不知道读者是否会原谅我阴险地利用了看守,从他那儿获得不可思议的权利。但是我必须承认我在那个方面的弱点,我写的是冒险的经历,不是谢罪,我不准备以早逝来保有自己一贯的诚挚。

现在我的计划大致如下。我想使用铁棍,可以悄无声息、轻而易举地打开铰链,打开牢房的门,这样不行的话,如果有必要,我可以把锁撬开。这扇门通向一条狭窄的通道,一边连着牢房,另一边则是狱吏与狱卒的公寓,走过这条小道便是去街上的出口。若是那样,那条通道是我必经的,但这个出口我不敢尝试,因为生怕惊扰了门内的人。因此,我决定尝试通道另一端的那扇门,那一端层层设防,通向看守室外的院子。这个院子我从来没有进去过,但是我曾经有机会从重刑犯白天所待的囚室的窗户观察过,从那边看过来,这个囚室处在地牢的正上方。我知道其周围都是高墙,这是牢友告诉我的,而这墙也是监狱另一边的尽头,墙外是一条很长的小巷,一直通向小镇的郊区。经过精确的观察和充分的思考,我觉得,一旦我进入那个院子,就应该能用手钻和锥子在墙上按一定的距离钻出梯子来,凭借它就可以翻过这堵墙,重新获得甜蜜的自由。我更希望囚室的高墙外就是人来人往的街道。

接下来的两天在煎熬中度过了,在此期间我彻底吃透了我的计划,午夜时分,便开始着手行动。第一扇门就颇费了一番功夫,但最终这一阻碍还是很幸运地被清除了。第二扇门是从里面固定的。因此,我可以很轻松地弄出那些螺钉。但是那把锁,作为最主要的安全保证,非常牢固,是把双枪锁,而且钥匙也被拿走了。我竭力用凿子去推开锁的锁芯,都没有用。后来我用螺丝刀旋开整个锁盒,门终于开了,为我的希望让道。

迄今所取得的成功是最令人喜悦的,但是门外边附近就是一所狗屋,里面养了一条大獒犬,之前我一无所知。尽管我非常小心翼翼地前行,还是把狗惊动了,开始大声地吠叫。我惊慌失措,但是,随即设法去抚慰这条狗，很快就成功了。随后我又回到那条通道里，听听是否有人被狗叫声吵醒了。如果现在这个时候我被发现了，那么我只能回到地牢里去，争取将每样东西复原。但是周围显得相当地寂静，鼓舞我继续行动。

我已经到达墙边，并且攀爬了一半，这时听到院子门口传来一声喊："喂，是谁在那里？谁打开了这扇门？"但是没有人回答，因为夜太黑了，他无法看清远处的任何东西。我判断，他又回屋去拿灯了。同时，那条狗听到了询问声，又开始吠叫，叫得比刚才凶多了。这时我已经没有退回去的可能了，我不是没有希望，我仍然可能实现我的目标，翻过这道墙。这时又来了一个人，另一个人已提来了灯，我已经爬到了墙头，他能够看到我了。他立刻大喊，并向我扔了一块大石头，从我身边嗖的一声擦过。情况危急，没有采取必要的防护措施，我被迫从墙的另一边跳下去，落到地面时，我的踝关节脱臼了。

墙上有一扇门，这一点我之前并不知道，门一打开，提灯的那两个人立马就到了墙外。于是他们就沿着这条小巷跑向我刚刚跳下去的地方。跳下来之后我努力地想站起来，但是伤口非常痛，痛得几乎不能站立，我一瘸一拐走了几步之后，我扭了扭自己的脚又倒了下去。现在我没有退路了，只能束手就擒。

第十四章

　　那晚我被带回到看守室,那两人也跟我熬了一夜。我被质询了很多问题,但我几乎一概不予理睬,只喊腿疼。他们不回答我,只是说:"去死吧,臭小子! 如果你只是腿有问题的话,我们会给你一些药膏,用小铁链给你涂上。"他们的确很生气,因为我害得他们一整夜没有休息,还带来了这么大一个麻烦。第二天早晨,他们说到做到,全然不顾我那已经高高肿起的脚踝,给双脚戴上了脚镣,然后用挂锁把我锁在地牢地面的钉子上。我激动地抗议他们用这种方式对待我,并忠告他们法律还没有责罚我,因此在法律面前我还是无罪的。但他们告诉我别蒙骗熟知法律的他们,他们清楚自己在干什么,并且可以在英国的任何一个法庭上为自己的行为辩护。

　　脚镣使我痛得无法忍受,我试着用各种方法去减轻疼痛,甚至悄悄地试着打开脚镣。但脚肿得越大,就越没有可能打开。然后我便决定耐心忍受,但是时间越久,就痛得越厉害。这样过了两天两夜以后,我恳求看守去请经常照料犯人的医生来帮我看一下。因为我相信这样拖得越久,伤口就会腐烂生疽。但是他粗暴地瞪着我说:"去死吧! 我正盼着那一天呢! 对你这种恶棍来说,生坏疽而死太便宜你了!"他这样说我的时候,我痛苦得血脉贲张,耐心全无,他的粗鲁无礼让荒唐的我愤怒得忍无可忍:"听着,看守先生,只有一件事情你管得了,另一件你没权力——你只能负责我们不逃跑,但你没权力辱骂虐待我们。记住我的话，要不是我被锁在地上，量你也不敢这么轻易地对我说这样的话，你总有一天会后悔自己的傲慢无礼！"

我这样说的时候，那看守吃惊地盯着我。显然，他接受不了这样的反驳。起初，他不敢相信自己的耳朵，我的态度那么坚定，他一下子没反应过来我是被关在监牢里的。一回过神来，他就觉得犯不着生我的气，只是对我轻蔑地一笑，打了个响指，突然转过身来指着我大声嚷道："说得好啊，大公鸡！继续鸣叫吧！当心别气炸了！"说罢砰的一声关上门，还模仿公鸡喔喔了几声。

他的反驳让我一下子清醒了过来，知道自己那满腔的愤慨是没有用的。但是尽管他就这样不再理我强烈的抗议，腿伤的折磨依然难熬。我便决定换一种抵抗的方式。几分钟后那看守又回来了，他走过来把带来的食物放下，我在他手里塞了一个先令，并说："老兄，看在上帝的份上，帮我请医生来吧。我相信你也不愿让我不治而死吧。"他把钱放进口袋，紧紧地盯着我看，然后一言不发地点了下头，走了。不久，医生就来了，发现我的伤口严重发炎，要求进行必要的处理，给出了强制指示，在伤口未痊愈之前不能再带脚镣。整整过了一个月之后，这条腿才完全愈合，健壮灵活得如同另一条腿。

我现在的处境与试图逃跑前全然不同了。我整天都被锁链拷在地牢里，除了每天下午地牢的门会定时打开几个小时，就没有其他从轻处置的了。门打开时一些犯人偶尔会来和我聊天，尤其有一个人品不怎么样的，难以取代亲爱的布莱特维尔。此人不是别人，正是几个月前被指控谋杀而遭福克兰先生解雇的人。现在，他衣衫褴褛，完全不见了当日的胆识谋略，不见了清秀俊朗，但还是无辜无愧，善良可敬。我相信他最终会被无罪释放，然后孤魂野鬼般浪迹天涯。我的手工活如今已经结束，每天晚上都有人来搜查我的牢房，防止我搞到任何工具。以稻草适合藏匿为借口，把我一直以来被允许用来铺床的稻草给拿走了,仅留下的生活必需品为一把椅子和一条毯子。

很快我又看到了一线希望,但是就像平常的坏运气一样,还是无果而终。那天原来那个天生优柔寡断的看守又来了。我没有生活必需品,他佯装很诧异。怒声呵斥我的逃跑,说我如果不好自为之的话,他们必定不会再这么客气了,像此类事件,有必要诉诸法律,如果我总是很愚蠢地抱怨,正式审讯后,我就会很难堪。并说如果我愿意的话,他想成为我的挚友。就在婉转地开了个头的当口,办公室有点事情,把他叫走了。此时,我反复思考他的话,像往常一样,讨厌那种示好,但禁不住打起主意,从他们那里有没有可能搞到逃跑的路子。但我的这种想法是白费功夫。那一天那个看守没有再出现,而且第二天所发生的事情使得所有的希望都落空了。

一个曾经被迫入行而且头脑机灵的人是不会轻言放弃的。受伤的脚踝在脚镣的折磨下极度疼痛的时候,我就认真研究过我的锁链,尽管由于肿胀和严重的炎症,任何努力都缓解不了疼痛,但通过冷静的观察研究,显然我获得了另一种超凡的好处。晚上,地牢里一片漆黑,但门打开时情况就有点不同了。门外的通道那么狭窄,再加上那厚实的墙是那么的近,即使是在门全部敞开的月圆之夜,也只有一丝微弱的光惨淡地照进我的牢房。但我的眼睛经过这两三个星期的锻炼,已经适应了这样的环境,并且学会了分辨最微小的物体。一天,正当我时而想想身边的事,时而查看查看身边的物品时,我偶尔注意到了离我不远处的泥地里有一枚被踩陷进去的钉子。我立马就想得到这枚钉子,但是有碍于来来往往的行人,为避免引起好奇,暂时记住它的准确位置就够了,以便黑暗中我也能轻而易举地找到它。因此,牢门一关上,得到钉子让我如获至宝,它稍作改变就能为我所用,我发现能用它打开将我锁在地上的扣锁。这枚钉子对我意义非凡,除了打开扣锁之用，我还可以慢慢用它来实现我的主要目标。带着锁链我只能左右活动十八英寸。由于在这悲惨的牢笼里被扣锁限制了好几周，我的心急切地抓住了这一可怜的慰藉，现在不受约束地在这悲惨的牢笼里能够转悠一下。这件事情发生在我最后一次见到看守的前几天。

从这以后，我便每天晚上打开脚镣解放自己，直到第二天早上醒来再锁上。我也迫切地希望看守一来我就能立刻知道。安全了就容易疏忽，与狱卒讨论过后的第二天早晨，不知道是我睡过头了，还是他当班来得比往常早，他打开隔壁牢门的声音把我惊醒了。尽管我竭尽全力在黑暗中去摸扣锁、脚镣、钉子，但我还没能将锁链扣回，狱卒已经像往常一样提着灯笼进来了。发现我的扣锁是开着的，那狱卒相当震惊，连忙叫来牢头。他们询问我是怎么打开的，我相信隐瞒只会招致更加严密的搜查和监视，我爽快地告知了他们实情。牢头的主要职能就是管制高墙内的犯人，这一次他对我实实在在动怒了。花言巧语、实话实说都不管用了。他眼里闪耀着愤怒的光芒，大呼对像我这样的恶棍、人渣竟然还心存善念，自己实在是太愚蠢了，如果再发现他对人发善心，人人都可以诅咒他。我着实把他给治住了！然而他却惊异地发现法律上并没有规定对欺骗狱卒行为的严厉的处罚措施。那绞刑真算太便宜我了。

发泄完怒火以后，怒气与惊恐让他发布了命令。将我更换到一间最坚固的牢房，门口朝向地牢的中间。这间牢房也在地下，如前所述，正上方也有关押重刑犯的白天牢房。而且空旷而沉闷，因多年未打开而臭气熏天，潮湿的墙壁上长满了霉疤。他们像以前一样又给我戴上了脚镣，将我锁在地上，还给我戴上了手铐。第一餐看守只送来了一块发霉变黑的面包和一些发臭了的脏水。我的确不知道对狱卒而言这是否算是无端的残暴行为。法律很有远见地规定在某些情况下给犯人喝的水必须取自于"监狱附近的阴沟或泥潭"①。此外，一名看守住在我牢房的对面，尽管他住的地方适于关押一般的犯人，但他只是身负监视重刑犯的任务，他对这一命令还是很不满，但又别无选择。

我落到这样的境地，有多么的不利，显然是可以想象的，但我并不气馁。我学着不以表象看待事物已有一段时间了。牢房又脏又黑，但是我已掌握诀窍如何消解它对我的影响。我的牢门永远都是关着的，其他的人也不许接近我。但是即使和其他犯人来往有其乐趣的话，另一方面，孤独也并非全无好处。人在独处时可以完全沉浸于思考中，我可以肆意地去想那令人愉快的嗜好。此外，对于一个满脑子在做谋划的人来说，孤独有着得天独厚的优势。以前我试图逃跑，现在他们给我戴着手铐，除了用牙齿，我无法借助其他摆脱锁铐。看守每次都是按时而来，我还得小心翼翼地迎接他们的巡视。此外，靠近天花板的地方有个狭小的格栅窗户，宽一英尺半，高九英寸。它虽然小，但透进来的光比这几个星期来已经适应的光线要强烈得多了。这样一来，我就不会处在完全的黑暗之中了，比起原来的牢房来，能更好地防备看守的突然袭击。这便是我对这间牢房的直接感受。

没隔多久，我在前面的讲述当中已提到过的那位福克兰先生的侍从托马斯意外来访。几星期前，福里斯特先生的仆人碰巧来到我被监禁的镇上，我因受腿伤不能动，让他进监狱看了我。他所叙述的见闻让托马斯感到很不安。虽然此次的来访只是出于好奇，但托马斯真是个好仆人。看到我，托马斯受到了极大的震动。尽管我现在内心平静，身体很健康，但往日脸上的神采不再，变得一脸的粗蛮无

---

① 至于酷刑，见 1615 年的《国家审判》卷一。

礼,那是历尽苦难、不屈不挠练就的,跟我往日的容光焕发简直判若两人。托马斯看看我的脸,看看我的手,又看看我的脚,深深地叹了口气。

"愿主保佑你!"顿了一会儿,他用一种极富同情的口吻说道,"这是你吗?"

"当然是啊,托马斯! 你知道我被关进了监狱,不是吗?"

"监狱! 监狱里的人都要被这样锁住、限制住吗? 你晚上睡哪儿?"

"就这儿。"

"就这儿? 为什么没有床!"

"没有,托马斯,不许我有床。以前还有稻草,但被拿走了。"

"他们晚上会给你解开这些锁链吗?"

"不会,我就这样睡。"

"就这样睡! 亏我还觉得这是一个信奉基督教的国家,你这样的待遇还不如一条狗。"

"你不能这么说,托马斯。这是政府的明智之举。"

"该死的,我被骗得好惨啊! 他们说身为英国人有自由,有财富,什么都有,是多么美好啊! 我发现全都是鬼话。上帝啊,我们是多么的愚蠢啊! 暴虐专制就发生在我们眼皮子底下,而我们却一无所知。那一群道貌岸然的家伙还曾宣誓,暴虐专制只会发生在像法国那样的一些国度。你还没有被审判,对吧?"

"没有。"

"审判又意味着什么呢? 审判前他们对你所做的比绞死你还要恶劣得多了。威廉斯师傅,你确实比较坏,我曾经认为看你被绞死也很让人欣慰。但不知怎么的经过一段时间冷静下来,心又软了,同情之情油然而生。我知道我不该这么说,但我说你应被处以绞刑时,没有想到你还要另外尝尽这样的苦头。"

交谈过后托马斯很快就离开了。我们由来已久的交情都一下子涌进脑海里,此刻他更为我的处境感到难过,比我自己还要难受。下午我意外地发现他又来了。他说他心里一直牵挂着我,并希望我不会因为他又一次来跟他告别而生气。我能感觉到他心里一定有事,只是不知道该如何表达。每次都会有一个看守从头到尾跟着他。但看守的好奇心很重,我觉得是走廊里传来一声响,他便飞快地跑门那边满足好奇心去了。托马斯瞅准这一机会赶忙在我手里塞了一把凿子、一把锉刀和一把锯子,悲伤地说:"我知道自己做得不对,即使他们要把我处以绞刑,我还是会这样做。看在上帝的份上,逃离此地,我无法忍受这一切。"我万分欣喜地接过这些工具,一把塞进怀里。他一走我就把它们藏到椅子的草编垫子里。他也完成了此行的目的,很快跟我道了别。

第二天,不知道为什么,看守们的搜查比以往更为细致,尽管他们的怀疑没有根据,他们还是笃信我有某种不该有的工具,但是没有发现藏匿之处。

这次我等了大半周才等到有利的月明之夜。我必须在晚上行动,必须在看守们晚上最后一次巡视之后,早晨第一次巡视之前,也就是晚上九点至早晨七点之间行动。我已提到过,在地牢里,一天二十四小时中有十四或十六小时左右的时间是没有人来打扰的。但由于我在动手能力方面独具创造性,特地为我定了一条规矩。

晚上十点我开始行动。关押我的牢房有一道双重门。这完全是多余的,因为门外就安置有岗哨。但这对于执行我的计划来说确实很有利的,因为这门隔音效果很好,令我相当满意,只要我小心翼翼地执行我的计划,就可避免被外面的人听到。我首先摘下手铐,然后锉开脚镣,再锉断防护窗户的三根铁条,借助椅子和不齐整的墙壁,爬上了窗户。这一切花了我两个多小时。这些铁条只是直着嵌入墙体大约三英寸，没有做任何倒钩防拆措施，被锉断后，我便很容易地纵向用力扳一点，然后一个一个从墙壁拔出。但这样搞出来的洞还不够大，我还不能从中穿过，于是我便用凿子和铁条撬松砖块。卸下四五块砖块后，拿下来将它们垒在地面上。这样重复搞了三四遍后，洞口已够大了，我蹑手蹑脚爬出牢房，落到了洞口外面的棚屋顶上。

　　我现在处于两面实墙之间的荒僻之地，即重罪犯白天牢房的南面墙（窗户在东面的尽头）和这座监狱的墙之间。但这次和以往不同，墙相当高，又没有可以帮助我攀爬的工具。最主要的是，除了墙的低矮部分还可过去，其他部分我毫无办法。可通过低矮部分也是颇费劲的，墙体朝外的部分是石头，朝里的部分是砖头。狱卒们的房间就在我刚刚逃离的牢房的直角处，好几个房间的窗户正居高临下地监管着我现在所待的地方，月夜如昼，任何风吹草动，就会被他们发现，立马陷入危险之中。于是我决定躲进棚屋里。棚屋是锁着的，我借助备着的那部分断链没费多少劲就将锁打开了。现在我就可以在棚屋的隐蔽下继续越狱工作，其他的都还算顺利，就是要在墙上搞通一个口子离开棚屋颇为不顺。我先在上面弄开一个口子以便月光透进。不久，我已拆下了大量的砖块，但是遇到石头的部分就极为困难了。粘连石头的灰浆，时间久了，几乎石化了，一用劲就好像是一整块坚固无比的顽石。我已经连续不断地以惊人的体力忙活了六个小时。凿子一开始就损坏了，我已筋疲力尽，似乎难题还是难以克服，我便决定待在原地，不再做无谓的挣扎。况且给了我极大帮助的月亮也落下去了，我的周围一片漆黑。

　　短暂地休息了十分钟后，我又恢复元气投入先前的工作中。两个多小时后，第一块石头开始松动，又过了一个多小时，洞已经够我逃出去了。棚屋内有这一大堆被我凿下的砖石，但跟墙外的比起来，简直是小巫见大巫了。我所做的工作相当于一个拥有各种工具的普通劳动者二三天的工作量，对此我确信不疑。我的困难还远未结束，而只是刚刚开了个头。我还没有完成，天就已经亮了。十多分钟后看守们就很有可能会进入我的牢房发现我逃跑了。从我脱逃的监狱这一侧通往近郊的小道就在这两堵高墙之间伸向远方，路边零星有一些马厩、仓库和简陋的房屋，租住着一些下层人。最安全的做法尽快逃离这个小镇，到空旷的野外找个藏身之地。经这一夜的挖掘，我的胳膊青肿得不成样子，已是筋疲力尽。继续逃跑已无速度可言，即使有，敌人就在屁股后面，也是毫无裨益的。我现在的处境似乎跟五六周前一样了，逃出来后又不得不放弃，没有反抗，落入追捕者手里，重回监狱。然而现在不像那时那样无能为力，现在能够搏一搏，但具体到什么样的程度我不能确定，但我十分清楚，任何一步的闪失都会增加下一步的难度。这些也是我逃亡时需要注意的。即使越狱成功，我也必须料到所面临的无数困难，逃出监狱时，我又会一无所有，身无分文了。

第三卷

第一章

　　我沿着前面提到的那条小道向前走,没有遇见人。家家户户的门都关着,百叶窗也拉上了,一切依然寂静如夜。我很顺利就到了小道的尽头。如果追捕我的人立即追来,他们知道要在这个地方一下子找到藏身之处是几乎不可能的,将会毫不犹豫地继续向前追。对我而言,我也只得往前逃。

　　城郊这一片未被开垦的土地,根本无路可循,我艰难地逃到那里。眼前杂草丛生,到处长满了矮灌木丛和金雀花。大部分荒地都是疏松的砂岩,表面凹凸不平。我爬上了一个小沙丘,可以看到不远处稀疏地散布着几间村舍。总之,这一景象让我的心凉了半截。当前,我认为远离别人的视线安全才会很有保障。

　　因此我再次下到山谷里,经过仔细观察,发现山谷里散布着一些洞穴,深浅不一,但大部分都很浅,要么藏不下人,要么一看就让人怀疑里面藏了人。此时,黎明将至,天色依然朦胧,细雨蒙蒙。尽管附近的居民熟知这些山洞的深浅,但有些洞里面黑影绰绰难以看清,也许会给陌生人带来很大的期望。因此,尽管这些洞的隐蔽性差,我认为在这紧急关头在里面先躲一躲还是正确的选择。这洞是救我命的,暴露得越危险的洞穴,我越觉得安全。我选择了最安全的一个凹陷的洞,它离巷子尽头和镇上最边缘的那栋建筑不超过一百码。

　　我躲进去还不到两分钟就听到了脚步声,随即就看见那个熟悉的看守和另一个人经过我刚刚撤身的地方。他们离我非常近，如果伸手，我相信几乎不用改变姿势，就能抓住他们的衣服。虽然藏身之地浓浓的树荫把我几乎全隐蔽起来了，但由于我和他们之间没有什么突出的遮挡，我能完全看清他们。我听到他们用极其粗暴的口气说着话："该死的无赖！他会走哪条道呢？"有人答道："混账东西！但愿我们能逮住他，再次平安无事。""不用怕！"第一个人回答道，"他离我们不可能超过半英里。"我很快就既听不到他们说话也看不见他们人了，因为我一点都不敢探出身体去窥看他们，生怕被其他方向来的追捕者发现。从我出逃到这帮人追来，时间很短，我断定他们是和我从同一个出口追过来的，要不然，他们得从监狱绕过大半个镇才能来到这里，这不太可能，因为他们没有时间。

狱卒们这次如此卖力，我真是害怕极了，好一会儿我都不敢贸然向前挪动半步，或者变换一下姿势。阴冷的早晨，细雨霏霏，接下来一整天大雨如注，没完没了。阴郁的空气和周围环境，边上又是阴森的监狱，再加饥肠辘辘，这几个小时真是难挨啊。恶劣的天气让人产生了一种沉寂和孤独感，渐渐地促使我换一个山洞，多少也会更安全一些。但日落之前，我还是待在原地不敢轻举妄动。

傍晚，乌云开始消散，跟前一晚一样，月光如昼。我发现除了前面提到的看守，一整天都没有人出没。这也许是当天的天气造成的，但无论如何我认为在这样明亮而晴朗的夜晚从我藏身的地方出来太冒险了。因此不得不等到月亮下山，几乎已挨到了早上五点。我只有在几乎已经蹲不住的时候才躺在洞底放松一下。虽然我尽量不让自己睡着，因为天气寒冷，睡着非但没有好处，反而更容易冻伤，然而一整天沉闷忧愁，又苦熬了一个晚上，此时我忍不住打了个瞌睡，但睡不安稳，也恢复不了精神。

那段天黑的时间充其量不到三个小时，我决心转移到离监狱更远的地方。我站了起来,但感到身体虚弱,又累又饿。更糟糕的是,由于头一天的潮湿和夜晚的严寒霜冻,我四肢麻木,不听使唤了。我站起来活动了一下,斜倚在山的一侧,来回挤压四肢的肌肉,终于恢复了点知觉。这样的拉伸扭动酸痛得要死,需要惊人的毅力才能做到。出了这个藏身地,一开始我有气无力地跌跌撞撞向前行,紧接着,我加快了脚步。贫瘠的荒野一直延伸到小镇的边缘,至少在山的这一侧连路都没有。然而借着星光,我决定尽可能远离这个禁锢了我这么久的该死的地方。沿途地面坑坑洼洼,有时只能翻越陡坡,有时又钻进黑暗难行的小山谷。为避开路上的危险,我总是不得不绕道而行,走些弯路。同时,我尽可能急速前行。敏捷的动作,稀薄的空气让我恢复了一些活力。我忘记了先前遇到的麻烦,内心变得生机勃勃、意气风发、热情澎湃。

我现在到达了荒地的边缘,进入了所谓的森林。此时此刻,我已疲惫不堪,饥饿难耐,一贫如洗,危机四伏,然而内心却一下子灿烂了起来,兴致勃勃。这看起来也许很奇怪,然而事实就是这样。到目前为止,最可怕的困难我都已经克服了,而且已经取得这么大的进展,我相信今后不会有什么难以战胜的。回想起自己所遭受的监禁,以及命运对我的迫害,我不甚恐慌。此刻,没有人比我更真切地感受到获得自由的甜蜜;没有人比我更渴望清贫却独立、不受奴役的生活。我欣喜若狂地伸出双臂,拍手惊呼:"啊,这才真正像个人样!这些腕关节不久前被镣铐磨得痛苦不堪;不管是站起来或是坐下去,只要身体移动一下,链子就叮当作响。我像头野兽一样被拴在那里,只能在几英尺的方圆内活动。现在我可以像猎犬一样飞奔,像年轻的獐鹿一样在山头跳跃。哦,上帝啊!(如果上帝屈尊记录下这颗充满渴望之心的孤独的心跳)只有你才知道一个刚从地牢逃出的囚犯重新拥抱自由有多么喜悦;一个人重获自由权利的时刻是多么神圣,多么难以言表！但是前不久，我的生命处于极度危险中，由于有人很不道德地声称他所知道的真相是假的，我命中注定会年纪轻轻地死在他人手上，因为他们没有人有足够的洞察力能够辨别那些我所坚信的与谎言之间的区别。奇怪的是，人世世代代都甘愿将自己的命运放在别人手里，由他们轮流依法行使暴君的权力！哦，上帝啊！请赐予我贫穷吧！让我体会人生各种能想象得出来的艰难困苦！我将带着感恩的心接受这一切。让我成为沙漠中野兽的猎物，这样我就再也不会成为那些披着滴血的长袍的执权之人的牺牲品。至少去经历一种生活，追求一种生活，过自己的生活！让我在自然中自生自灭，成为野兽的盘中餐或野蛮人报复的对象，只要不被国王或独断者残酷地对待。"对于处于饥饿、贫穷和四处逃亡中的我来说，这种使我精力充沛的激情是多么的难能可贵啊。

我现在至少已经走出了六英里。起先我小心翼翼地避开沿途的居所，害怕被房主们看见，担心他们给追捕我的人通风报信。继续往前走时，我觉得应该适当放松一点警惕。这时我发现有几个人从我旁边的灌木丛中出来。我马上意识到这个情况反倒对我相当有利。避开附近的村镇是非常有必要的。然而，这也是时候我应该给自己找些吃的，恢复一下体力，这些人兴许还能帮我弄点吃的。当时我似乎并不在乎他们是干什么的。我几乎没有什么东西能被盗贼看上眼的，相信他们也是诚实的人，对我这样的处境会产生怜悯之心。因此我没有躲避，而是故意走到他们前面去。

他们是盗贼。其中一个同伙大声喊道："那是谁呀？站住！"我迎着他们说："先生们，我是一个可怜的路人，几乎……"没说完，他们就围了上来，刚才喊叫我的那个人说道：

"该死的，别瞎扯！这五年来关于可怜的路人的故事我们可听得多了。嗨，拿出钱来！让我们看看你有多少！"

"先生，"我回答，"我连一个先令也没有，饿得快半死了。"

"一个先令也没有！"那个拦路的强盗回答道，"什么，你难道和盗贼一样穷吗？但是，即使你没有钱，你还有衣服，你必须把衣服给我们。"

"我的衣服！"我愤怒地反驳道，"你们休想打我衣服的主意。我身无分文还不够惨吗？我通宵达旦在荒郊野外。已经两天连一口面包都没吃上了。难道你们还要扒光我的衣服使我赤身裸体地待在这人迹罕至的森林里吗？不，不，你们也是人！相同的被压迫的仇恨，让你们打劫傲慢的富人，教会你们救济那些像我一样可怜的人。看在上帝的份上，请给我一些吃的，别剥去我仅有的这么点衣服。"

虽然天还没亮，在我即兴慷慨陈词了一番之后，从他们的姿态能够察觉到这一伙人当中有一两个人表现出了同情。那个先前和我说话的人同样也察觉到了这一点，也许是他脾气暴躁或是好发号施令，一下子他就感到了失败的耻辱。他突然上前把我一推，用力将我推出数英尺远。这一推又使我撞到了另一个人，不是刚才听进去我劝导的那一个，他同样很蛮横。这激起了我强烈的愤慨。这样被猛推了两三个回合之后，我突破攻击者的包围，转身反抗。第一个逼近我的就是刚才首先动手的人。此时此刻，心里只有愤怒，我一下子把他放倒在地。突然，棍棒从四面八方朝我袭来，我被猛地一击差点失去知觉。被放倒的那家伙现在又站了起来，我摔倒时他用短弯刀朝我捅来，我的脖子和肩膀上深深地挨了一刀。他还想再来一刀。那两个先前似乎有些动摇的人，也许是出于兽性的本能，也许是学同伴的样，也加入了攻击我的行列。然而，我后来才知道，其中一个抓住了那个企图用短弯刀再次攻击我的歹徒的胳膊，否则很可能就要了我的命了。我听到有人说："见鬼！够了！够了！糟透了，金尼斯！""怎么会那样呢？"另一个声音回答，"他在森林里只会很痛苦，缓慢地死去,结束他的痛苦将会是一个慈善之举。"可以想象这样的争辩跟我休戚相关。我尽力想喊出来,但是发不出声音。我伸出一只手乞求。"看在上帝的份上!不要打了!"有人说,"为什么我们要做杀人犯呢?"宽容终于占了上风。因此他们心满意足地剥了我的外套和马甲,把我滚入一条干涸的沟渠里。之后他们离开了,全然不顾我的痛苦,血从我的伤口汩汩流出。

第二章

在这悲惨的遭遇中,尽管我极度虚弱,但还有几分清醒。我顾不上自己光着身子,用力撕了衬衫,扯成布条包扎止血,然后竭尽全力爬到沟边。我一爬上来就又惊又喜地发现不远处有人在赶路。我拼尽力气呼救,那人朝我走来,脸上满是同情,我的这副形象着实足以引起他的怜悯:帽子没了,头发蓬乱,手上残留着锁扣的血迹斑斑;包裹住头颈与肩头的衬衫被血染得通红;赤裸着的上半身,满是一行行流下的血迹,白色的裤子也未能幸免。

"上帝啊,老兄!"他无比善良地惊叫道,"怎么弄成这个样子?"边说边把我搀起扶稳,迟疑地问道:"你还能站起来吗?""还好,还能站。"我答道。听说我还能站,他松开了我,并开始脱外套,为我披衣挡寒。可是我高估了自己,以为能走,其实刚被松开,就一阵眩晕,差点一头栽倒在地,幸亏伸出未受伤的胳膊撑住了,最终只是跪在了地上。这位救命恩人,替我披上衣服,搀着我,让我靠在他身上,并说会带我去一个能得到照顾的地方。勇者也有脆弱的时候。在无依无靠时,我似乎拥有无穷无尽的勇气,然而一旦我获得了另一个人给予的意想不到的同情时,我不再不屈不挠,感觉快要晕过去了。这位好心的搀扶者也觉察到了这一点,不时鼓励我,乐呵呵的,脾气好极了,而且那么亲切,没有那种唠唠叨叨的规劝,也不爱盘问,让我觉得不是凡人,而是天使在守护我。我觉得他的行为彬彬有礼,充满慈爱。

我们走了将近一英里，没有朝着旷野前进，而是人迹罕至的森林。越过昔日的护城河，只见有的河段早已干涸，有的则还有一些满是泥泞的小水洼。越过河沟，只见里面是散乱的残垣断壁，再往前走，依稀看见残留的废墟。我们穿过一个拱门，沿着一条曲曲弯弯的漆黑走廊继续前行，然后我们停了下来。

　　小道的尽头有扇门，我都没有感觉到。这位恩人敲了敲门，里面传来了有力的应门声，好像是个男人，但声音又带有点女人的尖细。"谁呀？"很快有人应允了，我听到两下门闩拉开的声音。门开了，我们走了进去。屋子里面摆放很随意，脏乎乎的，令人不舒服，与恩人的形象格格不入。屋里只有一个女人，是我见过的最令人憎恶的老女人。她眼睛通红，充满血丝，蓬松的辫子散乱在肩头；皮肤黝黑，粗糙如羊皮纸；体态另类，两只胳膊肌肉发达，粗壮有力，看起来没有一点恻隐之心，身上流淌的好像是冷酷的血液；她的体态意味着她的精力无处释放，恶欲横流。我们进门时，这个让人极度厌恶的叫特勒斯里斯的女人目光一落在我们身上，她那让人极度不舒服的声音就尖叫道："瞧你带来了什么货色！他根本不是我们这里的！"恩人没有搭理她，令她把角落里的椅子摆在壁炉前。她极不情愿，轻声嘀咕："你又故技重演，我都怀疑我们是哪家慈善组织，这样会毁了我们的生活，等着瞧吧！""闭上你的臭嘴，恶婆子！"他厉声吼道，"找出我穿的衣服，要好点儿的，像衬衫、马甲之类的！"他边说边把钥匙塞到她手里。他待我像父亲一样那么慈祥，那么善良！他帮我检查伤口，处理干净，然后包扎好，同时那个女人按照他的指令，给我准备适合虚弱身子的食物。

　　很快这些都弄完了，恩人建议我躺下休息，这时突然听到一阵嘈杂的脚步声，紧接着响起了敲门声。老妇人亦如我到来时那样谨慎地打开了门，一下子就吵吵嚷嚷地涌入了六七个人来。他们形象各异,有的像乡巴佬,有的像没落的贵族,但都显得冒失、焦虑、不安、无序,不同于我以往见过的类似团伙。我惊魂未定,再瞄他们一眼后,感觉好几个人脸上特别异样,尤其是其中有一个让我认定他们就是我之前逃离的流氓团伙,而这就是那个敌人,他的恶意差点最终要了我的命。我猜测他们进屋就不怀好意,恩人会被抢劫,我会被杀掉。

　　然而疑虑很快被打消了,他们尊称我的恩人为头领。他们吵吵闹闹地交谈着感叹着,但出于对他的尊敬和顺从,场面一点都不乱。我注意到那个曾出手打我的人一发现我时的不安和疑惑,缓过神来后惊叫了起来:"这该死的是谁呀? 怎么会在这里?"他的这一声惊呼有点异常,引起了我恩人的注意。他定定地盯着他看了几眼,似乎要将他看穿,并说道:"不会吧,金尼斯,难道你认识他? 你见过这个人吗?""金尼斯,倒霉啰!"另一个人插嘴道,"你的运气太糟了,有人说死人也能走路,你看今天你见到了现实版的吧!""杰克斯,休得无礼!"恩人厉声喝道,"这种场合不宜开玩笑,告诉我,金尼斯,是你在今天这么寒冷的早上在森林里把他打伤,又剥去他衣服的吗?"

　　"也许是我吧,那又能怎样?"

　　"他做了什么让你这么残忍对待他?"

　　"他没钱,这就够了。"

　　"凭什么? 他又没有反抗你,没有激怒你,你竟然这样欺负他?"

　　"他反抗了,我只是推了他,他还很无礼地打我。"

　　"金尼斯,你这个恶习难改的家伙。"

　　"呸,我算什么? 你太善良,太富同情心,这样会把我们都送上绞刑架的。"

　　"跟你没什么好说的,对你我也不抱任何希望。兄弟们,你们来决定他的行为是否妥当。他屡教不改,你们知道我每次在帮他悔改时,是多么痛心疾首。我们的职业是伸张正义。(因此人们的普遍偏见教会他们粉饰这最令人绝望的事业,那正是他们铁了心追随的事业。)我们不是真正的贼,与另一帮依法堂而皇之行窃的贼公开叫板。我们要从事这样的事业,怎能以残酷的行为、无尽的怨恨与报复来玷污呢? 当然,贼也应该生活在平等中,我不会自诩是你们的头头,你们觉得怎样合适就怎样做,但是我认为金尼斯是我们这个团体的耻辱,提议将金尼斯开除出去。"

这一提议似乎符合常情。显然其他人的意见正好与他们头头的意见相一致,尽管其中有些人犹豫不决。同时金尼斯粗鲁迟疑地咕哝着,叫大家小心不要激怒自己。这恐吓立刻唤起了我的恩人的勇气,他的眼里闪烁着轻蔑。

"流氓!"他骂道,"你想威胁我们吗? 你以为我们就是你的奴隶?不,不,使出你所有恶招儿吧! 去治安法官那儿告我们吧,我相信你能办到。阁下,我们入伙时,没有傻到不知道自己干的事有多危险。危险之一就是像你这样的背叛分子。但是我们入伙的初衷并非畏惧。你以为我们时时处于对你的恐惧中,你一威胁,我们就簌簌发抖,你一傲慢无礼,我们就做出妥协? 有什么招儿,尽管使吧。那确实是很幸福的生活。我宁愿粉身碎骨也在所不惜! 你滚吧,阁下!我公开挑战你! 你不敢这么做! 你不敢让我们这些兄弟因为你的专横而牺牲,你也不敢向世人承认你是叛徒和恶棍! 如果你那样做,惩罚的是你自己,而不是我们这些弟兄! 快滚!"

头领的勇猛无畏,感染了其他成员。金尼斯无疑也清楚自己已经被孤立,难以扭转乾坤。一阵沉默后,他解释道:"我不是这个意思,该死的! 我也不会为此而痛哭流涕。一直以来,我忠心耿耿,与你们为友。但是既然你决心赶我走,嗨,那就再见吧!"

金尼斯被开除使得全帮人马有了极大的改观。本来就有点仁心的人在这种气候下均表现出一种全新的干劲。以前他们深受这一坏家伙的肆意傲慢之苦，不敢声张，但是现在他们成功地采取了全然不同的行动。那些曾经羡慕他的独断而效仿其行为的非分之徒，也纷纷服从新规，迷途知返。一桩桩有关金尼斯对人对动物的残忍野蛮的行径，以前从未传到过头头的耳朵里，现在都被提起来了。这些事我就不再提了。那些只会激起人们的痛恨和厌恶。有些人对他的堕落并不认同，就像很多读者认为的那样，完全令人难以置信。当然，此人亦有自身的优点，他富于进取、不屈不挠、忠实可靠。

　　他的离开对我来说无疑是件好事。眼下我的处境不妙，再加身负重伤，四处漂泊立马就会变得困难重重。然而我也不敢贸然留下与他共处一室，对他来说，我的出现令他内疚，时刻提醒他这是他的罪过，提醒他头头对此很不满意。他的职业习惯造就他一定程度上做事随心所欲，不计后果。对他来说，找个机会羞辱我伤害我易如反掌，而我又无力保护自己。

　　危险解除对像我这样遭遇的人来说真是万幸。这是我能憧憬的最好的藏身之所了。贼窝里也不乏善良与博爱，这给我带来了很多益处。我在监狱里见过的窃贼跟与我现在共处的窃贼们没有什么大的区别，但是现在的他们更加乐观。他们只要认为是对的，就可以畅所欲言。他们制定计划，加以实施，彼此征询意见。他们不会像社会上常见的窃贼那样，强迫自己去完成一些任务，以此默默地证明他们深受其害，也不会极其糟糕地说服自己所遭受的一切不公正都是应该的，但与压迫阶级的斗争是公开的。相反，不久前我所看到的那些被囚禁的重刑犯就像关在笼子里的困兽，被剥夺了活动自由，好逸恶劳，麻木不仁。只有发起病来，身体抽搐之时，才偶尔依稀可见往日那富有魄力的生活踪迹，不见了身体健康之时思维缜密、善始善终的头脑。生活绝望，没有规划，甚至不再有梦想，而只有凄凉，除此之外没有他求。事实上，以上两种生活有内在联系，算是前因后果，浑然一体,这种状况使他们对自己的生活浑然不觉,麻木不仁。

如前所说,我应该从某种程度上庆贺自己目前的栖身之所。这完全符合隐藏这一目的。这是充满欢声笑语之地,但这种欢乐难以在我内心激起共鸣。这个团体的成员个个都摆脱了既定规则的羁绊,专门实施恐怖行动,躲开社区人们的警惕是他们永恒的目标。环境对他们性格的影响是显而易见的,在他们当中我发现了善良与友好:他们非常宽宏大度。但是由于处境危险,他们性情也非常多变。他们常常受到人们的憎恨,变得狂躁易怒。他们常常采用暴力行为对付被劫掠对象,有时候难免暴力过度。他们习惯性地诉诸棍棒、匕首以解决遇到的困难。他们不做耗费体力的日常小事,动不动就表现出让旁人崇拜的能量,能量也许是最宝贵的品质,一个公正的政体如果能获得它,其好品质就不会像现在一样任其肆意践踏。我们像化学家一样,丢弃了最优质矿石,而忙于处理那些最没有价值的最低劣的部分。正如我所看到的,这些人的能量被无限地滥用,无益于自由和文明,只会引向狭隘和卑劣。

对许多人来说,我一直在述说的住处既不方便,又令人难以忍受。但是作为投机分子的圣地,与我逃离的地方相比,这里简直是天堂。令人讨厌的同伴,拥挤不堪的房间,乱七八糟的环境,一派闹哄哄的景象。他们偏隅这一角也觉得十分令人讨厌,但此时,我宁愿与他们为伍。与暴力死亡、英年早逝相比,一切艰难困苦我都有毅力忍受。除了专制所带来的后果,除了令人沮丧的防范,除了来自同类的野蛮复仇,我认为所有的痛苦都是微不足道的。

我的身体恢复得很快。恩人的关爱无微不至,其他人也纷纷效仿。主管日常事务的老妇人对我依然心怀芥蒂,她把金尼斯的开除归咎于我。她曾经非常偏爱金尼斯,由于她热衷于这引公众关注的行窃之事,她觉得以资深有经验的金尼斯换我这个新手是一项十分不划算的交易。更甚者,她从此陷入无法自拔的忧郁和不满中,像她这样的人没有可以倾诉内心怨恨的对象的话,似乎没法活下去了。她逮着一切机会,不惜小题大做,宣泄自己的仇恨,还不时怒目瞪我,仿佛要把我一口吞掉。显然没有什么比让她处于长久的怨恨之中更令人懊悔的了。女仆的怨恨,无论多么微不足道,却比什么都要表现得更可怕,更不可思议,更难以驾驭。但对我而言,早已对这种冲突不安和危机四伏习以为常,她的暴戾不足以乱了我的方寸。

身体恢复后,除了有关福克兰先生的重大秘密外,我把自己的故事一五一十都告诉了我的救命恩人。即使到了这种境地,我依然不能说服自己揭露这一特别的事件,这样可以防止对福克兰先生产生不利。然而,我的恩人与福里斯特先生的观点截然相反,他并没有因为我对事情有所遮掩而得出对我不利的结论。他的理解力没有给骗子留下任何希望,休想以虚假的言论蒙蔽他,我的单纯和正直令他笃信不疑,得到他的慷慨好评,也获得了他的友谊。

他饶有兴趣地听我讲述,并对有些内容谈了他自己的看法。他认为,这只是有权势者针对无特权群体所实施的一个残暴的、背信弃义的新行径。显而易见,他们随时准备损人利己,为所欲为。谁会在如梦初醒之时却等着压迫者毁灭自己,而不是在有能力防卫之时揭竿而起呢?忍气吞声、毫不反抗地被奴役,还是勇敢、积极进取地伸张正义,何者更值得称道?有权势者通过执法不公来对付弱势群体,既然清白无辜者除了屈招罪行外没有什么更好的可以奢望,真正有胆有勇之人将无法挑衅这些法律。或者,如果必须忍受不公,至少他得当心他早已蔑视束缚他们的一切。对他自己来说,要不是受到这些强有力的、不可抗拒的理由的刺激,他当然不应该有此反应,而且经验让他坚信,他希望未来的幸福将我和他的追求紧密相连。对将来的情形,我们拭目以待,并很快就能见分晓。

为避免被司法系统的天罗地网发现,这帮毛贼实行了许多防范措施。其中有一条就是在他们居所周围相当大的范围内不许打劫,而金尼斯恰恰违反了这一条,在附近抢劫我,使我因祸得福有了现在的安身之所。掠得赃物后,为防止被追捕,要注意让被抢者看见他与他们栖身之地尽可能背道而逃。他们的住所,四周荒凉,与世隔绝,让人觉得这是个经常闹鬼的地方。这个老妇人常居于此,可以说也是唯一的常住人口,她本人很像乡间女巫。这帮贼人非常谨慎,绝不会大摇大摆进进出出,通常还是在晚上出动。乡亲们认为,偶尔从她住处不同房间透出的光亮是灵异,一旦听到狂欢的声音,乡邻们理所当然地想象成是魔鬼的嘉年华。鉴于此,这帮毛贼只是隔一段时间在这里住一阵。他们经常消失数月,转移到其他地方。老太婆有时跟着转移,有时留守这里,但是,不管是哪种情况,她的撤离总是或前或后,不会与他们同时走,因此,最精明的观察者也几乎发现不了她的出现与频繁的打劫之间有什么关联。对乡邻来说,贼魔们的狂欢和她在不在似乎没有太大的关系,并且已经见怪不怪了。

第三章

我一如既往地待着，但有一天有件事不由得引起了我的注意。有两个人被派往稍远的镇上，去劫掠我们所需要的东西。把劫来的东西交给女管家之后，他们躲到房间的角落里。其中一个从口袋里掏出一张印刷的纸，大家一起专心研究上面的内容。我坐在炉火边的安乐椅上，尽管还是很虚弱，一副无精打采的样子，但感觉比之前好多了。他们看了很长时间，一会看看我，一会又看看那张纸，一会又打量起我来。然后一起走出房间，似乎为了毫无顾忌地商议那张纸上所提示的内容。他们回来后过了一会儿，刚才没在场的恩人同时也踏进了房间。

"老大！"其中有一个人兴奋地嚷道，"瞧这儿！我们找到奖赏了！我相信这值一百几尼呢。"

雷蒙德先生（那是他的名字）接过那张纸看了起来，他停顿了一会，然后揉碎了手中的纸，掉头转向递给他纸的人，以胸有成竹的口气道出了理由：

"这一百几尼对你们有什么用？你们需要吗？你们很穷困吗？难道你们甘愿背信弃义——违反待客之道而换取一百几尼？"

"老大，老实说，我不是很了解。但我们做了那么多违法的事情之后，我不明白为什么被老话给吓住了。我们自称自己能审判，不应该遇到棘手的众所周知的事情反而退缩了。此外，这是一件好事，我认为毁掉这样的贼就像搞顿饭吃吃一样，没有什么危害。"

"贼！你居然说贼！"

"别这么说，老大。上帝辩称，他得替贼说句公道话，做贼也是一种普通职业。但是，各人有各人的盗法。就我而言，沿着公路，逢陌生人必下手，十之八九得手，一百个能够幸免一个很不错了。我认为无可厚非。但我和其他人一样有着良知。因为我嘲笑巡回审判、大法官、绞刑架，也因为律师为我辩护时我不会被无辜的行为吓着。这是否意味着我应当同情窃贼、卑鄙的仆人，既没有正义又没有道义的人？不，我非常尊重这一行业，不与任何干涉者和我所怨恨者为敌，因为世人都会替我诅咒他们。"

"你错了，拉金斯！即使你的仇恨是合情合理的，当然你也不应该对抗你的仇人，不应该对抗你所藐视的法律机构，必须相互包容。要么顺从法律，要么反对法律，只要是法治的地方，总会有法律对付像你我一样的人。因此，我们大家要么受到法律的惩罚，要么法律并非是人类改邪归正的合适手段。我告诉你这些，因为我必须让你明白：告密者或那种利用同案犯的信任而背叛他并向法院提供请求英王宽待的证据，那种为了钱财而出卖邻居性命的人，或者那种怯弱者自己不能或不敢去做而假借法律谋取私利的人，是最卑鄙的流氓。但在这件事中，即使你有万千充分的理由，都不能那样做。"

雷蒙德先生正说着，其他毛贼走进了房间，他立即转向他们，说道："弟兄们，这里有一份拉金斯刚才带来的情报，经他同意，我将向你们公开。"

然后，他展开收到的那份告示，继续说道："这是拉金斯捡到的。上面描述了一名重刑犯，逮到他悬赏一百几尼。根据描述的时间和其他情形，尤其是对该犯的详细描绘，毫无疑问其对象就是我们前一阵子救起来的年轻朋友。他被控告利用主人兼恩人的信任抢劫了他大量财物,因此被关进了监狱。没敢接受审讯,两周前他从那里逃了出来,发告示者认为脱逃就等于是认罪了。"

"弟兄们,我前不久就已经知道这个故事的细节了。这个小伙子对我讲述了他的来历,每次他都不能预见,必须加倍小心,以化险为夷。他并不像被控诉的那样有罪。你们是如此愚昧无知,竟然会认为他逃跑就证明他有罪吗? 当他被捕受审时,谁会去想他是无辜或有罪的呢? 那根本不重要。谁竟会傻到自愿受审判呢? 那些裁决者考虑更多的是对被指控的事件的极端厌恶,而不会考虑他是否就是那个肇事者;从一伙愚昧无知的目击者那里收集到的动机的本质何在? 哪个聪明人会相信漠视他性命的行为会有公平的结果?

"可怜的小伙子,他的故事说来话长,我现在不想拿他的故事烦你们。然而,他的故事清晰如白昼,因为他不想再为主人效忠,也许是曾对主人的事情过于好奇,我猜想,或者是因为他曾经深得信任,知道了一些重要机密,主人难以容下他。这种容不下日积月累,最终导致主人伪造了这桩卑鄙的指控。他似乎宁愿将小伙子灭口,而不愿忍受他前往自己想去的地方,或者不愿小伙摆脱自己的控制。威廉斯率直地对我讲述了这个故事,我相信,他们所指控的罪行不成立,他是无辜的。我相信自己的判断。然而,原告的仆人们被召来听审指控,他的亲戚作为治安法官发出了收押令。他愚蠢地认为他们会秉公办事,他们会众口一词地站在他一边,这样使威廉斯对未来充满期待。

"拉金斯当时收到这个告示时并不了解过去的详情,只是想借此机会捞一百几尼。现在你们听了之后还那样想吗? 你们还会卑鄙地将羊送入虎口吗? 他将侍从赶出家园还不满意,又毁了他的名声,剥夺了平平常常人的活路,使他几乎无处容身,还想要了他的命。难道你们要完成嗜血成性的流氓的意图吗? 如果任何其他人都没有勇气阻止法庭的残暴行径，我们难道不应该阻止吗？勇敢谋生的我们难道为了一个便士而以卑鄙的手段充当告密者吗？面对各种武装对抗，难道我们要拒绝保护一个本不应该比我们遭受更多残害的人吗？"

老大的这番表态立竿见影。这帮人都大声嚷道："出卖他！不！绝不能！他会安全的。我们愿意冒着生命危险保护他。盗贼如果没有了忠心和荣誉，世界上哪里还能找到安全之地呢？"①拉金斯特别感谢老大的介入，发誓宁可断了自己的右手也不愿助纣为虐，伤害这么一个值得敬仰的小伙子。说这话时，他拉着我的手叫我什么也不用怕。在他们的地盘我不会受到任何伤害，即使执法人员发现了我的藏身之处，他们将会誓死保护我，不让别人伤我一根毫毛。我对他的一番好意表示了真诚的感谢，救命恩人的这番热心肠着实震撼了我。我告诉他们，我的敌人是无情的，不把我搞死，绝不罢休。我以最诚挚的心郑重地向他们保证：我没有做过任何错事，不应该受到如此的残害。

雷蒙德先生的精神和能力简直就不需要我来费心抵抗这意想不到的危险，然而在我心里留下的影响非常严重。我过去总是相信福克兰先生会回归公平，虽然他严重地迫害过我，我还是忍不住认为他这样做是出于无奈。我相信情况会改变。一个原本生活正直、受人尊敬的人以后一定会想起自己行为的不公正，一定会减少自己的粗暴行为。这一想法总是在我心头浮现，很大程度上鼓舞我继续努力。我说："我想向残害我的人证明，不应该仅仅因为防备我而置我于死地，我应该更有价值。"我被关押期间福克兰先生的行为，以及从那以

---

① 这似乎是仿拟法国约翰国王著名的格言，他曾在法国普瓦捷战役中被黑太子英王爱德华俘虏。

后发生的种种小事令我对他有这样的期待。

　　但是从事态发展看,事情却完全不同。我明白,毁我名声,关进监狱,令我沦为无家可归的逃犯,他还是不能满足。在这么绝望的处境下还要继续追击,残忍的程度丝毫不减。这是第一次让我感到义愤填膺。我深知他的痛苦,对其痛苦的根源了如指掌,我坚定地认为他不应该承受这样的痛苦,而我处于水深火热之中依然深深地同情他而没有憎恨他。但是这一事件使我的情感发生了一些变化。我说:"毫无疑问,他现在可能认为他已经完全瓦解了我,最终能收服我。听凭命运安排我,放任我亡命天涯,有如一颗危险的随时可能引爆的炸弹,至少他不应该感到满足吧。相反,他要激起乡邻们对我的仇恨与警惕。他对我的干预只是为了反对福里斯特先生的严厉吗?他的种种友好举动仅仅是为了迷惑我让我有耐心而耍的手腕吗?他会害怕报复而总是忧心忡忡吗?暗地里为置我于死地机关算尽的时候,他会为此装出懊悔的样子吗?"对此我非常怀疑,这也使我内心充满了莫名的恐惧,顿时,我不禁全身打了一个寒战。

　　至此我的伤口完全愈合了,很有必要对未来做出些打算。由于思维习惯使然,禁不住对现在这位恩人的职业产生反感。我的确认为不应该像对待一般的贼那样对这些人心存厌恶和憎恨。我明白他们的良好品质,尊重他们的美德。跟一味指责瞧不起他们的大部分人相比,我绝不会认为他们是坏人,绝不会认为他们的处事方式给人们带来更多的不安宁。虽然我依然热爱他们每个人,但是他们的错误我也全看在眼里。假如我有被误导的风险,我有幸在狱中了解了什么是重刑犯,然后现在知道他们正处于相对繁荣的阶段,这是一剂绝对可靠的解药。我发现这一行业需要发挥不同寻常的能力,心思巧妙,还得不屈不挠。我不禁想到在社会生活这个大舞台上这些品质将带来多大的益处。然而,按照他们现在的行动方针,直接与人类社会的物质利益相对抗,会损害社会的安宁,也给自身带来了极大的伤害。为大众事业冒着生命危险的人,其良知会得到充分肯定。在财产方面,那些人肆意挑衅政府必要的防范措施,尽管夸大得骇人听闻,同时他们的对抗令全体人民恐慌,牵涉到他们自己的利害关系,不亚于将自己当作靶子任火枪手射杀,简直同样荒唐可笑、自我放任。

从这个角度来看这一问题,我不仅决定不会加入他们这一行,而且为了回报他们给我的恩惠,将竭力劝阻他们介入此事,以免他们自己成为最大的受害者。我的劝导收到了各种不同的反响。他们一个个都觉得自己的职业是清白的,他们心中的疑惑令人窒息,也可以说,很难忘却。有些人嘲笑我的观点,认为那是传教士带有理想主义色彩的荒谬之词。其他人,尤其是我们的老大,知道自己的绝对支配地位,大胆地反驳他们。但是这种自鸣得意与轻松没有持续太久。他们已经习惯了有关宗教和法律神圣不可侵犯的论点。很久以前,他们抱有很多偏见,对这些论点摇摆不定。但是我将对这个问题的看法上升至无可争辩的原则问题,因此绝不会有那些常见的喋喋不休的谴责,但也不会引起我们心底的共鸣。由于他们现在遭到意外的强有力的反对,我劝说过的人当中有一些开始对我这个外人的规劝变得暴躁和不耐烦。但雷蒙德先生的反应截然不同。他的率直坦荡无人能比。他听到这么有力的反驳非常吃惊,根据推测,他相信自己把方方面面都考虑进去了。出于公平与谨慎,他反复思量,慢慢开始接受这些观点,直到最后完全接受它们。现在他只有一个回答。

"唉!威廉斯,"他说,"如果这些观点在我开始入这一行之前就介绍给我,那会是我的幸运。可现在太晚了,就是那些不公正的法律,使我干上了现在这一行,阻止我悬崖勒马。我们听说,上帝根据审讯对人类如实做出评价。不管他们的罪孽有多深重,如果他们已经明白,发誓弃恶从善,将得到上帝的赐福。但是,那些声称尊敬上帝的国家制度却没有这些特征。他们不给任何人改邪归正的机会。似乎将自己野蛮的快乐建立在混淆触犯者的过失上。这预示着在审判中个体什么也不是,无论改变有多大!多么纯洁!多么有用!对他们都毫无用处。如果他们十四年①或四十年②后发现法律规定必须要他偿命,尽管这段时间本应该像圣徒一样纯洁,像爱国人士一样忠诚地渡过,他们也不屑调查。那么我能做什么呢?走上黑道,难道我不是被迫继续犯傻?"

---

① 尤金·阿兰姆。参见《年度纪事》1759年版。
② 威廉·安德鲁·霍姆。同上。

第四章

　　雷蒙德先生的辩解极大地震撼了我。我只能说,雷蒙德先生必定对自己从事的事业最有话语权。我相信这件事并不像他想象得那么令人绝望。

　　这件事暂时到此。而且,从某种程度上来说,一件很奇怪的事使我无暇再顾及此事。

　　我曾经提起过,这座孤零零房子的凶煞的女管家对我充满仇恨,而被驱逐出窃贼团伙的金尼斯却得到她的特殊青睐。对于金尼斯的被逐她只得忍受,因为雷蒙德先生充沛的精力和固有的地位令她屈服。然而,她心有不甘,咕哝不停,既然不敢把恨意指向雷蒙德先生,就将所有怨恨的矛头都指向了我。

　　不久前,我对盗窃一行表示了反对,这使我最初犯下的不可饶恕的罪更加了一等。行窃是这个头发灰白的老手信条中基本的一条。她听着我对盗窃的反对意见时表现出的讶异和惊骇是实实在在的,与其他年长女性听到一个人说他不相信上帝也有苦恼也会死亡,或被赐予的教义可以救赎选民的灵魂一样。就像是宗教卫道士,她着着实实地拿起武器报复对抗与她的观点相左的敌对行动。

　　然而,我对她的怨恨却只是一笑了之,表示了我对她的蔑视而不是警觉。我猜她察觉了我对她的轻蔑,这使她的不安增加了不只一点点。

有一天,房子里只剩我和这个皮肤黝黑的老女人了。窃贼们前一天晚上日落两小时后就都出远门了,还没有回来,他们习惯在第二天天亮前返回。这种情况时有发生,因此没有引起我的特别注意。有时,猎物的气味会引得他们超出既定的范围;有时,则是对追捕的恐惧——窃贼的生活总是充满不确定。老女人整个晚上都在准备,希望等他们一回来就开饭。

而我,也已经从他们的习惯上学会不在意他们在一天的不同时间回来。而且,对他们来说某种程度上已经变得日夜颠倒。我在这座房子里已经待了数个星期了,季节也有了很大变化。这天晚上,我思考自己的境况,几个小时就这样过去了。同住的这些人的性格和行为令我反感。他们的愚昧无知,他们的残酷习性,他们的粗俗举止,没有使我习惯后可以容忍。相反,我对他们的厌恶时时刻刻都在加深。他们挥霍不尽的精力,他们层出不穷的坏点子,加上盗窃本身的可憎和他们习以为常的堕落,都使我痛苦得难以言表。我发现,道义的谴责——至少对于一个尚未完全彻悟的人来说——是使他焦虑不安的最主要原因之一。与雷蒙德先生的交流也无法缓解我的痛苦。雷蒙德确实明显比那些恶棍们要优越,但是我更敏锐地感到,他的生活有多么脱轨,他混迹于那群人当中有多么不合适,他所从事的事情有多么卑劣。我尝试过去阻止雷蒙德和他的同伙费心做的坏事,却发现其中的障碍比我想象的要大得多。

我该怎么办? 我该把这件事当成传教事业认真去做,还是立即从这件事中抽身? 如果收手,是悄无声息还是公开申明,或是努力通过实例来说明在哪方面我还欠考虑? 我拒绝参与这些盗贼们的一切劫掠事务,既没有对他们维持生计的冒险行动做出任何贡献,也无法与他们同流合污,所以继续与他们同住下去当然不合适。有一个事件使得我的顾虑更为加深。他们打算再过几天就从现在的住处搬走,到一个偏远的他们常去的熟悉的小镇。如果我不打算和他们继续下去,那么这次就不应该跟着他们一起迁移。无情的起诉人给我带来的灾难使得入贼窝也变成了一次幸运的冒险。随着时间的流逝,对我的紧密追捕也松懈下来。孤独与卑微,远离尘世烦恼,以及越狱时我想要得到众人认可的愿望,这一切都令我唏嘘不已。

如今,就是这些思绪占据了我的大脑。终于,持续的思考让我感到了疲倦。为了放松一下自己,我拿出一本袖珍的贺拉斯(公元前六十五年至前八年,古罗马诗人)诗集,那是亲爱的布赖特维尔遗赠给我的。我满怀激情地阅读了这本书信体诗文。贺拉斯向语法学家弗拉克斯优美地描述了田园生活宁静、自主的愉悦感。此时,太阳从东边的山头慢慢升起,我打开窗户凝视着它。新的一天又拉开了绚烂的序幕,充满了自然诗人们以自己的风格尽兴描绘过的各种瑰丽。这一幕,尤其让我的大脑在积极发挥才智之后,沉着平静了下来。不知不觉中,我陷入了一片迷茫,于是离开窗前,扑倒在床上,很快就睡着了。

我不记得迷糊中闪过自己脑海的精确画面,但我知道最后是福克兰先生雇佣的某个人,正步步逼近,想要刺杀我。我会这么想,可能源于我计划重新回到这个世界,我又将自己置身于他的复仇范围内了。我猜想,凶手准备出其不意地给我一击。出于某种魔力,我也明知他的企图,却并不想回避。我听到凶手的脚步声,他正蹑手蹑脚地逼近。他虽然屏住呼吸,但依然清晰可辨。他来到我所在的角落,然后停了下来。

太可怕了。我坐起身,睁开眼睛,看见刚才提到过的那个恶女人拎着一把屠刀站在我的身旁。出于本能,我急速移开身子,冲我脑门而来的大刀陷进了床板。没等她回过身来,我就纵身跃起,抓住她的刀,差点就夺了过来。然而,她孤注一掷,又来了力气,我们之间展开了一场恶斗：她对我是刻骨的仇恨，我则抵死相拼。她力大无比，如亚马孙族女，我平生还从未遇到过这么强悍的对手。她的屠刀挥得又快又准，她整个身体带来的冲击力也猛烈得难以想象。终于，我赢了，夺过屠刀，把她摔倒在地。刚才的全力打斗扼住了她的怒气，此时，她咬牙切齿，气得眼珠子似乎都要蹦出来了，疯狂得难以控制，全身起伏，喘着粗气。

"流氓！恶魔！"她大叫，"你想怎么对付我？"

在这之前，我们还没说一个字。

"懒得对付。"我说，"滚，老巫婆！让我一个人待着。"

"滚？绝不！我会抠你的肉！喝你的血！赢我？哈！哈！是，你会赢我！我要践踏你，踢你下地狱！我要用硫黄烤你，挖你的肠子塞进你的眼睛！哈！哈！哈！"

说完，她一下子跳起来，挟带着加倍的怒火向我袭来。我抓住她的手，迫使她坐在床上。被控制下，她仍狂躁不已，尖声大笑，扭摆着脑袋，猛然用劲想要挣脱我。她的力道之大，就像病人病情发作时，通常得三四个人才能制止得住。但是凭着经验，我发现在这种情况下，我一个人的力量就足够了。她的情绪恐怖至极——然而，她的暴力却开始平息下来，她开始相信这场争斗她已经输了。

"放开我！"她叫道，"干吗抓着我？放开我！"

"一开始我就说过让你滚。"我说道。

"现在你想滚了吧？"

"是的，杂种流氓！是的，你这个恶棍！"

我立即放开了她。她快速冲向门，握着门把，她说："我要让你去死！你不会活过二十四个小时！"话音刚落，她关上门并且上了锁。这个意外的举动让我吃了一惊。她去哪儿了？她想做什么？我绝不能容忍就这么死在如此奸诈的丑老太婆手里。死亡突然降临，我们全无心理准备，这真是说不出的糟糕。我恐慌混乱得无法呼吸，内心极其不安。我去砸门，却一点不顶用。我到处寻找可以帮助我的工具，终于，在我拼尽全力的撞击下，门倒了，力道却差一点让我从楼梯顶摔下去。

我小心翼翼、全身戒备地走下楼梯。来到我们用作厨房的房间，里面空无一人。我检查了每个房间，还是不见一个人影。房子外一片杂乱，仍然没有刚刚偷袭了我的那个丑女人的踪迹。这显得有点离奇：她怎么样了？她的消失意味着什么？仔细考虑她离去前的威胁：我不会活过二十四小时。很奇怪，这不像是死亡威胁。突然，我想起拉金斯曾经带给我们的传单。有可能她是在暗指它吗？她会独自出发去探险吗？如果略有疏忽，就会招来司法人员，这不会给盗贼伙伴们带来危险吗？也许她不会去干那么铤而走险的事，但是难保像她那样的心情不会干些出点什么来。我应该就这样等着，冒失去自由的危险吗？

我马上给了自己一个否定的回答。很快，我决定离开此地。早一点迟一点倒没有很大区别。事实告诉我，继续与一个凶猛暴戾、摆明与我敌对的人同住一个屋檐下不合适也很不明智。但是我考虑最多的还是蹲监、审判和死亡。它们占据我的思绪越久，我就越被逼着试图逃避。为此，我已经做了一系列的事：我做出了很多牺牲，我相信在这个计划中我不能因任何疏忽而有所闪失。一想到迫害人对我所做的一切，我就感到恶心。而我越亲身体会其中的迫害和不公，就越深切地痛恨他们所拥有的权力。

这就是为什么我决定离开待了六个星期的住所，迅速、突然、未曾告别，也没有对我常受到的特别的款待表示感谢。这个容身之地使我免受审讯、定罪和令人耻辱的死亡。我身无分文来到此地，离开时身上却带了几个几尼，雷蒙德先生坚持从共同窃来财物的盈余中给每个人一份分红。虽然我有理由相信，随着时间的推移，对我的追捕多少会有所降温，但是，某个不幸的时刻可能就会降落到我身上的伤害使我无法不随时随刻保持警惕。传单引起了我的警觉，我想到危险主要来自被人认出，要么是曾经的熟人，要么甚至是陌生人。因此，我该谨慎地乔装打扮一下自己。住处无人注意的角落有一包破烂衣裳，我可以用它们把自己乔装成一个乞丐。想到此，我脱掉衬衫，扎了一条头巾并小心包住一只眼睛，再在头巾上戴了一顶羊毛睡帽。我选的是能找到的最差的服饰，这使我的境况看上去更加凄惨，并故意弄出好几处破洞。准备好这一切，我打量着镜子中的自己。我已经变得面目全非，不会再有人相信我不是盗贼团伙的一员了。我对自己说："暴行和不公迫使我变成这样以得到庇护，即使因此而引起社会底层人的白眼，也要比信任那些权贵们的温柔怜悯好上一千倍！"

第五章

穿越森林时我唯一要遵循的原则就是尽可能朝着监狱的相反方向走。行走了大约两小时，我走出了荒凉地带，来到了有栅栏圈围，有人耕种的地方。在小溪边坐下，我拿出一块随身带来的面包，休息了一会儿，恢复了一下体力。在这儿，我开始思考日后的计划。跟上一次一样，我倾向于考虑首都伦敦。我相信，除了其他好处，伦敦是一个最安全的藏身之地。思考的空当，有几个农夫从旁边经过，于是我向他们打听去伦敦的路。根据他们的描述，我知道了最便捷的方法，我得继续穿越一部分森林，得走到离乡镇非常近的地方，而不是我现在所到之处。我没有想到这很重要。我的伪装暂时不会给我带来危险，于是我选了一条小路，虽然不是最便捷的，但到得了他们建议的地方。

那天有几件值得一提的事。我沿路走了几英里后，看见一辆马车迎面而来。我心中盘算了一下，交会时我该怎样悄然通过呢，还是利用这个机会，发出点声音或搞点动作，看看我的乔装效果如何？这个随意的念头迅速被我放弃了。马车竟然是福克兰先生的！这样的不期而遇让我不寒而栗，面临巨大危险时也许一个人很难保持平静。我离开马路，躲在树篱后面，直到马车完全过去。我太沉湎于自己的思绪，以至不敢查看毁坏我平静的可怕的敌人是否就坐在马车里。我试图相信他在。我看着马车远去，大声说道："你们在那儿因罪恶而穷奢极欲，这里无辜的人却孤苦伶仃。"这样的例子应该不止我一个。我只是想说，这种冤屈使原本不幸的人生活更加痛苦不堪。不过，我马上停止了抱怨。从自己的不幸中，我知道发牢骚是一种浪费，我不会再沉湎其中。心情恢复平静后，我开始考虑刚刚那一幕与我是否有关。但是尽管我善于刨根问底并且足智多谋，却无法找到足够的证据来做出判断。

夜幕降临，我走进村子尽头的一家小酒馆，在厨房的角落坐下，并要了一份面包与奶酪。正吃的空当儿，三四个工人歇工后进来吃点心。人的等级真是渗透到社会的每一个方面。因为我看上去更卑微，我觉得最好还是给这些村庄酒馆的贵宾们让位，于是我转移到一个阴暗的角落。我不只是一点点的吃惊，而是很震惊地听到，他们紧接着就开始议论起我来，只是情节发生了细微的变化，他们称我为恶名满身的强盗基特·威廉斯。

"该死的家伙，"其中有一个人说道，"你绝不会听到其他任何东西。我的主啊！我想他是全国人民议论的对象。"

"你说得不错，"有人应声说，"今天我正在镇上替主人卖燕麦时突然听到一阵喧闹声，大家还以为逮到他了，结果弄错了。"

"一百几尼不是一笔小钱，"又传来第一个声音，"如果我能凑巧得到，我会很高兴。"

"讲到那笔钱，"他的同伴说，"一百几尼，我会像喜欢其他的钱一样。但是我不完全同意你，如果因为钱而使一个基督徒走上绞刑架，那钱就是罪恶了。"

"切，就你婆妈！就得有人被治罪绞死，我们的国家和人民才能前进。另外，我可以原谅这个家伙其他罪行，但是他竟然冷酷到抢劫自己的主人，那就太糟糕了。"

"主啊！主啊！"又有人说，"由此可见你一无所知！让我来告诉你事情的经过，我刚从镇上听说的。我怀疑他究竟有没有抢过他的主人。你们听着！你们一定知道绅士福克兰曾经被控谋杀罪——"

"对，对，我们知道。"

"嗯？福克兰先生就像纯洁的婴儿一般清白，不过我想他有点优柔寡断，而基特·威廉斯心如蛇蝎、诡计多端。只要想想他不下五次试图越狱就行了。的确，呃，他威胁要将主人送上审判席重新来一遍，恐吓主人，不时从主人手上骗取钱财，直到福克兰先生的亲戚绅士福里斯特发现了事情的原委。他制造了一场严重的骚乱，迅速把基特送进了监狱。我相信基特会被绞死，因为，你们知道，如果两个绅士凑到一块，他们是无视法律的，或者他们可以不顾法律来达到自己的目的。我不能确定是哪一种，但是结果都一样，这个可怜的家伙只有一死。"

尽管故事讲得很具体，也有充足的细节，却没有得到大家一致的认同。每个人都有觉得自己的说法最准确，因此久久地争执起来，互不相让。讲故事的和评头品足的最后终于一起离开了。这场谈话让一开始就紧揪着我的恐惧达到了极点。我偷偷瞟了瞟房间的每个角落，看看是否有人注意到我。我全身如发了疟疾般战栗着，先是不断有冲动想离开这所房子，起身就跑。然而，最后我却更加缩进角落里，支着脑袋侧向一边，不时地感觉像是动物在经历全身的蜕变。

最终，我放弃了逃走的念头。我发现并没有人注意我，还意识到全身的乔装使我足以安全不被人识破。我心里狂喜，虽然我没敢冲出去验证一下。渐渐地，他们所讲故事的荒谬让我不禁莞尔，周围还有各个不同的版本出现。我的心脏似乎变得强壮了，我很骄傲能镇定自若心情轻松地听着人们讲述，并决定延长、加深这种快乐。因此，当人们纷纷离开后，我开始与丰腴、直率而愉快的老板娘聊天，问她这个基特·威廉斯到底是怎样一个人。她告诉我，据她所听说的，他像周边小镇的任何一个英俊的人一样，多半是个小伙。她喜欢他的聪明机灵，他骗过看守他的人，穿过石墙，就像穿过蜘蛛网。我说，现在全国都已戒备森严，他不可能逃得出追捕。听我这么说，她马上表现得非常愤慨，说希望他眼下已远离是非之地。若还没有，她但愿上帝降祸给那些人，是他们让一个高尚的青年遭受了不白之冤！虽然她不知道自己谈论的人就在她旁边，她因为我而表现出来的诚挚且慷慨的热情还是让我感到很开心。白天的疲劳也因此得到了缓解，我感觉自己的处境不再那么艰难。我离开厨房来到附近的一个谷仓，躺倒在草堆上，我沉沉睡去。

　　第二天大约中午时分，我正在赶路，两个骑马的人赶上了我。他们拦住我，询问一个可能沿此路前行的人。在他们的描述中，我惊恐交加地发现我恰是他们打听的对象。他们所说的特征细节基本准确，与我本人的特点正吻合。他们说有充分的理由相信就在前一天有人在镇上见过我。正说着，刚刚落在后面的第三个人赶了上来。我心中警铃大作，这个人是福里斯特的佣人！他在我越狱前的两个星期还来探过监！度过危机最好的方法是保持冷静，并表现漠然。很幸运，我的伪装非常成功，即便是福克兰先生本人也难以辨认出来。之前我就意识到了，必要时乔装打扮能帮我避难，我也努力安排考虑过这件事。年轻时我的模仿能力就相当强。离开雷蒙德先生家时，我不仅学会了乞丐的装扮，还学会了一种比较古怪的懒散而小丑般的步态，以尽量不被人识别出来。同时，在监狱时，我还寻机学会了爱尔兰土腔。这些卑鄙的手段和故意的花招，对一个虽然称不上男子汉但多少还算正直和独立的人来说，在为了逃避来自同胞的冷酷敌意和无情暴力时，却能派上大用场！在村里的小酒馆我说话就带了爱尔兰土腔，虽然我觉得没必要在叙述中记录这件事。福里斯特先生的佣人上前来时看到他的同伴正在与我交谈，询问是否已经得到追捕对象的情报。他补充说,已有决定要对我进行不遗余力的搜捕。他们很自信,只要我还活着,还在这个国家,绝不可能会从他们手中溜走。

发生在我身上的每个新事件都让我意识到自己身处的危险。我几乎可以想象作为大众关注的唯一话题,全世界都已武装起来准备消灭我。这个认知令我全身每个细胞都感到刺痛。然而,想象似乎很可怕,却也使我的决心更坚定。我决定,但我绝不主动放弃。直白地说,虽然攻击者具有巨大的优势,但我绝不会自投罗网,走上绞刑台。但是,这些降临到我头上的事件,虽然没有改变我的意志,却使我再三斟酌它们可能产生的方式。终于,我决定改变线路,经由小岛西端最近的海港去爱尔兰。我说不清为何我放弃了原来的计划,也许是因为这个新的计划在我脑海里已存在多日,因此更清晰。而且,我发现要取代它看起来很复杂。我不想多说。

我很顺利就抵达了要乘船的港口。正好有一艘船几个小时后就要起航,船长也答应让我搭乘。于我来说,爱尔兰的不利之处在于它从属于英国政府,不如其他与英国隔海相望的国家来得安全。鉴于英国本土对我不遗余力的追捕,很有可能他们会追踪我到海峡的另一端。然而,我还是松了一大口气,我就要稍微远离令我痛苦万分的危险之地了。

船起锚离英格兰海岸前的短暂等候期间会不会有危险?应该不会。我决定从海上离开至到达港口只是一小会儿工夫,如果检察官得到了新警报,那也是数天前那个老妇人发出的。我已经预料到了他们卖力的追击。同时,我不能有任何疏忽大意,我很快上了船,而不是随意在街上逛,以免遇上不必要的意外暴露了自己。这是我生平第一次离开自己的祖国。

第六章

等候的时间马上就要结束了,将随时下达起锚的命令。这时,沿着海岸过来的一艘小船朝我们打招呼。船上除了划桨的还有另外两个人。他们一转眼之间就到了我们的船上。他们是司法人员。五个乘客,加上我,接到命令站在甲板上接受检查。这么不恰当的时刻发生这样的事让我有无法言表的不安。我想当然地认为他们是来追查我的。有无可能,因某些无法理喻的巧合,他们知道了我的易装?在这么狭窄的空间,这么突显的环境中与他们遭遇,真是比之前的那些狭路相逢更加糟糕,那时我还可以故意表现得很冷漠。然而,我并没有放弃。希望我全权依赖的特意乔装和我的爱尔兰土腔能帮助我化险为夷。

令我万分恐怖的是,我们刚上到甲板,我就注意到这些不速之客的焦点就是我。他们漫不经心地问了离他们最近的几个乘客一些问题。而后,他们转向我,询问我的名字,我是谁,我来自哪里,我为何在这里。我正准备开口回答,他们就抓住了我,异口同声地说我就是他们寻找的罪犯,声称我的口音,与通缉犯相似,无论英国的哪个法庭都足以给我定罪。我被匆忙推上他们来时乘的小船,为小心起见,坐在两人中间,以免我跳船逃走。

我理所当然地以为自己又落入了福克兰先生的魔爪。这简直令人难耐地痛心和压抑。逃离他的追捕,不受他的暴虐,这是我全身心渴求的目标。难道人类所有的智慧和努力都实现不了这个愿望吗？难道他的势力已无处不在，他的眼力能穿墙凿壁？难道他就像有人告诉我们的那股神秘的力量，想要躲过他的深仇大恨却都是徒劳？没有比这更令人伤心欲绝的了。不过，就我而言，这无关理性或信仰。我得不到任何安慰，像有些人内心坦承，没有宗教信仰就是一种安慰，抑或远隔时空，不可知也是一种莫名的安慰。这只是一种感觉。我内心深处感到了老虎尖牙的咬啮。

不过，虽然这种想法起初异常强烈，而且如往常一般伴随着沮丧和怯弱，我的大脑好像自动似的开始琢磨这个海港与镇上监狱之间的距离，说不定这期间会有逃跑的机会。我的第一要务是不可暴露自己，尽管似乎我早已被出卖了。尽管被捕了，但我的被捕可能是因为某种小罪小责，凭我的机敏，可以像突然被捕一样可以一下子得以开脱，甚至还有可能，我的被捕纯属错误，眼下这种情形与福克兰先生毫无关联。每一种推测，我都得收集信息。从船上到小镇的途中我一言不发。押解我的两个人议论着我的阴郁不语，说这也帮不了我什么，我无疑应当被绞死，抢劫主人的人还从来没有能逃脱罪罚的。听到下面这番话我的心情就难以轻松，然而我仍然默默思忖。从他们余下的绕来绕去的对话中，我获知了足够的信息我了解到，大约十天前，两个爱尔兰人窃取了从爱丁堡到伦敦的邮件。其中一个已被抓获，我作为另一个嫌犯被抓。虽然我之后才发现我与他们描述的嫌犯有很关键的几处不同，他们却觉得完全相符。知道自己被误抓，我的心不再有沉重的负担。我相信我马上可以证明自己的清白，英国的任何法官都会同意。尽管打乱了我的计划，害我离开英格兰岛的计划泡汤了，甚至我都已经在海上了，但与我曾经有太多的理由恐惧的事情相比，这充其量只是一个小小的麻烦。

船一靠岸，我就被带到了治安所。治安法官曾是一艘运煤船的船长,成功后就停止了四处漂泊的日子,光荣地成为国王子民的代表,至今已有数年。我们在一间类似前厅的房间被拦下,等候法官大人在空闲时接见。押解我的人经验丰富,坚持这期间对我进行搜身,就当着法官大人的两个手下的面。他们搜出了我身上的十五几尼和一些银子。他们命令我脱光衣服,检查我身上是否藏有纸钞。他们拎起我脱下的破烂的衣服,一件件地摸索过去,想看看他们试图寻找的东西是否被巧妙地缝在里面。对这一切,我都沉默着服从了。很可能最后的结果都一样:即使即决审判合我的意,我的主要目标还是尽早脱离这群体面人对我的扣押。

搜身刚结束,我们就被引进了法官大人的房间。我的控告人告诉法官,他们受命来到这个小镇,因为他们被告知偷了爱丁堡邮件的窃贼之一就在这里,他们是在船上逮住我的,此时那艘船已经开往爱尔兰了。"好的,"法官说,"这是你们的控词。现在我们来听一下这位先生如何辩解。你叫什么,哈,小子?你乐意来自蒂珀雷里哪儿?"这起案子我已经有了决定。自我了解到这次起诉的具体起因起,我就决定,至少此时此刻,收起爱尔兰土腔,改说我的母语。刚才在前厅与押解我的人的寥寥数言中,我就已经这么做了。他们一开始就弄错了,但是他们已经错得太离谱,有点难以收场,有损颜面。我告诉法官我不是爱尔兰人,也从不曾去过那个国家:我是一个地地道道的英格兰人。于是,他们又查考了证词,关于我的相貌的描述,关于我的押解人的任务。可以肯定的是,罪犯应该是爱尔兰人。

看到法官大人的犹豫之色,我觉得这是进一步推动事情向着有利方向发展的好时机。我就着文件指出,关于罪犯的描述,年龄和发色与我是相符的,但是身高与肤色上都与我不符。根据这位大人的性情,如他自己所言,不会纠结于蒜皮小事,也不会因为矮了几英寸而将一个人送上绞刑架。"如果一个人太矮了,"他说,"再怎么拉伸也是无济于事的。"我的案子中的误差正好相反，我高出了几个英寸。法官大人仍然说着俏皮话。总而言之，至于如何处理，他有点无措。

至此，我的押解人开始因可能造成的后果而变得焦虑起来。两个小时前，他们以为会得到跟自己口袋里的钱一样多的报酬。羁押我，他们以为是万无一失的投机买卖；如果最终结果弄错了，他们害怕会因为错误拘人而受到像我那么衣衫褴褛的穷人的起诉。因此，他们敦促法官大人同意他们的判断。他们说，对我不利的证据虽然不像他们全心希望的那么充分，但是我身上有几处疑点。当我在轮船甲板上被带到他们面前时，我的爱尔兰土腔说得非常自然；而现在，突然之间，我的爱尔兰口音一点也没有了。搜身时，他们发现了我身上的十五几尼。我那么潦倒的乞丐，怎么可能本本分分地得到十五个几尼？而且，他们令我脱光衣服时，我的衣服很破烂，可是我的皮肤跟绅士的一样光滑。总而言之，一个穷困的乞丐，从来没去过爱尔兰，出于什么目的他会想去那个国家呢？很明显，我不是一个好人。这些推理，加上与两个控告人之间意味深长的眼神的手势交流，法官同意了他们的质疑。他宣判道，我必须去一趟沃里克（英格兰中部城市），与另一个正关押在那里的劫犯对质。如果证明我清白无罪，就释放我。

没有什么比这几句话更可怕的了。全国上下已经铺了天罗地网，我的追捕者异常警觉敏锐，我却要被押送回英国本土中心。我无法适应这种状况，而且还是在法治官员的直接监护下。这无异于判了我死刑！我费尽心思地抗议这审判的不公。我对治安法官说，我绝对不是嫌疑犯。疑犯是爱尔兰人，而我不是，疑犯个子比我矮，而身高是所有参数中最不可能伪装的，所以完全没有理由拘禁我。这两个好事无能的家伙逮捕了我，害我去爱尔兰的行程遭耽搁，已经很沮丧了，而且还损失了船票的钱。我要法官大人相信，这样情形下的每一点耽误,对我都影响巨大。眼下,不让我乘船离开,相反,却要拘捕押送我到英国本土中心,没有什么比这伤害更严重的了。

我的抗议是徒劳。法官不会理会一个一身乞丐打扮的人以这种方式进行的申诉。申辩过程中,他试图因我的莽撞而要我住口,但是他完全压制不住我的迫切。我说完后,他说我只是在白费力气,而若是我表现得不那么无礼,或许他会对我更好。显然,我是一个流浪汉,一个可疑的人。我越急切地想离开,他就越有理由死死地扣留住我。也许,归根到底,我就是案件的重犯。即使我不是,他确信我会更糟:一个偷猎者,或者据他所知,一个谋杀犯。他有一种感觉,他以前曾经在类似的案件中见过我的脸。毫无疑问,我是一个惯犯。他可以判我去干苦力,因为我的相貌特征和说法的自相矛盾,他也可以命令我去沃里克。出于一种自发的善意,他选择了比较温和的处罚:他让我保证不从他的手中溜走,对于陛下的政府而言,绞死我这样一个罪犯更加有利,而不是出于错误的心软,让自己去关心这个国家所有乞丐的福祉。

发现从这个自以为高贵而权重,却视我如微尘的人身上无法获得我所期待的结果,我声称,至少,从我身上搜走的钱应该归还给我。这一点得到应允了。法官大人或许以为刚才他的决定已经超出一般允许的范围,因此对这一附带的事毫不犹豫就答应了。我的押解者也没有反对,至于原因后面会见分晓。法官大人在这事上更加宽宏,他不知道满足我的要求是否超出了自己的职权范围。我的这笔钱不可能是正当所得,但是,只要处理得当,他愿意放宽一些严厉的法律条文。

那两个最初拘押我的人,在审讯结束后,仍选择继续由他们来押解,其中理由相当充分。每一个人,以不同的方式,受着荣誉感的驱使。他们不愿意面对正义得到伸张后他们所要遭受的耻辱,每一个人，多少会受到仰慕权力的影响。他们希望我能心存感激，感激他们给予我的慈悲和善良，而不仅是案子的原因。他们追求的目标不是微小的荣誉，也不是空泛的权力。他们的眼界更高。总之，尽管他们要我从法庭席上退下，像我走上法庭一样，都是作为一个犯人，审判的誊本迫使他们身不由己地怀疑我是否真的得担当被指控的罪名。因此，可以理解，因抓住劫犯而获赏的一百几尼就是不可能的了，他们只好满足于小搞一点了。他们押我到了一家小客栈，安排好了旅途要用的车辆后，他们把我拉到一边。这时，其中一个开始对着我说：

"听着，小伙子，案子是这样的：我们到达沃里克后，将发生什么，我会装作不知道。你有没有罪完全不干我事，但是你不是一个胆小鬼。如果你是无辜的，那案子也就结了。你说你别处有急事，所以你匆匆忙忙的。如果我可以帮得上的话，我鄙视去打搅一个有急事的人。如果因此你给我们十五几尼，那就太好了。这钱对你没啥用，乞丐嘛，你知道，总是待在家里。而我们，在办事的途中要用。你看见了，比如在法官那里。我是一个有原则的人，我喜欢做事光明磊落，而且鄙视从他人身上敲诈一个先令。"

一个充满道德歧视原则的人常常会因他在那方面的情感而失控，忘记现有的利益。我承认，听了这一提议，我脑子的首先反应是愤怒。我无法控制地要宣泄这种愤怒，未来还是以后再考虑吧。我回答时的语气非常严厉，认为这么卑鄙的要求活该被痛斥。我的坚定让这两个押解人大为吃惊，但是觉得与我争辩我所言的原则有失身份。刚刚提议的人息事宁人地说："好吧，好吧，随你的便吧。你也不是第一个因不舍几个几尼就被绞死的人了。"他的话我没有充耳不闻。这太适合于我的情形了。我决定好好利用这个机会。

这两个人很傲气，不再进一步与我谈钱的事。他们突然离开了我,先是指定女房东的老父亲在他们不在时到房间里看着我。为安全起见,他们命令老人锁上门,并把钥匙放在衣袋里。同时,他们提到留我在地下室,说房子里的人会关注周围的事情,不要让我跑了。我不明白他们这个举动是出于什么意图。也许是他们的骄傲与贪婪之间的一种妥协,也或许因某种原因想要尽快丢下我,从而等待我独自思考他们的提议。

第七章

　　他们刚离开,我就把眼光投向了老人。我发现他看上去很可敬、令人充满兴趣:体型中等偏上,这说明他曾经强壮威猛,至今也不见任何削减;头发浓密,像厚厚的白雪;皮肤健康红润,脸上皱纹纵横。他的眼睛充满活力,整个表情显现出他的好脾气。他的感性和仁慈掩盖了他卑微的社会地位。

　　看着他,我一下子有了很多念头,我要利用他这样的人看管我的机会。不经他的同意而要做什么动作是不可能的。虽然我应该可以战胜他,但是他很容易给其他无疑就在附近的人发警报。而且,我也不忍心去攻击他,一开始我就喜欢并尊敬这样的人。事实上,我的想法已经改变了。我有一个强烈的愿望,希望可以称他为恩人。因为一连串的不幸,我认为自己已经不是社会的一分子了。我离群索居,得不到人们的同情、友好和善意。处于现在这样的情境下,我迫切想要沉溺于这种似乎已被命运剥夺了的愉悦中。是从一个值得尊敬、善良的人手中夺取自由,还是屈从于社会恶人的自私和卑鄙而坐以待毙呢?我完全无从取舍。于是我放任自己在这样的祥和氛围中,即使将会被毁灭。

　　带着这样的情感,我要求他听我述说造成我现状的事件经过。他立即就同意了,说很高兴聆听我想要说的一切。我告诉他,把我交给他看管的那两个人来这里是为了捉拿某个窃取了主人信件的罪犯,他们怀疑我就是罪犯,所以拘押了我,并把我交由治安法官审判。然而他们很快发现自己搞错了,因为罪犯是爱尔兰人,在国籍和身高上与我不一样,但是,他们与法官互相勾结,继续羁押着我,假装要送我到沃里克那个共犯面前。在治安大楼时,他们从我身上搜出一笔钱,这引发了他们的贪欲,他们刚才向我提出,如果我把这笔钱给他们,他们就放了我。说完这些,我问他,他是否愿意成为帮助那两个人敲诈的工具。我把我的手放到他手上,郑重宣告我说的都是真话。如果他帮我逃跑,最多就是令我的两个押解人的卑劣贪欲落空。我绝不会给他带来任何不便,同样,我确信他的深明大义会让他做好事——他是在保护一个无辜的人。而这两个押解我的人,一旦失去我的踪迹,就会茫然失措,不敢再插手这件事。

老人带着好奇和兴趣听我说完。他说,他一直对这些拘押我的人感到厌恶;他讨厌他们强加于他的任务。但是,他不能拒绝,否则某些可恶的官吏会给他女儿和女婿制造麻烦。从我的相貌和举止看,他毫不怀疑我说的都是事实。我的要求有点特别,他想知道,是什么让我认为他会成功地被我说服而帮我逃脱呢?说实话,他的想法是与众不同,他非常想满足我的要求。他只有一个要求,关于他要帮助的人的信息,必须如实告诉他。我叫什么名字?

问题有点出乎我的意料。但是,无论后果如何,我不忍心欺骗在此情况下提出这个问题的人。总是说假话太辛苦了,于是我说,我叫威廉斯。

他顿了顿,眼睛注视着我。重复了一遍我的名字后,他的脸色变了。带着很明显的担忧,他继续问:

"你的教名?"

"凯莱布。"

"上帝啊!不可能吧?"他恳请我一定要诚实地再回答他一个问

题——我不是，我不可能就是那个曾经与福克兰先生住在一起的侍从。

我告诉他，不管这个问题是什么意思，我都会如实回答。是的，我就是他所说的那个人。

当我这么说时，老人从座位上站了起来。他很遗憾命运捉弄了他，他竟然对我表示了同情。我是令全世界都痛苦呻吟的恶魔！

我恳求他让我解释这个新的误会，就像刚才一样。我相信我同样会令他信服。

不！不！不！他绝不允许自己的耳朵再度受到玷污。这个案子和前一个不一样。我的罪行令人憎恶，全世界要找一个令人憎恶的程度只有我一半的罪人都难找。我竟然反控如此慷慨的主人。老人陷入了回忆的巨大痛苦中。

终于，他冷静下来。他说，他会永远因自己与我交谈而感到痛心。在不可动摇的正义感之下，他不知道自己该做些什么。不过，只是因为我自己的供认，他才知道我是谁。是否要把这个消息告诉陪审团，他感到极为矛盾。那么，他与我的所有关系就到此为止吧。的确，要把我当作人都是在滥用语言。他不会伤害我，但相反的是，他也无论如何不会协助和支持我。

这个善良仁慈的人对我的痛恨让我难受得无以言表。我无法保持沉默，我一而再地努力让他听我说，但是他始终坚定不移。就这样僵持了一会儿，最后他按了铃，叫来一个服务员。两个押解人也很快回来了，于是其他人就都离开了。

这是我命运的一些奇特之处。焦虑与不幸一个又一个接踵而至，快得我都来不及深思。回忆起来，我觉得我所受的一半苦难就足以压倒和击垮我了。事实上，我没有时间来考虑降落到我身上的不幸，我被迫遗忘它们，以防它下一刻可能就会粉碎我。

这个至为亲切的老人的行为十分令我伤心，我可以预见自己可怕的未来。我刚才说过，我的押解人回来了，我的心思被迫转移了方向。此刻我感到如此窘迫，我倒是乐意被关在这与世隔绝的荒僻之地，独自品尝这说不出的痛苦。但是这种悲痛也还不至于让我乐意冒险被送上绞刑架。对生命的热爱，对压迫的仇恨，让我这颗时刻感受到生命无力的心变得更坚强。刚才那个愉悦的时刻，我放任自己沉溺其中，可是这一刻已经过去，也是结束的时候了。处在命运的边缘，我若继续疏忽不觉，那将是危险的，而且，刚才努力尝试却失败了，我伤透了心，一点也没有必要相信曲线救国了。

　　我的态度缓和下来，这正是两个押解人所乐见的。因此，我们立即开始做交易。经过一番讨价还价，他们答应我用十一几尼买取自己的自由。为保护他们的正直的名声，他们坚持在公共马车上押解着我行了几英里路。然后，他们假装接下来必须横穿全国，方向不同，于是我们下了车。车子刚刚离开我们的视线，他们就放开了我，让我自己选择方向。可以这么说，这两个人在他们的行业里是聪明的人才。他们起初抓住我是为了一百几尼的奖励，他们后来也很高兴接受十一几尼的交易。不过，如果再多扣押我一会儿，他们将会发现，因另一桩悬赏，他们有可能会得到最初奢望的那一大笔钱。

　　试图经海路逃离追捕者却引发的这场灾难，令我不想再重蹈覆辙。因此我再一次决定，至少就目前而言，应该隐身于大都市的茫茫人海中。此时，我认为冒险直走或沿途稍作绕道都不明智，因为那条线路在那两个押解人的控制下；于是我沿着威尔士的边境前行。这里唯一值得一提的是，我必须在某处乘渡轮才能渡过西南部的塞汶河。由于意外的粗心，我完全迷了路，当晚根本找不到渡口，也无法到达我要休息的小镇。

　　这不禁有点令人沮丧，事情那么多，我应当全神贯注，却因异常的急躁而发生了这样的事。那一天，我感到极度疲惫，而在那之前，我还走错了路，或者至少说，我意识到了路不对。当时天空已经暗沉了下来，不久就乌云密布，大雨倾盆而下。我正走在荒野之中，没有一棵树或任何的遮蔽物来挡雨。顷刻之间，我就全身湿透了。我郁闷地坚持前行。不久，雨变成了冰雹。冰雹下得又大又急，破烂的衣服几乎不能给我任何遮挡，冰雹把我砸得体无完肤。冰雹减弱后，紧接着又是一场大雨。就在这时，我发现自己完全迷了路。看不到一个人，也见不到动物或房舍。我继续往前走，在每个拐弯处估摸正确的方向，但都不能确定究竟该选哪一条。我觉得抑郁懊恼，边走边咕哝诅咒着。我对生活充满了厌恶和痛恨，厌憎生活中的一切人与事。毫无方向地彷徨了两个小时，夜色吞没了我。几乎已经没路可走了，再想前行只是徒劳。

这时的我，浑身不适，无处躲避，饥渴交加，衣服就像刚从海里捞起来一般。我的牙齿打着寒战，四肢哆嗦不停，心里怒火熊熊。我一会儿被什么东西绊倒，一会儿又被什么阻了道，前进不得只能往回走。

这些意外发生的不便与令我受苦不已的迫害之间没有必然的联系。但是心烦意乱的我却把两件事混淆起来。我开始诅咒人生："我，一个流浪汉，注定要饥寒交迫而死。人人弃我，人人憎我。你们令我居无所，饥无食，只欲置我于死地。万恶的世界！这样无缘无故的恨，这样强加于无辜之人的灾难，即使有罪之人也不该受！万恶的世界！去死吧，旁人的同情，你们的眼如冰刀，心如铁石。我为什么还要活下去？我为什么还要苟且，在人类的虎穴中偷生？"

我爆发的情绪终于停歇了。不久之后，我看到了一个孤零零小屋，我很高兴地把它当作了我的避难所。小屋的一个角落有一些干净的干草。我匆匆脱掉身上的破衣，铺开来，以便干得更快。我自己则埋身于亲切温暖的干草之中。这时，我渐渐忘记了过去一直折磨着自己的痛苦。一个干净的小屋，一堆鲜秸秆虽然不是什么大福，但是却在我没有预期的时候出现了，令我全心都轻松起来。我身心疲乏，虽然总的来说我只睡了相当短的时间，我醒过来时已经是第二天的中午了。起来后，我发现离渡口并不太远。穿过它，我来到头天晚上原本准备过夜的小镇。

今天正是赶集的日子。我刚经过十字路口时，发现有两个人很热切地看着我。其中一个人大声说道："我想如果他不是那些一小时前乘马车离开的人所打听的人，我甘愿下地狱……"我吓了一大跳，加快了步伐，在一条狭窄的弄堂里来了个急拐弯。一脱离他们的视线，我就撒开腿拼命奔跑，直到离刚才说话的人有几英里之后才觉得稍稍安全了。我始终相信，他们说的就是曾经在要去爱尔兰的船上拘押了我的那两个人。出于某种巧合，那两个人看到了福克兰先生一案中有关我的描述。把各种情况联系起来，他们发现最近被他们拘押的就是那个案犯。我的确是昏了头了，我目前还不能解释，在之前的那个案子中，就有各种迹象表明我是一个危险的怪异的人，我竟然还毫无变化地维持着先前的装扮。我这一次逃脱明显很幸运。如果前一夜我没有因为冰雹而迷路，如果今天上午我没有睡过头，我几乎可以肯定我已经落入凶残的血腥之手。

他们要去的下一站——如果不是我在集市上听到了小镇的名字——就是我接着要去的。既然如此，我决定选一条尽量宽点的路。在我去的第一个镇上，出于实际需求，我买了一件很高级的外套，穿在乞丐服的外面，又买了一顶高级的帽子。我把帽子拉下来遮挡我的脸，并用一块绿色的丝巾遮住一只眼。原来围在头上的头巾，我用来系在脸的下半部，以挡住我的嘴。就这样，我丢弃了以前用的装束，又在上装外穿上一件马夫穿的双排扣披风。披风质量上佳，让我看起来像是一个下层社会里有着好名声的农夫的儿子。乔装完毕，我继续自己的行程。经过了许许多多的艰难险阻和迂回曲折，终于安全抵达伦敦。

第八章

无限奔波劳累的生活终于告一段落。这段经历没有人会在追忆时不带着震撼,也没有人会在向他人转述时不带着几近绝望的感触。得到这个安身之地耗费的代价无法估计,不仅是指我逃离监狱四面高墙花费的努力,还是指从那时起至今我作为猎物所面临的危险和焦虑。

但是,我为何称呼我现在到达的地方为"安身之地"呢?唉,恰恰相反!我的当务之急是回顾一下我至今为止的乔装计划,从我遭受的经历中加以改进,并创造出一个比以前更无法被识破的隐身术。这需要不停的努力。一般案件中对嫌疑犯的追捕只是暂时的,而一般案件的标准完全不适用于智商异常超人的福克兰先生。同样,伦敦虽然貌似可以隐藏无数的人,我却没有因此得到一丁点慰藉。我不知道这样活着究竟是否值得。我只知道,我坚持继续发挥着自己的才能,就像人类惯常对聪明的下一代怀有的舐犊之情一样。我越是费心让它日臻完美,我就越是不能放弃。另一个同样促使我持恒不懈的动力来源于我对不公和专制日益增长的厌恶。

在伦敦的第一晚我是在萨瑟克区一家隐蔽的小酒馆过的夜。我选择这里,是因为它远离我曾经待过的英国的那个地区。夜幕下,我穿着农夫的披风走进小酒馆;入睡前,我付过房费。第二天一早,我将自己打扮得尽量不同,天亮前就离开了。我把披风包起来,带着它，一直走了很远，才把它扔在我经过的一条小弄的角落。我接下来要给自己重置一套装束，与以前穿过的都不同。我想让自己看上去是一个犹太人。在森林边遇到的盗窃团伙中有一人就是犹太族的。我说过我具有模仿天分，我可以模仿犹太人的英语发音，模仿到足够相像。我的预备工作之一，是到城市有很多犹太人聚居的地方，研究他们的肤色和表情。我谨慎地做好计划，等到晚上就去了伦敦东部麦尔安德和沃平中途的一家小酒馆。在这里，我穿上闪亮的新衣服，一如既往小心翼翼地，在无人注意的时候离开了酒馆。没必要详述我的装扮，简而言之，就是让自己看起来肤色淡一点，略显微暗灰黄，我认为这是多数情况下这个种族的特征。完成这次变身后，即使检查得再严格，我想也不会有人能认出这个人就是凯莱布·威廉斯。

我就这么实施着我的计划。我认为租下一个住处是明智的，可以不用再四处流浪，让自己安定下来。在这个住所，我常常白天闭门不出，锻炼和呼吸新鲜空气的时间很少，而且都是在夜间。尽管我的房间是在阁楼上，我甚至对靠近窗户的人都非常警惕。我给自己制定的一个原则是，不做任何恣意的不必要的冒险，不管多么微小。

让我暂停一会儿，先向读者说明一下我脑海中关于我的实质性处境。我天生自由，身体健康，精力充沛，性情活泼，轮廓分明，四肢齐全。的确，我不是生而富有，但是我有更好的遗传基因。我有一颗进取之心，一种探索的精神，一个远大的抱负。总之，我乐享天命，心满意足。我对命运并无担忧，但是我想让自己生活得很好。我的目标并不宏伟，我乐于先冒一点风险，我愿意看到自己的成长而不是后退。

我最初的自由精神和坚强的心，却被一个事件炸得粉碎。我对社会机构赋予一个人凌驾于他人之上的权力太过无知，我不小心落入一个人之手，这个人以压迫击垮我为乐。

我发现自己不应该遭受的不幸。这些不幸,如果他们细想一下,都不会强加到那些笃定不疑的罪犯身上。我害怕在每个人的脸上看到敌意,他们警觉的眼神令我畏缩。我不敢敞开我们人性中最善良的一面。我被禁闭在与我一样的人类中间,却被抛弃,孤独可怜。我不敢寻求友情的慰藉,我不能与人同欢乐共悲伤,分享信任与同情;相反,我被迫把思想和敏感都深藏内心。我的生活纯粹是一个谎言。我维持着一个假冒的身份,装着腔作着势。我的步态,我的手势,我的口音,都是刻意的。我连一次都不能自由地纵情于灵魂的自然迸发。带着这许多不能,我还在努力求生,一种需要无限谨慎,而且被剥夺了快乐希望的生存。

　　即使这样,我还是决定忍耐。肩负起重担,保持永不退缩的坚定。但是,不要以为我没有任何抱怨和憎恨。我要么处于恐惧之中,像动物躲藏坚持不懈的猎人;要么处于不时的极度厌恶之中,像是要让命运悲惨之人心里感到束手无策。有些时候,我强烈抗拒命运的苛刻,但更多的时候,我沉沦泄气、悲观无助。我毫无希望地一天天活着,痛苦的眼泪潸然而下,勇气消失无踪。我诅咒每一个周而复始清醒的日子。

　　"究竟是为什么?"这时我就会大声问,"为什么生存的重负压得我喘不过气来?为什么各方都要折磨我?我没有杀过人。即使我杀过,我还能遭受什么比这更严重的迫害?我被定罪,这多么卑鄙、肮脏又可耻啊!这不是我应该受的,我的性情,我的理智都不允许!除了令我像一只惊吓的小鸟在封闭的鸟笼里徒劳自伤外,我不安的灵魂还有什么用?天啊,残酷的老天啊,你像最狠毒的继母一样对待我,让我的愿望得不到实现,让我沉陷在永恒的堕落中。"

　　如果有赖以生存的钱,我会觉得自己更安全一些。为了生存,很明显我得放弃被迫隐身的计划。我得工作,不管做什么,或者说,我认为自己有能力做什么,首先得考虑我怎样才能得到雇用,从哪里我才能为自己的产品找到雇主或买主。我没得选择,我逃离嗜血贪婪的押解人时所剩无几的钱马上就要用完了。

细致地考虑后,我有了答案。我决定,首先应该尝试一下文学。我曾获悉,写作可以赚钱,而且,我也了解找到合适买主后的价位。我的资历不深,但我确定我的经历和人生实践会帮我写出好的作品。虽然我穷困潦倒,我一直有这个爱好。我早期对知识的渴求引导我熟读书籍,而且,出乎意料的是,还能在现在这种情况下派上用场。若说我的文学抱负不大,我的要求也并不高。只是为了生存,况且,我相信没有人比我生活花费钱财更少的了。这是一个暂时的应急手段,希望日后时机改变,我的生活不再那么飘摇。做出这个决定的主要原因,在于这件工作不需要多少准备,而且,我认为,还最不引人注意。

有一个独身女人,中年,在这座房子与我同一楼层租了一间房。我刚定下自己工作的目标,就选中她来为我销售作品。像我这样被人驱逐,不与人进行交流的人,发现在与这个有礼貌的、好心情的女人偶尔不多的交流中很愉快。她已经到了不受谣言摆布的年龄,靠一笔很少的年金过活。年金由一个远亲提供,那是一个贵妇,拥有大笔的钱,也没有什么其他需要操心的,唯一的担心是她不要拿勤劳来玷污她们之间的亲缘关系。这个可爱的女人,性情真的是快乐而积极,不为钱财发愁,没有祸难的压力。尽管她志向不远大,知识不丰富,她的洞察力却绝不弱。她令人佩服地洞察、评论人类的错误和愚昧,然而她的性格如此温和又宽厚,让人还以为她什么都没有看见。她的心充满仁慈,她的情感真挚热忱,她若能帮上忙就绝不推诿。

若不是她的这些好脾气,我应发现我的外表,一个被遗弃的孤独的年轻犹太人,实际上是排除在她的好心之外的。但是我很快通过她接收和回应来自一个冷漠之人的礼貌的方式发现，她的心太高尚了，不会有任何卑劣的想法。受此鼓励，我决定让她当我的代理人。她对我的提议表示乐意与关心。预计她会有些疑问，我坦白地说，有某些不便说明的理由，若说了，我相信她不会改变对我的好感，我觉得目前有必要保留一些隐私。她接受了我的说法，告诉我，除非我觉得方便告诉，她不需要更多的信息。

我的第一批作品是诗歌类的。完成两三首后，我就派这个慷慨的女人替我把它们送到一家报社。但是，那家报社的评论家与审稿阿里斯塔克斯只是漫不经心地瞟了它们一眼，就很鄙夷地拒绝了，说这类诗歌入不了他的眼。这里我必须提一下，马尼夫人（也就是我的女大使）善良的面容，在任何情况下都意味着成功，完全不需要语言的帮助。她对自己所做的事毫无保留地喜欢，她对失败或好运的感受都比我来得强烈得多。我对自己的能力有坚定的信心，而且，更利害相关更痛苦烦恼的思考占据了我的时间与精力，我觉得诗歌被拒根本不是什么大事。

我默默地把诗拿了回来，在桌子上摊开来。略作修改，又重新抄了一遍，与另两首一起，让马尼夫人送给一家杂志的编辑。编辑留下了诗，说后天再予以答复。两天后，他告诉我的朋友，诗歌可以登载。马尼夫人询问稿费，他回答说诗歌类作品不付稿酬是他们的惯例，投稿箱里有太多此类作品了。但是如果作者愿意尝试一下散文、小品文或文学故事，他会考虑支付稿费。

我马上遵照了这位编辑的要求。我开始模仿阿迪生《旁观者》的风格写了一篇文章，得到了杂志社的录用。很快，我就在写作领域立足下来。然而，我在寓意的挖掘上不是很有自信，于是，不久之后，我转向了他的另一个建议——文学故事。他现在常常向我约稿。为了方便起见，我考虑做翻译。我不方便接触到书籍，但是，我有很好的记忆力。于是,我常常翻译数年前读过的东西,或以此为原型进行创作。出于一种宿命意识——我也不知怎么解释——我常常会想到一些有名的劫匪的故事。因此,我会时不时讲述诸如卡图什、古斯曼·阿法拉奇,或者其他有名的盗贼的故事,他们的生命最后都是终止在绞刑架上的。

就这样,对我自己境况的回溯让我在如此艰难的领域里一直坚持不懈。我常常扔下笔,感觉极度绝望。有时,连续数日,我什么也干不了,陷入一种局部的恍惚之中,难受得无以言表。然而,青春和健康促使我一次又一次地战胜沮丧,让自己变得快乐。如果这种快乐能够持久,那么,日后回想这段经历,也还是可以忍受的。

第九章

在等待追捕我的狂热平息下来之前的这段日子,我努力忙碌着准备着,却不料又有一个新的危险降临到我的头上。

金尼斯,被驱逐出雷蒙德为首的团伙的一个窃贼,在过去几年里,一直徘徊在违法与守法之间。他起初多致力于前者,而正因为他自己娴熟的偷窃伎俩,他成为一个特别的捉贼专家——他从事这个职业是出于生存需求而非自愿选择。在这个行业里,他名声很大,虽然也许他的功绩更大。就如人类社会的其他部门,即使属下智慧超人,技艺不凡,荣誉也无一例外都归上级所有。他很懂得这门人生的艺术,不料,很意外地,一两件在他脱离盗窃行当之前所干的事有曝光的危险。已经有过数次这样的经历令他觉得离开是明智的做法。正是这个时候,他加入了雷蒙德的团伙。

这就是我第一次碰到金尼斯之前他的历史。那时他还是雷蒙德团伙中的老手。行窃是无常的,性格也很快就养成了。被驱逐出团伙后,他又回到了正当的行业,还被当作迷途的羔羊受到了老同志们的祝贺。对于社会的下层人来说,一辈子都用来赎罪也不够;而在受人尊重的捉贼互助会里,其中一个原则是,如果能合乎情理地避免,他们绝不会找原来的同伙算账。也许他们不想给自己的职业添加不必要的污点。另一个原则是就像有过金尼斯同样经历的人发现的,也被金尼斯所遵守的,保护曾经的盗窃同伙直到最后一刻,除非万不得已或受到巨大的诱惑。由于这个原因，也就是金尼斯的处事策略，雷蒙德和他的团伙，如他所言，是不会受到打击的。

但是，尽管金尼斯是一个言行一致的人，很不幸，我的案子并不在他所遵循的处事策略范围内。不幸吞噬着我，没有一处是安全的，可以得到庇护的。而对我的迫害几乎只是基于我犯了一个重罪的假定。这件事与金尼斯并无瓜葛，他不在乎对我所做的这个假定是否正确。他恨我，觉得我完全不可能是无辜的。

那两个拘押过我的血腥之徒，如以往一般，在捉贼互助会里分享他们的奇遇。他们讲述过为什么他们猜测从他们手中逃走的人就是悬赏一百几尼的凯莱布·威廉斯。金尼斯，基于强烈的职业敏感性，对照了一下事件与日期，怀疑这个凯莱布·威廉斯就是他在树林边追逐过并伤害了的人。他对我恨之入骨。我就是使他颜面扫地被逐出雷蒙德团伙的直接原因。后来我才知道，金尼斯深刻体会到，他不得已而重返的污秽呆板的捕贼生涯，与因我而被迫离开的那种自由勇敢的盗窃生活简直天差地别。因此，一听到有关我的消息，他就发誓要报仇。他决心放下其他一切事务，全力以赴地要将我从藏身之地揪出来。那笔悬赏金，他自命不凡地认为非他莫属，就是对他的辛苦的补偿。因此，我要面对的就是这么一个深受复仇心理驱使、没有良心和人性底线的精明的捕贼专家。

在现在的居所安定下来之后不久，我思考过自己的处境。就如所有不幸的人所习惯的一样，我很愚蠢地认为，我悲惨的境况不可能会更糟了。更糟的情况这时发生了，而我还被蒙在鼓里。这种可怕，几乎是人类想象的极限了。没有什么能比我与金尼斯在树林边致命的遭遇更能危及我日后的平安了。就好像，我又树了一个异常可怕的敌人，这个敌人一生都不会解除他的仇恨。如果说福克兰是一只饥饿的狮子，他的吼叫让我惊恐，那么，金尼斯就是一只有毒的虫子，同样令人畏惧，盘旋在我的周围，永远让我置于被毒虫叮蜇的恐惧中。

他计划执行的第一步，是先去我之前被抓的海港小镇。然后，去塞汶河两岸，再去伦敦。显然，只要追捕者有足够的动力坚持下去，这是可行的，除非逃亡者做好最好的防范，既精确又幸运。的确，在追捕的过程中，金尼斯常常不得不加快步伐。他就像一只猎犬，一旦出错，马上返回上一次发现的已被他判了死刑的猎物痕迹的地方。他不遗余力、日夜兼程，追捕我成了他的第一目标。

我到伦敦后，他有段时间失去了我的踪迹。伦敦是这么一个大都市，一个人完全可以隐身其间不为人知。但是，没有困难能阻止这个敌人。他把旅馆挨个找过去（他很合理地认为我不会立即去找私宅）。经过他的描述和由他激起的回忆，他终于发现我曾经在萨瑟克区待过一夜。但也仅此而已，旅馆的人不知道第二天我去了哪儿。

然而，这让他对我的追捕变得更急切。描述我此时更加不易，因为第二天我的装束与前一天都有所改变。但是金尼斯还是克服了这方面的阻碍。

追到我入住过的第二家旅馆，他得到了更多有关我的消息。我曾经是几个旅馆人员闲暇时聊天的对象。一个住在旅馆对面上了年纪的女人，既好事又饶舌，那天早起洗东西，从她的窗口，借着旅馆上方的一盏大灯，看到我从大门出去。她没有看清我，但是她觉得我看上去有犹太人的味道。她很习惯每天上午与旅馆的女房东聚谈一会儿，有时一些男女服务员也会加入。那天上午的聚谈中，她问了一些前一天晚上在此过夜的犹太人。听说没有犹太人在这里过夜。女房东的好奇心被激发起来，因为那天上午除了我没有其他人。奇怪！她们讨论了我的相貌和穿着。没有比她们所说的更大相径庭的了。在这样的瞎聊中，犹太信徒为他们提供了话题。

这些信息对金尼斯非常重要,但是他无法马上按希望的那样去做。他不能像去小旅馆一样去住了房客的私宅。他走街串巷,窥视着、探寻着像我一样身高的犹太人的面容,却一无所获。他经常去公爵教堂原址的犹太贫民区和犹太教会堂。事实上,他也不指望能在这些地方发现我。但是绝望中,他还是去了,心存最后一线希望。他不止一次地要放弃了,但是,一颗难以餍足而焦躁不安的复仇之心又让他继续着。

就在这样的烦躁不安和变化不断的时候,他碰巧去拜访了一个兄弟。这个兄弟是一个印刷厂的工头。两个兄弟之间没什么可谈的,两人性情与爱好都差异甚大。印刷工兄弟勤奋、稳重、中规中矩,而且喜欢攒钱。他对自己兄弟的所作所为极为不满,试图改造兄弟却没什么成效。但是,尽管他们的想法很不一样,有时他们也互访对方。金尼斯喜欢大言不惭地吹嘘自己的成就,而他的这个兄弟就是他常来常往的伙伴之外另一个听众。金尼斯的直言不讳和离奇的故事常常让印刷工兄弟开心不已。他暗自高兴,尽管他自己严肃而又有基督徒的成见,他还是一个足智多谋、不屈不挠之人的兄弟。

这次会面中,听了金尼斯以自己粗俗的高人一等的方式讲的精彩故事后,印刷工热切地也想讲故事来娱乐一下自己的兄弟。他开始转述我的卡图什和古斯曼·阿法拉奇的故事。金尼斯的注意力马上被吸引住了。他的第一个感觉是惊异;第二个感觉是嫉妒恨。印刷工从哪里得到这些故事的?“听我说,”印刷工说,“我们没有人了解这些文章的作者。他写诗、寓言还有历史。我是印刷工兼杂志的校对者。我可以毫不羞愧地自称,我是那些作品的合格的评判人。他写的所有作品都非常好,但是,他只是一个犹太人。(对我的坦率的印刷工兄弟来说,这很奇怪。他觉得这些都是北美印第安彻罗基族酋长在密西西比河瀑布边写的。)”

"犹太人！你怎么知道？你见过他？"

"没有。文章都是一个女人送过来的。我的老板不喜欢神秘，他想亲自见到每一篇文章的作者。他再三麻烦那个女人告诉他，但是她守口如瓶。只有一次，她无意中漏嘴说作者是一个年轻的犹太人。"

犹太人！年轻的绅士！所有的事都假手他人，所有的活动都不为人知！这足以引起金尼斯的猜测和怀疑了。作品中死于刽子手的主角们，他已经很确定了，不用再多费脑筋了。他没有再说什么，只是貌似很随意地问送作品来的是什么样的女人，大约多大年纪，是否常常送这类作品过来，然后就借机离开了。这些意外得来的消息让金尼斯欣喜异常。从兄弟处得到了有关这个作者足够的线索，了解到了马尼夫人的外貌特征，知道次日我还会送作品过去，他提前来到大街上，以免一不小心错失良机。几小时后，他终于等来了马尼夫人。他看着她走进房子，约二十分钟后又出来了。他尾随着她走过一条又一条街，最后拐进一座私宅的门。他庆幸自己的任务终于要画上一个圆满的句号了。

她进的并不是自己的住所。由于某种神奇的巧合，她在街上发现自己被人跟踪了。回家的途中，她看到一个女人倒地昏厥了过去。出于爱心，她走上前去，帮助晕倒的女人。她的周围很快就聚集了一群人。马尼夫人做了她能做的后继续朝家里走。看到围在周围的人群，她担心会有扒手，就把手放在身体两侧，同时环视着人群。她离开人群时有点突然。金尼斯当时离她很近，因担心在这种混乱中跟丢了。于是两个人就这么打了个照面。金尼斯的脸很是与众不同，脸上的每一条皱纹都刻画着邪恶的狡诈和无所顾忌的恣意放肆。马尼夫人既不是哲人也不是相士，却被这张脸震住了。像大多数的名人一样，这个善良的女人回家的路也与众不同。她不走公共大街，而是穿小巷走狭径，七弯八拐。这时，她偶然地又瞟到了尾随自己的人。这种情况加上那张特别的脸不禁引起了她的猜测。她难道被跟踪了吗？正是中午，她并不担心自己。但是这是否与我有关？她回想了一下我平时的小心谨慎、讳莫如深，确信我那么做是事出有因的。她又想到，涉及我的事她总是很警惕，但是她够警惕了吗？她在想，如果因她而让我受到伤害，那她将会永远感到痛苦。因此，她决定，以预防万一，她先去一个朋友家，再让人把发生的事传话给我。跟朋友交代好后，她立即朝着相反的方向去拜访一个人。在她离开后五分钟，她的朋友才出发。就这样，因为她的谨慎，我才彻底摆脱了眼前的危险。

同时，根据带来的情报，我并不确定这危险的程度。我只感受到四周平和的景象和因仁慈善良的马尼夫人的小心谨慎而带来的不安。但是，我的处境就是这么悲惨，我别无选择。不管是否真的有危险，我都得马上离开。除了手上能拿的，我什么也带不走；我再也见不到慈悲的马尼夫人了；我必须放弃这小小的居所；我只能再次躲到什么荒僻之地，寻找新的生计，或许有希望，还会有一个新朋友。我来到大街上，心情沉重却并不犹豫。大白天，这时会有人漫游在街上找我，我不该奢望他们朝着与我相反的方向找我。穿过了六七条街后，我来到一家昏暗的便宜的酒馆。吃了些点心，郁郁地沉思了几个小时，然后租了一张床。但是，天刚黑下来，我就出门（因为必须）去买新的装束用品。晚上，我仔细装扮好，一如既往，小心翼翼地离开了这个暂避之处。

第十章

我租了一个新的居所。也许因为脑子对危险的偏执，我相信马尼夫人的警报不是没有根据的。然而，我却无法猜出这危险究竟会如何降临，因此，唯有对自己的行动倍加小心。然而，既要安全，又要生存，这两件事压迫着我。我手头还有一些写作赚来的小钱，但是就一点点，因为他们拖欠了我的稿费，而我不知道怎么去要回。虽然我很努力，但是焦虑侵蚀着我的身体。我没有一刻感觉是安全的。我形销骨立，一点点意外的响动都让我惊恐。有时，我想，就这么认罪吧，面对死亡吧，但是怨恨和愤怒马上又会充斥我的脑子，我又重新变得不屈不挠。

除了之前的写作，以及通过第三个人的帮助来替我传递作品，我不知道其他的求生方法。我可以另找他人来帮我，可是我到哪里才能找到像马尼夫人一般仁慈的人呢？我注意到一个姓斯波洛的人。他从钟表匠那儿接活干，住在我们这幢楼的三楼。在楼梯上相遇时，我略为随意地注意过他两三次，试图与他搭上话。他看出来了，于是很友好地邀请我去他的房间。

坐定以后，他问候了我虚弱的身体状况，独居的生活方式，并问是否能帮我做些什么。从他见到我的第一刻起，他就喜欢我。现在的打扮让我看上去是畸形的残缺的，在其他方面也绝不是一个有吸引力的人。但是，斯波洛先生好像大约半年前刚失去唯一的儿子，而我长得与他儿子"一模一样"。如果我不是假装得那么丑,我可能还激不起他的喜爱。如他所说,他现在已经是个老人,行将就木了。他的儿子是他唯一的安慰。可怜的年轻的儿子总是生病,但是却尽心照顾着他。儿子活着时对他照顾得越多,死后他就越是思念。现在,整个世界上,他没有一个朋友,也无人照顾他。如果我愿意,我就是他的儿子,他也会给予我同样的关心和体贴。

我感谢了他的好意,但告诉他,若是给他带来负担,我会很抱歉。"我现在想过一种隐蔽的独居的生活,同时又能赚一些钱养活自己,我最大的麻烦是怎样调和两者。如果你能眷顾我,帮我解决这个困难,就是给我的最大的恩惠了。"我继续说道,"我脑子还挺灵活的,人也很勤勉,如果用心学的话,我很快就能掌握技巧。我还没有学过任何手艺,但是如果你肯赏脸指点我一下,只要你愿意,我会一直跟你一起干活,只求一点温饱。我知道自己在寻求你非同寻常的好意,一方面也是迫于生计,另一方面是你那接地气行业促使我这样做。"

老人面对我显而易见的苦痛流下了泪,很快就同意了我的要求。我们马上达成了协议,我就这样开始工作了。我的新朋友性情有点奇特,钟爱钱财、好管闲事是他最主要的特点。他非常节俭,没有一点浪费。我要求工作后立即支付报酬,他坦率地答应过,因此也坚持会支付。但是,他没有像其他类似情形下的人一样,把完整的报酬都给我,却声称要扣除百分之二十,一部分是作为指导费,一部分是帮我找到新工作的佣金。他经常在我面前流泪,在我每次必须离开时变得很不安,不断表现出对我的依赖和喜爱。我发现他是一个优秀的机械发明家,与他的交流中我得到了很大的快乐。我与他分享的信息丰富多彩,静观我的处事能力后他感到惊叹和欣喜,解决的过程也妙趣横生。

就这样,我现在的境况不比与马尼夫人一起时差多少。然而,我还是很不快乐。我沮丧的情绪更严重,发作得也更频繁。我的身体日益恶化,斯波洛先生不无担忧,他会像之前他失去自己儿子一样失去我。

然而,不久之后又发生了一件事,让我感到前所未有的惊慌和恐惧。在精神萎靡了很长一段时间后,一天晚上,我出去走了一个小时,活动活动身体,呼吸呼吸新鲜空气。我听到两三声很普通的小贩的叫卖。我站定,想听得更仔细一点。这时,我大吃一惊,困惑不已。小贩在叫的竟然是:"凯莱布·威廉斯!最精彩绝伦最令人惊奇的故事!充满奇迹的冒险!他的第一次行窃;他对主人的诬告;他的数次越狱以及他最后神奇地、令人难以置信地成功越狱;他乔装周游全国;他与孤注一掷不要命的盗窃团伙一起偷盗;他到伦敦后的藏身之地;追捕通缉的真实抄件,由国王陛下首要大臣出版和印刷,悬赏一百个几尼。半个便士!"

听了这些可怕的话,我惊得目瞪口呆。我愣愣地走上前去,买了一份报纸。我迫不及待地想知道事情的真相,我还可以依靠什么。捏着报纸走了一小段路,我实在耐不住自己的急迫了。凑着窄弄顶端的一点灯光,我努力查看它的主要内容。我发现这报纸比同类刊物登载的事件多。我被描述成一个能穿墙破门、声名狼藉的强盗,一个最成功的谎话连篇、心是口非、乔装易容的骗子。拉金斯最早在树林边带给我们的传单也印在最后。在我得到马尼夫人通风报信之前的所有乔装都很真实地罗列着。公众被提醒要警惕一个长相粗野、有点特别、离群索居的人。从报纸中,我还得知,在我逃离的当天晚上,我的居所遭到了搜查,马尼夫人也因包庇重犯被投入纽盖特监狱。这最后一件事让我尤其愧疚。经历了这许多磨难,我的怜悯之心并没有减少。如果不止我一人要遭受无情的迫害,接触我要受牵连,每个帮过救过我的人都要遭罪,这就太残酷,太让人忍无可忍了。

我直接的反应是，如果我愿意去面对敌人的最恶毒迫害，这样是否能让好心的马尼夫人平安无恙？我后来得知，她的贵族亲戚将她从监禁中解救出来了。

我对马尼夫人的愧疚暂时消解了。我得思考一个更迫切而不可抗拒的问题。

我是带着怎样的心情读这份报纸的？每一个字都让我绝望。我所畏惧的实实在在的被逮或许还没那么可怕。它会终止我挥之不去的对被追捕的恐怖，乔装打扮也没有用。全市上下，家家户户，各行各业，各色人等，都会带着怀疑的眼光去注视每个陌生人，特别是每个独居的陌生人。一百几尼的悬赏刺激了他们的贪欲，磨亮了他们的眼睛。不仅是伦敦弓街的警察们，上百万的人都武装起来对付我。也没有哪怕一个人会给我以庇护——很少有人像我一样如此痛苦地需要——让我戒备的心得到一点休息，帮我遮住一些人肆意好奇的注视。

还有什么情形能比这更可怕的么？我的心脏撞击着肋骨，胸口起伏不停，拼命喘着粗气。"施虐者不肯罢手！"我说，"我得长年累月地逃难，没有尽头！尽头！没有！所谓时间能治愈一切，却让我日益绝望！为什么？"我大喊，脑中闪过一个新的念头："为什么我还要继续斗争下去？我至少可以一死了之。我可以将自己埋葬，不留任何痕迹，让我自己被温和地遗忘。让我把没完没了，一次接一次的惶恐惊惧留给那些穷追不舍的人吧！"

在恐惧中，这个念头给我带来了一点快乐。我马上赶到泰晤士河边准备付诸行动，我的脑子也暂时停止了思维。我忘记了疾病带来的虚弱，情绪冲动地跑了起来。也不管是哪个方向，跑过了一条又一条街。不知道跑了多久，我来到伦敦大桥。我快速跑上台阶，看到河面上船帆点点。

"没有人会再看到我，"我说，"瞬间我就永远消失。"深思熟虑后，时间飞逝，这样绝望的念头慢慢平息。我的理智又回来了。那些船只再次提醒我，我可以离开英国。

我打听了一下，很快就发现最便宜的船就停泊在伦敦塔的附近。这艘船几天后将驶往荷兰的米德尔堡。我应该马上上船，恳请船长让我在船上待到启航那天。很遗憾，我口袋里的钱买船票还不够。

还有比这更糟的。在这个世界上，我没有足够的储蓄。我好歹付给船长一半船票钱，并答应剩下一半回头再付。我不知道怎样才能搞到钱，但是相信自己应该能办到。我想问问斯波洛先生，他一定不会拒绝我吧？看起来他像父亲待儿子一样待我，我想可以暂时相信自己能从他手里搞到钱。

我回到了自己的居所，心情沉重，而且有着一种不祥之兆。斯波洛先生出去了，我只好等他回来。我疲惫不堪，失望之极，再加上原来身体就很弱，一下子跌坐在椅子上。但是，我马上又振作起来。我的大箱子里还有斯波洛先生的活，今天早上刚送过来的，是我需要的五倍。我自忖了一会：我就当这批货是我自己的用起来？但是我马上就鄙夷地否定了。我从来不应该承受强加给我的哪怕一丁点的耻辱，我也绝不会做任何令人耻辱的事。我坐在那儿，呼吸急促，焦虑万分，充满极为不祥的预感。我心里的恐惧愈来愈强烈，比这些事件本身带给我的更甚。

此时斯波洛先生还在外面真是太离奇了，以前从来没发生过这样的情况。他的上床时间是九点到十点。十点了，十一点了，可是斯波洛先生还是不见影儿。午夜的时候，我听到了他的叩门声。房子里的每个人都已经睡了。因为他固定的睡觉时间比较早，斯波洛先生并没有钥匙。希望，我的心里涌现了一线微弱的希望之光。我手脚麻利地冲到楼下，打开了门。

乍一看，我就知道他们是哪一类人。再细看一眼，我发现其中一人正是金尼斯本人。我原来就知道他曾经干过这一行，不奇怪他又操起了旧业。虽然连续三个小时，我似乎已竭力做好了重新落入司法人员之手的准备，但看到他们就站在门口时，我的心里还是有说不出的郁闷。此外，他们出现的时间和方式也令我吃惊。我很迫切地想知道，是否斯波洛先生卑鄙地给他们带了路。

我的困惑马上就解开了。他一看到跟着的人进了门，就惊厥地急切地大声喊道："那儿，那儿，那就是你们要找的人！谢天谢地！谢天谢地！"金尼斯急巴巴地盯着我的脸，脸上希望与怀疑相互交错，回答说："上帝啊，我不知道究竟是不是他！我担心弄错了！"想了想又说，"但是我们要去他的房间做进一步检查。"于是我们上楼来到斯波洛先生的房间。我把蜡烛放在桌子上。我至今还没说过话，但是决定不放弃。而且，由于金尼斯的不确定，我得到一点鼓舞。因此，我平静而从容地用一种假声，咬着舌口齿不清地问道："请问，先生们，你们找我有什么事？""唔，"金尼斯说，"我们要找的是凯莱布·威廉斯，一个虚伪的流氓！我很熟悉他，但是听说他有一张多变的脸，一年有三百六十五变。所以，请露出你的真容；如果不行的话，起码你可以脱掉衣服，让我们看看你的驼背是怎么回事。"

我表示抗议，但是抗议无效。我一部分的伪饰被识破了。金尼斯虽然还不是十分确定，怀疑却在一点点减少。斯波洛先生非常幸灾乐祸，眼睛一眨不眨地盯着每一件东西。随着我的伪饰变得越来越明显，他不停地惊叫着："谢天谢地！谢天谢地！"终于，我懒得再继续演戏，而且，我也极度厌恶自己卑劣虚伪的形象，我说："嗯，我就是凯莱布·威廉斯。听凭发落。现在，斯波洛先生！"他猛地一惊。我刚宣称自己就是凯莱布·威廉斯的一刻他狂喜至极，完全无法自控。但是，我出其不意的一叫，我说话时的语气，震惊了他。"怎么可能，"

我继续说，"你就是那卑鄙的叛徒？我做了什么才遭你如此对待？这就是你所谓的体贴？你常挂在嘴上的爱？置我于死地？"

"可怜的孩子！可怜的人儿！"斯波洛先生抽噎着，用谦卑的劝谏语气喊道，"我真的帮不了你！如果能帮上忙的话，我早就帮了！希望他们不要伤害你，亲爱的！如果他们伤害了你，我一定会死的！"

"卑鄙的骗子！"我打断他，厉声说道，"你出卖我，置我于法律无情的酷刑之中，你还希望我不要受到伤害？我知道对我的宣判，我已经做好了准备！是你把绞索套到我脖子上的，你也会为了同样的赏金出卖你唯一的儿子！滚，去数那些被诅咒的几尼吧！即使我的生命掌握在一个从未谋面的人手中，也比在你手中安全！你这个满嘴满眼假慈悲的人！"

我一直相信，他以为我已经病入膏肓，马上就要死了。这是斯波洛先生出卖我的原因。他在预计我干不动活的时间。他很痛苦地回忆起照顾儿子和儿子葬礼的花费，他不准备给我料理后事。然而，他担心抛弃我后会受到指责；他怕自己心肠太软。他觉得，他对我的爱在逐渐加深，担心一时半会无法抛下我不管。他的心受到某种莫名的驱使，不想做不义之事。他想寻求帮助，最终做的却恰恰是最卑鄙最恶毒的事。这个缘由，加上那高额的悬赏，给他带来的刺激太强大了，他完全无法抗拒。

第十一章

我发泄完了愤恨,斯波洛先生一动不动,已经说不出话来。金尼斯和他的同伴带走了我。没必要再重复这个人的厚颜无耻。他为自己完成了复仇而得意扬扬,同时,又很懊恼赏金被我们刚离开的那无能的吝啬鬼拿走了。然而,他发誓他一定会想方设法把这笔钱弄到手。他觉得自己真是一个天才,那半个便士的奇思妙想全是他一个人的,而且是势在必得的应急手段。如果钱被一个什么都没干的守财奴收入囊中,而他一无所得,那就太没天理了。

我对他的故事全不在意,但是,尽管我当时没闲暇想,它还是触动了我,在这当口我有空闲能回想起来。眼下,我忙着考虑自己的处境,接下来我该怎么做。我感到极度绝望时,脑子里曾两度涌现出自杀的念头,但这不是我惯常的想法。现在,面对所有因他人侵犯而威胁到我生命的时候,我觉得自己一定会战斗到最后。

前景实在暗淡无光,令人气馁。我那么辛苦,先是逃出监狱,然后躲避不遗余力的追捕,但是最后,我又回到了起点。我已经很有名气了,尽管是一种臭名,有人编了有关我的顺口溜,小贩沿街叫卖,大肆散布我的故事,仆人们称颂着我"勇猛无畏"的罪行。但是,我既不是黑若斯达特斯,也不是亚历山大,会带着这类颂文满足地死去。我现在已经束手就擒,还有机会再逃脱吗?再没有更诡计多端、心如蛇蝎的追捕者了。我不指望他们会停止对我的迫害,也不指望将来能得到我想要的。

　　这些想法左右着我的决定。福克兰先生让我逐渐心冷，这种感情一直上升到痛恨。我素来都非常尊敬他，即使他对我有敌意，叫人做伪证都不能减弱。不过，现在我觉得他是一个残忍嗜血的人，就像一个恶魔，满世界追捕我，欲除我而后快；而同时，他明明知道我的无辜，我不愿加害于人，不仅如此，还有我的美德。从此，我把对他的尊敬与景仰都踩在脚下，对他渊博的学识和心灵的痛苦都不屑一顾。我不会再如此宽容忍耐，我会像他一样充满仇恨、顽冥不化。难道他把我逼入绝境，把我逼疯是明智的行为吗？他难道不担心自己的秘密和暴行曝光吗？

　　那天晚上剩下的时间我被关进了监狱。褪去了所有的装扮，第二天一早我以本来面目示人。这样，我自然很容易就被辨认出来，我面前的地方法官们不再担心，他们下令遣送我回老家。我让他们暂缓，因为我有事要揭发。这是刑事审判员们绝不会错过的好戏。

　　我走在法官们的前面，被金尼斯和他的同伴押解着去他们的办公室。我下定决心将一直忠心保守的惊人的秘密公之于众，彻底地扭转被指控的局面。是让真正的罪犯受到惩罚的时候了，无辜的人不应永远被置于罪名的压迫之下。

　　我说："我一直都在申明我是清白的，现在我必须再次重申。"

　　"既然那样，"一位资深的法官突然回击道，"你有什么要揭发的？如果你是清白的，那就没我们的事了。我们会秉公办事。"

　　"我自始至终都在申明，"我继续说，"我没有犯过罪，所有的罪都是原告本人犯下的。他私自将财物移到我房间，与我的东西混在一起，而后控告我盗窃。我现在要申明的还不止这些。这个人是一个谋杀犯，因为我发现了他的罪行，他才决定置我于死地。法官先生们，我相信你们会认真对待这次申诉。我也相信，无论主动与否，你们都不会让我蒙受不白之冤,让一个无辜的人被判刑蹲监,而真正的罪犯却逍遥法外。我守着这个故事已经够久了。我痛恨这成为他人不幸或死亡的缘由,但是所有的耐心和屈从都是有限度的。"

"请允许我,先生,"法官有点受到感染,打住我道,"问你两个问题:在这次谋杀中,你有没有任何方式的协助、煽动或参与?"

"没有。"

"请问,先生,福克兰是谁?你和他是什么关系?"

"福克兰先生是一个年收入六千几尼的绅士。我是他的文书。"

"也就是说,你是他的仆人?"

"可以这么说。"

"很好,先生,够了。首先,作为一个地方法官,我必须告诉你,你的申诉与我无关。如果你参与了谋杀,案子又不一样了。但是,让一个法官听取一个重案犯的辩词完全有违原则,除非是检举同谋犯。另外,我要告诉你,在我看来,你是我平生见过的最无耻的流氓。嗯?你这头蠢驴,你以为你的那些胡言乱语能帮得了你?在这儿?巡回审判时?还是其他什么地方?如果年收入六千几尼的绅士起诉仆人盗窃,仆人却编造这么一个控诉,还想让法院听信,那就太离奇了。我不想假装宣告说,你的罪名会让你走上绞刑架,但是我很确定,你的这个申诉一定会。若是如此残暴地践踏社会显贵望族的人都能逃脱惩罚,那么,一个有秩序良好、机构健全的政府很快就不复存在了。"

"先生,你拒绝接受我提出的控告细节吗?"

"是的,先生,我拒绝。请问,你有谋杀的证据吗?"

这个问题使我语塞。

"没有。但是我可以提供旁证,即使再漠不关心的人都得听一听。"

"正如我所想的。来人,把他带走!"

这就是我最后努力的结果,我曾经对它抱有坚定的信心。迄今为止,我一直认为,是我自己的忍耐才拖成了现在的艰难处境;我本来决定容忍一切,不去反控。这个念头在苦难中给了我不为人知的安慰:我是自愿做出牺牲,我是开心的。我觉得自己就像是殉难者和为信教而受迫害的教徒;我为自己的刚毅不屈和克己忘我喝彩;我喜欢想象我有一种力量,可以立刻终止我所遭受的磨难和迫害,虽然我希望永远也用不着通过不断地斗智斗勇来发挥这种力量。

这最终就是人类的公正!在某些情况下,没有参与犯罪的人,在查案时的申诉却无人聆听!对残忍的凶杀,人们只是无动于衷;一个无辜的人,却像是一头野兽,被逼到世界的尽头;年收入六千几尼可以免于被起诉,而有效的控告却不执行,只因他是仆人!

我被带回了原来的监狱,几个月前,我就是从这里逃脱的。我的心马上就要进裂。这四面高墙让我感到,比大力神赫拉克勒斯所受的还更甚的劳苦是对我自己的折磨,别无其他结局。越狱后,我的痛苦经历,社会的诸多桎梏,暴政的密织陷阱,让我对世界有了一些了解。世界不再是我年轻时幻想的那样,是一个隐藏、涌现、展示鲜活生命力的地方。我看到整个人类,以这样那样的方式,沦为施暴者的工具。我心中的希望已经破灭。在地牢的第一夜,我不时陷入短暂的疯狂。偶尔,我不能自抑,绝望地在一片沉寂中怒吼。但是,这种发狂很快就过去了,我不久就清晰地记起了我自己和我的痛苦。

前景更加灰暗,境况不能再糟了。要说有关系的话,就是我再次面临这种监狱高墙内特有的耻辱和酷刑。为什么我又得重复过去那些令人作呕的经历?难道每一个不幸受到被奉为神圣的代表国家法律的政府惩罚的人都得忍受的经历?我经历的那些苦难、焦虑、逃亡,以及比被发现更揪心的无休无止的等待,那些哪怕最麻木不仁的人,在他自己良心的审判席上,都会被打动,即使我就是被认定的重案犯。然而,法律没有眼睛,没有耳朵,也没有同情心,它把那些遵守它条例的人心都变成了坚硬的石头。

尽管如此,我还是再次恢复了我的决心。我决定,只要我活着,就不放弃这种决心。我可能被压迫,被打垮,但是,就算死,我也是抵抗到死。温顺的投降有什么用?有什么好处?有什么快乐?没有人会那么无知,臣服于法律毫无益处;审判庭上没有改过自新的机会。

我的坚韧不屈在某些人看来也许已经超出了人性的标准。但是,如果我打开心窗,他们就知道自己错了。我心脏的每个气孔都在淌血。我的决心不是冷静的达观和理智,而是一种阴郁绝望的打算:没有希望,仅仅是存在,满足于徒劳的努力,成功与否都有充分准备。我就是被福克兰先生逼入了这样的惨况,即使最冷酷的人心底深处的那份同情都可能被唤醒。

同时,可能很奇怪,在这儿,监狱里,经受着无尽的困苦,明知等待我的是死刑,我竟然恢复了健康。我把这归功于自己的心态。曾经是监狱里常有的终日不绝的煎熬、恐惧、警觉,现在已变成一种视死如归的坚定。

我期待着审判。我决定再次越狱,要取得这通向未来的第一步的成功,我并不怀疑自己的能力。但是,巡回审判就快到了,有一些理由,没必要细述,让我相信,等审讯真的结束后再越狱会有好处。

这是最近才发生的诸项事件中的一项。因此,第二天一早就没有按程序开始我就被传唤审讯了,这让我非常惊讶。但是,如果说这让我吃惊的话,那么,当传唤起诉人出庭的时候,没有福克兰先生,没有福里斯特先生,没有任何人出庭起诉我,我就更加吃惊了。原有起诉人曾经出具的保证书被宣布没收,我无罪释放。

这难以置信的逆转让我不知道说什么好。我来到法庭,死刑判决似乎已在耳边回荡,突然被告知自由了,可以去任何想去的地方!

我曾经突破监狱的道道关卡,翻越坚硬的高墙;每日焦虑不堪,夜不成眠,噩梦连连,绞尽脑汁地东躲西藏;我的精力超常,受尽折磨,忍无人能忍……竟为了躲避这样一个结局?天哪!人是什么?怎么会如此看不到未来,完全不知道下一刻会发生什么。我曾经在哪儿看到过,上苍仁慈,会帮我们规避未来的遭遇。我的经历却并不符合这一说法。至少在这次审判中,如果我已经预见完全出人意料的结果,我就可以免于惨绝人寰的奔波和不可名状的苦痛了。

第十二章

不久，我就离开令人恶心的可怕的监狱，再也不用回去了。这意外得到的自由让我满心都是欢喜，没空再担心未来。我离开小镇，缓慢地闲逛着，满脑子都是思绪，时而感叹不已，时而深深沉浸在莫名的思索中。我突然发现自己来到了一片荒野，即首次越狱后的第一个藏身之处。我在那些山洞和溪谷中徘徊。这里荒僻凄凉，与世隔绝。我不知在这儿耽搁了多久。夜幕不知不觉降临了，我准备暂且回到镇里去。

天全黑下来了。突然，两个我之前没注意到的男人从背后跃出，扣住我的双臂，把我摁倒在了地上。我措手不及反抗，也来不及思考。但是，看到其中一人就是恶魔金尼斯。他们蒙上我的眼睛，塞住我的嘴，匆匆押着我不知去哪儿。沉默前行中，我努力揣测这次突袭的缘由。经历了今天上午的审判后，我很坚定地以为，生命中最严峻最痛苦的一页已经翻过去了，这听起来好像有点奇怪，我对这次突袭并不惊恐。也许这只是残忍冷血的金尼斯的一个新阴谋。

我很快意识到我们是在回小镇的路上。他们把我带进了一座房子里，要了一个房间，然后就让我的眼睛和嘴巴恢复了自由。金尼斯不怀好意地咧嘴笑着告诉我，他们不会加害于我，所以我应保持理智安静。我看到我们是在一家客栈，不远处的一间房子里还传来说话声。我跟他一样明白，眼下我不用害怕任何暴力，如果他们想要用同样的方法带我离开客栈的话，我会有足够的时间进行反抗。我很好奇这次突袭究竟是怎么一回事。

随即，福克兰先生就走进房间。我还记得柯林斯第一次跟我说起我们主人时，就说他与以前很不一样。我当时无法解其真谛。但是，眼前这一幕却惊人地印证了这句话，虽然上一次我见到他并不愉快的脸时，他也像此时一般正日夜懊悔，受着折磨。那时，痛苦两字清晰地刻在他的脸上，而现在，他已经完全不成人形，形容憔悴，骨瘦如柴，整张脸都黯红发黑，像是被内心烧不尽的火烤焦了。他双眼红彤彤的，快速打量着周围，充满疑虑和愤怒。他的头发没有梳理，乱蓬蓬的，发刺摇曳。他整个人干瘪至极，与其说是一个活人，不如说是一具骷髅。生命已经无法在这个愁眉苦脸鬼魂似的人身上继续。生命的灯芯即将燃尽，现在只有狂暴的怒火支撑着他。

我被他的这个形象震惊得无以复加。这时，他口气严厉地命令其他人离开房间。

"啊呀，先生，今天我成功将你从绞刑架下解救出来。两个星期前，你曾费尽心机地将我的生命送到了绞刑架前。

"你那么迟钝，难道看不出我一直努力地要保住你的性命吗？在监狱时我没保护你吗？没有我，你不会被押赴远方吗？偏执顽固的福里斯特提供一百几尼悬赏你，你还以为那是我？

"你逃亡中我一直关注着你。整个过程没有一步是我不知晓的。我想帮你。除了泰瑞尔，我没有害过人：那是一时冲动造成的，我无时无刻不在悔恨当中；除了霍金斯父子，我没有左右过其他人的命运：如果我认了罪，他们父子俩就能得救了。我其他时间都在做善事。

"我一直想帮你，因此，我愿意为你做证。你却是假装为我考虑，容忍我。如果你始终坚持这么做的话，我会报答你的。我让你自己判断。你的心里存有恨意，但是，处在你的那种境况下，我知道你伤不了我。正如我一直怀疑的，你的容忍是虚假的，不可信的。你试图毁坏我的声誉。你寻求机会揭露我埋藏于心底的秘密。你这么做了，我永远都不会原谅你，到死我都会记得。即使我身体已经死亡了，我的记忆永存。你以为法庭释放了你，你就不在我的掌控之中了吗？"

正说着，他的脸上突然一阵痉挛，身体急剧地抽搐了一下。他跟跟跄跄地跌坐在椅子上，大约三分钟后才恢复正常。

"是的，"他说，"我还活着。我还会日复一日、月复一月、年复一年地活下去。我身体的机能会决定我还会活多久。我活着就要保护我的声誉。这是我活着的目的。还有，我要忍受常人不能忍受的痛苦。我死了，但是我的声誉还会延续下去。哪怕在居住着不同民族的地球上最偏远的角落，只要一提起福克兰这个名字，我完美无瑕的品质都将会为后人们所传颂。"

说完这些，他又转回到与我的未来福祉更休戚相关的话题上来。

"有一个条件，"他说道，"可以减少你日后的不幸，这就是我派人把你带来的目的。请你慎重冷静地听取我下面的建议。记住，如果想与我下定的决心作对的话，你就是一个疯子，不亚于把头悬挂在雄伟的亚平宁山脉的崖壁上。

"我要求你本着极其严肃的态度与我签订一份协议，声明我没有杀过人，说你在弓街的指证是错误的、蓄意的、毫无根据的。也许你所顾虑的是真相本身，难道可以尊重真相本身，而不考虑真相所能带来的幸福？理智的人难道不会因为善意、人性、人心的要求而牺牲毫无意义的真相吗？很可能我永远不会用到这份协议，但是我要求你签订，补偿你曾攻击过我的声誉。这就是我的建议。我期待你的答复。"

"先生，"我回答道，"我全听明白了。不用考虑，回答是否定的。我年轻没什么经验时你就带着我了，你可以把我塑造成你想要的人。在很短的时间里，你教给了我大量的经验。我不再是一个优柔寡断、没有主见的人了。我不知道你裁决我命运的力量有多强大。你可以打垮我，但是你难以让我战栗。我也无意打听，你施加于我的苦难是否是你故意设的局，它们是你授意的抑或只是得到你的默许。但是我知道，因为你，我遭遇了太多的迫害，以至于我一点也不想故意做假为你证明。

"你说要我做假是出于善意和人性。错了，这纯粹是出于你对名声疯狂的、执迷不悟的追求。这也导致了你自己所有的痛苦、带给别人悲剧的灾难，以及发生在我身上的种种不幸。我对这种追求全无耐心。如果你再不更正这种可怕惨绝的愚蠢行为，起码我不会助纣为虐。我不记得是否年轻时就注定要成为一个英雄，但是我要感谢你教会我不屈不挠的勇气。

"你要求我做的是什么？让我放弃自己的声誉却去成就你的？公平何在？是什么让我比你低下如此之多，与我相关的事就不值得一丝考虑？你歧视人的出身。我憎恨这种歧视。你害得我充满绝望，我要说说这种绝望意味着什么。

"你也许会告诉我，我没有什么声誉可以失去。你被人称颂，品行完美，而我被公认为是个贼、伪证者、诽谤犯。那就这样吧。我绝不会做任何事让这些罪名成立。我越得不到他人的尊重，我就要越努力去维持自尊。无论是出于恐惧，还是其他不当的目的，我都绝不会做让自己蒙羞的事。

"你执意永远与我为敌。我不应这么被你憎恨。一直以来，我都尊敬你怜悯你。有很长一段时间，我宁可忍受诸多磨难，也不去泄露你视之比命还珍贵的秘密。不是你的威胁制止了我（还有什么折磨比我已经承受的更难忍的吗?),是我自己心底的仁慈,那才是我们安放秘密的地方,而不是以暴力手段解决。你还能对我实施怎样神秘的报复呢?你威胁过我,现在你也威胁不到哪里去了。你不会再令我恐惧,你愿意怎么对我就怎么对我吧!你叫我要坚定不移地、不顾一切地听你的话,想想你自己吧!我显然已经被逼到绝境了,但是我还没到被你斥责的地步。我吃了苦中苦,我终日活在惊恐中,时刻保持戒备,我两次被逼动了自杀的念头。我现在很后悔做了你说的事。但是,被无休止的苦难逼得发狂,我根本无法冷静思考。即使是现在,我也不想向你复仇。你做的一切都是合理的,都是为了你自己的安全。我随时准备承认失败,但是我不会做有悖理性、气节和公正的事。"

福克兰先生带着惊讶和不耐听我说完。他没有料到我表现得如此坚定。好几次他被胸口的怒气气得抽搐,一而再地流露出想要打断我的神色。但是,他还是克制住了自己,一者因为我的镇定,二者也许他想了解我的整个心态。我说完后,他停顿了一会儿,怒气愈加高涨,再也无法控制。

"很好!"他用脚跺地,咬牙切齿地说,"你竟然拒绝了我的提议!我没有本领让你屈服!你藐视我!至少,我对你还有一种控制力,我一定会使用;我要把你碾为粉末。我不会再屈尊听劝。我知道自己是谁,我知道自己的能耐。我知道你是哪根葱,我也知道你将面临的下场!"

说完,他就离开了房间。

这就是那难忘的一幕幕,久久地留在我的脑海里。福克兰先生枯槁的形貌,行将就木的虚弱身体,沉重的压力,不共戴天的怒气,说过的话,苟延残喘的动力,这一切组合起来,对我造成的影响是多方面的,无法比拟。想到他的痛苦,我身心都感到震撼。相比之下,想象中的地狱显得微不足道，死亡于他已如影相随。

想到这里，我随即转向他对我的恐吓，神秘莫测、难以预料的恐吓。他提到对我的控制力，但是没提及是什么，我也无从知道。他还提到痛苦，但是也没有提及是什么性质的痛苦。

我静静地坐了一会儿，思考着这些问题。福克兰先生或其他任何人都没有来打搅我。然后，我站起身，出了房间，离开客栈来到大街上。没有任何一个人骚扰我。奇怪！他说的控制力到底是什么？我还那么担心，现在看起来却像是完全还我自由。我开始想象，我从这个可怕的对手口中听到的仅仅是暴怒和狂言，最终他丧失了理智，这是他长期以来经受折磨的原因。如果那样的话，难道他有可能雇用了金尼斯和同伙，即以前他向我施加暴力的工具？

我走在街上，十分小心。在夜幕下瞻前顾后，以免再次冷不丁地遇到有人伺机暴力袭击。我没有像以前那样一直去到小镇以外。我仔细观察着街道、房子和其中的居民，它们带给我一些安全感。我继续满心疑虑和猜测地前行，这时，我看到了托马斯，他是福克兰先生的佣人，我已经不止一次提到过他。他直愣愣地朝我走来，让我迅速打消了他带有阴险目的的想法；另外，我一直觉得托马斯虽比较粗俗，也没有接受过什么教育，但还是比一般人更值得尊重。

"托马斯，"我迎着他说道，"希望你愿意为我带来快乐。我终于脱离了无情折磨我数月之久的危险。"

"不，"他粗暴地反驳道，"我不愿意。我不知道在这件事上我自己是什么心情。你在监狱里吃苦时，我突然觉得我是爱你的；现在，你出狱了，却变成了一个恶人，尽做坏事，让我一见到你就要发火。看看你，跟那个好小伙威廉斯相差无几，那时我乐意为你而死；但是现在，在你的笑容背后，却都是盗窃、谎言。你忘恩负义，冷酷凶残，你做的最后一件事尤其恶劣。你怎么忍心重提残忍的有关泰瑞尔先生的故事？为了我们的绅士，大家都同意不再提这件事。而且你我都知道，我们的绅士就像婴儿一样纯洁无瑕。我有理由打心底里希望从来都没有见过你。"

"你仍然觉得我很不堪？"

"比那更糟！我比以前觉得你更可恨！以前，我以为你也就是一个坏人。我扪心问自己你接下来还会做什么，但是你却应了那句古语'形势所迫，不得不为'。"

"因此，我的不幸永远不会完结！为什么福克兰先生要陷我于如此不义，全人类都视我为敌？"

"福克兰先生陷害你？！他是你这个世界上最好的朋友，虽然你是最卑鄙的叛徒。可怜的人！看看他就让人心疼；他全身都是悲伤。我不清楚这是不是全由你造成的，至少你在他的痛苦上又雪上加霜。他与乡绅福里斯特之间还有很多账要算。福里斯特因为在审判时输给了我的主人，主人又救了你，他气急败坏，发誓要抓住你并在巡回审判时重新审你。但是我的主人很坚定，我相信他有自己的做法。他甚至说，法律不会让福里斯特得偿所愿的。看到他一切为了你的利益，像温和无害的小羔羊一样对待你的恶意，再看到你对他的肮脏行径，走遍全世界都不会再有第二例。看在上帝的份上，为你的邪恶忏悔吧，尽你所能补偿吧。想想你可怜的良心吧。在你清醒过来之前，一定经受着硫光火石般的煎熬吧。"

说到这里，他伸出手，抓住了我。这个动作似乎很奇怪，但是我首先想到的是，这是他对我的诚恳善意的请求。然而我感到他放了什么东西在我手上。随即，他就松开了我，像箭一般迅速离开了。放在我手上的是一张二十英镑的纸币。我毫不怀疑是福克兰先生命令他带给我的。

我该怎么理解这个举动，那无情的迫害者想做什么？我刚刚从他口中得到证实,他仍然恨我入骨。不过,他的恨意因他仍保有的仁慈有所缓和。他的仁慈有度,足以施给与他意见相合者,否则,就没有了。但是,这个发现并未让我得到安慰。我不知道,在他对声誉的狂热追求得到满足之前,我注定还将忍受怎样的灾难。

　　还有一个问题。我要不要接受放到我手上的钱?他施加给我的伤害虽然比不上他自己承受的伤害,但也大得不能再大了,这钱就来自这样的一个人。他毁了我的青春、我的安宁;他让我受到全人类的痛恨,让我遭到驱逐无家可归;他卑劣残暴地诬陷我,并穷追不舍让我罪名不能洗清;他一个小时以前还咬牙切齿,不置我于死地誓不罢休。这样一个人,他的所作所为难道不正是印证了他那卑劣的灵魂,蜷曲在暴力之下,亲吻着沾满我的鲜血的双手?

　　如果这些理由充分,那么给予收取都不是无缘无故的了。我想要这笔钱:没有什么邪恶的目的或者额外的考虑,只为生存必需。一个人,无论在哪里,都应当能找到求生的方法;而我一切要从头开始,远离此地,准备好面对人们的敌意,还有来自最有经验的敌人的未知加害。现实的生存手段就是一个人所有的资产。什么将阻止我接受这笔亟须的钱呢?而一旦收下它,我就不会去报复,也不会去暴力犯罪。这笔钱对我很有帮助,我自愿接受也不会有损它的前主人;我用了这笔钱还有什么条件我必须作为一种义务来承担的?它的前主人曾经伤害过我;这会改变它作为易货媒介的价值吗?他也许还会为自己给予我的假想义务而骄傲,无疑,这么理解了之后还退缩的话,那就太胆小怯弱了。

第十三章

经过这一番推理,我决定保留手中这笔钱。接下来要关心的是我从刽子手手下逃脱的生命该选择怎么度过;追捕中被迫面临的危险,如今在某些方面可能也不再像以前那么巨大。另外,最近我对自己的处境非常厌恶,这一点对我的选择颇具影响。我不知道福克兰先生将如何报复我,但是,我无法控制自己心头的一种厌恶,我讨厌伪装,我讨厌虚伪度日。至少,现在我的脑子不能接受。大都市伦敦,这个我曾经不停陷入欺骗、悲伤与恐惧的城市,同样也让我厌恶。因此,我决定实施想象中曾经很有意思的计划。我要去一个偏远的乡村,一个宁静的不为人知的地方。至少在福克兰先生的有生之年,我可以隐姓埋名,为在这场致命的纠葛中受伤的心灵疗伤,整理一下自己的诸多经历,培养一下才能,其间干一些简单的活,与诚实厚道、淳朴原生、善良好心的人交流。这势必受到迫害者威胁的干扰,但我觉得还是不去考虑那些威胁比较明智。就好比死亡不知什么时候终会到来,下一年,下个礼拜,第二天,都有可能降临,我认为不去想是明智的,一个忙于要事或精心筹划大事的人是不会去考虑的。

这些想法决定了我的选择。我年轻的心开始描绘遥远的未来,尽管灾难的威胁声还在我的耳边回响。我已经习惯了对伤害的忧惧,直到最初的骚乱终于不再惊扰我的安全。然而,在极易被察觉的敌人的势力范围内,我必然尽可能保持警惕。小心翼翼地,我避开黑夜和孤身一人的危险,乘坐公共马车出城。马车显然能保护我避免明目张胆的、严重的暴力伤害。同时,在行进的过程中,我发现我像其他没有我这种担心的人一样,没有任何骚扰。继续前行途中,我的警惕慢慢有所放松,尽管我仍然意识到危险,不时想到我的敌人。我决定找一个威尔士的无名市镇作为我实现计划之地。在我到处游荡寻找住处时它进入我的视线。小镇很干净,使人振奋,看起来简单淳朴。它远离公用道路,人迹稀少,但荒凉,虽然少了点浪漫,倒是有几分富庶。

我申请了两份工作。其一,钟表工。虽然我几乎没有得到过指导,但是一个善于机械发明的大脑足以补足胜任;其二,数学教师及应用,包括地理、天文、土地测量、航海的计算等。在我选择的隐居生活中这两份工作的报酬都不丰厚,但是,我的收入不多,我的支出更少。在小镇上,我逐渐结识了牧师、药剂师、律师和其他自古以来被认为是当地上流社会的人士。他们中的每个人都身兼数职。除了在每个星期天,从外表上,你根本看不出牧师的职业。其他时间,他不吝挥动着自己传递福音的手去推犁耕种,或者把牛群从牧场赶回畜栏挤奶。药剂师间或会去当理发师,律师同时还是村里学校的校长。

在这里,我受到了友好热情的款待。在这群远离喧嚣的人当中,有一种坦诚的信任,让陌生人很容易就感觉到他们的善心和好意。我自己也还保持着简朴的乡村生活的方式,没有因为曾经的经历而堕落;而且,那些苦难让我的性格变得更加温和。在这个人生剧场里我没有竞争对手。我的技师职业当地还没有人干过;校长并不渴求我能达到我所说的科学高度,但很乐意让我也参与到教育开化当地居民的任务中。对于牧师而言,教化不是他的职业,他关心的是更好的生活,而不是物质社会的世俗需求。事实上,他的精力主要投放在燕麦和乳牛身上。

这个偏僻的隐居地给我带来的还不止这些同伴。有一个很不一般的家庭,我与他们逐渐关系密切。父亲是个精明、明白事理的理性之人,但他主要的兴趣在农事上。妻子是个非凡女子,尤为可敬。她是那不勒斯一个贵族的女儿。周游过欧洲列国,并享有盛名。那贵族因宗教和政治异见受嫌疑而遭驱逐,财产也被没收。就如同莎士比亚《暴风雨》中的普罗斯彼罗,他带着唯一的女儿,退隐到这个世界最偏僻而未开化的地方。他最后在这个小村庄遭受了不测。那是刚到威尔士不久,他就感染了恶性热病,三天后就去世了。除了一些珠宝,和一笔英国银行家签发的、数额不大的取款凭单,其他的什么也没留下。

　　在这异国他乡,幼小的劳拉没有一个朋友。她现在的公公出于人道,设法缓解弥留的意大利人的痛苦。虽然很朴实,未受过教育,没有文人的优雅,但是他的某种神情,让绝望而悲哀的外乡人指定他为自己的遗嘱执行人和女儿的监护人。那不勒斯贵族的英语足以向病床边好心的陪护说明自己的愿望。由于他的境况比较局促,外乡的一男一女两个意大利仆人,在主人死后被送回了祖国。

　　劳拉当时才八岁。她的幼年几乎没有得到过直接教育。她慢慢长大,对父亲的记忆也随着时间的推移,变得模糊不清。但是,她身上有些东西遗传自父亲,或者是与父亲一起生活时的潜移默化,或者是父亲的教导和举止,这些东西永远也不会被抹去。时光的流逝让她的修养不断提高。她阅读、观察、思考。没有老师,她自学绘画、唱歌、学习理解更高雅的欧洲语言。除了农民,她在这里没有其他社交对象。她完全不知道她的修养会带来荣耀和优越,她只是不知不觉地提升着自己,乐在其中。

　　她与监护人唯一的儿子之间慢慢滋生了一种相互的钦慕之情。从很年少的时候,他父亲便带着他干农活,因此他的追求不和劳拉的意气相投。但是,劳拉没有及时发现这个不足。她有自己喜欢的乐趣,从来不习惯社交生活,而她的性情甚至让她觉得,他们的独处是额外的享受。年轻的乡下人心地正直善良,见多识广,气色红润,身材匀称,性情憨厚,令人愉悦。自父亲去世后,她还从没再见过这么优秀的人才。事实上,她的人生并没有受过难,根据当时社会流行的行为倾向和观念,她孤独一人,贫穷,没有嫁妆,几乎不可能会赢得门当户对的婚姻。

做了母亲后,她的内心又涌起一种新的情感。以前不曾知道,至少孩子能做个伴,还是她最好的玩伴。我见到她时,她已经是四个孩子的母亲,最大的一个是儿子。她是孩子们最孜孜不倦的导师,她的心思得以发挥,这对她很好。此时正是生活中的新奇带来的魅力开始消退的时候,因此,她重新获得了活力和生机。高雅的人性在一段时间后,如果没有社会交往和情感喜好的帮助,也许总难免不变得懈怠。

我在他们附近安居下来时,农夫韦尔奇和这个好心的女人的儿子大约十七岁了。他的第一个妹妹比他小一岁。整个家庭是一个团体,喜欢安稳宁静、重视人性美德的人任何时候都乐于与他们结交。因此,不难想象,在受尽了那些同类人的虐待,遭他们唾弃之后,他们的友谊让我在这个偏远的隐居地感到多么欣喜。亲爱的劳拉眼光敏锐,反应迅速,但是,我从未见有人像她这般面容温柔甜美,使人忽略了这些敏锐性和理解力。她的善良和友爱很快就让她看出我的为人。平生以来,虽然熟知文人的文字作品,她除了父亲,还从来没在活人身上见过这些。她兴高采烈地与我讨论文学和爱好;她热心地邀请我帮助教育她的孩子。她的儿子虽然还很年少,但是受到母亲的良好教育,我从他身上可以找到几乎所有作为朋友的基本素质。吸引与喜欢让我一天中的大部分时间都在这样快乐的交往中度过。

劳拉视我为家庭的一员，我有时也臆想某一天这成为现实。多么令人欣慰的安身地啊，我之前只知道灾难，我之前几乎不敢奢望从他人身上寻得同情和好意！

这个可爱的家庭与我之间的友情日益加深。每次见面，母亲对我的信任都在增加。随着我们越来越熟悉，我们的交流也变得更加美妙，并延伸到其他各个方面。友情发展过程中有许许多多稍纵即逝的触动，一般的熟人之间想不到也不能理解。我像尊敬母亲一般尊敬劳拉，尽管我们的年龄差距不足以产生这样的情感，她在我眼里的母性特点让我无法自已地这么想。她的儿子有很强的理解力，为人宽厚，富有同情心，才学不浅，但他还年少，母亲的优秀稍减了他判断的独立性，也让他对母亲的心愿有一种虔诚的敬重。从大女儿身上我看到了劳拉的影子，因此我对她产生了迷恋，而且我想象将来我可能会爱上她本人。唉，我就这样幻想未来以使自己快乐，而现实中的我却就站在悬崖边上！

大家也许会奇怪，我从来没有对可爱的女主人说起过我的故事，对我年轻的朋友亦然，如果我可以斗胆称呼她的儿子为朋友的话。事实上，我憎恨回忆这一切；我只有遗忘往事才能够快乐。我天真地自以为事情会是这样：在这样不期而遇的幸福当中，我很少会回想起，即使想起，也只是有点儿被福克兰先生的威胁所屈服。

一天，我单独与优雅的劳拉坐在一起，她反复提到了那个可怕的名字。我大吃一惊，像劳拉这样的女性，不认识任何人，貌似独自住在宇宙的角落，从不曾踏入时尚的圈子，这个可亲的迷人的隐士，到底由于怎样莫名的巧合，才听说了那个致命的恐怖的名字。我不光感到震惊，我吓得脸色发白，站起来，又想坐回去；我蹒跚着走出房间，迫不及待地要把自己隐藏起来。这场意外削减了我的警惕，击垮了我的意志。目光如炬的劳拉察觉了我的失常，但是，没有其他更多的事激发她的注意。从我的行为推断，询问会令我痛苦，她很仁慈地抑制住了自己的好奇。

我后来发现劳拉的父亲认识福克兰先生，他熟知梅尔维斯伯爵的故事，熟知其他几件为这个英勇的英国人带来最高声誉的事件。那不勒斯人留下了一些信件，记载着这些事件。信件中，福克兰先生得到高度赞颂。劳拉非常虔诚地珍视父亲的每一件遗物；这场意外中，福克兰的名字在她的脑海里是受到无限尊重的。

比起其他接受过同我一样程度教育的人来说，也许我更得益于深陷的囹圄。迫害和不幸让我痛心，每根血管都在出血，我最想要的就是休息和安宁。最近由于透支，我的身体机能，至少在此时，似乎已经耗尽，必须休养一段时间。

但是这只是短暂的感觉。我的大脑一直都很活跃，或许我应该感激那些磨难，它们让我更感性，给我带来新的能量。很快，我就有了一些额外的充满活力的欲望。这时，很偶然地，我在一个邻居房子的被忽视的角落里发现一本包含四种北方语言的综合词典。这件事给我指引了一个方向。年轻的时候，我从来没有疏忽过语言。我决定，起码为了我自己使用方便，尝试分析英语语言词源学。我毫不费力就发现，这个追求对处于我这种境况的人有一个好处。一小部分书籍，如果进行词源学分析，可以让我长时间有事做。我又找到了其他词典，在随意的阅读中，我记录下词语的使用方式，并用来说明日常的问题。我废寝忘食地苦读着，积累越来越多。这让我孜孜不倦又得到消遣，更加彻底地远离过去痛苦的回忆。

就在这样的情绪中，一星期接着一星期连续不断、无惊无险地过去了。我现在的处境与早年有些许相像，有更为吸引人的交往圈，我的判断力也更成熟。我开始把介于中间的那段经历当成是一个心烦意乱、痛苦不迭的梦，或者更精确地说，我的感觉就像是刚从严重的精神错乱中恢复,不再恐惧、混乱、逃亡、烦扰、愤怒、绝望!回想我曾经的经历时,我不是不满足,因为都已经过去了,但每一天我的希望都在增加,它不会再回来。无疑,福克兰阴沉可怕的威胁只是他怒气的发泄,而不是他处心积虑的结果。如果,在经历了那些可怕之后,我发现自己超越了常人的命运,竟然不再恐惧人类一切迫害,那该多开心啊!

正当我沉溺在自己美好的幻想中时,一些砖瓦匠和工人从五六英里之外来到小镇,修缮镇上一所比较高级、换了房客的房子。如若不是这件事和我的境况变化之间在时间上有奇妙的巧合,这就是件再小不过的事。首先,它表现在镇上我新结识的人对我的戒心上,先是一个,接着又一个。他们与我交谈都显得很迟疑,回答我的问题时有一种尴尬别扭的语气。在大街上或是农田里碰到我时,他们的脸会沉下来,设法避开我。我的学生一个接一个地离开了,我的机械工作不再有任何业务。我难以描述这种逐步却连续的变化给我带来的感觉。看起来就好像我得了接触性传染病,每个人都惊慌地躲闪着我,留下我一个人无援无助地死去。我向一个又一个人询问这些现象是什么意思,但是每个人都避开问题,回答得遮遮掩掩、模糊不清。有时,我觉得这一切都是幻觉,直到这种感觉的反复出现让我认清了可怕的现实,开始恐惧。没有什么能比这更令人震惊的了,我们的同胞,对我们很重要的人,他们态度异常,我们却又找不到合理的解释。有时,我半信半疑,是否旁人并无任何变化,只是我自己的心智错乱才导致了可怕的幻象。我想努力从睡梦中醒来,回到之前的快乐与幸福中去,却只是徒劳无果。也许是出于同样的原因,不知道灾难的源头,看着它不断增大,恣意无常,我却无法确定它的极限,或者它摧毁我的程度。

在这件不可思议、无法言明的事件中,一个念头突然冒了出来,我再也挥之不去。福克兰！我努力说服自己这种推测是不可能的，但是没有用。徒然地，我说："福克兰先生那么聪明，又足智多谋；他是人，不是鬼怪。他可能会以我料想不到的方式突然袭击我。虽然要找到他雇用的打手很难，但是他不可能于无形之中就造成这么严重的邪恶的后果。他不可能像那些隐形人一样，时不时出现，骑着旋风，身裹漆黑的云彩，从秘密之地对地球进行肆意破坏，干预人类事务。"就这样，我用想象迷惑自己，试图说服自己现在的不幸与以前的遭受的灾祸根源不同。与我以前那场不幸相比，其他的苦都是小事。我心烦意乱，一方面，若这一切不是福克兰先生的阴谋诡计，目前的状况又说不通；另一方面，在停歇了好几个礼拜之后，我希望永远不用再面对他的仇恨，但我害怕又有些微的可能。对于一个长久处于灾难中的人来说，这几个星期的停歇像是有一年之久。但是，尽管我努力了，可是我无法从脑海中消除这可怕的念头。我回忆了最初对福克兰的印象，他的天赋，他的毅力，我费力地想，也想不到什么事对他而言是不可能的。关于人类存活的限度，主要缘由，人心的力量，我不懂得如何去裁决。在我的想象中，福克兰先生一直是一个非凡之人，他也激起了我原以为自己所不具有的不凡之心。

完全可以想象，要寻求这可怕谜团的解释，我首先要找的人就是善良的劳拉。我的内心沮丧到了极点，一点都没有准备。我回想起她的真诚、她的率直及对我的偏袒。如果我得承受村民们拒绝与我交谈时的冷漠、粗鲁和无情的误解，由此带来的窘迫只会让我更急切地去寻找这个令我钦佩的人，让她来抚慰我的忧伤。"在劳拉那里，"我想，"我能不受粗俗的歧视。我相信她的正义；我相信，在没有倾听我的解释及全面核实可能对我这个她曾尊重的人很重要的问题之前，她是不会与我断绝关系的。"

我得到这样的鼓舞，于是转身向她的住处走去。一边朝前走一边回忆。我集中了自己全身的力量。"我被害得很痛苦,"我说,"但是我不能不努力,这样才能有幸福。我要清楚、镇定、简洁地讲述;我会坦白无欺;我将知无不言;我不会主动涉及以前与福克兰先生的协议,但是若现在的灾难与那些协议相关,我也不必担心,诚实的解释会消除灾难。"

我敲了敲门。佣人出来说女主人希望我能体谅她,她请求我不要见她。

我惊愕不已,两脚钉在原地一动不动。我对可能发生的事已经做了充分的思想准备,但这却是我始料未及的。缓过点神来后,我一言不发地离开了。

我刚走了不远,就发现后面跟着一个工人。他把一张便条塞在我手里,上面写着:

威廉斯先生:

　　不要再让我见到你了。至少我有权利期望你遵守这个请求;在这件事上,我原谅你与我和我的家庭交往的极度不当和罪过。

劳拉·丹尼森

我看这几行字时的感觉难以名状。我发现字里行间满是各方对我铺天盖地而来的不幸的可怕肯定。但是令我感觉最深的是暗含在字里行间的无动于衷的冷漠。这种冷漠来自我的安慰者,我的朋友,我的母亲劳拉! 总是排斥我、抛弃我,没有一丝内疚!

然而,尽管她有要求,尽管她对我冷漠,我还是决定向她解释。我依然还有信心克服她的反感。我并不担心,我应让她明白,在攸关幸福的事上谴责一个人,却没有确证对他的控告,也没有聆听他自己的回应,这是很粗鲁、很不应该的。

虽然我不怀疑,只要下定决心,我就可以进入她的房子,但是,我宁愿在她无准备的情况下,在她没有因先前的争论而激动的时候见她。因此,第二天早上,在她通常做半个小时散步和运动的时候,我赶紧去了她的花园,越过栅栏,躲在藤架下。很快,从我待的地方,我看见她家的年轻人闲逛着穿过花园去田间。他们见我与否并不重要。我热切地目送他们走远,却没让他们看到我。我不禁深深地叹了一口气。这会是我最后一次见他们吗?

他们还没有走到田间深处,他们的母亲就出现了。她脸上带着平日惯有的宁静和甜美。我可以感到肋骨底下心在扑通扑通直跳,我的全身在颤动。悄悄从藤架下走出来,走得近了一些的时候,我的脚步加快了。

"看在上帝的份上,夫人,"我大声说道,"给我一个申辩的机会吧!不要回避我!"

她停下了脚步。"不,先生,"她回答说,"我不会回避你。我曾希望无须见面;但是,既然我的希望不能实现,我觉得不能无理。因此,虽然见面让我痛苦,我并不害怕。"

"哦,夫人,"我回答道,"我的朋友!我尊敬您!我还冒昧地称您为母亲!您不想听听我怎么说?您难道一点也不渴望听到我的辩解吗,即使您也许对我的印象不是很好?"

"一点也不。我没有一点渴望和兴趣听你说。那个传言清楚,并未添油加醋,已经破坏了被谈论人的形象,再怎么润色也不会变为诚实正直之人。"

"上帝啊!您怎能只听一面之词就谴责一个人呢?"

"我完全可以,"她很威严地说,"兼听则明的格言在一些情况下很正确;但是,另有一些情况,一说起来就清晰得毋庸置疑,还假定不存在,那就荒唐可笑了。通过精心策划,你可能给我全新的理由为自己辩护,让我钦佩你的能力;但是我已经太了解那些伎俩了。我可能佩服你的能力,但是我绝对不能姑息你的错误。"

"夫人!可敬可爱、为人楷模的劳拉!我尊重您的严厉、您的坚定不移!我真挚地恳请您,请您告诉我,是什么让您突然充满了对我的厌恶?"

"不,先生,你从我这儿得不到答案。我对你无话可说。我停下来听你说话,是因为在邪恶面前,美德是绝不会羞愧惊慌的。在我看来,甚至这一刻你的行为都在谴责你。真正的美德用不着费心的解释和道歉。真正的美德自身就能发光,不需要借助手段来衬托。你仍得学习品行的基本原则。"

"您能想象最正直的行为总是胜于含糊不清引发的危险吗?"

"一点没错。美德,要看行动,而不仅仅停留在口头上。好人和坏人是大相径庭,而不只是细微差别的。支配我们意志的上帝,绝不容许我们在问题的重要部分一无所知。好口才会混淆视听,但是我会小心不受其迷惑。我不希望我的理智被颠覆,变得是非不清。"

"夫人,夫人!如果您不是长期住在这个偏僻遥远的地方,如果您熟悉人的热情和处事惯例,您就不会这么说了。"

"也许是的。如果是那样的话,那我要好好感谢上帝,是他让我保持了纯洁的心灵和健全的理解力。"

"那么您相信,不明真相才是唯一、最可能维持所谓的健全吗?"

"先生,我一开始就告诉过你,我现在再重申一次,你的所有辩解都是徒劳的。它只能给你和我带来痛苦,我希望你能让我们都免于这种痛苦。就让我们假设一下,你想让我相信你的品德,但是我很怀疑。如果你够正派,你能不会告诉我你的故事?你能让我纯属偶然地听说这件事,而且还如你所知的那样极度震怒?你能辜负神的信任，让我在不知情的情况下允许你跟我的孩子们交往？而你伪装成一个十分诚实的人。若你真的那么诚实，你就不会否定你将受到全世界的诅咒和羞辱了。走吧，先生，我鄙视你。你是魔鬼，不是人。我不知是否是我个人的境遇误导了我，但是，依我看，你这最后一个举动最糟糕不过了。人类的本性让我要保护自己的孩子。我永远会记得，并怨恨你带给他们的抹不去的伤害。你已经伤我至深，也让我知道一个人究竟可能坏到什么程度。"

"夫人，我不能再沉默不语。我发现您是听说了福克兰先生的故事。"

"是的。我很吃惊，你竟然还有颜面提他的名字。这个名字已经是一种标志，就我记忆以来，它代表了登峰造极的高尚、明智和慷慨。"

"夫人，我认为有必要让您正确认识一下福克兰先生——"

"威廉斯先生，我的孩子们从田野里回来了，正往这边走。你做过的最卑劣的事是强行成为他们的导师。我坚决要求你不要再见他们了。我要求你保持沉默，我命令你马上离开。如果你坚持那荒谬的决定想要劝说我，你必须另找一个时间。"

我无法再继续下去，这场对话让我伤心欲绝。尽管她强加给我的罪名不存在，我是无辜的，但我不想延长这位可亲的女士的痛苦，我已经让她承受了那么多了。我服从了她的迫切要求，很快就离开了。

不知道为什么，我赶忙离开劳拉回到了自己的居所。一进入房子，也就是我租赁的公寓，我发现空无一人。女房东和她的孩子们出去享受清风了。男主人在忙于自己日常的室外活儿。在这个地方下层人家的门在白天只插着门闩。我走进去，到了厨房。环顾了一下四周，我意外瞥见角落里有一张报纸。也说不清是为什么，我强烈地感到疑惑和好奇。急切地走上前去，抓起报纸，上面正好刊登了《凯莱布·威廉斯精彩绝伦的传奇故事》。这份报纸的发现，给我带来了说不出的痛苦，这种痛苦一直持续到后来我离开伦敦。

这个意外发现立即为最近我难解的遭遇解开了疑云。我脑中挥之不去的疑惑被可恨的难耐的肯定所取代。我如同被闪电迅速击中，一种麻木和恶心蔓延至全身每根神经。

我就没有一点希望了吗？我的无罪开释也没有用吗？无论是过去或是将来，我都没有机会解脱苦难了吗？编造强加给我的恶毒的谎言，将如影随形，毁我人格，害我无人同情示好，夺我口粮使我不能存活吗？

大约半个小时后，我才从这样痛苦的结局中回过神来。预料到由此激起的敌意会跟随我到每一个地方，我无法进行一贯的思考，我需要更多的力量来做决定。刚等这样的眩晕和惊骇有所减弱，致命的平静不再侵袭我全身的机能，我的脑中刮起一阵强风，快速离开了近来这个我所热爱的居所。我没有耐心再向这里的居民辩解和解释。我认为不可能再得到我最近很享受的好感和安宁。遭遇针对我的成见时，我必须要面对不同人的不同性情。也许我能说服一些人，但是不能说服所有人。太多的谎言肆虐，难以见到对我的无辜还充满信心的人，除非是那些与我有着同样习性的及我的同龄人。刚刚与劳拉的交谈很令我失望。我不能再忍受一点一点地反驳指向我的恶毒的话语。如果必须面对，如果我如同野兽一般被围捕，如果我再也无法避开猎手，我就转向这种非人道攻击的始作俑者；我将直面强劲的中伤，我会发挥未曾尝试过的能力；我将坚定地、勇敢地、不屈地，让全人类相信，福克兰是一个教唆犯，一个谋杀犯！

第十四章

我很快决定写下自己的悲剧故事。我是从现在这件事之后不久开始写的。这是一种有效的方法，能让我的脑子从痛苦中解脱出来。我匆匆离开威尔士这个我首先印证福克兰的威胁力量的地方时，我留下了研究词源学的一些工具，以及一些研究文章。我无法说服自己继续这项工作。要重新开始一项艰辛的工作，并努力恢复到原先的形势总是有点令人气馁。我不知道多快或多仓促就会被迫面临新的局面；在这样有所受制、充满不定的状态下，深入曾进行的研究实在是太沉重了，它们唯有使敌人的恨意更锐利，使我每时每刻都在增加的悲痛更强烈。

但是，对我来说最重要、影响最大的还是与劳拉一家的分离。愚笨如我，竟还奢望得到友情与安宁！这是我第一次感到，我完全被隔绝在整个人类之外，这实在是令人难以忍受。至于其他，我没有多大兴趣，即使结束了，也没有什么困扰。除了柯林斯和劳拉一家，我还从来没有经历过纯洁高雅的友情。孤独！分离！流放！人们口中常挂着这些词。但是，除了我，很少有人真正体会到它们深切的意义。哲学的精髓在于教会我们视每个人为独立的个体。事实并非如此。人，必然地、绝对地要与同类在一起。就好比是连体人，有两个头四只手；如果你欲将他们分开，他们势必遭到痛苦持久的损害。

就是这件事，比所有其他发生的一切，都更让我心里充斥了对福克兰先生的恨。我一想到他的名字,就有无以复加的恶心与憎恶。都是因为他,我接连失去心灵的慰藉,失去每一件幸福或类似于幸福的事。

书写这些回忆录成为我几年来的一种娱乐。有一段时间,我甚至有一种悲哀的满足感。我更愿意去回忆那些曾经折磨过我的灾难,而不是像我平时那样常去展望今后可能会发生的事。我想,我的故事经我如实记录下来后,会留下几乎无人能否定的真相,或者说,最不济,在我已经离开人世后还能留存下来,后人可能会还我一个公道;而且,从我身上可以看到现今社会施加在一个人身上的诸多不公,于是开始关注毒水通常来自哪个源头。但是,慢慢地我就没有了这些想法。我已经对生命及其一切的一切产生了厌恶。写作,起初还是快乐的,可现在也变成了负担。我得把还没讲的进行压缩。

这之后不久,我就发现了在威尔士居住时境况被逆转的确切原因,其中也包括将来遇到危险时我应该怎么做。福克兰将恶人金尼斯招至麾下。金尼斯很胜任他所从事的工作,他冷酷粗暴,鲁莽狡诈,而且对我充满敌意和复仇之心。他受雇跟踪我,诋毁我的名誉,阻止我在一个地方久居,使我不能成为正直的人,这样就可以为对我将来可能承受的指控增加砝码。他与砖瓦匠及工人一同来到我的住地,他很小心地不让我看见,却忙碌于向世人散布我的放荡不羁、遭人嫌弃的恶名声。毫无疑问,那份可恶的,就在我离开住处前发现的报纸就是出自他的手。在这中间,福克兰出于原则,只采取了一项必要的预防措施。他从脑子里厌恶暴戾地将我置于死地;同时,很不幸,如果我仍活着,我可能的揭露永远无法让他感到安全。他为了这个巨大的目的雇用了金尼斯,他绝不希望大家知道,但也没有很担心人们可能会知道这事。我已经对他进行了可恶的控告,这让他的希望万劫不复。如果他因我毁了他的名声而憎恨我,那些有机会了解我们纠葛的人,不会为了我而少恨我一点。如果他们在任何时候得知,由于他,我的恶名声如影随形,我因此而痛苦不堪,他们却会认为这是司法公正,或许只是无私地为他人着想,避免其他人像他一样会受到指控伤害。

我将采取什么手段来对抗福克兰处心积虑且残忍的精明呢?无论迁到哪里,我都因此而被剥夺了来自人类社会的帮助和安慰。我非常肯定,乔装改变是个妙计。我经历了那么多的屈辱,那么无法忍受的限制,那时我都求助过它;在我的记忆里,它都是与剧烈的苦痛相联系的,以至于我完全相信:生命不值得付出如此高昂的代价!但是,即使在这点上我很坚定,另一点就显得不那么重要了。因此,我很乐意去适应环境。如果换一个名字能确保我安宁地生活,就是懦弱一点,我也会满意的。

然而,改名换姓,不断更换住地,住到偏远的地方,这一切都不足以躲开金尼斯的狡诈,躲开福克兰煽动那些走狗对我无情的穷追不止。无论走到哪里,不久我就会看到这个可恶的敌人尾随而来。我此时的那种感觉难以用语言表达。就像上帝无所不在的眼睛,追逐着罪犯,发射出一道光唤醒他的新知,要不然,那一刻,不堪的疲惫会使他暂时遗忘自己良知的谴责。我无法入眠。没有墙体可以护我躲开这个死敌的视线。每到一处,他的不肯罢手都带给我新的不幸。我无法休息,我不得放松,我没有一刻的安全感,我难以隐藏自己将其遗忘。没看见他的时刻,因肯定他马上会突袭而来又失去安宁。第一次的躲避中,我度过了数星期幻想的平静,之后我就再也没有那般虚幻的喜悦了。我在如此可怕的痛苦沉浮中过了几年。某些时候,我濒临疯狂。

在随后日子里,我采取了原来的做法。我决定再也不与该死的金尼斯对抗斗争了。要是当时我能在其他方面也这么做,那又会怎么样？我就只能讲述一个不完美有残缺的故事了。这个故事已经赢得了与我有私交而喜欢我的读者，但是，它也能赢取陌生人的喜爱吗？只要我能躲过追捕，故事就成功了，但是，现在能成功吗？他们已经马上要从四面包围过来了，现在我好像无法实现愿望。

很难想象这样活着还得经历多少伤害。我为何还要继续忍受饥饿、贫穷，以及外来的不幸？但这些都不可避免。在接二连三的事件中，我惨遭人类的抛弃，我总算明白了自己的命运。迟迟不来的危险只会更加可怕，逃亡中，只有穷困潦倒相伴，但这都还不严重，时而愤慨，时而欲罢不能，人性本身可能就已沉沦了。

我似乎不是一个能承受灾难的人，也没有千方百计设法躲避、化解灾难。我很习惯去回想自己欲改善境况而采取的多种方案，我不禁要问自己："为什么我要受到金尼斯的不断追捕？为什么我不能简简单单地凭自己的智慧去战胜他？现在，他是迫害者，我是被迫害者——这都不是真实的吧？我难道不可以尽力用聪明才智折磨他，嘲笑他将受到的数不清的劳苦吗？"

唉，这只是为放松心情的臆想！不是迫害，而是随之而来的毁灭，这才是恶霸和受难者之间的区别。猎人与被猎杀的可怜的猎物之间也许仅仅只是体力的区别！但是，我们两人怎能忘记，在每个阶段，金尼斯散布无耻的指控，煽动每个敦厚之人对我的憎恨，来满足他变态的激情，而我就得忍受一而再再而三的动荡，以致名声被毁坏，生计被阻断？我能够以自己高贵的理性，将这可怕的一切当成娱乐吗？我还没有那么豁达到这个地步。如果其他情形下我还能有这么怪异的空想，那么现在，生存的必需、人类社会因此而强加的枷锁，让我深受束缚。

痛苦的命运逼得我不停改换住处。有一次，在我必经的一条路上遇见了可敬的柯林斯，他是我年轻时交的第一个好朋友。就在我的命运遭受重大逆转，之后被无情地追捕的几个星期前，柯林斯离开了大不列颠岛，那只是厄运的开始，也让我的不幸更是雪上加霜。除了英格兰的大片土地，福克兰先生在西印度群岛还拥有一个昂贵的种植园。这份地产因管理不善而处于困境，管理者的各种保证和借口，却只是消磨了福克兰的耐心，不再有什么效果。福克兰决定让柯林斯先生亲自去种植园，整顿长期以来的窘境。如果不是最后定居下来的话，有可能他得在种植园待上数年。从那时起，我就再未听到他的丁点消息。

我一直把缺了柯林斯的生活当作是我最大的不幸之一。柯林斯先生向来是对我充满希望的人之一。即使是我幼年时期，他也认为我要高出一般水准，对我青少年时期的学习，他比其他任何人都不遗余力地给了我更多的鼓励和资助。他曾经是我父亲小额财产的遗嘱执行人。父亲选他就是考虑到我和他之间的相互关爱。总之，比起其他人，我更需要他的保护。我一直都相信，我出事时他如果在场的话，他一定会确信我的清白，然后，以他的德高望重和源源活力，他会有效插手进来，免去我之后的大部分苦难。

还有一件事，甚至比我期待与柯林斯先生之间的深厚情谊更为重要。我现在命运中最大的烦恼是被剥夺了人类的友情。我可以很肯定地说，比起友情，贫穷、饥饿、东躲西藏、品行受损、名声遭咒，所有这一切都不重要。我努力以自己的正直坚持着，但是，世上无一人回应我的良知的呼唤。"我大声呼唤，却没有一个人应答，没有一个人在乎。"于我，整个世界就像在暴风雨中一般听不见声音，像鱼雷一般没有知觉。同情、美德、内在的本性，都已不复存在。我的痛苦仍然无穷无尽。生存不可或缺的食物，在我面前每每味美色香，却欲取不得，还来嘲弄我的饥饿。一次又一次，我向人展示我内心的爱，却被更大的不耐拒绝，直至我感到心痛难忍的失败。

眼前的情景给了我前所未有的纯粹的快乐。但是,我们不是一下子就认出了对方。从上次见面至今已经过去了十年。柯林斯先生老了很多,而且,他现在看上去苍白、虚弱而消瘦。一方面,这是天气的变化带来的,尤其对一个上了年纪的人来说。另外,我猜是因为在西印度群岛的生活。有可能我自己在这十年的变化跟他一样大。我首先认出了他。当时,他骑着马,我在走路。我给他让了路。突然,"他是谁"的念头占据了我的大脑。我朝他跑过去,冲动地大喊。我实在无法抑制自己的激动。

我的激动改变了我平时说话的语气,不然柯林斯先生绝对会辨认出来。他的视力已经有点模糊,他停下马,等我走上前去,问道:"你是谁? 我不认识你。"

"父亲!"我叫道,兴高采烈地抱住他的腿,"我是您的儿子,您的曾经年幼的小凯莱布,上千次蒙受过你的宠爱的凯莱布!"

反复提及我的名字让我的朋友有点意外,他全身颤抖了一下,但是他的年岁,以及最显著的性情平静和仁慈,很快让他收住了情绪。

"我没有想到会见到你!"他说,"我不希望见到你!"

"我最最亲爱的,最最长久的朋友!"我尊敬而急不可耐地回答道,"不要这么说! 除了你,全世界我再也没有朋友了! 在你身上,我至少还找得到同情和相互的爱! 如果你知道你不在的这段时间我多么渴望地思念着你,你就不会那么令我伤心失望地回答我了!"

"你是怎样,"柯林斯先生很沉重地问道,"陷入这种凄苦的境况的? 是你自己不义行为的恶果吗?"

"是别人的不义,不是我的! 难道你心里不觉得我是无辜的吗?"

"对。你早期的性格告诉我你是不凡的,但是,很遗憾,不凡的人不都是好人,就像是买彩票,一点点小事都可能改变结果。"

"你愿意听我的解释吗? 我以生命向你保证,我能让你信服我是清白的。"

"当然，如果你要求，我会听你解释的。但不是现在。我本来可以完全拒绝。我那么大年纪了，经不起暴风骤雨了，而且我对自己听后的反应并不像你那么乐观。你要我信服什么？福克兰先生是一个教唆犯和谋杀犯？"

我没有回答。我的沉默是对他的疑问的肯定。

"你这样定他的罪有什么好处？你是一个有前途的孩子，你的性格还会因各种经历而改变。我认识福克兰先生的时候他已经成年了。我一直钦佩他，他是一个胸怀广阔、宽厚仁慈的典范。如果你能改变我的想法，向我说明没有标准可以阻止罪恶被错当作是美德，那会带来什么好处？我必须放弃内心的安慰和所有外部世界的联系。为了什么呢？你有什么打算？将福克兰先生交到绞刑吏手中？"

"不会，除非出于自卫，我绝对不会伤害他一根头发。但是，你无疑还欠我一个公道？"

"什么公道？宣告你无罪就是公道？你知道那样做的后果。但是，我不相信你是无辜的。即使你成功搅乱了我的理智，你也不会成功地开脱自己。人类就是这样，一旦无辜受到质疑，就几乎无法再洗涤罪名；而罪恶，常常令我们难以勉强供认。同时，为了这种无常，我得牺牲余生的所有舒适。我相信福克兰先生的操守，但有人对他抱有成见。即使这次谈话完全出于偶然，如果万一他知道了的话，他永远不会原谅我。"

"哦，不要争论可能的后果！"我很焦急地说道，"我有权得到您的恩惠，我有权得到您的帮助！"

"的确是，在一定程度上是的，但无论怎么考察，你不太可能再拥有全部的权利。你知道我的思维习惯。我认为你是邪恶的，但是我不认为你就该成为仇恨和嘲弄的对象。我认为你是一台机器，恐怕你被设计得对同胞没有什么大用,但这不是你自己的错,你只是被环境所逼。我为你的邪恶本性感到难过,但我不会憎恨你,只有仁慈。鉴于此,我准备尽我所能为了你好,如果我知道如何帮助你发现和灭绝让你迷失的错误,我也会很高兴。你很令我失望,但是我不想责备你:我更应怜悯你,而不是责难你加重你的不幸。"

我能对这样一个人说什么?一个原本和蔼可亲的、举世无双的人!我的心还从来没有像那一刻一样痛苦地碎过。他让我钦佩,无论代价多大,我的心都迫切地渴求他的友谊。我被告知,重大的责任要求他拒绝一切个人情面、坚定不移地调查事实真相,如果结局是对我有利的,那他就得放弃一切权力,像我一样遭到世界的遗弃,找一份普通的工作,争取能补偿大众所受的不公。是因为我才把这件事强加给他的吗?如今,他已垂垂老矣,他的勇气已经退缩了。唉,无论是他还是我,都没有预见近在眼前的可怕的灾难!否则,我能保证,他还保有的平静温和绝不会让他不顾我的愿望!另一方面,我可以假装知道他自称为我辩护后,他身上会发生什么不幸吗?他的正直不会被恫吓摧垮,就像我一样?他花白的头发不能为他在我可怕的对手面前赢得一些同情吗?福克兰先生不会置他于与我一样的可怜的低微的处境吗?毕竟,想要另一个人也被卷入到我的苦难中来不是太不义了吗?那些苦难忍无可忍,这是我必须独自承受它们的另一个原因。

考虑到这些原因,我同意了他。我同意这个世界上我最渴望得到尊重的人不用考虑我,我不愿给他带来任何可能的灾难。我同意放弃当时看上去是我生命中的最后一个幸福;这个幸福,当我放弃时,我满脑子都是难以描述的憧憬。柯林斯先生被我很显然的直率深深打动。他的大脑在默默地挣扎着:"这是不是太虚伪了?与我谈话的这个人,如果他是品性正直的,那他就是全世界最无私而正直的人。"我们两人依依不舍地告别了。柯林斯先生答应，只要可能，他会关注我多舛的命运，并在每一个不会带来不公后果的事情上帮助我。就这样，我离开了，就像我脑中的最后一个希望都已熄灭，我如此受伤，如此绝望，自愿去面对将要发生的所有不幸。

　　这是我现在觉得有必要记录下来的最后一件事。无疑，今后我还有更多的机会拿起笔来。我经受的灾难那么严重那么前所未有，我深深了解还有更糟糕的灾难等着我。究竟是什么奇妙的原因促使我记录这一切，而没有在巨大的恐惧中颓丧！

第十五章

正如我预感到的。预感具有先知性。现在我要记录一下我的命运和我的灵魂新的可怕的变化。

经历了不同境况下相同的结果后，最终我决定，如果可能的话，自我放逐，离开我的祖国，让追捕者找不到我。这是我的最后一条出路，获得安定、好名声、享受生命所有价值的代价。"在遥远的国度，"我说，"我肯定能得到我一直想要的安全；我肯定能昂起头，平等与人交往，与他们建立关系并保持来往！"难以想象我的心灵有多渴望这一切快点结束。

这最后一点安慰还是被无情的福克兰破坏了。

在做计划的时候，我正离东海岸不远，我决定在哈里奇港乘船，直接去荷兰。因此，我前往哈里奇，一到那儿就去了港口，但是没有马上就能开的船。离开港口，我来到一家客栈。过了一会儿，我进了房间。我刚一进去，就有人打开了房间的门，是那张最最令人厌恶的脸。金尼斯一进来就关上了门。

"年轻人，"他说道，"我有一些私人的消息要告诉你。我是以朋友的身份来这儿的，我可以帮你省去一些力气。如果你能以此来考虑我所说的，那将对你有更大的好处。你看到了吧，因为没有更好的解决方法，现在我的任务是确保你不越界，并非我要为我的雇主抓人，或是跟在别人后面献殷勤；而是我想向你表示我的好意，你知道我的友好,因此我不是跟你客套！你已经引我兜了好大一个圈了,出于对你的爱,如果你愿意,就引我继续兜吧。不过,小心咸的海域！它们不在我的掌握之下。你现在还是一个囚犯,我相信你这一辈子都会是囚犯。感谢你软弱温和的前主人！如果这些事由我安排的话,你的情况会是另一番模样。如果你好好想一下的话,你是囚犯,有一定的活动范围;这些范围,宽厚的绅士规定的是整个英格兰、苏格兰和威尔士。你不能离开这些地方。绅士大人很坚决,你不能超出他的控制之外。因此,他下令,每当你试图逃离时,你就不再是享有一定自由的囚犯,而是一个要受严密监视的囚犯了。我的一个朋友刚才跟着你到了港口,我就在附近,如果有迹象你要离开陆地,我们会马上逮捕你。我建议,为了你的未来,离海远一点,不要让最糟糕的事发生。你瞧,我告诉你这些,都是为了你好。对于我来说,最好你惶惶不安,脖子上悬着一根绳子,还有一个令人舒心的高处的绞刑架,但我还是按指示做。晚安！"

这个消息瞬间引起了我理智与感官上的剧烈反应。我不屑于回答,也一点儿不想理睬这个传递消息的魔鬼。从那天到现在已经过去三天了,我的血液一直沸腾着。我的脑子以惊人的速度闪过一个又一个可怕的念头。我辗转难眠,几乎不能保持一个姿势达一分钟。我难以令自己写几页故事。下一个钟点要发生什么全然不能确定,因此我决定逼迫自己继续写。我心里什么都不对劲。这一切怎样才能终止,只有上帝才知道。有时我担心自己会彻底失去理智。

是什么才导致了这一切？黑暗、神秘、无情、冷酷的暴君！古罗马暴君尼禄和罗马帝国第三位皇帝卡利古拉挥舞罗马权杖的时候,冒犯这些嗜血的统治者是可怕的事。帝国已经从一个国家扩展到另一个国家,从一片海域到另一片海域。如果不幸的受害者朝着太阳升起的地方,对我们来说,首先是从海浪上开始有光亮,暴君的势力仍然跟着他们。如果他往西走,去日落之国,去到蛮荒的极地之边,他仍然没有脱离血腥的敌人之手。福克兰！你是那些暴君的后裔吗？你身上忠实地沿袭着暴君们的脾性。整个世界，每一个国家，都没有无助的清白的受害人的容身之地了吗？

恐怖得令人发抖！

暴君们被亲信的大军困住时也曾颤抖！什么才能让你不震怒我！不，我不会用匕首！我要讲一个故事！我要告诉全世界你是什么样的人；所有活着的人，都会相信我说的！你以为我都是忍让屈从的？我只是一条蠕虫？生来只为了感受疼痛？不懂得憎恨？你以为强加给我再大的痛苦再可怕的灾难都会平安无事？你以为我虚弱无力、低能愚笨，像一个傻瓜，没有摧毁你的才智，没有犯罪的能耐？

我要讲一个故事！公正的国家都将聆听我！喧嚣的大自然都不会打断我！我的嗓子会比响雷更惊骇！为什么有人觉得我是出于无耻的动机？我现在没有控诉！我不会去控告原作案人以努力开脱我自己！我不会后悔去摧毁你，我已经慈悲、忍耐得太久了！我不该有的仁慈给我带来过好处吗？你从不犹豫强加给我的罪恶！我也不会踌躇的！你毫无怜悯之心，你也得不到一点怜悯！我一定要冷静！我要勇如猛狮，且镇定自如！

这是命运中重要的一刻。我知道，我觉得我知道，我会胜利的，我会击败貌似无所不能的敌人。即使不能，至少他也不会处处都顺利。他的名声不会像他期望的那样流芳百世。这些故事保存着事实真相，有一天它们会出版，到时世界会为我们正名。想到这个，我就不会死而有憾了。错误与酷刑永远当道，那是令人无法忍受的。

人要提防文明世界永恒存在的法规是多么无能为力啊！这个福克兰编造了种种恶毒的罪名来指控我。他一个城市又一个城市地追捕我。他在我周围画了圈圈，让我无以逃脱。我的脚边永远有他派遣的跟踪猎物气味而来的人。他可能要逼我到世界以外。全是枉然！用这个方法，用这支小小的笔，我会打败他的阴谋诡计；我会刺中他最小心保护的要害！

柯林斯！我现在要对你说几句话。我赞成，在我这样可怕的境况下你不用来帮我。我宁愿死也不愿去打扰你平静的生活。请记得，您仍然是我的父亲！我恳求您，凭着您一直以来对我的爱，凭着您曾经施予我的恩惠，凭着现在穿透我灵魂的对您的宽容和善意，凭着我的清白无辜，如果这些是我人生最后要写的话，我誓死也要捍卫我的清白！凭所有这些，或者任何影响您情感的更神圣的纽带，我恳请您，请您聆听我最后一个请求。保护这些纸张，不要让它们被人毁坏，不要让福克兰染指它们！这就是我的请求！我已经很当心，把它们安全送到您那儿；我很确信，我会一直保有这种确信，它们有一天会被公布于众！

我握着笔，手指都在颤抖！我还有什么没说的吗？那只该死的箱子，导致我不幸的源头，它里面的东西，我一直都没能查明。我曾经以为里面是某件杀人工具或者是与悲惨的泰瑞尔有关的遗物。现在我相信，它所包含的秘密，就是一个真实的故事。相关的秘密的协定，由福克兰起草，万一他的罪行被意外暴露，还可以赎回他受损的名声。但是，这种猜测是真实还是谬误并不重要。如果福克兰的品行没有如世人所愿被发现，那件赃物就可能永远见不了天日。那样的话，我的故事就可以充分地，可能很残酷地，代替了它的作用。

我不知道是什么让我这么沉重。我有一个隐秘的预感，好像我再也无法自主了。如果就福克兰一事我胜利了的话，我那么小心处理我的文字就显得没有必要了，我不用再费尽心思，也不用再四处躲避。如果我输了，那么我的小心谨慎会显得还是明智的。

后　记

　　一切尘埃落定。我已经开始按我的计划去做。我的境况完全改变了；我现在坐下来说明一下。那件可怕的事结束后的几个星期，我的脑子太乱以致无法写作。我想现在我可以好好整理一下自己的思绪了。伟大的上帝啊！从我最后一次类似的经历以来，那些干扰真是太离奇、太可怕了！也难怪我的思绪很沉重，充满了不好的预感！

　　下定决心后，我从哈里奇出发，前往福克兰先生所居住的郡的大城镇。我清楚地知道，金尼斯就跟在我后面。我完全不在乎。他可能想知道我要去哪里，可是他不会知道我去那里的目的。我的计划还是一个秘密，被我小心翼翼地锁在心里。踏进曾被监禁了很久的城镇时，我不是没有感觉到害怕。一到那儿，我就去了大法官的办公楼，这样就不会让我的对手有时间来阻止我了。

　　我告诉大法官我是谁，我从很远的地方来，我是想让他成为我控告前主人谋杀罪的中间人。我的名字他已经很熟悉了。他说，他不能对我的证词做出审理，我是那个世界全人类都咒骂的对象，他决不助纣为虐。

　　我提醒他好好想想自己在干些什么。我来拜访他不是求帮忙，只是请他履行职责，他怎么还摆架子，由着自己高兴，说有权压制一个性质那么复杂的案子？我必须控告福克兰先生的多次谋杀。案犯知道我掌握了事实的真相，因此，我的生命一直处于他的怨恨和报复的危险之中。如果英格兰的某个法庭还能主持正义的话，我决心一定要做这件事。他凭什么拒绝我的证词？从各个方面来说，我都是一个合格的证人。我已成年，能够理解誓言的意义；我的判断力完美无缺；陪审团的裁决和法官的宣判都没有玷污我。他个人关于我人品的观点改变不了国家的法律。我要求和福克兰先生对质，我有把握证实他的罪名，并让整个世界都相信。如果他认为就我一个人的证言去逮捕福克兰先生不恰当的话，我很乐意他给福克兰先生发一份起诉传票，传唤福克兰先生上法庭。

大法官看到我这么坚决，就稍稍放缓了他的语气。他不再完全拒绝我的要求，而是屈尊地来劝诫我。他向我指出：这几年福克兰先生的身体每况愈下，也因指控已受到了最严厉的审查，我的起诉只因残忍的怨恨，起诉会给我带来十倍的损失。对他的这些陈述，我的回答非常简短："我决定继续，一切后果由我承担。"传唤终于批准了，指控福克兰先生的传票发送给他了。

采取下一步行动之前，又过了三天。这期间一点也没有使我镇定下来。对福克兰先生那样的人提出重大指控，无疑会加速他的死亡，这绝不是一帖镇静剂。一会儿，我赞成自己的这种做法，抑或只是出于报复（因为我仁慈的天性已经很大程度上转变为恶毒了），抑或是必要的自卫，抑或是包含在公正、博爱的名声里的小小的一点恶。一会儿，我又对此充满质疑。然而，尽管情感变化不已，我始终决定坚持下去！我感觉像是被难以克制的冲动逼迫着。后果有可能会令最顽固的心都感到惊骇：或者是我曾经极度崇敬之人的不齿的下场，有时候我相信他并不是没有获得他自称的尊敬；或者是对我那么久以来承受的灾难的一种认同，还可能灾难会更加深重。不过，我宁愿这样,也不愿意过着一种不确定的生活。我想知道最糟会怎样;我想断绝我的希望,尽管很渺茫却长期折磨着我的希望;最重要的是,我想结束生活里面临的许多应急事务。我的脑子几乎就要癫狂了,我的身体因思绪的烦乱轰轰燃烧着。当我把手放到我的胸口或头上时,好像马上就要被烤焦了。我坐立不安,我不停渴望着,我急切等待着可怕的危险能快点到来,快点结束吧。

三天后,当着大法官的面,我见到了福克兰先生。我只有两个小时的准备时间;福克兰先生看来与我一样,迫不及待想做个了断,自此能够一方太平。审讯前,我有机会了解到福里斯特先生因事正在欧洲大陆旅行;柯林斯,我见到他时他的健康状况就已经很不妙,现在更是病情危急不能走动。他的体质完全是被西印度群岛之行毁掉的。法官大楼里的听众是几位绅士和一些特地选出来的人;从某些方面来看,这次审讯如同之前那样,介于令人质疑的私下审讯与对每个普通观众公开的非正式审讯之间。

我无法想象还有比福克兰先生带给我的震惊更大的了。上一次我们见面时,他就已经很憔悴,形同魔鬼,面容愠怒,神情紧张,姿态狂暴,现在则形同僵尸。他进来时坐在椅子上,刚刚的旅途使得他无法站立,全身疲乏,几近崩溃。他的脸上毫无血色,四肢僵硬,没有一点生命力。他的头垂在胸前,除了偶尔抬起来,睁开眼睛呆滞地看一眼,马上又恢复麻木。他看上去支撑不了三个小时了。他已经禁闭在房间里数个星期了,但是镇长的传票送到了他的床边。信件和书面文件的命令非常强硬,无人胆敢违抗。看了传票后,他全身急剧地痉挛起来,但是,他刚恢复正常,就坚持要尽一切可能,到约定的地方去。福克兰,即使最最无助的时候,仍然是福克兰,掌控力强大,迫使身边的每个人都顺从他。

这是怎样的一幕啊!见到福克兰先生之前,我的心坚硬冷酷,毫无怜悯。我还以为自己很冷静，保持着清醒的头脑（激情，一种严肃的绝对的激烈，对他来说就是冷静，他本人一直如此）；我还以为自己的决定很公平无私。我相信，如果福克兰先生获准坚持他的方案，我们两个人都会非常可怜。我相信，我有能力，我也有决心，摆脱这种可怜的状态，他的状态也基本不会恶化。因此，对我来说，这是公平的正义的，就像一个公正的观众所希望的，与其两个人痛苦，不如就让一个人痛苦，让一个人丧失行为能力而不能对公共福利贡献自己。我还以为在这个事件里，我已经超越了个人的思考，判断问题不再关注自身的利益。事实是，福克兰是一个凡人，尽管他身体明显衰弱，他可能还能活一段时间。我该将生命中最美好的年华荒废在现在这样的窘境中吗？他说过，他的名声是不会被亵渎的，这是他生命中最强烈的情感，这种思想让他的灵魂几近疯狂。因此，他死了以后，还可能借金尼斯或其他暴徒之手，继续迫害我。如果我将来不想再生活在无穷无尽的痛苦中，现在是唯一的良机。

　　然而，所有这些细细思量过的理由都在面对真人时消失了。"我该伤害如此虚弱的人吗？我该冲这个行将就木的人发泄我的敌意吗？我该用最不堪的声音，让福克兰这样的人在生命最后时刻受苦吗？不能！在那些理由中一定有一些可怕的错误才使我造成了这可恶的一幕；一定有一个更好的、更宽宏大量的方法来补救我遭受的灾难。"

　　太迟了，我犯的错已经无法弥补。眼前就是福克兰，他被郑重其事地带到法官面前，因为受到谋杀的指控。就是原告，我站着，庄严神圣地起誓指证。我就处于这样的情形下，按要求马上得开始起诉。我全身都在颤抖，我急切地希望即刻死去。然而，我知道，我现在必须要做的是将我的心声全部暴露在听众面前。我看了福克兰先生一眼，然后是法官和旁听者，又再看了福克兰先生一眼。我的声音因苦恼而闷闷的。我开口说道：

"为何我回想不起这最后四天发生的事了呢？我怎么会为了那么一个险恶的目的而那么急切、顽固呢？哦，我是听从了审理法官的劝告，或是接受了他出于好意的司法专制！迄今为止，我却只有痛苦，从此以后，我将视我自己为小人！至今，尽管我受到人们的残酷对待，我自己的良心还是清白的，我还不是最可怜！

"如果有可能，我想不再多说一个字就这样死去！我愿意承担后果，我宁愿接受怯懦、说谎、放荡等罪名，也不愿意在福克兰先生遭受的不幸上再雪上加霜。但是，现在的情形和福克兰先生的要求，不允许我这么做。我很同情福克兰先生现在的虚弱，我愿意遗忘我自己的一切利益，但是，他会迫使我指控他，这样他可以开始申辩。我将坦白自己心灵的所有感悟。

"我最后做的这件愚蠢的、残酷的事是任何的后悔、任何的苦恼都无法赎补的。但是福克兰先生很清楚，我当着他的面确认，我有多么不愿意走这样的极端。我一直尊敬他，他也值得我们尊敬；我一直爱他，他天生具有神一般的品质。

"从我见到他的第一刻开始，我就对他怀有热烈的崇拜之情。他不吝激励我，我全身心都充满了对他的爱。他不开心，我带着年轻人的好奇去寻找他哀伤的秘密。这就是我的灾难的开始。

"我该说什么？他真的是谋杀泰瑞尔的凶手，他害得霍金斯父子被绞死，而他知道他们是无辜的，有罪的只是他自己。一系列的推测、几次冲动之举使我发现了他的一些犯罪迹象，之后他终于向我吐露了谋杀的经过！

"福克兰先生！我郑重地请你回想一下！我有没有背叛过你呢？你的秘密是我最痛苦的负担，是极度的愚昧才让我轻率地获知了它，但是，我宁愿死一千次也不会泄露它。是你自己的戒备，你心里的压力,才使你监视我的行为,觉得我每个小小的举动都让你惊恐。

"你开始时信任我,为什么不继续呢?我最初的轻率带来的后果是相当小的。你威胁我,但我有背叛你吗?那时,我嘴里只要吐露一个字,就可以永远不用受你的威胁。我忍受了很长一段时间,最后辞去了在你那儿的工作,满世界逃亡,却仍守口如瓶。你为什么不让我离开?你用计谋和暴力把我押送回来,还肆意控我以重罪!那时尽管我知道谋杀的秘密,关于谋杀我提过一个字吗?

"还有人比我遭受过社会更大的不公吗?我被控以我自己都痛恨不已的罪名。我被关进监狱,我不想列举监狱里的种种恐怖之事,最轻微的都会让人心颤抖。我等待被处以绞刑!如此年轻、充满抱负、热爱生活,像婴儿般纯洁无辜的我却等着受绞刑!我相信,对主人果断的指控就会让我得到释放,但是我保持着沉默。我以耐心武装自己,在指控和死亡之间犹疑,不确定哪个更好。这表明了我是一个不值得信任的人吗?

"我决心越狱。克服了数不清的困难,经历了再三的失败,我终于成功了。很快,就有逮捕我的告示发出,并悬赏一百几尼。我被迫藏身于垃圾堆,混迹于贼窝。入狱和越狱,令我立即遭遇了生命危险。紧接着,我几乎走遍了整个国家,身无分文、苦不堪言,每时每刻都面临再次被捕,像重案犯一样被套上手铐。我本来可以逃离这个国家,但是被阻止了。我不停地乔装易容,我是清白的,却被迫像最可恨的流氓一样使尽各种手段诡计。在伦敦时,就跟逃离乡村时一样,我深受困扰,时时如惊弓之鸟。所有这些迫害敦促我不再保持沉默了吗?没有。我耐心地、顺从地忍受着它们。我不曾有过一次尝试去反击迫害我的人。

"我最后落入了嗜人血、罪大恶极的恶棍之手。在那样恶劣的情形下,我第一次试图成为控告人,以减轻身上的负担。很高兴,伦敦的法官无比蔑视地听取了我的故事。

"我很快,并久久地后悔我的鲁莽,我很开心我失败了。

"我承认,福克兰先生在这段时间以不同的方式对我很仁慈。最初的时候,他本来可以阻止我被投入监狱;在我被关押期间,他帮助我活了下来;在对我发起追捕时,他并没有参与;后来审讯时,他还让我获释。但是他宽容的一大部分我并不知道,我还以为他就是无情的追捕者。我无法忘记,无论后来是谁给我带来那么多的灾难,它们都源于他伪造的指控。

"对我重罪的起诉已经结束。为什么不让我的苦难也终止,让我疲惫的身体躲到一个无人知道的安静的地方去?我难道还没充分证明我的不屈不挠和忠实守信吗?这种情形下,和解不是最明智、最安全的吗?但是,福克兰先生的焦躁不安、猜忌担忧让他没一点信心。他提出的唯一让步,是让我亲手签下我是一个无赖的人证明。我拒绝了这个提议,然后就又被到处驱逐,没有一点安定,没有好名声,甚至没有果腹之食。很久以来,我都坚持着,再紧急我都不会变成一个攻击者。然而,最终,在一个不幸的时刻,我还是屈服于恨意和不耐,这可怕的错误才造成了如今的局面。

"我现在看到了这个错误的巨大危害。我可以肯定,如果我对福克兰先生敞开心扉,如果我私底下告诉他我现在正在讲述的这个故事,他就不会反对我合理的要求了。他一直都小心警惕,最终他一定还得依赖我的容忍。他能够确保,如果最后我公开了所有我已知的,如果我尽一切力量去做,我还得不到信任吗?如果每件事他都得受到我的摆布,他怎样才能从调停和无情的残酷中获得安全?

"福克兰先生天性高贵。泰瑞尔的被害、霍金斯父子的悲惨结局,以及我自己遭受的一切,尽管有这些,我仍然很肯定,他拥有最令人钦佩的品质。因此,他不可能会拒绝坦率真挚的劝告,发自内心的坦率热烈的忠告。我感到了绝望，是做出公正决断的时候了，但是，我的绝望是极其错误的，是对真理至上的一种背叛。

"我讲了一个简单的纯粹的故事。我来这儿是为了诅咒，但是我仍然要赞美；我来是控告的，但我必须喝彩。我要向全世界宣称，福克兰先生是值得人们敬爱和友好的，而我则是最卑贱、最可憎的人！我永远不会原谅自己今天所犯下的罪孽。这个记忆会永远萦绕在我左右，让我每时每刻都痛苦不堪。我这么做就是一个刽子手——冷酷的、蓄意的、无情的刽子手。轻率鲁莽害我做了这些，我已经说完了，你们愿意怎么处置就怎么处置我吧。我不求饶。与我的感受相比，死亡都是善良之举了！"

我很懊悔，我要说的就是这些。我难以自控、急急忙忙地倾诉着；我痛彻心扉，我必须发泄一下这种痛。每个听到我的话的人都被惊得目瞪口呆；每个听到我的话的人都泪流满面。他们无法抗拒我赞美福克兰优秀品格时的热情，他们在我悔过时表现出了他们的同情。

我该如何描述这个不幸之人的感受呢？我开始述说之前，他看起来疲惫不堪、经不起任何激烈的影响，就快不行了。提到谋杀时，尽管有身体虚弱的掩盖，有理智的控制，我还是可以感到他在情不自禁地战栗。这是一场他预期的抗辩，他已经努力做好了准备。但是，很多我所说的，他以前完全没有想到。当我说到我的苦恼时，他一开始很震惊、很防备，唯恐这是我为了赢得信任的一个新手段。他义愤填膺，因为我对他的怨恨看起来好像一直要持续到他死为止。当他发现他所以为的我伪装出宽宏大量和多愁善感其实是对他新的敌意时，他更怒气冲天了。但是，我继续往下讲时，他却再也无法抗拒。他看出了我的诚意，我的悲痛和内疚打动了他。他从座位上站起来，在侍从的搀扶下，让我极为惊讶，他扑进了我的怀里！

"威廉斯,"他说道,"你击败我了!我到现在才看到你的伟大和崇高,太迟了。我承认,是我自己的错误,不是你的,是我强烈的过多的猜忌,才摧毁了我。我本来可以抗辩你对我的恶意的指控,但是我看到,你所讲述的朴实、勇敢的故事已经说服了每位听众。我的希望已经终结了。我最渴望得到的,永远也不会有了。我这一生卑鄙残忍,只为了掩盖一个偶发的恶行,只为了保护我自己不要被人歧视。我现在站在这里,完全暴露在真相之下。我将声名狼藉,而你英勇无畏,你的忍耐,你的美德,世世代代受人钦佩。你给了我一个最致命的打击,但是我仍祝福伤害了我的人。现在——"他转向法官,"现在,我随你发落吧。我准备接受法律的惩罚。再多的惩罚都不为过。你们恨我,远远不如我恨我自己。我是恶人中的恶人。多年来(我不记得有多少年了),我痛不欲生。作为对我所犯罪行的惩罚,我死时唯一的希望也破灭了,我活着纯粹就是为了这个希望。这样的人生很值得,能够目睹这最后的颠覆。然而,如果你要惩罚我的话,你必须加快速度;因为,名声是温暖我心脏的血液,所以,死亡会和恶名一起到来。"

　　我记录下福克兰先生对我的夸奖之词,不是因为我应得,而是因为它们更加重了我的残忍卑劣。三天后,他就去世了。我是杀死他的凶手,他有资格赞美我的忍耐,他的人生和声望都因我的急躁而受损!相反,如果我直接在他心上插一把刀,这样还能更仁慈一些,他还会感激我的好心。但是,我是如此凶残、可憎而卑鄙!我恣意地伤害了他,比死亡更痛苦一千倍。同时,我也受着犯了罪的惩罚。他的形象一直在我眼前晃动。无论醒着还是睡眠中,眼前都是他。他似乎是在温和地因我的无情行为而规劝我。我的内心倍受谴责。唉!我还是原来的凯莱布·威廉斯。就在不久前,我还夸口说,无论我蒙受了多大的灾难,我始终是清白的。

这就是我计划的结果,将自己从长久以来被困扰的恶行中释放出来。我还以为,福克兰先生死后,我就会重新回到正常的生活中去;我还以为,福克兰先生的罪行暴露后,命运及全世界都会对我展开笑颜。然而,两者都实现了,现在的我真的只是痛苦不已。

为什么我的反思总是围绕着我自己?过于关注自我就是我所有过错的起源!福克兰先生,我只是思念你,我会永远为你而伤心!我要为你掬一把宽宏无私的泪!人间再也找不到一个更高贵的灵魂了。您的智商超群,您的胸膛里沸腾着神一般的抱负。然而,在人类社会腐败的荒野上,天才与情操有何用?这片恶臭的腐烂的土壤,勃勃的灌木只能吸食毒物。这一切在快乐的田野上,在纯洁的空气里,会成长为美德,成为有用之才,现在却变成有毒的天仙子和颠茄。

福克兰!你刚踏上社会时心思纯粹、令人赞赏。但是,青春初年游历期间,你吸入了骑士风气的毒,回到家乡后有了人性之初卑劣低下的妒忌心,你被逼入癫狂的深渊。很快,太快了,你生气勃发的青春就因此而枯萎了。自此,你活在往昔的荣耀的幻觉中。自此,你的大部分仁慈变成了不断恶化的猜忌和没有尽头的防范。一年又一年,你在凄惨的欺诈中度日,直至最后,因为我的错误判断和可恨的介入,你看到唯一的希望破灭了,你颜面无光,带着耻辱死去!

我书写这个回忆录,开始是为了证明我的品质。现在,我已经没有希望被证明的品质了。但是,我会写完,这样,你的故事就可能完全被读懂;你如此小心隐藏的罪过被公之于众,至少人们不会听到或只能复述一个只讲了一半的残缺的故事。